ullstein

JULIA ROGASCH, geboren 1983, wohnt mit ihrem Ehemann und ihren Töchtern in Hannover. Daneben ist die Nordseeinsel Sylt die Heimat ihres Herzens und Inspiration für ihre Bücher. Schon als Kind schrieb sie erste Geschichten. Beruflich ging sie zunächst andere Wege, lernte nach dem Abitur Drogistin und verkaufte Autos für ein Autohaus, für das sie heute im Marketing arbeitet. Inspiriert vom Leben als Mama mit Job, und ihrer großen Leidenschaft für Sylt und emotionale Romane, griff sie ihren Kindheitstraum vom Schreiben auf und das erste Buch entstand. Es folgten weitere Sylt-Romane über die Liebe, das Glück, Schicksal, Familie und Freundschaft.

JULIA ROGASCH

Der kleine Wintermarkt am Meer

Ein Sylt-Roman

Ullstein

Besuchen Sie uns im Internet:
www.ullstein.de

Wir verpflichten uns zu Nachhaltigkeit
- Klimaneutrales Produkt
- Papiere aus nachhaltiger Waldwirtschaft und anderen kontrollierten Quellen
- ullstein.de/nachhaltigkeit

MIX
Papier
FSC FSC® C083411

Originalausgabe im Ullstein Taschenbuch
1. Auflage Oktober 2022

Umschlaggestaltung: zero-media.net, München
Titelabbildung: © FinePic®, München
Gesetzt aus der Quadraat Pro powered by pepyrus.com
Druck- und Bindearbeiten: CPI books GmbH, Leck
ISBN 978-3-548-06740-7

Meinen Herzensmenschen.
Meinen wundervollen Lesern.
All jenen, die an ihre Träume glauben.
Dir, denn mein Traum lebt durch dich.

Prolog

Das Schiff schwankte sanft im Takt der Wellen, während die Urne zu Wasser gelassen wurde. Und trotz der Schwere, die sich in diesen Minuten in meiner Brust ausbreitete, war da viel Wärme.

Ich sah zu dem Silberstreifen, der sich am dunstigen Himmel seinen Weg bahnte. Mit einem leisen Seufzen dachte ich daran, wie oft meine Oma betont hatte, dass sie nicht wollte, dass ich tieftraurig war, wenn sie nicht mehr da wäre, um mich in den Arm zu nehmen und zu trösten.

Stattdessen musste ich ihr versprechen, dass ich lachen würde, wenn ich an sie dachte. Ich sollte ihre Geschichten weitererzählen, unsere Erlebnisse mit anderen teilen und die vielen glücklichen Momente die dunklen Wolken aus Traurigkeit beiseiteschieben lassen.

Sie hatte sich gewünscht, dass ich den Platz zwischen uns für sie freihalten würde, als sei sie bei uns.

Sie sagte das damals in ihrer so unbeschwerten Art. Immer war es ihr Hauptziel, dass es ihren Lieben gut ging und sie keine Sorgen hatten. Vor allem aber wollte sie nicht der Grund für meine Tränen sein.

All das war mir so weit weg erschienen, und ich hatte ihr das Versprechen leichtfertig gegeben. Auch wenn ich natürlich sofort daran gezweifelt hatte, dass ich es würde halten können. Ich verdrängte damals, dass jederzeit der Moment kommen konnte, an dem ich so stark sein musste, wie sie es immer für uns gewesen war.

Und als der Tag dann da war, zog er wie ein schweres Gewitter über mein Leben. Es gelang mir nicht, die Stärke zu zeigen, die sie sich von mir gewünscht hat.

Eines verstand ich jedoch in diesem Moment: Es würde nie mehr so sein, wie es war. Zum ersten Mal im Leben spürte ich eine gewisse Endgültigkeit, und ein Gedanke hatte mich seitdem nicht mehr losgelassen: Auch wenn es manchmal schwer ist, so muss man Chancen doch nutzen, wenn sie sich ergeben.

Es fiel mir so unendlich schwer, meine geliebte Oma hier am Meer zu verabschieden. So oft hatte sie davon gesprochen, Weihnachten nach Sylt reisen zu wollen. Ihren Herzensort, ihre Lieblingsinsel noch mal wiederzusehen. Warum, fragte ich mich jetzt ohne Unterlass, hatten wir die Reise nicht einfach gemacht? Worauf hatten wir gewartet? Nie wieder würde ich etwas, das mir wirklich wichtig war, auf die lange Bank schieben. Das versprach ich meiner Oma nun, während ich mich auf die Reling stützte und das Gesicht in den kühlen Wind hielt. Tränen rannen über meine Wangen, und ich schaute ihnen nach, wie sie ins Meer tropften und zwischen den rosafarbenen Blütenblättern versanken. Der Anblick gab mir eine gewisse Ruhe. Als wolle meine Oma mir sagen, dass alles gut sei und ich mir keine Sorgen machen müsse. Sie war keine unglückliche Frau gewesen, hatte nicht mit verpassten Chancen gehadert. Wenn ich ihr schon die Reise nach Sylt nicht mehr ermöglicht hatte, hatte sie hier, in der Nordsee, doch ihre letzte Ruhe gefunden. Wenigstens diesen allerletzten Wunsch der Seebestattung hatte ich ihr erfüllt, und dieses Gefühl war tröstlich.

»Auch wenn wir Weihnachten nicht gemeinsam hier feiern … Jetzt sind wir immer irgendwie zusammen am Meer, Omi«, flüsterte ich in den Wind, als der Kloß in meinem Hals schon wieder jeden Atemzug erstickte. Dann spülten meine Tränen alle weiteren Worte fort.

1. Josephine

»Josi? Sag nicht, du hast mich vergessen? Was ist mit unserem Kaffee im *Auszeit*?«, klang Daniels Stimme vorwurfsvoll aus dem Handy, und ich schlug mir entsetzt eine Hand gegen die Stirn. Im Hintergrund hörte ich Tellerklappern und Stimmengewirr.

»Oh nein! Das tut mir furchtbar leid!« Mein Blick schweifte durch das Wohnzimmer, das einer chaotischen Werkstatt glich. Seit meiner Kündigung in der Catering-Agentur bestand meine Hauptbeschäftigung darin, dass ich stundenlang darin versank, alte Möbelstücke aufzubereiten. Darüber hatte ich die Verabredung mit meinem Bruder tatsächlich vollkommen vergessen. Leise erinnerte ich mich jetzt daran, dass er gefragt hatte, ob wir uns auf einen Kaffee verabreden wollten, um die Weihnachtsplanung zu besprechen. Seine Frau hatte heute andere Pläne. Obwohl mir gar nicht nach Weihnachten zumute war, hatte ich zugesagt. Denn so musste ich wenigstens nur mit ihm darüber reden, und die Begegnung mit meiner nervigen Schwägerin Felicitas blieb mir erspart. Ich überlegte, wie ich schnellstmöglich noch dort ankommen sollte, und fuhr die Strecke in Gedanken ab.

»Bestell dir doch einen Kaffee, und ich mache mich sofort auf den Weg«, bot ich versöhnlich an.

»Alles klar«, sagte er. Skeptisch schaute ich an mir herunter. Mein Outfit aus Jogginghose und Oversize-Shirt voller Farbkleckse eignete sich kaum für einen Cafébesuch. Kurz hatte ich gehofft, dass er keine Lust haben würde, auf mich zu warten. Das würde mir einiges an Hektik ersparen. Aber die Festtage rückten näher und damit auch deren Planung und Felicitas' große Stunde.

Seufzend raffte ich mich auf, um mir schnell etwas anderes anzuziehen. Auf dem Weg ins Bad strich ich im Vorbeigehen über eine Kommode. Ich hatte ein Faible für alte Möbelstücke und in den letzten Wochen schon einige Flohmarktfundstücke in meiner Wohnung zu neuem Leben erweckt. Im Gehen warf ich einen Blick über die Schulter zurück in mein Wohnzimmer, das ich auch als Büro für meine Homeoffice-Tage in der Catering-Agentur genutzt hatte. Davon war nichts mehr zu erkennen. Hier stapelten sich jetzt Farbeimer, Werkzeuge und verschiedene Materialien, die ich für die Restauration alter Möbel benötigte. Ein Hobby, das mich abschalten ließ zwischen Grübelei und Bewerbungsstress. Ich war nicht glücklich in meinem Job in der Catering-Agentur gewesen, wo ich für die Planung der kulinarischen Begleitung von Events zuständig gewesen war. Ich wollte mitten im Geschehen und unter Leuten sein, lieber selbst bei den Veranstaltungen die Gäste betreuen, als immer alles nur theoretisch zu organisieren. Menüs oder Snacks für Events zu konzipieren machte mir Spaß. Aber die Freude auf den Gesichtern der Menschen war das eigentlich Reizvolle. Ich wünschte mir, hautnah zu erleben, was gut ankam und woran wir bei unserem Angebot noch feilen mussten. In letzter Zeit war mir bewusst geworden, wie weit ich mich von meinem Wunsch entfernt hatte, weil ich nur noch am Laptop saß. Mit einem Anflug von Mut hatte ich den Job bei dem angesehenen Caterer also an den Nagel gehängt.

Meine Wohnung lag in einem Hamburger Altbau. Sie war nicht groß, aber für eine Person ausreichend. Nur den Hobbyraum, den ich mir schon immer gewünscht hatte, gab sie nicht her. Nun, wo ich ohne Job war, würde es mit der Miete nur noch eine Zeit lang gut gehen. Dann müsste ich mich eher noch verkleinern. Aber so weit wollte ich jetzt noch nicht denken. Es war nicht das erste Mal in den letzten Jahren, dass ich mich über eine gewisse Durststrecke hangeln musste. Ich würde das schon irgendwie meistern. Meine Oma hatte immer gesagt, dass das Leben einen erst herausforderte, bevor es einen belohnte. Darauf vertraute ich auch jetzt.

Missmutig warf ich einen Blick aus dem Fenster. Es war November und schon richtig kalt. Ich zog einen dicken Daunenmantel an, schlüpfte in gefütterte Boots und eilte zur Bahn. Durch den Feierabendverkehr in der Hamburger City würde ich mit dem Auto ewig brauchen.

In der Stadt hatte man schon damit begonnen, die imposante Weihnachtsbeleuchtung zu installieren. Normalerweise liebte ich die Vorweihnachtszeit, denn ich war ein großer Weihnachtsfan. Früher war dies für mich immer ein wunderschönes Fest. Den diesjährigen Feierlichkeiten blickte ich jedoch mit Bauchweh entgegen.

Meine Hand fuhr automatisch zu der Kette, die ich um den Hals trug. Es war die, die meine Oma täglich getragen hatte, bevor sie vor wenigen Monaten verstorben war. Der herzförmige Rosenquarz, eingefasst in Silber, war mein ganzer Stolz. Wann immer mein Blick auf das Schmuckstück fiel, sah ich meine Oma vor mir in ihrem dunkelblauen Kleid, wie sie strahlend unter unserem Weihnachtsbaum saß.

In meinem Kopf hallten die Worte nach, die sie mir bei unserer letzten Weihnachtsfeier zugeraunt hatte: »Liebes, den Quatsch hier hast du zum letzten Mal mit veranstaltet. Und ich auch. Das musst du mir versprechen. Nächstes Jahr machen wir was Außergewöhnliches.« Sie hatte gekichert wie ein kleines Mädchen, und ihre Augen hatten gefunkelt. Keine von uns hatte zu dem Zeitpunkt geahnt, dass das ihr letztes Weihnachten war. Ich hatte mir vorgestellt, endlich mit ihr nach Sylt zu reisen. Ich seufzte. Weihnachten auf Sylt. Das wäre ihr Traum gewesen. Nun war es zu spät. Auch ich war davon, nicht nur finanziell, meilenweit entfernt. Statt auf Sylt saß ich in meinem zur Werkstatt umfunktionierten Wohnzimmer und blies Trübsal. Selbst Weihnachten machte keinen Spaß mehr.

Felicitas, die Frau meines Bruders, hatte alles Besinnliche in meiner Familie zunichtegemacht. Seit sie die Feiertagsplanungen übernommen hatte, gruselte ich mich regelrecht davor. Meine Eltern verreisten in diesem Jahr über die Festtage sogar. Das schmerzte doppelt. Felicitas und mein Bruder hatten meinen Eltern die Reise nämlich zu ihrem fünfundzwanzigsten Hochzeitstag, der auf den 23. Dezember fiel, geschenkt. Nicht, dass ich ihnen die Reise nicht von Herzen gönnte! Nach dem Tod meiner Oma, der meine Mama viel Kraft gekostet hatte, würde ihnen diese Auszeit guttun. Aber es fühlte sich an, als ob meine Eltern mich mit dem Weihnachtsfest bei meiner Schwägerin im Stich ließen. Schließlich konnten sie dieses ach so großzügige Geschenk ja unmöglich ablehnen. Von meiner Mutter hatte ich die Liebe zu den Feiertagen geerbt, und sie war es auch, die diese früher besonders besinnlich gestaltet hatte. Gerade in diesem Jahr hätte ich meine Eltern gebraucht, selbst mit ihnen an meiner Seite hätte ich meine Oma furchtbar vermisst. Am liebsten wäre ich direkt mit ihnen verreist, aber mir war selbst klar, dass ich dabei das fünfte Rad am Wagen gewesen wäre.

So aber würde ich ganz allein neben dem Bilderbuchpaar am durchgestylten Festtagstisch sitzen, der so gar nichts mit meiner Vorstellung von Weihnachten gemein haben würde. Eigentlich hatte ich vor, schon aus Prinzip, deshalb einfach allein zu feiern:

ohne Familie, ohne Job, ohne Mann – ich hatte nicht einmal ein Haustier. Seufzend schüttelte ich den Kopf. Ich hatte aktuell wirklich keine gute Phase, und jetzt würde dieses Jahr ohne meine geliebte Oma und ohne Vorfreude auf Weihnachten enden. Und nun musste ich mir auch noch jedes fürchterlich durchgeplante Detail der sterilen Weihnachtsplanung anhören. Schrecklich.

Ich stieg in einiger Entfernung vom Café aus der Bahn aus, sprang in einen Bus, der mich zur Alster brachte, und ging das letzte Stück zu Fuß. Dabei kam ich an einem Fahrzeug vorbei, aus dem eine junge Frau Heißgetränke verkaufte. Dick eingemummelt in einen bunten Wollschal und Pudelmütze stand sie hinter dem Tresen des liebevoll dekorierten Wagens, von dem aus sie einen traumhaften Blick auf die Alster hatte. Sie kam allerdings wohl kaum dazu, den zu bestaunen, so viel, wie sie zu tun hatte. Das sorgfältig mit Kreide gemalte Schild vor dem Wagen versprach Getränke mit wohlklingenden Namen wie *Winterzauberpunsch* oder *Weihnachtsbratapfel*. Richtig gemütlich konnte es in dem Wagen nicht sein – der Wind, der von der Alster kam, war schneidend. Wahrscheinlich musste die Verkäuferin sich selbst auch immer mal wieder mit einem Heißgetränk aufwärmen.

Für einen Moment ruhte mein Blick auf den dankbaren Spaziergängern, die mit klammen Fingern einige Münzen aus ihren Portemonnaies klaubten und dann ihre Hände um die wärmenden Becher legten. Sie setzten mit zufriedenen Gesichtern ihren Weg fort, und ich stellte mir vor, dass ein warmer Kakao im Bauch einen romantischen Spaziergang an der Alster auf ganz hervorragende Art abrunden würde.

In meiner Fantasie liefen hier Liebespaare bei einem ihrer ersten Treffen nebeneinanderher, schüchtern, noch unsicher, immer darauf bedacht, nichts Falsches zu sagen, und interessiert daran, mehr voneinander zu erfahren ...

In meine Träumerei vertieft erreichte ich das Café, in dem mein Bruder Daniel bereits an einem Tisch saß und mir zuwinkte. Gerade verabschiedete er eine Frau, die nach ihrer Tasche griff, sich mit einem zerstreuten Lächeln an mir vorbeischob und das Café verließ.

Er stand auf, umarmte mich kurz, und ich nahm ihm gegenüber Platz.

»Hey, Josi.«

»Hi. Entschuldige bitte, dass ich so spät bin.« Ich musterte Daniel. Er wirkte blasser als sonst. »Geht's dir gut?«

»Alles gut. Ja, ja. Ich habe gerade zufällig noch eine Freundin getroffen, und wir haben ein bisschen gequatscht. Sie ist gerade erst gegangen.« Er deutete mit einer fahrigen Handbewegung in Richtung Tür.

»Na, das passt ja.« Ich lächelte, und als die Bedienung kam, bestellte ich mir einen Kakao mit Sahne. Der Wagen an der Alster hatte mich auf die Idee gebracht, und nach dem Fußmarsch im eisigen Wind war mir nach etwas Warmem zumute. »Du hättest sie aber nicht meinetwegen wegscheuchen müssen«, sagte ich.

»Was? Nein, nein! Sie musste los.« Er lächelte schief. Dann klappte er seinen Terminplaner auf.

Ich unterdrückte ein Seufzen.

»Feli hat sich für Weihnachten etwas ganz Besonderes überlegt und mich gebeten, dich schon mal in unsere Pläne einzuweihen.«

»Schau an«, sagte ich gespielt überrascht, was mein Bruder mit einem mahnenden Blick quittierte.

»Schau nicht so. Ich freue mich doch«, log ich, und mit einer Kopfbewegung in seine Richtung tat ich so, als könne ich kaum erwarten, was er zu berichten hatte.

Er öffnete auf seinem Tablet eine Powerpoint-Präsentation mit dem Titel *Feiertage*. Ich griff mir verzweifelt an die Stirn und massierte mir das Entsetzen über den Aufwand, den er betrieb, aus dem Gesicht. Dann ergoss sich ein Redestrom, der mit »Wir stellen uns das ganz wunderbar vor« begann und aus dem ich nur Stichworte wie »Heiligabend«, »Essen«, »zauberhaft« und »Gänsebrust«, »Champagner«, »entzückende Dessertvariationen« und »grandiose Menüabfolge« wahrnahm. Erst am Ende hörte ich wirklich wieder zu.

»Und es ist doch besonders schön, so als Familie, alle zusammen. Wenn Mama und Papa schon nicht dabei sein können in diesem Jahr. Aber die haben es ja sicher auch herrlich.« Daniel grinste albern. »Deshalb haben wir uns überlegt, dass wir mit Felis Familie feiern: Wir lassen uns dieses Jahr mal so richtig verwöhnen und verbringen die Feiertage mit ihnen. Feli hat jeden Tag ein anderes Menü zusammengestellt, das wir uns liefern lassen. Wir müssen uns um nichts kümmern.«

Mir war ganz schwindelig, und ich konnte Daniel kaum noch folgen. Deshalb nickte ich nur stumm.

»Na wundervoll«, brachte ich hervor, allerdings erst nach einer ganzen Weile, in der ich stumpf auf die Fotos ausgefallener Menüs auf Daniels Tablet gestarrt hatte und seinem erwartungsvollen Blick ausgewichen war. Er zückte sein Handy, und schon nach wenigen Sekunden ploppte auf meinem Display eine der bunten Darstellungen auf. Daniel war das Gegenteil von mir. Während ich privat meistens alles auf mich zukommen ließ, war Daniel ein Mensch, der nichts dem Zufall überließ.

»Da hast du gleich alles.« Stolz lächelte er.

Ich öffnete das, was er da via Bluetooth mit mir geteilt hatte, und rang mir ein Lächeln ab.

»Alles klar. Wie nett!«, sagte ich mit einem leisen Seufzen. Alles sah teuer und, wenn ich ehrlich war, überhaupt nicht nach meinem Geschmack aus. Nicht eines der Gerichte wirkte, als wäre ich davon nach dem dritten Gang satt. Hungern an Weihnachten, dachte ich und unterdrückte ein erneutes Seufzen.

Mein Verdacht bestätigte sich prompt. Während Daniel sprach, glühten seine Wangen. Meine taten es ihnen nach kurzer Zeit nach: Ich hörte Beträge für Speisen, die ich in den vergangenen Jahren beim Essengehen nicht in einem ganzen Monat ausgegeben hatte. Hier würde ich sie an einem Abend verspeisen. Und am Ende zu allem Überfluss hungrig sein!

»Josi, es ist mir in diesem Jahr ganz besonders wichtig, dass es schön wird«, sagte er, und in seinem Blick lag seltsam viel Nachdruck. »Du bist natürlich eingeladen.« Sein Lächeln war so gönnerhaft, dass ich mir ganz klein vorkam. Ich wusste, dass er es lieb meinte, und trotzdem widerstrebte mir alles an der Situation.

»Aha«, erwiderte ich und gab mir keine Mühe, den wertenden Unterton zu unterdrücken. »Mir hätten auch Kartoffelsalat und Würstchen gereicht«, fügte ich trocken hinzu.

»Du weißt doch, wie viel Wert Feli darauf legt. Wenn sie zufrieden ist, bin ich es auch.« Er strahlte und scrollte die Präsentation weiter hinunter. Stolz deutete er auf eine Seite. Das Foto eines gigantischen Tannenbaumes erschien. »Was sagst du dazu?«

Fassungslos starrte ich dieses Luxusobjekt an. Mir fehlten die Worte, um zu beschreiben, was ich sah.

»Ein künstlicher Weihnachtsbaum mit per App gesteuerter Lichtershow!« Daniel hatte meine Sprachlosigkeit erkannt. »Feli hat da diesen angesagten Designer ausfindig gemacht. Der dekoriert jeden Baum ganz individuell, je nach Wunsch.«

Ich verdrehte die Augen. »Ganz ehrlich, Daniel, es tut mir leid – ich weiß, ihr habt euch Mühe gegeben, aber nichts daran entspricht dem, wie ich gerne feiern würde.« Ich traf seinen Blick und holte tief Luft. »Ein Designer-Tannenbaum? Ist das euer

Ernst?« Ich schüttelte den Kopf. »Ich danke dir für die großzügige Einladung, aber ehrlich gesagt würde ich lieber über Weihnachten einfach wegfahren. Irgendwohin. Allein.«

Entsetzt starrte mein Bruder mich an. »Wie bist *du* eigentlich heute drauf?«

2. Erik

»Moin, Erik! Was führt dich zu mir?«

Linnea hob den Blick vom Spülbecken, trocknete sich freundlich lächelnd die Hände ab, kam dann zu mir und nahm mich in Empfang. Sie hatte in allem, was sie tat, eine gewisse Anmut. Die Haltung immer kerzengerade, die dunkelbraunen Haare locker, aber gekonnt zusammengesteckt, ein immerwährendes Strahlen in ihren aufmerksamen, dunklen Augen. Linneas Gang, wenn sie sich in ihrem Café bewegte, glich eher einem Schweben. Das liebevoll dekorierte *Friesenstübchen* befand sich, schon seit ich denken konnte, in dem reetgedeckten Friesenhaus in Keitum. Früher wurde es von Johann, Linneas Vater, betrieben.

Linnea hatte das Café vor einigen Jahren übernommen, und ich hatte den Eindruck, es lief in den letzten Monaten besser denn je. Auch heute war nahezu jeder Tisch besetzt. Das Café war bei Urlaubern und Einheimischen beliebt. Der Duft von frisch gebackenen Waffeln und Kaffee unterstrich die behagliche Wohlfühlatmosphäre im Raum. Ein dunkelgrüner Kachelofen gab eine wohlige Wärme ab, die dem rauen Novemberwetter trotzte.

Ich rieb mir die Hände, die der schneidende Wind und der Nieselregen eiskalt hatten werden lassen.

»Moin, Linnea«, reagierte ich ein wenig verzögert. »Ich sehe, es ist viel zu tun. Ich will auch gar nicht lange stören.«

»Alles gut! Anne ist ja auch noch da.« Linnea deutete auf die Tür zur Backstube.

Ich lehnte mich an den Tresen. »Sag mal ... Du weißt ja, dass ich in diesem Jahr den Sylter Wintermarkt organisiere. Und in der Runde unserer Aussteller fehlt eigentlich nur noch dein zauberhaftes Café, damit der Weihnachtsmarkt unter Garantie ein voller Erfolg wird!«

Linnea winkte ab und lachte. »Charmeur!« Sie legte den Kopf schief und verzog den Mund zu einem angedeuteten Lächeln. »Einen *Pharisäer* zum Aufwärmen?«, bot sie an, ohne auf meine Frage einzugehen. »Oder lieber die *Heiße Liebe*?« Linnea hob anzüglich eine Augenbraue, und wir beide mussten lachen.

»Also, ich möchte deiner Liebe nur ungern einen Korb geben. Aber ich muss ja einen klaren Kopf behalten. Am liebsten hätte ich einen Kaffee Crema.«

»Ich habe schon verstanden«, gab Linnea zurück. »Gerne auch das«, sagte sie und fügte dann mit einem Zwinkern hinzu: »Wenn ich dir trotzdem eine Empfehlung geben darf, solltest du dazu ein Stück *Friesentorte* probieren. Frisch gebacken!«

»Da sage ich nicht Nein.«

Ich setzte mich an einen freien Tisch.

Kurz darauf trat Linnea mit Kaffee und dem Kuchen auf einem Tablett an meinen Tisch. Sie setzte sich.

»Und, was sagst du zu der Idee, dass das *Friesenstübchen* mit dabei ist beim Wintermarkt?« Erwartungsvoll blickte ich sie an.

Zögernd sagte sie: »Erik, du weißt, ich schätze dein Engagement sehr. Und der Wintermarkt ist eine wirklich wunderbare Sache. Mein Papa hat ihn geliebt. Urlauber und Insulaner lieben ihn. Und ich auch.«

»Aber?« Wenn Linnea nicht ausdrücklich zusagte, wusste ich,

dass das ein Nein war. Ihr ausweichender Blick unterstrich meine Vermutung.

Linnea machte eine ausschweifende Handbewegung. »Du siehst, was hier los ist. Es ist unheimlich viel zu tun. Und das wird erfreulicherweise nicht weniger, je näher es auf die Festtage zugeht. Anne und ich stemmen das Alltagsgeschäft hier ganz gut, aber darüber hinaus geht einfach nichts. Für den Markt müsste ja immer mindestens eine von uns weg sein.« Sie zuckte bedauernd mit den Schultern. »Dafür ist kein Personal da, Erik.« Betrübt senkte sie den Blick. »Ich hätte mich viel eher um Unterstützung gekümmert, wenn ich geahnt hätte, wie gut hier in diesem Jahr zu tun ist. Aber jetzt auf die Schnelle jemand Zuverlässigen zu finden ... die Zeit habe ich einfach nicht. Wäre Papa noch am Leben, wäre er sofort dabei.« Linnea wischte über die Tischplatte. Gedankenverloren zupfte sie den Strauß Trockenblumen zurecht, der auf dem Tisch arrangiert war: Er bestand aus einigen getrockneten Baumwollzweigen, deren Blüten wie kleine zart-weiche Schneebälle aussahen und zusammen mit etwas Pampasgras Wärme und Gemütlichkeit ausstrahlten, wie jedes Detail hier im *Friesenstübchen*.

Leise fuhr sie fort: »Er kannte Gott und die Welt, so ein Stand auf dem Markt war immer genau sein Ding.« Ihr Blick war wehmütig, als er durch den Raum ging und dann an der Teekannensammlung des Vaters hängen blieb. In so vielen Details trug das *Friesenstübchen* noch immer Johanns Handschrift. »Dadurch, dass ich hier in den letzten Jahren viel investiert habe, habe ich zunächst keine weiteren Leute eingestellt. Ich wollte erst mal schauen, wie sich das Ganze entwickelt.« Sie schaute hoch, und ich lächelte, als ein Strahlen über ihr Gesicht zog, während sie fast schon entschuldigend hinzufügte: »Ich konnte ja nicht ahnen, dass es so fantastisch laufen würde.«

Ich nickte. »Dein Papa wäre sehr stolz auf dich, Linnea.« Ich legte meine Hand auf ihre, weil ich merkte, wie nah ihr noch immer jedes Gespräch über ihren Vater ging.

»Danke dir. Lieb, dass du das sagst.« Wir waren uns schon lange vertraut, sie gehörte zu meinem engsten Freundeskreis. Ich hoffte, ihr mit meiner Berührung Trost zu vermitteln, bis ich sah, wie es in Linneas Augen schimmerte. Sanft streichelte ich über ihren Handrücken. Sie quittierte meine Geste mit einem dankbaren Lächeln, zog ihre Hand dann aber zaghaft zurück. Ich hatte das Gefühl, dass sie nicht wollte, dass jemand hier im Café diese Intimität fehldeutete. Es konnte ja keiner wissen, dass wir nur Freunde waren. Aber selbst wenn es anders gewesen wäre, hätte es auch niemanden zu interessieren gehabt. Dennoch respektierte ich ihren Wunsch nach Distanz.

Linnea sah nun traurig aus, und sie tat mir leid. Ich hatte ihren Vater gerngehabt. Wir hatten ihn alle sehr gemocht und waren noch immer bestürzt über seinen viel zu frühen Tod vor etwa fünf Jahren. Linnea, die zu diesem Zeitpunkt noch gar nicht konkret vorgehabt hatte, das Café zu übernehmen, schlug sich großartig.

»Klar, dass das Café Vorrang hat«, sagte ich deshalb mit einem beruhigenden Lächeln. »Aber ich wollte keinesfalls versäumt haben, dich zu fragen.«

Dankbar erwiderte Linnea mein Lächeln. »Danke, Erik. Das ist lieb. Und es freut mich auch wirklich.«

»Ganz stark, was du hier auf die Beine stellst. Vergiss vor lauter Arbeit nicht, dir auch hier und da mal kräftig auf die Schulter zu klopfen.«

»Ach.« Sie machte eine abwertende Handbewegung. »Ich führe das fort, was mein Papa aufgebaut hat.« Sie senkte den Blick. »Aber auch wenn ich es anfangs kaum geglaubt hätte und meinem Vater gegenüber wohl niemals zugegeben hätte«, sie lachte, was ein wenig bitter klang, und machte eine Pause, bevor sie fortfuhr: »Tatsächlich macht es mir mittlerweile auch einfach richtig, richtig viel Spaß.« Sie hob die Augenbrauen und wirkte einen Moment überrascht davon. Doch dann zog ein Schatten über ihr Gesicht. »Und manchmal tut mir das fast ein wenig leid.«

Irritiert blickte ich sie an. »Wie meinst du das?« Während ich sie musterte, fielen mir die tiefen Schatten unter ihren Augen auf.

»Nun, mein Papa hätte sich sicher gefreut, wenn er sehen würde, dass es mir heute doch Freude macht, hier im Café zu stehen. Und ich bockige Ziege hab ihm früher immer das Gefühl gegeben, ich wolle das hier alles nicht.« Zerknirscht presste sie die Lippen aufeinander. »Das war nicht besonders fair von mir.«

»Sei nicht so streng mit dir! Du warst jung und kanntest bisher nur Sylt. Ich finde nicht, dass es so abwegig ist, dass man erst mal infrage stellt, ob man, ohne mit der Wimper zu zucken, einfach den elterlichen Betrieb und damit 'ne Menge Verantwortung übernimmt«, widersprach ich. »Andere Menschen machen erst mal 'ne Weltreise, gründen eine Familie oder so.«

»Das sagst ausgerechnet du?«, fragte sie und schaute mich skeptisch an.

»Ich bin vielleicht nicht das beste Beispiel dafür«, gab ich lachend zu. »Aber ich bin ja auch eine Zeit lang woanders unterwegs gewesen und habe dann entschieden, dass nichts an Sylt herankommt.« Entschuldigend hob ich die Handflächen. Linnea wusste genau, dass ich dankbar war, dass ich in den Betrieb meiner Familie hatte einsteigen können. Seit ich ein Kind gewesen war, hatte das für mich festgestanden: Es passte einfach zu mir. Eine Zeit lang hatte ich gerne in Österreich gelebt, doch meine Sehnsucht nach Meer, Strand und Weite war zu stark gewesen. Nie hatte es mich lange irgendwo weit entfernt von meiner Heimatinsel gehalten.

Einen Moment lang hingen wir beide unseren Gedanken nach. Dann erhob sich Linnea. »Danke, Erik. Das tat gut. Auch wenn ich keine positiven Nachrichten für dich hatte. Ich muss mal weitermachen, wir quatschen hier schon viel zu lange«, sagte sie, umarmte mich kurz und wirbelte wieder in Richtung Tresen.

Lachend rief ich ihr nach: »Also sollte sich doch noch eine gute Zauberfee finden, die womöglich die ein oder andere Schicht im *Friesenstübchen* übernimmt, sag mir bitte unbedingt Bescheid! Ich halte euch den besten Platz auf dem Markt frei, versprochen.«

»Das mache ich! Dann wären wir auf jeden Fall dabei!«, antwortete sie grinsend. »Aber sollte sich dieses Fabelwesen nicht in mein Café verirren, muss ich wohl oder übel bei meiner Absage bleiben und dir und dem Wintermarkt schweren Herzens einen Korb geben.«

»Ich glaube ja erst mal noch an die Zauberfee ...«, murmelte ich, und sie hob einen Daumen.

Ich aß meinen Kuchen, trank den Kaffee und machte mich wieder auf den Weg in unser Restaurant. Wir würden in wenigen Stunden die ersten Gäste begrüßen, und es galt, noch einiges vorzubereiten.

Auf dem Weg dorthin machte ich noch einen Abstecher zum Platz, wo der Wintermarkt stattfinden sollte. Wir hatten gemeinsam mit einem Keitumer Hotel eine Fläche unweit einiger historischer Reetdachhäuser ausgesucht, die am Rande des Ortes lag. So war sie an der einen Seite durch die Häuser begrenzt und gab zur anderen den Blick auf das Watt frei. Umfriedet von kleinen Holzhütten, aus denen selbst gemachte Köstlichkeiten verkauft werden sollten, neben verschiedenen handgemachten Artikeln von Handwerkskunst über Spielzeuge bis hin zu Bonbons, Waffeln oder Heißgetränken, würden Besucher hier alles finden, was das Herz begehrte. Während ich mir alles bildlich vorstellte, meinte ich schon, den Duft von Plätzchen und Punsch in der Luft zu riechen, und konnte es kaum erwarten. Doch bis es so weit war, lag noch ein Weg vor uns. Auch wenn die Planung viel Arbeit bedeutete, machte es mir Spaß. Mir gefiel, wie alle auf ihre Art etwas beisteuern konnten. Das gab dem Markt einerseits etwas Einzigartiges und schuf gleichzeitig ein Gefühl von Zusammengehörigkeit, welches ich sehr genoss. Sowohl Urlauber als auch Insulaner sollten sich auf unserem Markt wohlfühlen.

Unser Restaurant hatte einen Stand, an dem wir verschiedenste Gerichte anbieten wollten, wie zum Beispiel Lachs vom Grill neben Schmalzkuchen und Fingerfood-Variationen. Auch unsere beliebte Currywurst würden wir wieder bereitstellen.

Ein Kollege hatte einen Stand, der Burger frisch zubereiten wollte, ein weiterer Crêpes. Es gab eine Märchenerzählerin, die alte friesische Geschichten für Kinder aufbereiten würde in einer eigens dafür mit Sand, Decken und Stroh ausgestatteten Hütte. Am letzten Tag würden die Auszubildenden des Restaurants und des Hotels mit den Kindern Lebkuchenhäuser basteln. Dafür hatte das Hotel die Räume in Aussicht gestellt, das unmittelbar an den Platz des Wintermarktes angrenzte: Dort war es warm, und der Platz und die Küche boten sich dafür an. Einer bereits aufgebauten Holzhütte würde ein Kollege, der eine Bar in Keitum betrieb, zu Glanz verhelfen: Er wollte dort Weine verkosten und verkaufen. Auch eine besonders bei Kindern beliebte Hütte mit Bonbons und anderen handgefertigten Süßigkeiten war angedacht.

Tief atmete ich ein und blickte mich um: Noch wirkte es so leer, aber schon bald war es so weit, und der Platz würde leuchten und vor lauter Menschen nur so wimmeln. Überall wären bunte Farben und tanzende Lichter zu sehen, die sich in strahlenden Kinderaugen spiegeln würden. Schon bei dem Gedanken daran schlug mein Herz höher. Ich liebte den Weihnachtsmarkt.

Was allerdings noch fehlte, war ein Stand für Winterpunsch, Kakao und andere Heißgetränke. Da hatte ich auf Linneas Café gehofft. Zwar gab es etliche andere Cafés auf der Insel, auf die ich ausweichen konnte, das *Friesenstübchen* war allerdings meine erste Wahl gewesen.

• • •

In Gedanken an den Weihnachtsmarkt versunken, hatte ich die letzten Meter zum Restaurant zurückgelegt, wo wir gut zu tun hatten und der Abend wie im Flug verging. Seit ich neben dem Alltag im Restaurant noch den Wintermarkt organisierte, waren meine Tage lang, und ich fiel abends immer todmüde ins Bett. Auch heute sehnte ich mich danach, die Beine hochzulegen und zu schlafen. Ich war dankbar, als der letzte Gast sich zufrieden verabschiedete und ich mit einigen Kollegen Gastraum und Küche aufräumte und den Tag in meiner Wohnung neben unserem Restaurant ausklingen lassen konnte.

Obwohl ich fix und fertig war, kam ich heute jedoch nicht zur Ruhe. Ich dachte an meinen Freund Niklas, den ich vor ein paar Jahren bei meinem Aufenthalt in Österreich kennengelernt hatte und der morgen gemeinsam mit seinem Sohn hier ankommen würde. Obwohl ich versucht hatte, ihn zu überreden, mitsamt seinem Foodtruck umzuziehen – das hätte auch das Problem mit dem Wintermarkt gelöst –, hatte er sich entschieden, den riesigen Wagen vor Ort zu verkaufen, weil ihm ein ausgezeichnetes Angebot unterbreitet worden war. Ich freute mich einfach darauf, ihn bald in der Nähe zu haben – zumal er in der alten Einliegerwohnung meiner Großeltern unterkommen würde.

Weil ich zu aufgedreht zum Schlafen war, machte ich mir noch mal einen Tee und setzte mich ans Fenster. Meine Gedanken wanderten zu Linnea und dem, was sie gesagt hatte. Dass die Arbeit im Café ihr heute mehr Freude bereitete, als sie erwartet hatte. Sie wirkte zufrieden. Sie war eine strahlende junge Frau und betrieb ein gut gehendes Café auf einer Insel, auf der viele Leute gerne Urlaub machten. Sie konnte sich wirklich glücklich schätzen. Auch ich liebte mein Leben hier auf Sylt, war zufrieden im Restaurant und mit meiner Tätigkeit, in meinem Alltag zwischen dem Meer und dem Inselflair. Dennoch fehlte mir manchmal etwas, wenn ich abends nach Hause kam. Zeit mit einem Menschen, mit dem man nicht über die Arbeit redete, sondern über gemeinsame Pläne, den nächsten Urlaub, den Traum von einer Familie oder sonst etwas, was man sich so vorstellte außerhalb des Berufs. Oder mit dem man sich freuen konnte über den Erfolg und mit dem man das Glück teilen könnte. Ob es Linnea wohl ähnlich ging? Wir beide wirkten, als gebe es nur unsere Berufe. Das Thema Liebe klammerten Linnea und ich in unserer Freundschaft aus, weil wir uns beide schon die Finger verbrannt hatten. Auch wenn es bei mir diese Momente gab, in denen ich mich einsam fühlte, überspielte ich sie, mimte zu jeder Zeit den strahlenden Restaurantleiter.

Es hatte in meinem Leben allerdings seit meiner letzten enttäuschten Liebe nie wieder einen Menschen gegeben, mit dem ich an eine Zukunft dachte. Der Schmerz darüber, sich auf eine Frau einzulassen, die mit einem Mal mit einem erschütternden Paukenschlag und bitteren Enttäuschungen wieder aus meinem Leben verschwand, saß zu tief. Ich hatte die Erfahrung gemacht, dass ich besser damit fuhr, eine Beziehung nicht mehr allzu nah an mich heranzulassen. Ich wollte mich vor allem auf die eine Person verlassen, auf die ich uneingeschränkt zählen konnte – auf mich selbst. So verbittert das klang, mir ging es besser damit, mich auf mein Unternehmen und den beruflichen Erfolg zu konzentrieren. Aber ich war damit oft nicht ehrlich zu meinem Herzen, was ich mit dieser Entscheidung zum Schweigen brachte. Denn es sehnte sich ebenso nach Wärme, Liebe und dem Gedanken an ein Zuhause. Und danach, seine Freude zu teilen. Ich freute mich, dass bald ein Freund auf die Insel kommen würde, und auf die Gespräche mit ihm.

Ich seufzte und drehte mich immer wieder von der einen Seite auf die andere. Nur langsam breitete sich dann doch eine Schwere in mir aus, die sich anfühlte, als wachse sie aus trüben Gedanken heraus und zöge dann in jeden Teil meines Körpers, um mich immer wieder kurz einschlafen zu lassen. Bis ich ganz wegdämmerte, verging über eine Stunde.

3. Josephine

»Ernsthaft?« Die Stimme meines Bruders überschlug sich fast. »Du willst Weihnachten also ohne uns feiern? Allein?«

»Und wenn?« Ich bemühte mich um eine entspannte Mimik. Die Stimmung zwischen uns war schlagartig auf den Gefrierpunkt gefallen. »Wenn dir meine Anwesenheit so wichtig ist …«, setzte ich an, bereit zurückzurudern, da unterbrach er mich aber schon.

»Darum geht's ja gar nicht«, motzte er.

»Ach so! Na dann.«

»Weihnachten ist was Besonderes. Da muss man es sich auch mal gut gehen lassen. Freu dich doch mal! Wir machen es uns doch schön! Feli gibt sich solche Mühe!«

»Ich weiß.« Bedauernd hob ich die Schultern. »Es ist ja auch nicht deine Schuld, dass Felicitas und ich vollkommen unterschiedliche Vorstellungen von einem gelungenen Weihnachtsfest haben. Wenn wir als Familie wenigstens komplett wären, wäre es noch mal anders. Warum habt ihr Mama und Papa ausgerechnet jetzt in den Urlaub geschickt? Mit ihnen wäre es okay für mich! Dann würde ich mich auch freuen!«

»Was soll das denn, Josi? Die Reise war ein Geschenk zur Silberhochzeit! Das ist was ganz anderes. Warum bist du so *seltsam* heute?« Er schüttelte mit zusammengezogenen Augenbrauen den

Kopf. Dabei sah er mich mit einem Blick an, mit dem man auch schauderhafte Insekten anstarrte.

»Stell dir vor, ich empfinde die Feste mit deiner werten Gattin und ihrer Verwandtschaft schon lange als extrem seltsam.« Ich setzte das Wort »seltsam« dabei mit den Fingern in Anführungszeichen. »Du hast doch grad gesagt, es geht dir nicht um meine Anwesenheit. Dann reg dich doch nicht auf! Ich weiß doch euren ganzen Firlefanz da gar nicht zu schätzen.« Kopfschüttelnd scrollte ich durch seine Menü-Fotos, die mich tatsächlich nicht begeistern konnten. Erst recht nicht in Gesellschaft von Felicitas und ihrer bornierten Familie.

»Du findest Weihnachten mit uns also schon lange scheiße?«

Ich meinte, die Einstichstellen seiner Blicke spüren zu können, so stechend wie sie waren.

»Das hast du gesagt.« Ich musste ja nicht zugeben, dass ich es gedacht hatte.

»Weißt du was? Mach doch, was du willst, und wenn du dieses Jahr am Nordpol feierst! Wir haben es gut gemeint. Wenn das der Dank ist. Tschüss.« Mit diesen Worten riss er sein Portemonnaie aus der Hosentasche und knallte den Betrag für unsere Getränke zuzüglich Trinkgeld auf den Tisch. Bevor ich reagieren konnte, stob mein Bruder von seinem Stuhl auf, griff nach seiner Jacke, warf mir dabei noch einen letzten bitterbösen Blick zu und verließ das Café. Für einen Moment wusste ich nicht, ob ich lachen oder weinen sollte.

Ich saß noch in meiner Schockstarre fest, als mein Handy mich aufschreckte. Es war meine beste Freundin Linnea, die gerade zur richtigen Zeit anrief.

Wir hatten uns vor fünf Jahren auf Sylt kennengelernt, als ich in einem Urlaub versuchte, meinen Herzschmerz nach einer enttäuschenden Beziehung zu vergessen. Linneas Törtchen im *Frie-*

senstübchen waren meine Seelentröster gewesen. Sie hatte damals gerade nach dem Tod ihres Vaters sein Café in Keitum auf Sylt übernommen. Manchmal verabredeten wir uns nach Feierabend auf ein Getränk und gingen in eine Bar. Gemeinsam tanzten wir jede Trübseligkeit aus unseren Herzen. Die Tatsache, dass wir gerade ziemlich gebeutelt waren vom Leben, verband uns zu diesem Zeitpunkt.

»Liebes, dich schickt der Himmel«, begrüßte ich sie. Ich gab der Bedienung ein Zeichen und verließ das Café. Ungern wollte ich neugierige Gäste, die durch den Abgang meines Bruders auf mich aufmerksam geworden waren, weiterhin daran teilhaben lassen, was in meiner Familie schieflief.

»Hi, Josi, das hört sich nicht so gut an. Was ist los bei dir?«

Ich seufzte auf, als die sanfte Stimme meiner Freundin aus dem Telefon drang.

»Warum kannst du eigentlich nicht hier in Hamburg ein Café haben? Dann würde ich gerade einfach schnell bei dir vorbeikommen, und es würde mir gleich so viel besser gehen«, maulte ich wehleidig, während ich mich langsam zurück in Richtung Alster bewegte.

»Komm doch nach Sylt, oder hält dich irgendwas davon ab?«, schlug Linnea gut gelaunt vor.

»Also Urlaub habe ich mehr, als mir lieb ist. Nur die Urlaubskasse, die legt wohl wieder mal ihr Veto ein.«

»Verstehe. Aber dazu habe ich mir was überlegt.«

Ich horchte auf. »Jetzt wird's interessant!«

»Im Café ist die Hölle los. Das Vorweihnachtsgeschäft hat hier einfach schon im November begonnen, und Anne und ich wissen kaum noch, wo uns der Kopf steht.«

»Wie toll«, freute ich mich. »Das klingt doch großartig!«

»Absolut«, stimmte Linnea zu. »Allerdings stoßen wir an unsere Grenzen. Und gestern war dann auch noch mein Freund Erik hier und fragte, ob wir uns mit dem *Friesenstübchen* am Sylter Wintermarkt beteiligen wollen. Das ist hier ein wunderschöner Weihnachtsmarkt in Keitum. Wirklich liebevoll gemacht und ein echtes Highlight in der Winterzeit auf Sylt. Unser Café würde dort wunderbar hinpassen, meint Erik, und da hat er absolut recht. Er organisiert den Markt, und er ist unheimlich engagiert. Ich habe ihm ganz ungern abgesagt. Aber wir haben im Moment einfach kein Personal dafür. Mein Papa wäre sofort dabei gewesen. Er hat den Wintermarkt geliebt. Es wäre mir eine Herzensangelegenheit.« Sie machte eine Pause, bevor sie weitersprach. »Gestern Abend habe ich dann überlegt, wie ich doch noch eine Lösung finden könnte, daran teilzunehmen. Erik schrieb noch, dass man auch nur für das Wochenende einen Stand mieten könnte. Da kam mir nachts eine Idee. Du bist doch so ein großer Weihnachtsfan.«

»Eigentlich schon, ja«, gebe ich zu. Auch wenn meine Schwägerin alles tat, damit ich diese Liebe zu Weihnachten langsam, aber sicher verlor.

»Und du hast doch von diesen anstrengenden Festtagen mit deiner Sippe erzählt, die ihr da Jahr für Jahr in der Villa deines Bruders zelebriert und die deine Weihnachtsliebe regelmäßig dämmen.«

»Mmh.«

»Sind nicht deine Eltern auch in diesem Jahr verreist?«

»Ganz genau! Das macht es besonders trostlos – allein inmitten der schicken Familie meiner Schwägerin. Da kommt so richtig Freude auf!«

Linnea lachte sanft. »Deshalb wollte ich dich eigentlich fragen, ob du vielleicht einen Ausweg brauchst? Ich dachte an das Wochenende direkt vor Weihnachten für den Markt, sodass du einfach über die Festtage bleiben könntest. Und du machst mal was ganz anderes über die Feiertage, packst deine Koffer und kommst nach Sylt. Wenn du Lust hättest, die ganze Zeit hier zu sein – umso besser! Dann bleib doch gleich länger! Vielleicht kannst du den Stand machen und springst hier und da auch noch im Café ein. Ich würde dich natürlich bezahlen, und wohnen kannst du auch bei mir. Und du musst dir in diesem Jahr einmal nicht das doofe Gequatsche deiner Verwandtschaft anhören.«

»Linnea, du bist ein Engel!« Ich jubelte vor Freude. Passender konnte ein Anruf kaum kommen. In diesem Moment fiel mein Blick auf den Wagen mit den Heißgetränken, an dem ich vorhin schon vorbeigekommen war. Ein freundliches Lächeln der Verkäuferin traf mich. Es kam mir in diesem Moment vor wie ein Zeichen.

Ich blieb stehen und suchte in meiner Tasche nach meinem Portemonnaie.

»Und du meine Zauberfee!«

Ich lachte. »Deine Zauberfee? Interessanter Name!«

»Erkläre ich dir, wenn du hier bist.«

»Alles klar! Jedenfalls bin ich so was von dabei! Mein Koffer ist so gut wie gepackt!«

Sie stieß einen kleinen Freudenschrei aus. »Ich freue mich wahnsinnig, Josi!«

Derlei Gefühlsausbrüche war ich von meiner Freundin gar nicht gewohnt. Ihr schien dieser Markt wirklich viel zu bedeuten.

Linnea zögerte einen Moment. »Allerdings stehst du nun vor der Schwierigkeit, deiner Familie zu verklickern, dass sie Weihnachten auf deine Anwesenheit verzichten muss.«

»Das habe ich meinem Bruder eben zufälligerweise schon angedeutet.«

»Oh je!« Linnea erkannte die Dramatik hinter dieser Situation.

»Ja, kam nicht besonders gut an, wie du dir denken kannst. Aber ich hab mich eben so über diese ganzen Weihnachtspläne geärgert, dass ich ihm gesagt habe, ich würde am liebsten die Feiertage allein verbringen statt zwischen Kaviar und Schampus in seiner Villa. Er hat daraufhin wutschnaubend das Café verlassen.«

»Na, da passt mein Anruf ja wirklich perfekt.«

»Das kannst du wohl sagen. Linnea – das ist der beste Plan überhaupt! Ich bin quasi schon auf dem Autozug! Ich kann nicht sagen, wie sehr ich mich freue!«

»Und ich mich erst!«

Wir legten auf, und ich hätte vor Freude Luftsprünge vollführen können, so glücklich machte mich unser Telefonat.

»Einen *Winterzauberpunsch* ohne Alkohol to go, bitte«, bestellte ich bei der jungen Frau aus dem Heißgetränkewagen.

»Sehr gerne. Sie haben ja gute Laune! Die ist ja direkt ansteckend!«

»Ich habe gerade einen so wundervollen Anruf bekommen. Manchmal passt es einfach perfekt. Stellen Sie sich vor, ich werde bald nach Sylt fahren und dort auf einem Weihnachtsmarkt arbeiten.« Ich deutete auf den Wagen. »Wahrscheinlich werden wir ganz ähnliche Dinge wie Sie anbieten. Oh, ich freue mich so!«

»Na, das klingt ja wirklich toll! Da freue ich mich für Sie mit. Und auf Sylt – das macht meinem Standort hier in der Tat Konkurrenz. Da würde ich gerne tauschen.« Sie lachte.

»Es ist bestimmt bitterkalt hier am Wasser, oder?« Mitfühlend schaute ich sie an.

»Oh, ja, das stimmt.« Die Frau nickte zustimmend. »Aber das wird auf Sylt wohl ähnlich sein. Wenn nicht noch 'n Ticken frischer. Ich kann Ihnen nur raten, sich wirklich dick anzuziehen. Zwiebellook hat sich noch immer bewährt.« Sie deutete auf ihre Jacke, unter der ich eine weitere erkennen konnte.

»Was ist Ihr Lieblingsgetränk?«, fragte ich sie.

»Heiße Milch mit Honig«, kam es prompt. Sie deutete auf ein Schild, auf dem die Honigmilch angepriesen wurde.

»Oh, wie toll! Die hat mir meine Oma immer gemacht!« Selbst die Honigmilch kam mir vor wie ein Zeichen. »Darf ich Sie darauf einladen?«, fragte ich sie. »Zum Aufwärmen?«

»Oh, wie lieb!« Sie lachte und wirkte überrascht. »Gerne, vielen Dank!« Sie griff nach den Zutaten und bereitete sich eine Milch zu. Ich reichte ihr das Geld.

»Ihr wunderschöner Wagen ist mir schon auf dem Hinweg aufgefallen. Und auf dem Rückweg erreicht mich genau hier diese Nachricht zum Weihnachtsmarkt. Das klingt doch nach Schicksal, oder?«

»Absolut! Danke. Freut mich, dass er Ihnen gefällt. Ich habe mir einen Traum erfüllt damit. Ich wünsche Ihnen auf Sylt so viel Freude, wie ich sie hier habe.«

»Danke!«

»Sehr gerne, danke Ihnen! Lassen Sie es sich schmecken und eine gute Zeit auf Sylt«, wünschte sie und hob zum Gruß ihren Becher.

Voller Vorfreude ging ich weiter zum Bus. Kurz stellte ich den Becher auf eine Mauer am Wasser und sandte Linnea ein Foto, die sofort ein Foto aus dem Fenster ihres Cafés als Antwort zurückschickte. Meine Reise auf das winterliche Sylt konnte beginnen.

• • •

Selten hatte ich eine Fahrt nach Sylt mit dermaßen gemischten Gefühlen angetreten. Immer wieder nagten Gewissensbisse an mir. Auch wenn es sich richtig anfühlte, war es nicht so leicht, eingefahrene Bahnen zu verlassen. Ich hatte meinem Bruder mitgeteilt, dass Weihnachten tatsächlich in diesem Jahr ohne mich stattfinden würde. Kurz hatte ich ihm von Linneas Angebot berichtet und klargemacht, dass ich nicht mehr umzustimmen war. Ich hatte gehofft, dass er womöglich doch Verständnis für meinen Aufbruch nach Sylt haben würde, zumal ich hier einer Arbeit nachging, die mir weiterhin den Lebensunterhalt sicherte. Seine Reaktion, wutschnaubend das Telefonat zu beenden, sprach nicht dafür. Irgendwann hatte meine Mutter, mit meinem Vater im Hintergrund, mich angerufen und auf die Mailbox gesprochen. Sie konnten mir zwar nicht wirklich vorwerfen, dass ich Weihnachten ebenso die Biege machte, waren aber enttäuscht, dass sie von einem Streit wegen Weihnachten erfahren mussten. Dennoch begrüßten sie, dass ich auf Sylt arbeiten wollte, und wirkten weitaus entspannter als mein Bruder.

Als ich jedoch endlich auf dem oberen Deck des Autozugs stand und von Weitem die ersten Dünen der Insel entdeckte, waren alle Sorgen vergessen. Mit jedem Meter, den der Koloss aus Stahl rappelnd und polternd zurücklegte, fühlte es sich besser an, hier zu sein. Ich öffnete mein Autofenster einen Spaltbreit und spürte sofort den salzigen Film auf meinen Lippen, den die eiskalte Luft hinterließ.

»Herrlich«, flüsterte ich und schloss die Augen. Ich lehnte mich im Autositz zurück und ließ mich vom Geschaukel des Zuges hin und her wiegen. Rechts und links traf das Wasser in sanften Wellen glitzernd an den Hindenburgdamm, und in der Ferne zeichneten sich bald schon die ersten Häuser und der weiße Strand ab.

»Sylt, du bist so schön! Ich freue mich so, dich wiederzusehen«, schwärmte ich und griff nach meiner Kette. Es war die erste Reise auf die Insel seit der Seebestattung meiner Oma. Damals hatte ich Linnea gar nicht besucht, weil wir sofort wieder nach

Hamburg gefahren waren. »Und dich nehme ich überall mit hin, Omi«, flüsterte ich. Ich war so in den Moment vertieft, dass ich zusammenzuckte, als eine Nachricht auf meinem Handy einging.

Ich hoffe, ich kann schon bald den ersten Kaffee oder Tee mit dir genießen?, schrieb Linnea, und ich sendete als Antwort ein Selfie vor dem Hintergrund des funkelnden Wattenmeers. Es kam ein begeistertes Emoji mit Sternchenaugen als Antwort zurück.

Vorbei an Keitum, dem Ort, in dem Linneas *Friesenstübchen* lag, rumpelte der Zug über Tinnum weiter Richtung Endstation Westerland, wo die Autos ihn wieder verließen. Es staute sich ein wenig, bevor ich rechts abbog, um direkt zu Linnea zu fahren. Hier stresste ein Stau mich nicht. Ich war mit dem Erreichen der Insel sofort entschleunigt.

Mit seinen malerischen Kapitänshäusern und verwunschenen Gassen verzauberte mich Keitum bei jedem Besuch aufs Neue. Man könnte meinen, dass man einen Ort, den man schon so oft besucht hatte, irgendwann in- und auswendig kennen würde. Auf fast magische Art gelang es diesem ursprünglichen Friesendorf jedoch, mir jedes Mal mindestens zwei, drei neue Ecken zu zeigen, die ich vorher nie gesehen hatte. Ich konnte es kaum erwarten, zu erfahren, welche es diesmal sein würden, zumal ich zum ersten Mal nicht nur für einen Urlaub, sondern für längere Zeit hier wäre.

Außerdem reiste ich sonst immer im Frühjahr, Sommer oder im Herbst hierher. Noch nie hatte ich Sylt in den Wintermonaten besucht. Die Vorstellung einer tief verschneiten Winter-Wunderlandschaft entsprach wohl eher dem romantischen Bild einiger Werbeprospekte. Der Winter auf Sylt war vermutlich eher eine Herausforderung, die den wahren Inselfan von den Schönwettertouristen unterscheiden würde. Denn nicht jeder war dafür gemacht, sich der eiskalten Brise zu stellen, womöglich noch mit Regen garniert, der wie feine Nadeln die eh schon tiefgefrorene

Gesichtshaut beim Strandspaziergang piesacken würde. Aber ich wollte mich dem stellen. Ich war entschlossen, mich im Gegenzug dafür mit wohlig wärmenden Stunden an Linneas Kamin zu belohnen, wann immer sich die Gelegenheit dazu bot. Ich würde mich einfach für jeden Spaziergang am Winterstrand so dick einmummeln, dass mir so ein kräftiger norddeutscher Wintersturm nicht das Geringste anhaben konnte. Auch dichter Seenebel, der sich wie ein Mantel aus Kälte um mich legen würde, schreckte mich nicht ab. Viel zu groß war die Vorfreude auf all die Besonderheiten, die mir die winterliche Nordseeinsel bieten würde.

Allem voran war ich ja auch zum Arbeiten hergekommen, und wenn ich Linnea richtig verstanden hatte, würde es gar nicht allzu viel Gelegenheit geben, mich über das Wetter zu beschweren, so viel gab es zu tun.

Ich kam in Keitum an und war erstaunt, wie gut besucht der kleine Ort auch um diese Jahreszeit war. In dicke Jacken eingehüllt flanierten die Leute am Straßenrand entlang und schauten in die Läden, die die Straße säumten. Als Autofahrer musste man langsam fahren, damit man niemanden in Gefahr brachte.

Das *Friesenstübchen* war sicherlich voll um diese Uhrzeit. Wenn diese Urlauber alle bis zu den Adventswochenenden auf der Insel bleiben würden, stand jetzt schon fest, dass auch der Wintermarkt ein voller Erfolg werden würde. Verständlich, dass Linnea Interesse daran hatte, dass auch ihr Café partizipierte. Umso schöner, dass ich ihr damit einen Gefallen tat, wenn ich in der Zeit aushalf.

Wie an einer unsichtbaren Schnur gezogen, lenkte ich mein Auto in die Straße, in der das *Friesenstübchen* lag. Linneas Zuhause und gleichzeitig ihr Café würde ich wohl sogar mit verschlossenen Augen finden. Das gemütliche, reetgedeckte Friesenhaus war ein Herzensort für mich.

Ich parkte das Auto, nahm meinen Koffer und die Tasche und trat in die Stube ein, in der es verführerisch nach süßem Kuchenteig und Kaffeearoma duftete.

Hinter dem Tresen, wo verschiedene Torten ausgestellt waren, bei denen man vom Verdacht beschlichen wurde, sie seien künstlich, so prachtvoll wirkten sie, entdeckte ich Linnea. Sie sah gut aus, frisch und strahlend, mit leuchtenden Wangen. Ihr volles, dunkles Haar hatte sie zu einem dicken Zopf zusammengefasst. Ihr hellblaues Kleid umspielte locker ihre beneidenswerte Figur, die ich nie hätte halten können, würde ich ein Café wie ihres führen.

Als sie mich sah, stellte sie das Tablett ab, das sie gerade in der Hand gehalten hatte, und kam mit ausgebreiteten Armen auf mich zu. Ich ließ Koffer und Tasche neben mich fallen und eilte ihr entgegen.

»Josi«, rief sie. »Wie schön, dich zu sehen! Ich freue mich so, dass du da bist!«

Wir umarmten uns, und ich vergrub meine Nase in ihrem Haar, das nach Vanille und Aprikose duftete.

»Und ich mich erst! Dein Anruf war das Beste im ganzen Jahr!« Wir lachten beide und hielten uns weiter umschlungen.

»Anne, ist es okay, wenn ich Josi kurz helfe, die Sachen in ihr Zimmer zu bringen? Bin gleich wieder da!«

»Klar«, sagte Anne und lächelte warmherzig. »Hi, Josi. Herzlich willkommen! Macht mal ganz in Ruhe. Ich halte hier die Stellung.«

»Hallo, Anne. Danke dir!«

Linnea schnappte sich meinen Koffer und steuerte die Tür an, die über einen Flur zum Wohnbereich führte.

»Hattest du eine gute Fahrt?«, erkundigte sich Linnea.

»Ja, kein Stau. Alles bestens.«

»Das freut mich. Ich hab in meinem Büro ja das Gästebett stehen. Das Zimmer hab ich für dich vorbereitet«, erklärte meine Freundin. »So können wir abends schön noch gemeinsam auf dem Sofa chillen oder fernsehen, wenn wir nicht zu müde sind, und das ein oder andere Glas Wein trinken. Und wenn dir danach zumute ist, kannst du dich einfach zurückziehen. Du kennst das Zimmer ja schon von deinen letzten Besuchen. Ich habe nur ein wenig modernisiert. Jetzt kann man sich so richtig wohlfühlen.« Sie strahlte.

»Perfekt.«

»Ach, wie schön, dass du da bist. Und das zur Weihnachtszeit ...«

»Oh ja. Das hätte ich viel eher tun sollen«, sagte ich und dachte an all die nervigen Feste bei meiner Schwägerin. Ich bemühte mich, keinen traurigen Gedanken an meine Oma aufkommen zu lassen, die sich Weihnachten auf Sylt so sehr gewünscht hätte.

Linnea schloss die Tür zu ihrer Wohnung auf, und ich staunte. Seit meinem letzten Besuch hatte sie tatsächlich einiges verändert. Der Wohnbereich war nun offen gestaltet. Die Küche ging in das Wohnzimmer über, während der Büro- und Gästebereich separiert war. Ein Kamin bildete das Zentrum des Raumes, vor dessen Tür zum Garten eine Terrasse lag, die von einem Friesenwall umfriedet war und auf der ein Strandkorb und ein großer Grill standen.

»Linnea, du hast es so wunderschön hier!«

»Danke dir. Weißt du, es fällt einem selbst erst auf, wenn mal jemand zu Besuch ist. Wenn man immer allein ist, merkt man ja kaum, dass man's ja doch ganz nett hat«, stellte sie fest und lächelte. Doch was lustig gemeint war, klang bitter.

Verwundert über die unbekannten Töne legte ich den Arm um sie und drückte sie sanft.

»Jetzt bin ich ja erst mal eine Weile da und sehr dankbar, das hier mit dir genießen zu dürfen«, sagte ich.

Linnea ging zur Tür, die zum Büro führte, und öffnete sie.

Der Raum wirkte nicht wie ein Zimmer, in dem man arbeitete, sondern war sehr wohnlich. Helle, sandfarbene Möbel vor einer cremefarbenen Wand und Butzenfenster mit einer Tür, durch die man auf eine kleine Terrasse gelangte, verliehen dem Raum etwas Besonderes. Bilder, die Dünen und Strand zeigten, erzeugten ein maritimes Flair. Halbhoch waren weiße Holzregale eingebaut, mit unzähligen Büchern darin. Vor dem Fenster stand ein Schreibtisch. Er war das Einzige, was auf ein Büro hindeutete.

In der einen Ecke des Raumes befand sich ein gemütliches Kojenbett, das wie ein Tagesbett genutzt wurde. Linnea hatte darauf Kissen und eine beige-weiß gestreifte Decke drapiert. Ein Lesesessel mit Hocker und einer Lampe mit einem Schirm aus hellem Stoff standen vor der Fensterfront des Raumes.

»So ein traumhaftes Zimmer«, schwärmte ich. Drohend hob ich den Zeigefinger. »Du läufst Gefahr, dass ich hier nie wieder ausziehe, meine Liebe!«

Wir lachten, als Linnea beiläufig die Schultern zuckte. »Dann bleib halt! Ich hab nichts dagegen!«

»Sei vorsichtig mit derlei leichtsinnigen Angeboten!« Ich grinste.

»Komm doch erst mal in Ruhe an, und dann trinken wir einen Kaffee oder Tee gemeinsam. Du hast doch auch sicher Hunger?«, schlug Linnea vor und griff nach einem Schlüssel, den sie auf dem Küchentisch liegen hatte. »Das ist der Wohnungsschlüssel für dich.«

»Auf jeden Fall! Gerne! Ich komm dann gleich ins Café, danke«, sagte ich und nahm den Schlüssel an mich.

Als Linnea den Raum verließ, trat ich ans Fenster. Der Blick ging in den Garten des Hauses. Es war ein kleiner, gepflegter Bauerngarten, der eingefasst war von einem typischen Friesenwall. Einem Steinwall, auf dem Rasen sowie eine Hagebuttenhecke wuchsen. Diese war jetzt im Winter recht durchsichtig, wobei in dem Garten so viele knorrige Kiefern standen, dass dennoch kaum ein Fußgänger einen Blick auf das Haus erhaschen konnte. Das war hier durchaus angenehm. Ich kannte es von mir selbst, dass ich auch neugierig durch die Gassen dieses Ortes schlenderte und versuchte, in die Gärten der Anwesen zu blicken. Ich liebte es, dann zu träumen und Geschichten zu erfinden, wer wohl in diesen Häusern lebte und wie es sein würde, Eigentümerin eines solchen Traumhauses zu sein.

In einer Ecke des Gartens entdeckte ich zwei Liegestühle, die jetzt im Winter unter Abdeckungen standen. Ich erinnerte mich an nicht enden wollende Sommerabende, an denen wir hier so manche Weinschorle genossen hatten. Wir hatten unter dem von funkelnden Sternen verzierten Himmelszelt gelegen und geträumt, gelacht und manchmal auch geweint. Immer aber hatte es sich gut angefühlt, weil wir zusammen waren. Das hatte uns beide oft darüber hinweggetröstet, dass viele Jahre ausblieb, wovon wir in diesen Nächten träumten: Die große Liebe hatten wir bisher beide nicht gefunden. Wehmütig seufzte ich und schüttelte diesen Gedanken dann ab: Ich wollte erst einmal die wunderbare Atmosphäre dieses Ortes genießen, der fast schon wie ein zweites Zuhause für mich war.

Meine Augen schweiften weiter über das, was vor mir lag. Im vorderen Teil des Cafés sah ich die Terrasse, auf der in den wärmeren Jahreszeiten Kuchen und Getränke serviert wurden. Im Winter, vor allem zur Weihnachtszeit, wurde diese nur geschmückt, nicht bespielt, wie mir Linnea einmal erzählt hatte. Bisher konnte ich hier aber noch keine weihnachtliche Dekoration entdecken. Prickelnde Vorfreude breitete sich in mir aus. Es würde bestimmt zauberhaft aussehen, wenn das Haus mit Lichterketten, Sternen und Weihnachtskugeln geschmückt sein würde. Hier, mit Abstand von Hamburg und meiner Schwägerin, konnte ich mich wieder ganz unbeschwert auf die Weihnachtszeit freuen.

• • •

»Nimm doch Platz. Ich hab uns erst mal einen frischen Friesentee, den Winterzaubertee, aufgebrüht. Schmeckt nach Orange und Zimt und wärmt ganz wundervoll«, freute sich meine Freundin, als ich zurück ins Café kam, und deutete auf einen Tisch in der Nähe des Kachelofens. Es war der Platz, den sie nach ihrem Vater *Johanns Eck* getauft hatte und den wir alle am liebsten hatten. Gerade war kein Gast da, der dort saß.

»Wie schön, dass wir nun doch nicht den Wintermarkt absagen müssen«, frohlockte Anne, die die Getränke und ein Stück Friesentorte für mich an den Tisch brachte.

»Oh ja! Früher waren wir jedes Jahr mit dabei. Ich habe hier die Stellung gehalten, und Papa stand auf dem Markt. Aber da war hier längst nicht so viel zu tun wie heute.« Gespielt bedauernd hob Linnea die Handflächen und lächelte. »Es hat halt alles seine Vor- und seine Nachteile.«

»Also ich finde, es hat nur Vorteile«, verkündete ich mit vollem Mund. »Schließlich wäre ich sonst doch gar nicht hier. Und ich käme nicht in den Genuss dieser köstlichen Torte.« Wir lachten.

»Da hast du vollkommen recht«, stimmte Linnea zu. Zögernd fügte sie hinzu: »Es ist nur einfach schon ganz schön anstrengend zurzeit.« Sie senkte den Blick. »Aber so soll das sein. Papa würde sich freuen.«

Die Lücke, die Linneas Papa hinterlassen hatte, war nicht leicht zu füllen. Vermutlich tröstete es Linnea, dass Johann wahnsinnig stolz wäre, wenn er sehen würde, wie erfolgreich es hier weiterging. Aber das war halt auch nicht alles. Es war der Mensch, der fehlte. Ich hatte Linneas Vater gar nicht kennengelernt. Linnea und ich waren uns erst in der Zeit nach seinem Tod begegnet. Zu ihrer Mutter, die die Familie vor vielen Jahren verlassen hatte, hatte Linnea kaum Kontakt. Sie lebte in Süddeutschland.

Anne kam wieder an den Tisch. »Heute ist es ja etwas ruhiger. Nutzt doch den Nachmittag für euch und unternehmt was. Ich halte hier die Stellung.«

»Echt? Das wäre großartig«, rief ich.

»Meinst du, das passt wirklich?« Linneas Blick war skeptisch.

»Wenn es dir lieber ist, du bleibst hier, verstehe ich das. Dann schaue ich euch schon mal über die Schulter«, bot ich an.

»Nun macht euch mal nicht verrückt. Ich schaff das schon. Ich bin mir sicher, ihr habt euch so einiges zu erzählen.« Anne lächelte aufmunternd.

»Ich würde mir meinen dicken Mantel schnell holen und hätte große Lust auf einen Spaziergang am Kampener Strand. Was meinst du?« Tatsächlich konnte ich es kaum erwarten, ans Meer zu fahren. Wann immer ich auf Sylt angekommen war, war das einer meiner ersten Wege.

»Wenn's dir nicht zu frisch ist?« Linnea blickte mich zögerlich an. »Die Winter hier sind nicht ohne!«

»Wo denkst du hin!«

Nun lächelte Linnea und nickte. »Dann zieh dich warm an!«

• • •

Wir kamen am Parkplatz am Strand vor Kampen an. Uns empfing eiskalter Wind, der die Fahnen an den Masten eines nahe gelegenen Lokals beinahe zum Zerreißen brachte. Ich zog mein Stirnband tiefer ins Gesicht. »Wow! Der blaue Himmel und die Sonne täuschen! Dabei ist es tatsächlich so bitterkalt, Wahnsinn!« Ich rieb meine Hände aneinander.

»Wollen wir doch lieber umdrehen?«, fragte Linnea mit besorgtem Blick. Gerade setzte sie sich noch eine riesengroße Sonnenbrille auf die Nase. Sie sah aus, als habe sie vor, auf eine Expedition in die Antarktis aufzubrechen. Hatte ich mich eben noch lustig gemacht über ihren Schal und die dicke Mütze, unter der ich meine Freundin nur noch erahnen konnte, wusste ich jetzt, warum sie dies zusätzlich zu dem überdimensionalen Mantel trug. Es war so kalt hier, dass jegliche ergänzende Kleidungsschicht auf jeden Fall eine gute Idee war.

Sie öffnete den Kofferraum und zog einen weiteren Schal hervor, ebenso eine Mütze. »Hier! Nimm das noch mal dazu«, riet sie mir, und ich nahm es dankbar an.

»Oh, das ist echt lieb! Da sage ich nicht Nein.«

»So müssen wir uns zwar anbrüllen, wenn wir uns unterhalten wollen, aber ich verspreche dir, du lernst es, vor allem unten am Wasser, gleich zu schätzen.« Linnea grinste.

Sobald ich eingepackt war, stiefelten wir los. Wir lehnten uns gegen den Wind, und ich stellte mir vor, dass ich nach der kurzen Strecke bis zum Strand schon zusätzliche Bauchmuskeln entwickelt haben würde, so stark war der Gegenwind. Die ersten Meter gingen wir seitlich, um dem Sturm aus kleinen piksenden Geschossen unzähliger Sandkörner, der uns über den Dünenkamm entgegenwehte, Paroli zu bieten.

Am Strand war es hingegen unerwartet angenehm. Der Sand war an der Oberfläche angefroren, und daher kam es mir leichter vor, darauf zu gehen, als sonst. Ich ließ den Blick über das Wasser schweifen, das weit und scheinbar unendlich vor uns lag. Die Wellen schlugen schäumend auf das Land. Ein lautes Rauschen lag in der Luft. Dieser Anblick vor der einmaligen Geräuschkulisse hatte schon immer eine überwältigende Wirkung auf mich gehabt und verschlug mir auch dieses Mal den Atem. Die Sonne stand hoch über dem graublauen Meer und ließ die Oberfläche mystisch glitzern. Ich spürte den Wind auf meiner Haut, eiskalt, aber erfrischend. Meiner Seele tat die Luft gut, und es kam mir vor, als puste sie auch den letzten trüben Gedankennebel aus meinem Kopf heraus.

»Es ist echt schon superkalt für diese Zeit, oder?«, fragte ich Linnea.

»Ziemlich. Aber wenn's dabei so trocken ist, ist mir das nur recht.«

»Ja, mit Regen wäre das längst nicht so charmant hier. Schon jetzt hat mich der Winter auf Sylt aber absolut überzeugt. Es ist traumhaft!« Ich blickte meine Freundin von der Seite an. Sie schaute über das Meer. »Geht es dir gut?«

Linnea zog die Schultern hoch, ließ sie dann langsam wieder sinken.

»Wenn man sieht, was im *Friesenstübchen* so los ist, sollte es mir eigentlich ganz gut gehen.«

»Ist es denn nicht so?«

»Ich wünschte, ich könnte einfach Doch sagen«, antwortete sie dann, und ihr Blick ging zu ihren Fußspitzen.

»Warum kannst du es nicht? Macht es dir keinen Spaß?«

»Doch, schon.«

»Was ist es dann? Bist du noch immer traurig wegen deines Papas?«

»Wäre ziemlich kindisch, findest du nicht?«

»Weiß nicht. Du *bist* sein Kind. Man bleibt immer das Kind seiner Eltern. Und damit vielleicht auch auf eine Art irgendwie immer kindlich traurig darüber, dass Menschen sterben. Ich bin auch immer wieder traurig, wenn ich daran denke, wie sehr meine Oma mir fehlt. Außerdem wirst du täglich an ihn erinnert, weil du sein Lebenswerk fortführst.«

Linnea lächelte ein betrübtes Lächeln. Die Lippen aufeinandergepresst. Ernsthaft und nachdenklich.

»Noch dazu hattet ihr immer ein unheimlich enges Verhältnis, dein Papa und du.«

Meine Freundin nickte, und ihre Mundwinkel zuckten, als wüssten sie nicht, ob ein Lachen oder Weinen von ihnen ausgehen sollte. »Sein Tod kam so plötzlich. Es war ein Schock. Klar, es ist immer schlimm, wenn ein geliebter Mensch stirbt. Es muss genauso schrecklich sein, sich auf den Tod vorzubereiten. Aber dieses Unerwartete ist es, was mich bis heute fassungslos macht. Er fehlt hier einfach. Als Papa, mein Ratgeber in allen Lebenslagen. Als Kumpel, als Chef des *Friesenstübchens*. Überall. Das Sterben gehört zum Leben. Theoretisch weiß man das wohl. Und vielleicht ordnet man das irgendwann einer bestimmten Lebensphase auch zu. Mag alles sein. Aber wenn es so mitten im Leben passiert, wenn man meinte, für so viele Dinge noch Zeit zu haben, wenn man so viele Gespräche noch führen wollte, so viele Streits noch zu Ende ausfechten wollte, dann kommt man irgendwie nicht drauf, klar, wenn's dann einfach so geschieht. Und natürlich hilft die Zeit, dass man das, was man einfach nicht fassen will, annimmt und damit lebt. Aber sie heilt halt nicht alles. Entschuldige.« Sie machte eine Pause. »Ich will dich nicht volljammern.«

»Nein, das tust du nicht. Ganz und gar nicht. Ich glaube dir, dass das alles schwer für dich ist. Auch heute noch.«

»Ach ich habe heute wohl meinen melancholischen Tag«,

sagte Linnea ausweichend. »Was für ein großes Glück, dass du jetzt hier bist und das Schicksal uns hier auf Sylt nach dem Tod von Papa zusammengebracht hat!«

»Absolut! Ich bin immer für dich da.«

Ein dankbares Lächeln traf mich. »Das weiß ich! Das war damals schon so.«

Ich dachte daran, dass es bei mir der Liebeskummer war, durch den wir uns kennengelernt hatten, als Linnea noch mitten in der Trauer um ihren Papa war. Was mich zu einem anderen Thema brachte: »Was macht denn eigentlich die Liebe?«, fragte ich sie, woraufhin sie sofort abwinkte. Ich wusste ja, dass sie derzeit keinen Partner hatte. Aber es war doch etwas anderes, persönlich darüber zu sprechen, als immer nur am Telefon.

»Okay, verstehe. Falsche Frage. Geht mir übrigens nicht anders.« Ich hatte zwar in den letzten Jahren immer mal wieder Partner gehabt. Nie jedoch war es wirklich etwas gewesen, was Zukunftspotenzial gehabt hätte.

Wir lachten beide, wenn auch Linneas Lachen ein wenig verhaltener war als meins.

»Nein, ich muss gestehen, dass ich vor lauter Arbeit abends einfach todmüde ins Bett falle. Wenn es nicht gerade der Lebensmittellieferant, mein Steuerberater, der Postbote oder ein Gast ist, der sich als mein Traumprinz entpuppt, werde ich wohl in diesem Leben niemanden mehr kennenlernen«, scherzte Linnea.

»Das klingt, als seist du steinalt«, entgegnete ich empört.

»Ich sage ja nur, wie es ist.«

»Bei den Leuten aus deiner Branche müsste man es doch mit ganz ähnlichen Arbeitszeiten zu tun haben. Ist da denn keiner dabei, der in einem vergleichbaren Rhythmus lebt wie du? Der auch so viel arbeitet, vielleicht ebenso in der Gastro? Oder ist das dann zu viel Berufliches und Privates unter einem Hut?«

»Ach, das will ich so nicht sagen. Zumindest ist da sicher viel Verständnis füreinander da, was auch unbedingt notwendig ist.« Linnea wurde mit einem Mal unter ihrer riesigen Sonnenbrille ganz rot, und ich hatte den Eindruck, damit direkt ins Schwarze getroffen zu haben.

»Verstehe«, sagte ich gedehnt. »Na, da bin ich ja mal gespannt, wen du mir so vorstellst!«

»Nein, es ist nicht, wie du denkst«, verteidigte sich Linnea, was ihrer auffälligen Gesichtsfarbe jedoch nicht unbedingt zuträglich war. Verlegen winkte sie ab.

»Wie süß! Das muss dir doch nicht unangenehm sein – vor mir ja wohl schon gar nicht! Ich freue mich doch für dich!« Ich strahlte, denn es war wirklich so, dass ich niemandem mehr eine Liebe wünschte als meiner Freundin Linnea. »Wer macht das denn mit dem Wintermarkt eigentlich? Du erzähltest von einem Freund? Oder sind das mehrere?«

»Nein, also das ist in erster Linie Erik Larsen. Er betreibt ein Restaurant in Keitum. Ich kenne ihn schon ewig und mag ihn sehr. Er ist ein guter Freund von mir.«

»Aha!« Ich schmunzelte, und Linnea knuffte mich in die Seite.

»Josi!«

»Ich kann es kaum erwarten, ihn kennenzulernen. Beschreib ihn mir doch noch ein bisschen mehr. Wie sieht er denn aus?«

»Ohne dass du da gleich wieder zu viel hineindeuten musst, kann ich ganz wertfrei sagen, dass er sehr gut aussieht. Er wäre sicher auch genau *dein* Typ. Groß, dunkelhaarig, supercharismatische Erscheinung. Ein eher klassischer, gleichzeitig lässiger Style.«

»Na, da kommt ja jemand aus dem Schwärmen kaum noch heraus. Ich habe langsam den Verdacht, dass du dem Erik schon allein deshalb keinen Korb für den Wintermarkt geben wolltest, weil du ihn ganz vielleicht doch ein kleines bisschen mehr magst, als du zugeben willst.« Prüfend legte ich den Kopf schief und lugte Linnea von der Seite an.

Die verbarg ihre Augen jedoch weiterhin hinter der Sonnenbrille. »Josi, du nervst! Echt!«, sagte sie grinsend und schubste mich weg. Plötzlich klingelte ihr Telefon, und während sie sprach, betrachtete ich meine Freundin und bemerkte, wie fröhlich sie wirkte.

»Lass mich raten! Deiner Gesichtsfarbe nach zu urteilen, war es doch Erik, der da gerade angerufen hat?« Fragend legte ich den Kopf schief.

»Das muss die Kälte sein«, lenkte sie ab und hielt schützend die Hände an ihre Wangen.

»Nee, nee, nee! Den Eindruck habe ich nicht!«

»Na ja, teilweise hast du auch recht«, gab Linnea plötzlich zu.

»Ich werd verrückt! Du gibst es also zu!«

»Nein! Also ich meine mit dem Anrufer hast du recht! Es war Erik. Und er will sich mit uns treffen.«

»Na, wunderbar! Jetzt sofort?«

»Nein, jetzt passt es ja nicht.«

»Aber ich dachte, Anne hält die Stellung?« Enttäuscht ließ ich die Hände sinken.

»Schon, aber den ganzen Tag wollte ich sie nicht einplanen im Café.«

»Du bist einfach unverbesserlich.«

»Übermorgen zum Mittag sind wir bei ihm im Restaurant eingeladen.«

»Auch gut! Und es ist echt in Ordnung für dich, wenn ich dabei bin?« Ich grinste breit. »Ich meine, ich will euch nicht stören, oder so ...«

Linnea schüttelte den Kopf. »Es ist sogar zwingend notwendig, dass du dabei bist. Wir wollen nämlich alles für den Wintermarkt besprechen. Und da soll er dich ja unbedingt kennenlernen.« Linnea strich sich eine Strähne aus dem Gesicht, die ihr der Wind vor die Sonnenbrille geweht hatte.

»Klingt nach einem Plan. Darauf freue ich mich. Und bis dahin passe ich auf, dass du nicht immerzu nur arbeitest und wir es uns auch mal gemütlich machen.«

Linnea wollte gerade etwas erwidern, aber da hob ich mahnend den Zeigefinger, und sie winkte lächelnd ab. Ich hakte mich bei ihr unter und freute mich auf die Zeit mit meiner Freundin. Ich würde schon noch herausbekommen, ob da nicht doch ein bisschen mehr war als Freundschaft mit diesem Erik.

»Für heute schlage ich vor, dass wir uns nach Feierabend ganz entspannt was zu essen nach Hause liefern lassen. Dann haben wir ausreichend Zeit zu quatschen, können endlich mal wieder ein Gläschen Wein miteinander trinken, und keiner muss mehr fahren. Und außerdem müssen wir bei dieser Kälte nicht noch mal raus. Für abends ist nämlich auch noch Regen angesagt, und die Kombination aus scharfem Wind und Nässe ist sogar für uns Einheimische eine echte Herausforderung. Da tut man sich den größten Gefallen, wenn man es sich am heimischen Kamin gemütlich macht.« Sie zögerte einen Moment. »Allein nutze ich den, ehrlich gesagt, viel zu selten. Mit dir zusammen ist das gleich so viel kuscheliger.« Dankbar blickte Linnea mich an.

»Klasse Idee. So machen wir das. Bis dahin schaue ich Anne und dir ein wenig über die Schulter und mixe schon einmal das ein oder andere Getränk für den Wintermarkt. Das können wir sicher auch gebrauchen, wenn wir wieder zurück sind.« Demonstrativ rieb ich mir die Arme.

Der Wind blies so stark, dass wir uns auf dem Rückweg zum Auto kaum unterhalten konnten, weil er uns nun von vorne traf.

Die Krägen aufgestellt, gingen wir zufrieden schweigend nebeneinanderher. Mit einer Hand hielt ich den Schal halb vor meinen Mund. Schweigen war zwischen Linnea und mir nie unangenehm. Genauso gut, wie wir uns über alle möglichen Themen unterhalten konnten, konnten wir auch gemeinsam Ruhe genießen. Das war es, was ich besonders schätzte an meiner Freundin. Ich legte den Arm um Linnea und drückte sie an mich. Sanft schmiegte sie im Gehen den Kopf an meine Schulter. »Schön, dass du da bist, Josi«, rief sie gegen den Wind.

Ein paar hundert Meter weiter ließ der Sturm ein wenig nach, und wir konnten uns wieder unterhalten. »Wenn wir zusammen sind, fühlt sich irgendwie alles so viel leichter an, findest du nicht auch?« Ein warmherziges Lächeln traf mich. »Irgendwer hat mal gesagt, dass es Menschen gibt, die es schaffen, dass man sich in deren Gegenwart selbst so richtig gerne mag. Vielleicht, weil sie einem das Gefühl geben, dass man genau so sein darf, wie man ist. Ganz unverfälscht und klar. Ist das nicht ein toller Gedanke? Als ich das gehört hab, hab ich an dich gedacht. Mit dir geht es mir so«, fuhr sie fort.

Ich nickte. »Das stimmt. Danke! Wie schön! Das geht mir ganz genauso«, antwortete ich und spürte eine große Dankbarkeit in mir aufsteigen. Während wir hier am Strand entlanggingen, war es, als tankte ich meine Akkus mit neuer Energie auf. Die Insel, meine Freundin, all das sorgte dafür, dass ich wieder voller Zuversicht nach vorne schaute, weit über allen Kummer, den ich aktuell hatte, hinweg. Die dunklen Wolken aus Kündigung, nerviger Schwägerin und Zukunftsängsten lagen über Hamburg. Mein Blick ging nicht mehr dorthin, sondern in die Ferne. Bis zum Horizont. Als hätte ich mit der Reise nach Sylt für einige Zeit all die Unsicherheit und die Sorgen aus meiner Heimat hinter mir gelassen. Es war natürlich schon so, dass ich mir überlegen musste, wie es im nächsten Jahr weitergehen würde für mich. Das war auch mir klar. Irgendwann wären meine Ersparnisse aufgebraucht, und auch wenn Linnea mir ein Gehalt zahlen wollte, würde es nicht so viel sein, dass ich auf Dauer davon meine teure Miete in Hamburg stemmen könnte. Aber ich hatte schon immer so gelebt, dass ich mir erst dann Sorgen machte, wenn es wirklich nötig war. Noch stand mir das Wasser allenfalls knöchelhoch. Das war schon öfter mal so gewesen und kein Umstand, der mich in Panik versetzte. Dafür musste es schon mindestens in Richtung meiner Schultern, wenn nicht sogar auf Kinnhöhe steigen.

»Jetzt ein heißes Getränk, das wäre perfekt«, stellte ich fest und rieb mir die Hände. Wir bogen gerade in den Weg zum Parkplatz ein.

»Da hast du recht. So ein Tee oder ein Kakao to go wäre großartig nach diesem Winterspaziergang am Meer«, stimmte auch Linnea zu. »Im Sommer steht da unten am Ende des Holzstegs am Strand der Eiswagen. Aber im Herbst und im Winter fehlt hier echt was.«

Ich dachte an den Wagen, den ich gesehen hatte, als ich mich mit meinem Bruder getroffen hatte und wo ich nach meinem Telefonat mit Linnea die Honigmilch und den Punsch mit der Verkäuferin getrunken hatte. Die Begegnung war mir wie ein Zeichen vorgekommen, dass es hier mit dem Wintermarkt weitergehen durfte.

»Hat sich denn deine Familie noch mal gemeldet?«, erkundigte sich Linnea, als wir wieder im Auto saßen.

Ich schüttelte den Kopf. »Mit meinem Bruder und Felicitas ist Funkstille. Sie sind offenbar richtig sauer. Echt albern, wie verbohrt sie mit ihrem Weihnachtsfest sind. Aber mir soll es egal sein. Sind ja selbst schuld, wenn sie die Art von Druck aufbauen. Ohne Oma wäre es unerträglich geworden.«

»Das stimmt. Deine Familie hätte auch ohne meinen Anruf damit rechnen müssen, dass du das nicht ewig mitmachst. Schade, dass es so ist. Aber ich hoffe, du wirst hier mit mir ein schönes Fest haben.« Linnea sah mich von der Seite an und lächelte. »Sicher ganz anders, aber bestimmt unvergesslich.«

»Davon gehe ich aus! Und ›ganz anders‹ klingt auf jeden Fall schon einmal viel besser. Und wenn Oma wüsste, dass ich hier auf Sylt Weihnachten feiere, würde sie sich unendlich mit mir freuen.«

»Weihnachten ist auch für mich immer sehr emotional. Meistens arbeite ich durch und denke viel an Papa. Aber gemeinsam schaffen wir das alles.« Aufmunternd schaute Linnea mich an, bevor sie den Blick wieder auf die Straße richtete.

Ich dachte daran, wie Linnea mir in den letzten Jahren immer erzählt hatte, dass sie gerne an den Feiertagen arbeitete. Sicher war das nur die halbe Wahrheit, und die Ablenkung tat ihr gut.

»Wir räumen deinem Papa und meiner Oma den allerbesten Platz auf dem Wintermarkt ein.«

Linnea lachte leise. »Unbedingt!«

Ich nickte und freute mich wirklich auf die Weihnachtszeit hier auf Sylt. Einerseits auf den Wintermarkt, der eine einmalige Atmosphäre versprach und bei dem ich Linneas Café würdevoll vertreten wollte. Andererseits auf die Zeit hier an der See, die ich mit meiner Freundin verbringen würde.

Ich konnte es kaum erwarten, diese besondere Mischung aus Stille, beliebtem Urlaubsziel und neuen Eindrücken zum ersten Mal mitzuerleben. Außerdem war ich auch gespannt auf die Leute, die ich hier noch treffen würde.

Bisher kannte ich vor allem Linneas Mitarbeiterin Anne. Als wir bei meinen vorherigen Besuchen auf Sylt feiern gegangen waren, hatte ich auch einige Freunde und Bekannte von Linnea kennengelernt. Aber Erik kannte ich noch nicht, und ich war sehr gespannt, ihn zu treffen. Offenbar mochte meine Freundin ihn ja sehr gerne. Mich wunderte, dass sie ihn mir nicht schon viel früher vorgestellt hatte.

»Hat Erik denn immer schon auf Sylt gelebt?«, fragte ich Linnea.

»Er kommt von hier, ja. Aber er hat einige Zeit in Österreich gearbeitet, weil er Station in verschiedenen Hotels gemacht hat, bevor er wieder hierher zurückkam und im letzten Jahr das Restaurant seiner Eltern übernommen hat«, erklärte Linnea.

»Wie spannend. Ich hab nämlich gerade überlegt. Ich kenne ihn doch noch nicht, oder?«

»Nein, bei deinen letzten Besuchen war er, wenn ich mich recht erinnere, nie dabei. Da hat er wahrscheinlich immer gearbeitet. In den vergangenen Monaten sah man ihn nur noch im Restaurant.« Linnea hob bedauernd die Schultern. »Er lebt nur für den Betrieb.«

»Ach! So was gibt's?« Gespielt überrascht schaute ich sie an und schüttelte empört den Kopf. »Unvorstellbar!«

Sie schenkte mir einen vielsagenden Blick, und ich sah, wie ihre Hände sich fester um das Lenkrad krallten. »Bei mir ist das ja was ganz anderes.«

»Ach so, klar!«

»Ja. Ich wurde da so hineingeschubst. Ich musste ja erst mal schauen, wie das alles so geht mit dem Café. Wenn man eigentlich gar nicht so recht diesen Plan hatte, plötzlich ein eigenes Unternehmen zu führen, ist es leicht, den Kopf zu verlieren, wenn man es dann einfach so trotzdem tun muss.«

»Das glaube ich.«

»Ich will auch gar nicht jammern. Der Einsatz wurde ja belohnt. Schlimmer wäre es, wenn es alles schiefgegangen wäre und ich mein eigentliches Leben umsonst hinten angestellt hätte.«

Erschrocken schaute ich sie an. »Das klingt hart!«

»Entschuldige, ganz so krass ist es auch gar nicht gemeint. Ist mir jetzt so rausgerutscht.«

Ich hob die Augenbrauen. Linnea wusste ebenso gut wie ich, dass an allem, was man aussprach, immer ein Funken Wahrheit war. Erneut bestätigte mich das darin, dass es genau richtig war, dass ich erst mal hier war und meine Freundin tagtäglich sanft darauf hinweisen konnte, dass es ein Leben neben dem Café gab.

• • •

Wir kamen wieder an Linneas Haus an, und bis zum Abend hatten wir gut zu tun. Während Anne und Linnea die Gäste bewirteten, suchte ich schon einmal die Produkte von der Karte heraus, die für den Stand auf dem Weihnachtsmarkt infrage kamen. Linnea hatte mir in der Küche die Zutaten bereitgestellt, um verschiedene Varianten auszuprobieren.

Ich entschied mich für die heiße Schokolade mit Sahne, die ich mit vielerlei Toppings anbieten wollte. Dabei gingen meine Ideen von Marshmallows bis hin zu allerlei Keksvariationen im Miniaturformat. Hier kam mir meine Konditorausbildung zugute, die ich gemacht hatte, bevor ich damals die kaufmännische Lehre absolviert hatte. Ich hatte eine Zeit lang in einem Café gearbeitet, in dem wir auch Kekse zum Tee und Kaffee angeboten hatten. Diese hatten wir selbst gebacken, und ich hatte eine Leidenschaft dafür entwickelt. Ich hatte dafür ein kleines Heft kreiert, in welchem ich die Rezepte zusammengeschrieben hatte, und dieses in weiser Voraussicht mit eingepackt. Damals hatten wir uns rund um die Weihnachtszeit auch verschiedene Punsch-Rezepte im

Rahmen eines Projektes überlegt, die ebenso in dem Buch standen. Falls Linnea sich das vorstellen konnte, würde ich diese auch mit in das Angebot auf unserem Marktstand einfließen lassen. Von der Karte aus dem *Friesenstübchen* würde ich noch die Honigmilch, den Winterzaubertee, den alkoholfreien Winterpunsch, welcher aus diversen warmen Säften bestand, sowie den Pharisäer, Kaffee mit Rum und Sahnehäubchen, wählen. Dazu die Variante für diejenigen, die nicht so gerne Kaffee tranken, die Tote Tante.

Klassiker wie Glühwein und verschiedene winterliche Teesorten durften nicht fehlen. Damit war das Angebot doch reichlich. Zu klären blieb noch, was sonst noch denkbar für uns wäre. Ich notierte unter meiner Liste Waffeln mit einem Fragezeichen.

Alle Getränke sollten einen klangvollen Namen bekommen, dachte ich. Der ganze Stand sollte im Zeichen von Hygge stehen. Das aus dem Dänischen kommende Wort, welches so viel wie »angenehm, gemütlich« bedeutete, passte perfekt zu dem, was ich mir für den Stand wünschte. Man bezeichnete mit »Hygge« eine Lebensweise, die Familie, Freunde und Herzlichkeit in den Vordergrund stellte und eine Atmosphäre zauberte, in der man die schönen Dinge des Lebens gemeinsam genoss. Eine wunderbare Idee, mit der kalten, rauen Jahreszeit umzugehen, wie ich fand. Anderen Menschen etwas Gutes zu tun und für kleine Glücksmomente im Alltag zu sorgen war doch ein toller Grundgedanke und das perfekte Herzstück für einen Weihnachtsmarktstand. Ich mixte die Zutaten zusammen und kostete die verschiedenen Kreationen. Begeistert krönte ich meine Favoriten und bereitete in kleinen Espressotassen Probierportionen für Anne und Linnea vor, damit diese ihre Wertung und Verfeinerungstipps abgeben konnten.

Mit klopfendem Herzen stellte ich die Tässchen auf ein Tablett und brachte dies hinter den Tresen. Als Linnea in einer ruhigen Minute zu mir kam, nutzte ich die Pause.

»Ich habe hier die allerersten Testproben des *Winterzaubertees* und der *Toten Tante*. Ich bin gespannt, ob ihr noch Änderungswünsche habt.« Auffordernd deutete ich auf die Tässchen, und Linnea hob voller Vorfreude die Augenbrauen.

»Oh, wie wundervoll! Anne, wir haben einen Auftrag«, rief sie und rieb sich die Hände.

»Was für ein Glück«, freute auch Anne sich und kam eiligen Schrittes näher.

»Ich habe mir überlegt, dass das gesamte Motto des Standes ›Hygge‹ sein sollte. Ganz viel Wärme, der Fokus liegt auf dem Schönen im Alltag. Genau das ist es doch auch, was einem gerade hier auf Sylt besonders in dieser Zeit nicht allzu schwerfallen sollte.«

Während ich sprach, spürte ich genau das, was ich beschrieb, und mein Herz flatterte vor lauter Aufregung. Erst recht, als ich sah, dass sich Linnea und Anne nach dem ersten Schluck der Drinks genüsslich mit der Zunge um die Lippen fuhren. In ihren Gesichtern erkannte ich ein zufriedenes Lächeln.

»Es schmeckt nach Winter, Gemütlichkeit und Wohlfühlen. Einfach nur gut! Wie eine kuschelige Umarmung von innen«, sagte Linnea mit einem liebevollen Ausdruck in den Augen.

»Wunderbar! Genau das hab ich mir gewünscht! Dann stehen damit schon die ersten Getränke für den Stand.«

Jetzt ging es darum, die Deko rund um die Produkte, die von sich aus ja schon für Wärme und Gemütlichkeit standen, diesem Bild anzupassen. Ich wollte mir unbedingt die Hütten zeigen lassen, die für den Markt angedacht waren. Hygge war ein Lebensgefühl, und ich hoffte, dass ich das hier mit einbringen konnte. Unsere Gäste sollten sich ganz besonders wohlfühlen an unserem

Stand in diesem malerischen Ort auf ihrer Lieblingsinsel: In meinem Kopf überschlugen sich die Bilder, auf denen alles glitzerte und leuchtete. Und das Allerbeste daran war, dass es meine Handschrift tragen durfte, während ich mittendrin war. Hier bei Linnea und rund um den Wintermarkt wurde genau das gelebt, was ich mit der Agentur so gerne umgesetzt hätte und was mir gefehlt hatte.

• • •

Linnea war offen für meine Ideen, und es klang, als würden meine Vorschläge ihr gefallen. Ihr Café war ebenso eher gemütlich eingerichtet, und so würde sich der Stil in unserem Stand auf dem Wintermarkt wiederfinden.

Nach ein paar Stunden war mein Notizbuch voller Ideen und Skizzen, wie ich mir den Stand vorstellte. Meine Wangen glühten, als hätte ich schon vom Glühwein gekostet, und ich konnte es kaum erwarten, mit Erik und Linnea alle Pläne durchzugehen und ihr »Okay« zu bekommen.

Als ich meine Notizen zusammenpackte, verabschiedeten Linnea und Anne gerade die letzten Gäste, räumten Geschirr in die Spülmaschine und stellten Zucker und Kandis wieder in die Schränke.

Wir löschten alle Kerzen, und als Anne den Feierabend eingeläutet hatte, leerte Linnea die Kasse, wir schlossen die Tür und gingen in Linneas Wohnung.

Erschöpft ließen wir uns auf das breite Sofa fallen, nachdem wir uns noch bequeme Kleidung angezogen und Linnea den Kamin angezündet hatte.

»Lasst uns erst mal was zu essen bestellen, dann öffne ich uns eine Flasche Wein. Daraus können wir schon ein Glas genießen, während wir auf das Essen warten.«

Ich nickte begeistert. Der Vorschlag klang himmlisch.

4. Erik

Nach einem kurzen Frühstück ging ich rüber ins Restaurant, das direkt neben meiner Wohnung und der meiner Eltern am Keitumer Watt lag. Genau genommen war der Betrieb im selben Gebäude wie unser Wohnbereich untergebracht.

Heute war es zwar klirrend kalt, aber die Sonne schien vom wolkenleeren Himmel auf die winterliche Ortschaft herab. Dieser Tag wäre hervorragend geeignet für einen Winterspaziergang am Meer, dachte ich mit einer gewissen Wehmut. Kopf frei pusten, die Weite ohne Strandkörbe und viele Urlauber genießen und die Seele atmen lassen. Das waren die Vorzüge der Winterzeit auf Sylt, die ich sehr schätzte, aber leider viel zu selten nutzte. Die Insel war zwar aktuell recht gut besucht, am Strand jedoch war es leer – gar kein Vergleich zur Hochsaison im Sommer.

Wir hatten für den heutigen Tag einige Reservierungen zum Mittagstisch sowie ein paar Gäste, die sich für den Abend angekündigt hatten. Unser Restaurant war derzeit immer ausgebucht, und mein Team und ich hatten für die Woche verschiedene Gerichte zusammengestellt, von denen man Teile vorbereiten konnte und andere Teile frisch zubereitete.

In der Küche arbeitete ich gerade meine Cousine ein. Meine Eltern hatten, bevor sie zu ihrer Kreuzfahrt aufgebrochen waren, die Idee, dass meine zehn Jahre jüngere Cousine Elisa, die Interesse am Gastrogewerbe hatte, bei mir anfangen könnte. Wir hatten immer ein gutes Verhältnis gehabt, und nun entpuppte sie sich auch in der Küche als auffallend engagiert. Es war eine Freude, mit ihr zusammenzuarbeiten. Sie nahm mir schon jetzt viel Arbeit ab.

Ich war neugierig auf den morgigen Nachmittag – dass Linnea nun doch beim Wintermarkt dabei sein würde, hatte mir bereits die vergangenen Tage versüßt. Jetzt war ich gespannt darauf, ihre mysteriöse Freundin kennenzulernen und das Konzept für den Stand mit den beiden zu besprechen. Wir hatten uns um die Mittagszeit zu einem gemeinsamen Gespräch verabredet.

»Hast du eigentlich schon festgelegt, welche Gerichte für den Wintermarkt geplant sind?«, unterbrach Elisa meine Überlegungen. Ich griff nach einer Mappe, in der ich erste Ideen gesammelt hatte für den Stand, den ich für unser Restaurant auf dem Weihnachtsmarkt aufbauen wollte. Gemeinsam beugten wir uns über meine Notizen, und ich freute mich darüber, dass ihr gefiel, was sie sah. Begeistert studierte sie die Rezepte und hatte tolle Ideen zur Gestaltung der Teller.

Während sie mir mit leuchtenden Augen ihre Vorschläge erläuterte, wurde mir wieder klar, dass ich mit ihr einen absoluten Glücksgriff gelandet hatte und vor allem im Hinblick auf den Wintermarkt entspannt sein konnte. Eine bessere Hilfe konnte ich mir nicht vorstellen. Ich sah Elisa im nächsten Jahr schon einen eigenen Bereich der Küche übernehmen. Das traute ich ihr ohne Weiteres zu.

»Elisa, ich bin begeistert, wie klasse du dich einbringst in unser Restaurant. Man spürt, wie sehr du brennst für den Job. Das macht echt Freude«, lobte ich sie und sah, wie sie errötete. »Spitzenidee meiner Ma, dass du hier zu uns kommst.«

»Danke, Chef!« Sie strahlte übers ganze Gesicht. Sie nannte

mich, seit sie hier war, »Chef«, was mich am Anfang massiv irritiert hatte. Aber langsam hatte ich mich daran gewöhnt, und ich verstand ihr Motiv: Allen sollte klar sein, dass sie nicht nur hier war, weil sie meine Cousine war, sondern weil sie einen verdammt guten Job machte. »Freut mich, dass du das so siehst.«

»Ja, dein Engagement ist nicht selbstverständlich. Echt stark! Nicht umsonst hab ich uns als das Wintermarkt-Team aufgestellt. Ich freue mich wirklich darauf!«

»Ich mich auch!« Wieder strahlte sie.

Zufrieden machte ich mich wieder an die Arbeit.

• • •

»Na, das nenne ich mal eine Überraschung! So früh hab ich noch gar nicht mit euch gerechnet – wie schön!« Ich konnte kaum glauben, was ich sah, als ich an den Tisch trat, an den sich gerade ein Mann mit seinem Sohn gesetzt hatte, wie ich aus dem Augenwinkel mitbekommen hatte. Mein Mitarbeiter hatte sie dort platziert, als ich noch mit Elisa in der Küche gewesen war. Ich hatte tatsächlich zweimal hinschauen müssen, um sicherzugehen, dass es wirklich Niklas und sein Sohn waren.

»Sag mal, seid ihr geflogen, so schnell, wie ihr wart?«, fragte ich und schloss meinen Freund in die Arme, der wieder aufgestanden war, um mich zu begrüßen.

»Wir hatten eigentlich noch einen Tag Hamburg geplant, aber die Sehnsucht nach dem Meer war zu groß!« Niklas lachte und gab mich frei.

Dann ging ich um den Tisch und gab dem kleinen Jungen mit den auffallend blauen Augen und dem strubbeligen blonden Haarschopf die Hand. »Hey Anton! Schön, dich endlich wiederzusehen! Du großer Kerl! Wahnsinn!«

»Ganz die Ulmann-Sippe!« Niklas wuschelte dem Kleinen durchs Haar und lächelte stolz. Dieser zog einen Mundwinkel hoch.

»Absolut! Sehr cool jedenfalls!« Ich deutete auf den lässigen Pullover und die Turnschuhe. Mein Blick wanderte über die Jacke und den Rucksack, den der Junge vor sich auf den Tisch gestellt hatte und aus dem ein langer Dinosaurierhals ragte. »Wie ich sehe, hast du Verstärkung dabei. Ich hoffe, ihr drei habt ordentlich Hunger mitgebracht!«

»Und wie!« Anton machte ein Geräusch, das wie eine Mischung aus einem Löwengebrüll und einem Magenknurren klang, und wir lachten.

»Habt ihr schon bestellt?«

»Ja, Anton hat sich für den Piratenteller entschieden und ich für den Wintersalat mit Knusperlachs vorweg und dann das Filet vom Holsteiner Weiderind als Hauptgericht.« Niklas' Augen leuchteten.

»Perfekte Wahl«, freute ich mich. Er war, ebenso wie ich, ein Liebhaber guten Essens, das hatten wir sofort festgestellt, als wir uns kennenlernten. Als ich in Österreich gewesen war, um in einigen Betrieben Berufserfahrungen zu sammeln, waren wir uns begegnet. Über unsere gemeinsame Liebe zum Kochen und zur Insel Sylt waren wir ins Gespräch gekommen und hatten uns auf Anhieb gut verstanden. Er erzählte, dass er schon in vielen Ländern gelebt hatte. Unter anderem hatte er eine Zeit lang auch auf Sylt gewohnt. Seitdem hielten wir zwar Kontakt, sahen uns aber selten. Zuletzt vor einem Jahr. Dass er nun hier auf der Insel einen Neubeginn wagen wollte, fand ich großartig.

»Ich setze mich ein wenig zu euch, solange es noch etwas ruhiger ist«, schlug ich vor. »Später haben wir einige Reservierungen.

Aber wir werden ja von nun an hoffentlich ganz viel Gelegenheit haben, uns zu sehen. Ich freue mich, dass ihr hier seid.«

»Und wir uns erst!«

• • •

Elisa kam und brachte frisches Brot mit verschiedenen Dips und hausgemachtem Aufstrich unterschiedlicher Sorten, dazu für Anton eines der Malbücher, die wir extra für unsere kleinen Gäste hatten gestalten lassen. Anton hatte Freude daran und war beschäftigt.

»Hattet ihr eine gute Fahrt?«

»Ja, wir sind gut durchgekommen. Wir haben eine Nacht in Hamburg Station gemacht, das hat Anton super gefallen. Haben direkt am Hafen geschlafen und konnten stundenlang die dicken Pötte angucken. Das sieht man ja in den Bergen nicht alle Tage.« Niklas grinste. »Dann sind wir schnurstracks erst mal ans Meer gefahren, haben die Gummistiefel ausgepackt und waren da schon zwei Stunden, bevor wir hierherkamen.«

»Wow! Da hat die Kälte euch nichts ausgemacht?«

Niklas schüttelte den Kopf. »Sind wir ja gewohnt.«

»Stimmt auch wieder. Nur mit dem Skifahren ist's hier nicht allzu weit her.« Bedauernd hob ich die Schultern.

»Egal, das hatten wir nun lange genug. Jetzt heißt es Meer, Strand und Durchatmen. Ich freu mich echt darauf, glaub mir. Schön, wieder hier zu sein.«

»Und hat mit der Übergabe des Foodtrucks alles so geklappt, wie du es geplant hast?«

Niklas nickte. »Das hat reibungslos funktioniert.« Sein Blick wurde wehmütig. Er strich dem Jungen, der noch immer konzentriert malte, über das Haar.

»Aber schon schade, wenn du deinen Traum dann einfach so in die Hände eines anderen gibst und dich davon verabschieden musst.« Er zuckte die Schultern. »Wie so oft im Leben haben Entscheidungen immer zwei Seiten. Nicht ganz leicht.« Er wirkte einen Moment betrübt. »Hängen halt etliche Erinnerungen dran, und davon abgesehen steckte 'ne Menge Arbeit drin.« Er presste die Lippen aufeinander. »Aber alles geht nicht. Ich wollte einen Ort für Anton, an dem er langfristig aufwachsen kann und der ein echtes Zuhause für uns wird. Mich nicht mehr länger so fühlen, als sei ich auf dem Sprung. So haben wir ein wenig Startkapital, und es ist okay so. Jetzt kurz vor Schulbeginn ist der beste Zeitpunkt, hoffe ich.« Niklas drehte das Glas in seinen Händen. Er sah trotz der Sorgenfalten auf seiner Stirn gut aus. Ich musterte meinen Freund: Niklas war riesig, bestimmt zehn Zentimeter größer als ich, die Haare ein bisschen länger, als ich sie in den letzten Jahren getragen hatte, und hatte breite Schultern. Neben dem kleinen Jungen wirkte er wie der perfekte Beschützer. Sicher war er Antons größtes Vorbild. Die Haut gebräunt, die Haare leicht gewellt, wie immer ein wenig länger, was seinem Aussehen etwas Lässiges gab, das mir immer an ihm imponiert hatte. Unterstrichen wurde das durch seinen lockeren Kleidungsstil aus Jeans, Boots und Pullover.

»Wie gesagt, mein Angebot, dass du erst mal hier im Restaurant Fuß fassen kannst, steht. Bei uns wohnen könnt ihr ja sowieso, das weißt du. Und dass du mich bei der Wintermarkt-Organisation unterstützen willst, ist echt eine riesige Hilfe. Das so alles nebenbei zu stemmen ist in der Tat ein ganz schönes Brett, wie ich gerade merke. Das Restaurant fordert mich so schon ordentlich. Da kommt mir dein Support gerade recht. Du kennst dich aus mit derlei Events.«

»Klar, ich freue mich, wenn ich mit anpacken kann. Sperr

mich nur nicht in irgendein Büro oder so.« Niklas grinste und fuhr sich durchs Haar.

»Im kommenden Jahr können wir ja gemeinsam schauen, inwiefern eine Zukunft hier im Restaurant etwas für dich ist. Wie du weißt, hätte ich dich sehr gerne im Team.« Ich nickte auffordernd.

Niklas ließ das unkommentiert. Ich hatte ihm angeboten, in meinem Restaurant anzufangen. Eine Stelle, die auf sein Profil passte, war aktuell unbesetzt. Noch tat er sich schwer damit, sich festzulegen. Wahrscheinlich war er in Österreich zu lange sein eigener Herr gewesen.

»Mit der Leiterin des Kindergartens hab ich übrigens auch gequatscht, und sie sagt, es ist kein Thema, Anton da für die Monate bis zur Schule noch in die Vorschulgruppe zu stecken. Da hat er dann Zeit, sich hier ein wenig einzugewöhnen, und lernt vielleicht schon ein paar Kinder kennen, mit denen er dann im Sommer eingeschult wird.«

»Danke, Erik. Das ist echt klasse, was du hier alles schon in die Wege geleitet hast.« Sein Blick ging zu seinem Sohn. Sanft legte er seine riesengroße Hand auf den Rücken des Jungen. »Hast du gehört?« Anton war so vertieft in das Malbuch, dass er nur teilnahmslos nickte.

Ich winkte ab. »Lass ihn mal. Das ist für ihn ja auch alles ganz schön viel. Hauptsache, er fühlt sich wohl hier auf der Insel. Und das sieht ja erst mal danach aus.«

Mittlerweile hatte sich der Gastraum gefüllt, und es wartete Arbeit auf mich. Ich verabschiedete mich, um kurz darauf das Essen zu servieren. Dann half ich Elisa in der Küche. Als ich wieder an den Tisch kam, hatten die beiden gegessen und lobten die Gerichte. Antons zufriedenes Strahlen brachte auch mich zum Lachen.

»Wie schön, dass es euch geschmeckt hat. Ich würde euch eigentlich gerne nach Hause begleiten, weil hier allerdings noch so viel los ist heute, würde ich euch die Schlüssel mitgeben, und ihr schaut euch an, wo ihr wohnt.« Ich reichte Niklas die Schlüssel. »Elisa kommt einmal mit rüber zu unserem Hausteil und zeigt euch, wo es langgeht, und auch, wo ihr parken könnt.«

»Danke, mein Freund. Und, Erik?«

»Ja?«

»Wenn du später noch magst und es nicht mitten in der Nacht ist, bring doch nach der Arbeit zwei, vier Bier mit, und komm noch mal bei mir vorbei. Bisschen quatschen oder so. Würd mich echt freuen.« Sein Blick ging zu dem Jungen. »Ich will nur Anton nicht allein schlafen lassen.«

»Klar, gerne. Denn sehe ich zu, dass ich so gegen kurz nach halb zehn hier die Biege mache.«

»Perfekt!«

Ich bat Elisa darum, ab 21.30 Uhr gemeinsam mit den anderen Leuten aus Service und Küche die Stellung zu halten, sodass ich dann zu Niklas gehen konnte. Sie sagte sofort zu.

• • •

Ich hatte Niklas kurz angerufen, als ich vor seiner Tür stand, um Anton nicht aufzuwecken, und nun saßen wir auf der kleinen Couch an dem flachen Tisch bei Kerzenschein und eisgekühltem Bier.

Ich hatte aus dem Restaurant noch ein paar Cracker und Nüsse mitgebracht. Diese boten wir den Gästen an, wenn sie noch über das Essen hinaus sitzen blieben und das ein oder andere Getränk genossen, ohne in eine der Bars auf der Insel zu wechseln. Das hatte sich hier so eingebürgert, und ich schätzte es, dass die Leute gerne kamen und oft bis spät in die Abendstunden oder manchmal sogar bis frühmorgens dablieben. Jetzt um die Winterzeit herum war es aber ruhiger. Es waren eher die Sommermonate, in denen sich das dann auf der Terrasse abspielte, auf der man so gemütlich sitzen konnte und die unsere Gäste regelmäßig dazu verleitete, sich zu verquatschen. Ich verstand das. Die letzten Abende im Spätsommer, die kaum enden durften in den Augen der Gäste, während diese in windgeschützten Strandkörben oder Loungemöbeln und hinter den Glaswänden die manchmal schon recht kühle Abendluft gar nicht so spürten, waren auch für mich eine magische Zeit im Jahr.

»Schön hast du es in deinem Restaurant. Und was für ein Glück, dass deine Familie so ein riesiges Haus dazu hat, dass ihr hier alle auch wohnen könnt. Besser gehts ja kaum«, stellte Niklas fest und schaute sich anerkennend um. »Den Traumjob im eigenen Laden, ein Haus auf dieser fantastischen Insel – wow! Was für ein Luxus.«

»Da hast du recht, ja.« Ich dachte daran, dass ich womöglich bald einen Teil davon verkaufen würde, sagte aber nichts. »Meine Mutter würde behaupten, dass nur noch eine Frau fehlt.« Ich grinste schief.

»Siehst du das denn auch so?« Niklas drehte die Flasche Bier in seinen Händen und schaute mich an.

Ich hob die Schultern. »Manchmal wünsche ich mir das auch, ja. Aber das lässt sich ja nicht erzwingen. Das muss einfach passen. Und das hat es bisher leider nie.« Ich lächelte bedauernd. »Aber ich komme nicht wirklich dazu, mir Gedanken darüber zu machen. Der Betrieb ist ein absoluter Vollzeitjob. Aktuell hab ich kaum eine freie Minute.« Ich zuckte mit den Achseln. »Aber das ist schon okay. Macht mir Spaß, und ich geh echt voll dadrin auf. Was könnte es Besseres geben?«

Einen Moment lang schaute Niklas mich an, dann ging sein

Blick zur Schlafzimmertür, wo Anton schlief, als wollte er mir eine Antwort auf meine Frage geben. Ich ahnte, dass er mir damit andeuten wollte, dass es schon eine Alternative gab, die der Arbeit als Hauptinhalt im Leben Konkurrenz machen könnte. Aber er sagte nichts, und damit doch so viel. Niklas hatte nur am Rande mitbekommen, dass ich in Österreich nicht nur Berufserfahrungen gesammelt hatte. Ich hatte dort auch eine Frau kennengelernt, die mein Leben komplett auf den Kopf gestellt hatte. Sie war die Erste gewesen, für die ich bereit war, echte Kompromisse einzugehen. Das Ende unserer Beziehung war rund ein Jahr her. Auf meiner letzten Reise nach Österreich, die mit der Trennung endete, hatten auch Niklas und ich uns zuletzt gesehen.

Für einige Zeit hatte ich an die Liebe geglaubt. Aber das Gefühl war letztlich einseitig gewesen. Und noch heute konnte ich es kaum fassen, dass ich mich so sehr getäuscht und in eine Illusion verrannt hatte. Ich hatte mittlerweile entschieden, all meine Energie in meine Arbeit zu investieren. Und mit diesem Weg war ich erfolgreich. Ich konnte auf der einen Seite viel erreichen und meinen Lebensinhalt, das Restaurant, immer weiter vorantreiben. Und außerdem überspielte ich damit jegliche Emotionalität und den Wunsch nach der großen Liebe, über den ich in keiner Form bereit gewesen war, mit irgendwem zu sprechen. Das war etwas, was ich ausschließlich mit mir selbst ausmachen wollte.

»Was macht die Liebe bei dir? Die Tatsache, dass du ohne Frau hierhergekommen bist, spricht nicht dafür, dass du in festen Händen bist.« Fragend schaute ich meinen Freund an und lenkte von mir ab.

Er schüttelte den Kopf. »Nein. Ein Typ, der den ganzen Tag im Foodtruck steht und dessen Welt, wenn er dann endlich die Verkaufsklappe zugeschlossen hat, sich um 'nen Fünfjährigen dreht, ist für eine Frau nicht unbedingt die attraktivste Wahl.« Er lächelte ein wenig gequält, hob die Schultern und ließ sie matt wieder sinken. »Ganz so hab ich mir das vor ein paar Jahren auch nicht vorgestellt. Vor allem wollte ich nicht in den Bergen landen. Aber so ist das mit den Plänen.« Leise lachte er.

Niklas hatte wirklich meine Hochachtung: Er war alleinerziehend, seit Antons Mutter, die während ihrer Schwangerschaft an einer Meningitis erkrankt war, lange Zeit im Koma gelegen hatte und am Ende verstorben war.

Leise fuhr er fort: »Aber erst mal ging es darum, den Kleinen fit zu kriegen, und das sieht ganz gut aus. Nun heißt es, nach vorne zu schauen, und das geht hier bei all der Weite und dem frischen Wind einfach am allerbesten. Weißt du, die Berge haben mich irgendwie eingeengt, begrenzt. Es kam mir vor, als könnte ich nicht alles tun, was ich wollte. Als sei ich zwischen festen Grenzen gefangen. Das gefiel mir nicht. Das ist am Meer so ganz anders. Die Zeit, in der ich auf Sylt war, hat mir gezeigt, dass ich gerne hier leben würde. Ich hatte immer wieder richtig Heimweh.«

Ich nickte und schaute Niklas einen Moment lang schweigend an. Dann gingen meine Gedanken zu dem, was er über den Kleinen gesagt hatte. »Das heißt, aus ärztlicher Sicht ist Anton stabil?« Ich wusste, dass der Junge bisher aufgrund einiger gesundheitlicher Einschränkungen unter engmaschigen Kontrollen gestanden hatte. Weil er da wohl bei seinen Ärzten in Österreich in guten Händen gewesen war, war Niklas so lange wie nötig dortgeblieben. Außerdem hatte Antons Mutter nach seiner Geburt im Koma gelegen, und Niklas hatte lange gehofft, dass sie irgendwann doch wieder aufwachen und ihren Sohn kennenlernen könnte. Dass sie diesen Kampf letztlich verloren hatte, war für Niklas ein schwerer Schlag gewesen. Doch mittlerweile war er wieder so weit, nun nach mehreren Jahren wieder an seine eigenen

Träume anzuknüpfen und mit Anton an einen anderen Ort zu ziehen, um einen Neustart zu wagen.

»Ja, zum Glück haben sich alle zunächst vermuteten Beeinträchtigungen nicht bestätigt. Es geht ihm gut. Jetzt habe ich das Go bekommen, die Kontrollen abzuschließen und ihn ganz normal bei den kinderärztlichen Untersuchungen vorzustellen. Damit war dann meine Entscheidung, die Reise nach Sylt anzutreten, klar.«

»Und du wirst sie nicht bereuen«, behauptete ich und war fest überzeugt davon.

Niklas lächelte matt. »Das hoffe ich.« Er wirkte in sich gekehrt. Dabei schaute er auf seine Hände, in denen er die Bierflasche drehte. Er kam mir nachdenklich vor. Als zweifle er daran, was er gerade gesagt hatte. Ich freute mich darauf, ihn, wo ich nur konnte, bei seinem Neustart zu unterstützen.

»Wenn du willst, würde ich euch gleich morgen meine Mitarbeiterin vorstellen, deren Sohn auch in die Kita geht, in der wir den Platz für Anton klarmachen konnten. Sie wird euch einiges erzählen können, und soviel ich weiß, findet morgen auch direkt eine Veranstaltung im Kindergarten statt, wo es um das Winterfest geht. Da kann Anton wohl auch mitkommen, weil das während der Kita-Zeit läuft. Das organisieren die immer ganz nett, und die wollen da wohl auch was für den Wintermarkt besprechen, wo die Kita eine Bastelaktion plant. Da würde ich mich an eurer Stelle gleich einklinken. Das kann für Anton nur gut sein, und du stellst dich da schon einmal als offizieller Co-Organisator an meiner Seite vor.«

»Klingt gut«, bestätigte Niklas. »Das Angebot nehme ich an.«

»Ich bin morgen Mittag mit einer Ausstellerin für den Wintermarkt verabredet, das passt dann ganz gut. Vielleicht sehen wir uns dann später im Restaurant?«

»Perfekt«, sagte Niklas. »Was ist denn mein Job? Wie kann ich dich unterstützen bei der Orga des Wintermarktes?«

»Also, was die Stände betrifft, sind wir mittlerweile vollständig. Einige der Hütten und Buden stehen auch schon. Längst aber nicht alle. Da würde ich in der Tat gerne auf dein handwerkliches Geschick zurückkommen, was bei mir nicht besonders ausgeprägt ist.« Ich grinste und machte eine Geste, die meine zwei linken Hände einschloss. »Wenn die Hütten auch den ein oder anderen Wintersturm überstehen sollen, sollte da noch mal jemand Hand anlegen, der sich damit auskennt. Sonst klappen sie am Ende noch über irgendwem zusammen.« Bei meinem Talent, was derlei Arbeiten anging, war das Szenario durchaus denkbar.

»Kein Problem, das ist genau mein Ding. Da bin ich dabei.«

»Da gibt's dann auch während des Marktes sicher die ein oder andere Situation, in der es was zu reparieren oder wieder aufzustellen gibt. Wenn du da irgendwo in greifbarer Nähe bist, wäre das großartig.«

»Selbstverständlich!« Niklas nickte. »Wird es denn so einen Stand geben wie meinen Foodtruck in Österreich?«

Ich nickte. »Ja, so etwas in der Art ist angedacht von einem Café aus Keitum, jedenfalls vom Angebot her. Dazu wollen wir uns morgen treffen und alle Details besprechen. Dass sie dabei sein werden, hat sich grad erst ergeben, und ich bin ganz glücklich, dass das geklappt hat. Ist eine Freundin von mir, die ich gerne dabeihaben wollte. Weil sie aber so viel zu tun hat und selbst nicht auf dem Markt sein kann, musste sie erst mal wen organisieren.«

»Das klingt doch gut.«

»In den letzten Jahren war das auch immer richtig schön. Auch wenn die Planung und das ganze Drumherum wirklich eine Herausforderung sind, lohnt es sich am Ende, und die leuchtenden

Augen der Besucher sind Belohnung für die Strapazen. Dann muss nur noch das Wetter mitspielen, und die Sache passt.«

»Mit Schnee ist es wahrscheinlich nicht allzu weit her hier auf Sylt, oder? Wie sah das in den letzten Jahren rund um die Weihnachtszeit aus?«, erkundigte sich Niklas.

»Meistens hat es eher nicht geschneit leider. Da müssten wir schon sehr viel Glück haben. Trocken und kalt ist meine Wunschvorstellung. Das wäre großartig. Bei Dauerregen und Temperaturen unter fünf Grad können wir wohl kaum jemanden hinterm Kachelofen hervorlocken.« Ich grinste schief. »Aber wir nehmen es, wie es kommt. Hilft ja nichts, sich vorher schon verrückt zu machen. Zwar kann es hier mal so richtig ekelhaft sein, dafür wechselt es aber auch im nächsten Moment schon wieder auf traumhaft schön. Ich kann mir kaum vorstellen, dass wir es mit einer Dauer-Schietwetterfront zu tun haben.«

»Da haben wir in Österreich relativ verlässlich mit einem Winter-Wonderland kalkulieren können und hatten damit immer die perfekte Weihnachtsmarkt-Kulisse«, stellte Niklas fest. »Aber wir hatten längst nicht diese gemütlich anmutenden Reetdachhäuschen als Hintergrund und das Rauschen des Meeres. Und dann immer der Wind, der um die kleinen Hütten des Marktes zieht. Das hat schon was Besonderes.« Niklas geriet richtig ins Schwärmen.

Ich lachte. »Es hat auch was verdammt Frisches, muss ich zugeben.«

»Das ist sicher auch wieder wahr«, bemerkte er. »Aber dagegen gibt's ja Kleidung. Und den nahezu wichtigsten Stand – den mit den Heißgetränken! Und wenn ihr da Tipps aus dem Süden braucht, stehe ich jederzeit zur Verfügung!« Er grinste.

»Ich gebe dein Angebot gerne gleich morgen weiter.«

Einen Moment schwiegen wir einträchtig, zufrieden damit,

einfach Zeit miteinander verbringen zu können. Da erklang nebenan ein Weinen. Anton schien schlecht zu träumen. Niklas ging kurz ins Schlafzimmer und kam nach einigen Minuten zurück.

»Sorry, Anton schläft manchmal sehr unruhig. Aber nun ist er wieder eingeschlummert.« Niklas machte uns beiden noch ein Bier auf und lehnte sich erschöpft zurück.

»Ich hoffe, wir waren nicht zu laut?«

»Nein, das hat er öfter mal. Er war gar nicht wach. Albträume.« Niklas wirkte betrübt.

»Nicht ganz leicht für dich, immer allein mit dem Jungen zu sein, oder?«

»Man wächst mit seinen Aufgaben.«

»Das kenne ich«, entgegnete ich. »Obwohl es bei mir etwas ganz anderes ist als bei dir.« Ich machte eine Pause, weil ich überlegte, ob ich Niklas damit zu nahe trat, eine selbst gewählte, noch dazu gewollte Entscheidung wie die, das Restaurant zu übernehmen, mit seiner Situation zu vergleichen.

»Entschuldige. Das ist Quatsch. Das, was ich mache, hab ich mir so ausgesucht. Vergiss einfach, was ich sagen wollte.«

»Nein, alles gut.« Niklas lächelte mich über seine Flasche hinweg an.

»Was ich meinte, ist, dass ich anfangs echt Respekt davor hatte, dieses Restaurant aufzubauen, auch wenn es mich reizte. Es war halt doch eine Riesensache, auch weil die Konkurrenz vor Ort so immens ist. Die gut gehende Pension habe ich abgestoßen. Hätte schiefgehen können.«

»Das glaube ich dir sofort! Bestimmt auch ein Wagnis, die ganze Nummer«, pflichtete Niklas mir bei und nickte.

»Hier auf Sylt und auch direkt in Keitum gab es schon viele gute Restaurants, sodass man sicher nicht unbedingt darauf gewartet hatte, dass ausgerechnet ich hier ein weiteres eröffnete. Aber bisher habe ich es nicht bereut.«

»Wie stark, wenn man das dann behaupten kann, oder?« Mit Bewunderung in den Augen schaute Niklas mich an.

»Ja, da hast du recht.«

• • •

Gedankenverloren ließ ich seine Worte sacken und dachte darüber nach, dass sie ganz ähnlich klangen wie die, die ich zu Linnea gesagt hatte. Das Restaurant war immer mein Traum gewesen, und nachdem ich in meinen Zwanzigern Erfahrungen in Restaurants in ganz Europa gesammelt hatte, trafen meine Eltern und ich gemeinsam die Entscheidung, dass ich nun langsam, aber sicher übernehmen würde. Zu meinen ersten Entscheidungen gehörte der Ausbau des Restaurants. Ich führte die Pension, der eine kleine Gastronomie angeschlossen war, nicht fort, sondern wollte das Restaurant, welches ich bereits aufwendig umgebaut hatte, nach und nach noch weiter vergrößern.

Weil ohne die Pension das Gebäude im Grunde zu groß war für uns, dachte ich seitdem über den Verkauf der Fläche nach. Zu irgendeinem Zeitpunkt würde ich mich endlich wirklich darum kümmern müssen. An erster Stelle stand aber jetzt der Wintermarkt. Gerade schien es, als bilde sich eine Gemeinschaft, die gut miteinander harmonierte und aus der heraus weitere Aktionen entstehen könnten. Es waren etliche junge Leute mit innovativen Ideen dabei. Gleichzeitig hatten wir auch einige Stände, deren Betreiber »vom alten Schlag« waren und die traditionellen Betriebe und deren Produkte vorstellten. Auch das war etwas, was ich wichtig fand und was immer wieder viele Gäste anlockte. Die

Mischung aus Moderne und Tradition vor der Kulisse dieser Insel war es, die wir auch dieses Jahr beim Wintermarkt zeigen wollten.

Mir machte es Spaß, mich in meinem Ort zu engagieren und verschiedene Projekte aufzuziehen, auch wenn es viel Arbeit bedeutete.

Andererseits merkte ich auch immer wieder, wie mich die Einsamkeit in den wenigen Momenten eiskalt übermannte, in denen ich zur Ruhe kam. Sie waren rar, und ich setzte in meinem Alltag alles daran, ihnen möglichst wenig Zeit einzuräumen. Aber es genügte ein Abend oder ein Aufwachen in der Nacht, und das Gedankenkarussell begann sofort, Fahrt aufzunehmen.

In diesen Stunden, in denen ich allein mit mir war, wurde mir bewusst, dass ich zwar um mich herum alles so schön und positiv wie möglich machen konnte. Das konnte jedoch nie dafür sorgen, dass ich damit auch innerlich zur Ruhe kam. Es gab Tage, da reichte all das, was wir erreicht hatten, aus, um zufrieden zu sein. Aber immer wieder gab es auch die Momente, in denen mir bewusst wurde, dass das längst nicht alles war und ich am Ende des Tages verdammt oft einsam war.

5. Josephine

»Ach, Liebes, was geht es uns gut«, schwärmte Linnea, ließ sich zufrieden in die flauschigen Kissen ihres Sofas fallen und hielt sich den Bauch. »Bin ich vollgefuttert! Auf uns!« Sie versuchte umständlich, an ihr Proseccoglas zu gelangen, das auf dem Couchtisch stand, und ich reichte es ihr, bevor ich mich wieder zurücksinken ließ. »Es war köstlich! Ich werde mich allerdings nie wieder bewegen können!«

Ich lachte und lehnte den Kopf an Linneas Schulter. »Ich fühle mich so wohl hier, als sei ich zu Hause«, stellte ich fest und schloss die Augen für einen Moment. Der vertraut zuckrige Duft von Linneas Parfüm umwehte mich.

»Ein schöneres Kompliment kann es kaum geben«, freute sich meine Freundin und lehnte ihren Kopf an meinen. »Und ich bin dir so dankbar, dass du hier bist! Und das längst nicht nur wegen des Wintermarktes! Du entschleunigst mich irgendwie.« Sie griff nach meiner Hand und strich mir sanft über den Handrücken. »Du kannst so lange bleiben, wie du willst. Nur mit der Bezahlung müssen wir schauen, wie es sich rechnet«, fügte sie hinzu.

»Keine Sorge, so teuer bin ich nicht«, scherzte ich. »Wenn es nach mir geht, bleibe ich gerne hier.«

»Alles klar!« Linnea grinste.

Betrübt seufzte ich. »Ich mag gar nicht darüber nachdenken,

wieder ins graue Hamburg zurückzukehren und zu all meinen Problemen.«

»Warte mal ab.« In Linneas Stimme lag etwas Geheimnisvolles.

»Worauf denn genau? Auf ein Wunder?«

»In gewisser Weise ja.« Linnea grinste. »Anne hat um ein Gespräch gebeten. Ich hab so den Verdacht, dass sich da bald was in Richtung Nachwuchs tut.«

»Ach? Nein! Sag bloß!« Mein Herz klopfte schneller. »Und das sagst du so nebenbei!«

Linnea holte tief Luft und schürzte die Lippen. »Ich weiß es ja noch nicht. Und ich will da auch keine falschen Hoffnungen wecken.«

»Zu spät«, gab ich zu und grinste.

»Es ist nur so eine Vermutung. Sie wünscht sich ein Baby, das weiß ich. Seit einiger Zeit druckst sie immer um das Thema herum. Und als ich ihr dann erzählte, dass ich dich um Hilfe gebeten habe, da leuchteten ihre Augen, und sie hat sich besonders interessiert über dich erkundigt. Ob du denn auf der Suche nach einem Job bist oder vielleicht auch langfristig hier auf der Insel bleiben wollen würdest.« Linnea machte eine abwägende Handbewegung. »Das kam mir schon ein wenig verdächtig vor.« Sie schmunzelte.

»Also, ich breche meine Zelte in Hamburg gerne ab und heuere hier auf der Insel an. Und wenn's nur als Elternzeitvertretung für Anne ist«, verkündete ich kurzerhand.

Ich war der Meinung, dass alles im Leben aus einem bestimmten Grund geschah. Nicht umsonst hatte ich ausgerechnet jetzt meinen Job hingeworfen. Linnea brauchte mich hier auf Sylt, und es passte wunderbar. Vielleicht war mein Einsatz hier bald noch viel dringender gefordert. In Hamburg gab es nichts, was mich hielt. Der Abstand vom Rest der Familie wäre in diesem Sinne nur von Vorteil. Warum also sollte ich den Neustart nicht wagen? Womöglich war das die Chance, noch mal einen anderen Weg einzuschlagen. Solche Gelegenheiten ergaben sich nicht oft im Leben. Und vor allem war ich auch überzeugt davon, dass sie sich nicht ohne Grund eröffneten. Ich war bereit für ein Abenteuer, und ich wusste: Nie wieder wollte ich etwas, was sich richtig anfühlte, auf unbestimmte Zeit vertagen.

Linnea legte den Finger auf die Lippen und horchte. »Du müsstest die Felsbrocken hören, die mir gerade vom Herzen poltern«, sagte sie dann und rappelte sich auf, um mich in den Arm zu nehmen.

»Hey!« Gerührt erwiderte ich ihre Umarmung. »Du wirkst ja ganz aufgelöst!«

»Es hat mir in der letzten Zeit echt Kopfzerbrechen bereitet, dass ich das Gefühl hatte, hier bald alles allein stemmen zu müssen.«

»Warum meinst du eigentlich, immer alles allein schaffen zu müssen?«

»Keine Ahnung. Ist das überhaupt so?« Linnea wich meinem Blick aus und schenkte uns je ein weiteres Glas Prosecco ein.

»Ja, das wirkt jedenfalls so. Mir kommt es vor, als ob du nur schwer Hilfe annehmen kannst. Dabei musst du doch hier niemandem irgendwas beweisen!«

Matt zuckte Linnea mit den Schultern. »Mir selbst vielleicht?«

»Aber was? Dass du alles im Griff hast? Warum? Nicht notwendig! Erst mal kann man das nie, und außerdem ist so ein Job, auch wenn's das eigene Unternehmen ist, nicht alles im Leben. Glücklich sollst du sein! Das ist die Hauptsache«, erklärte ich. »Denn wenn du am Ende des Tages zwar mit einem vollen Bankkonto und im teuersten Pyjama, aber mutterseelenallein und traurig in deinem Bett liegst, dann ist das zwar schön, aber auch nicht alles, oder? Kommt da nicht das Herz zu kurz? Du sollst mit einem Lächeln einschlafen und happy sein.«

»Bin ich doch«, kam es fast trotzig zurück. »Mir fehlt nur oft meine Familie. Meine Mutter lebt weit entfernt und hat wenig mit mir am Hut, mein Papa ist verstorben. Ich bin froh, dass ich das Café habe. Es läuft super, und ich hab immer ordentlich zu tun. Viel mehr brauche ich deshalb gar nicht.«

»Ja?« Fragend schaute ich sie an. »Meinst du wirklich, Linnea?«

»Ja, schon.«

»Ich glaube, dass Zufriedenheit im Job immer auch einhergehen muss mit privatem Glück, damit man so richtig glücklich sein kann. Also mir tut es immer wieder gut, dass ich mich zumindest auf die Suche nach der Liebe mache und hin und wieder auch daran glaube, dass ich sie gefunden habe. Auch wenn's bisher dann doch noch nie geklappt hat«, fing ich an. Zunächst erntete ich einen verwirrten Blick von meiner Freundin, deshalb fuhr ich unbeirrt fort: »Ich gebe zu, dass ich geradezu süchtig danach bin, Schmetterlinge im Bauch zu haben! Ich glaube, ich bin einfach auch immer wieder ziemlich verliebt in das Verliebtsein an sich. Ich brauche dieses Gefühl, dass das Herz fast platzt vor Glück! An einen Mann zu denken mit einer Ladung Brausepulver im Bauch. Alles fühlt sich so aufregend an. So neu, so prickelnd. Als wäre alles ganz leicht und hell. Als sei um einen herum plötzlich Frühling.« Erwartungsvoll schaute ich Linnea an, die unbeteiligt in ihr Glas starrte.

»Klar – Freundschaften, Job und Co können auch wahnsinnig glücklich machen. Aber so ein Sonnenuntergang hier auf dieser Trauminsel, mit dem man sich nach getaner Arbeit belohnt, wäre ja noch mal schöner, wenn man ihn hier und da mit einem Partner an der Seite bestaunen könnte, oder? Oder ein Spaziergang am

Winterstrand, nach dem man sich mit dem Liebsten vor den Kamin kuschelt? Wäre das nichts?«

»Danke, Josi, dass du mich so anschaulich daran erinnerst, dass das ziemlich frustrierend ist, wenn sich fast der ganze Tag um die Arbeit dreht.« Linnea rückte ein kleines Stück von mir ab, winkelte die Beine an und schlang die Arme um die Knie. »Ich hätte es sicher sonst vergessen.«

»Entschuldige. Das ist ja nicht böse gemeint.« Ich rutschte ihr hinterher und legte versöhnlich den Arm um sie. »Aber genau das ist es doch! Da fehlt doch was! Also mir fehlt dann was. Wir sind doch keine fünfundneunzig, wo man das alles im Leben vielleicht gehabt hat, oder auch nicht, und so oder so zufrieden ist mit sich und der Welt.«

»Ich *bin* zufrieden mit mir und der Welt«, verteidigte sich Linnea.

»Das mag ja sein«, lenkte ich ein. »Aber das Leben hält noch so viel mehr für dich bereit. Da bin ich mir ganz sicher. Und ich wünsche es dir so sehr, dass du dich auch darauf wieder einlässt. Und ich glaube, dass ich dir dabei helfen kann.«

»Du kannst mir dabei also helfen? Na, das klingt ja geradezu wunderbar! Zauberfee stimmt also doch ...« Linnea schmunzelte nun endlich wieder, und ich lächelte erleichtert. »Darf ich bei dir Wunschkriterien angeben für Mr Right, und du blinzelst dreimal und hext mir einen herbei?« Sie machte die Geste der bezaubernden Jeannie und schaute sich danach erwartungsvoll im Raum um.

Ich knuffte sie in die Seite. »So meine ich das nicht!«

»Sondern wie?«

»Wenn ich hier fest im Einsatz bin, könnten wir einen Dienstplan gestalten, der für dich auch ein Leben neben der Arbeit zulässt. Das wäre schon einmal ein Anfang, der es grundsätzlich möglich macht, dass Mr Right samt Wunschkriterien überhaupt die Spur einer Chance bekommt, dich irgendwo anzutreffen. Wenn es nicht gerade ein Gast, der Postbote oder der Lebensmittellieferant ist, *kann* er dir ja sonst kaum begegnen, so viel, wie du arbeitest.« Kurz hielt ich inne. »Oder wir kommen wieder zurück auf deinen Erik.« Prüfend blickte ich sie von der Seite an, und sie rollte mit den Augen.

»Auf *meinen* Erik?«

»Nun, was die Einstellung zum Arbeiten und Leben nebenher angeht, scheint ihr doch recht ähnlich zu ticken, was du so von ihm erzählst. Beide überzeugte Workaholics, die für ihre Unternehmen leben, Insel-Urgesteine …«

»Och, Josi! Wie oft soll ich es dir noch erklären? Erik und ich kennen uns schon ewig. Und wir beide sind uns wohl ähnlich, was unsere Einstellung zur Arbeit angeht, ja! Möglich, dass das tatsächlich etwas ist, was uns verbindet. Aber ich bitte dich, eine vergleichbare Arbeitseinstellung ist nicht unbedingt die Basis einer Liebesbeziehung. Da gibst du mir doch recht, oder?«

»Wenn ich dich so sehe, hab ich den Verdacht, dass da noch mehr sein könnte.«

»Ach, Josi!« Linneas Blick ruhte auf dem flackernden Feuer im Kamin. Ihre Wangen hatten einen zarten Rotschimmer. Auch meine Wangen fühlten sich heiß an. Möglich, dass die rosige Farbe in ihrem Gesicht auch nur von der Wärme der Flammen kam.

»Hat es denn in den letzten Jahren nie wieder eine Beziehung gegeben, die dich so richtig glücklich gemacht hat? Ich hab dich nie verliebt erlebt! Das gibt's doch gar nicht!«

Linnea überlegte nicht lange, schaute mich nur lächelnd an, blickte aber wie durch mich hindurch. »Nein. So gerne ich dir eine andere Antwort darauf geben würde. Es gab hin und wieder mal jemanden, meist Gäste, die noch auf einen Drink blieben oder mir ihre Nummer gaben, um sich mit mir zu treffen.« Sie lächelte, als schien sie sich an den ein oder anderen Mann bildlich zu erinnern. Dann schüttelte sie ganz sachte den Kopf. »Einer brachte immerzu Blumen, war wirklich unheimlich bemüht und aufmerksam. Wir gingen spazieren, unterhielten uns. Manchmal war es auch ganz nett. Aber immer war es so, dass ich es tat, weil ich hoffte, dass sich mehr daraus entwickelte. Es kam mir schon fast krampfhaft vor. Doch da war nichts. Und es kam auch nichts. Also so was, was du da eben beschrieben hast, das habe ich nicht wieder erlebt. Es war so, als ob mein Herz wie ein Stein war. Es will sich einfach nicht mehr verlieben. Es ist zu bitter enttäuscht worden, nachdem es, wie du es so schön sagst, schon einmal fast geplatzt ist vor Glück. Aber das stimmt. Das war vor unserer Freundschaft. Lange ist es her, da hat es sogar mal an die Ewigkeit geglaubt. Vielleicht ist es das, was die Narbe so tief macht.«

»Okay, das ist ein Argument.« Nachdenklich hob ich die Augenbrauen. »Und deshalb macht es nun so dicht?«

»Scheint ganz so, ja. Herzversteinerungssyndrom oder so.« Sie grinste schief.

»Ich will das gar nicht glauben, dass das so sein muss. Vielleicht war ich noch nie so unsterblich verliebt wie du und hab gut reden. Aber ich bin schon der Meinung, so ein bisschen Herzklopfen muss dennoch drin sein. Sich gar nicht mehr zu verlieben kann definitiv keine Option sein.«

»Das mag sein. Aber ich hab ehrlich gesagt auch gar keinen Kopf dafür.«

»Für die Liebe?« Empört schaute ich sie an. »Vollkommen falsche Herangehensweise, meine Beste!« Theatralisch winkte ich ab. »Für die Liebe hat man keinen Kopf! Der hat da Funkstille! Da führt das Herz Regie.« Demonstrativ klopfte ich mir auf die linke Brustseite.

»Josi, vor lauter Stress geht das alles unter«, setzte Linnea an. »Da verschieben sich die Prioritäten und –«

Ich unterbrach sie. »Ach, das lasse ich nicht gelten. Spätestens dann nicht, wenn Anne im Mutterschutz ist und ich dir hier ein paar Freizeiten schaffe«, sagte ich empört. »Ich bin auf jeden Fall sehr gespannt auf morgen!«

»Also, erst einmal ist die Geschichte mit Anne nur etwas, was ich dir im Vertrauen mitgeteilt habe.« Sie schenkte mir ein liebevolles Lächeln, gefolgt von einem besorgten Blick. »Aber bitte, Josi, damit es da morgen bei unserem Treffen keine Missverständnisse gibt: Erik ist der Organisator des Wintermarktes und ein guter Freund. Nicht mehr und nicht weniger. Alles klar?«

»Alles klar!« Ich hob unschuldig die Handflächen und gab mir Mühe, ein schelmisches Grinsen zu unterdrücken.

»Warum habe ich da so meine Zweifel?«

Arglos hob ich die Schultern. Linnea warf mir noch einen drohenden Blick zu und holte aus der Küche ein Schälchen mit Chips und anderen Knabbereien.

»Und das mit Anne warten wir bitte auch erst mal ab, okay?«

»Ich schweige! Aber nehmen wir mal an, du könntest eine Wishlist für Mr Right erstellen und ich, meines Zeichens ja die Zauberfee, könnte diese erfüllen. Was müsste denn dein Traumtyp für Eigenschaften mitbringen?«, fragte ich Linnea dann.

Diese starrte mich erst mal irritiert an, nahm dann einen kräftigen Schluck aus ihrem Glas und überlegte kurz.

»Du gibst aber auch keine Ruhe«, murmelte sie, schmunzelte aber. Ihr Blick ging ins Leere, und ich hatte den Eindruck, sie hatte ein Bild vor ihrem inneren Auge, das sie mir gleich beschreiben würde.

»Also das Optische ist eher sekundär«, fing sie an. »Auch wenn man natürlich immer so ein persönliches Wunschbild vor Augen hat«, relativierte sie dann ihre Aussage, und ich grinste.

»Und das wäre?«

»Also, wenn ich mir etwas backen dürfte, dann wäre der Mann blond, hätte einen lässigen Style, blaue Augen und irgendetwas, was ihn einzigartig macht. Ich kann gerade nicht so genau sagen, was das ist. Aber das merkt man vielleicht, wenn man ihn sieht. Die Ausstrahlung? Dadurch hebt sich ein Mensch auf seine ganz eigene Art ab, finde ich.«

»Okay. Da gebe ich dir recht«, sagte ich gedehnt. Rein optisch klang es auf jeden Fall nicht ganz so, wie sie mir Erik beschrieben hatte. Vielleicht wollte sie ablenken vom Restaurantbesitzer, der in meiner Erinnerung dunkelhaarig war. Aber da die Optik laut Linnea ja sekundär war, war ich mir nicht sicher, worauf sie mit ihrer Beschreibung abzielte.

»Er sollte sich auf jeden Fall hier auf Sylt zu Hause fühlen. Mich bekommt hier nämlich keiner weg. Also langfristig. Was nicht heißt, dass irgendwann auch mal die ein oder andere Reise drin sein sollte«, fuhr sie fort.

»Oh, das klingt interessant!« Ich hätte gar nicht gedacht, dass Linnea darüber nachdachte.

»Ja, in der Tat wäre eine Reise irgendwann auch mal wieder toll. Aber noch ist das ganz weit weg. Außerdem muss er damit leben können, dass ich viel arbeite, und sollte möglichst auch sein eigenes Ding machen. Ich glaube, nur dann kann man halbwegs nachvollziehen, was für einen Einsatz mein Café fordert.«

»Mhm.«

»Früher hab ich mir immer vorgestellt, dass ich mit meinem Traummann die halbe Nacht am Strand sitze und über das Leben philosophiere, während die Sonne untergeht und vielleicht schon wieder aufgeht. Dass er sich meine Träume anhört und wir Gemeinsamkeiten finden in unseren Visionen und dann so viel wie möglich herausholen aus dem, was geht.« Linneas Augen bekamen einen Glanz, der mir das Gefühl gab, dass sie eher aus Erfahrung sprach, als eine vage Vision zu beschreiben.

»Wow! Das klingt wunderschön!«

Sie warf mir einen Seitenblick zu. »Aber manchmal begegnet man einem Mann, der alle wundervollen Eigenschaften erfüllt, und gerade der enttäuscht einen. Dann ist die Fallhöhe so hoch, dass man sich von dem Sturz kaum wieder erholt. Dann stürzt man sich stattdessen voller Elan halt nur noch in den Job. Das hat man eher im Griff. Finde ich jedenfalls.«

Es tat mir weh, was sie sagte. »Sicher ist es gut, sich abzulenken. Bis halt wieder ein Mensch kommt, der einen auffängt. Es muss vielleicht einfach der Richtige sein, meinst du nicht?«, sagte ich vorsichtig. Dabei dachte ich an Erik und das Weiche und Sanfte, was sich in Linneas Blick abzeichnete, wenn sie von ihm sprach.

»Vielleicht«, ließ Linnea diesen kleinen Funken Hoffnung ein wenig größer werden. Sie streichelte mir sanft über den Handrücken. »Ich wünschte, ich würde so positiv auf die Welt blicken wie du, Liebes! Wie machst du das nur immer?«

Als Antwort drückte ich nur ihre Hand. Mein Blick ging aus dem Fenster, wo noch immer starker Wind an den Fensterläden rüttelte.

• • •

Am nächsten Morgen verriet ein Blick aus dem Fenster, dass es bereits hell war. In der Wohnung war es leise. Auch wenn die Sonne noch vernebelt schien, sah es nicht nach Regen aus. Raureif auf dem Rasen deutete darauf hin, dass es kalt war. Ich wollte meinem Lieblingsbäcker einen Besuch abstatten und so in den Tag starten. Deshalb duschte ich schnell, machte mich fertig und zog mir eine dicke Jacke an.

Leise schlich ich mich aus der Tür, um zu schauen, ob Linnea noch schlief. Doch sie war schon im Café und hatte mir einen Zettel hinterlegt, dass ich mir einen entspannten Vormittag machen sollte und erst mittags zu unserem Treffen mit Erik eingeplant sei. Ich freute mich darauf, Keitum zur Winterzeit zu erkunden.

Genüsslich schlenderte ich an weiß getünchten Reetdachhäusern vorbei und durch verwinkelte Gassen, in denen hinter Friesenwällen weitere Kapitänshäuser standen. Ich staunte beim Anblick des Watts, welchen ich durch eine Einmündung in einen ans Wasser führenden Weg erhaschte. Kurz hielt ich inne, dann ging ich ein paar Schritte den Weg entlang, obwohl ich zum Bäcker eigentlich nicht dort entlangmusste. Ich konnte nicht widerstehen: Der Ausblick war zu schön, als dass ich hier einfach vorübergehen konnte. An der oberen Kante des Grünen Kliffs, wie dieser Ort hieß, blieb ich stehen und ließ den Blick schweifen. Der Küstenabschnitt war menschenleer, und kein Wind ging. Erste Sonnenstrahlen blitzten nun zart auf dem Wasser, ich hörte einige Vögel leise in der Ferne. Die Stille kam mir so umfassend vor, dass ich sogar das Geräusch meines Atems als laut empfand. Der Himmel war diesig über dem Meer und schimmerte aufgrund der Lichtverhältnisse golden. Die winterkahlen Silhouetten der Bäume zeichneten sich davor malerisch ab. Beinahe wie ein Gemälde, dachte ich.

Ein kleiner Priel hatte sich hinter dem gepflasterten Weg am Fuße des Kliffs gebildet. Hier stand sicher bis vor Kurzem noch das Wasser.

Es war ein friedliches Bild. Die leicht gefärbten Wattewolken, die dem gesamten Himmel bald einen lachsfarbenen Ton gaben, hatten für mich etwas von einem Weihnachtsgruß. Ich lächelte.

Es war herrlich, hier zu stehen. Dennoch war ich ein wenig zu dünn angezogen, um länger hier zu verweilen. Deshalb machte ich mich auf zum Bäcker, um mir zwei Quarkbrötchen zu kaufen. Ich liebte diese Sorte schon seit Jahren und bestellte sie bei jedem Besuch hier auf der Insel. Sie waren Teil meines persönlichen Sylt-Rituals. Beschwingt von den schönen Eindrücken legte ich den restlichen Weg zurück und trat strahlend in die warme Backstube ein.

Ein köstlicher Duft von frisch gebackenen Brötchen, süßen Plätzchen und Kaffee wehte mir entgegen, und ich sog ihn begeistert ein. Gerade bestellte noch eine Dame vor mir, was mir Zeit gab, mich in dem liebevoll dekorierten Geschäft umzusehen. Auch von hier aus hatte man einen fantastischen Ausblick über das Watt. Breite Fensterfronten boten einen unschlagbaren Blick über die Weite. Neben der Tür hing ein Plakat, das den Wintermarkt ankündigte. Sofort schlug mein Herz höher, und die Vorfreude stieg, aber auch die Nervosität.

»Moin«, begrüßte mich die freundliche Frau hinter dem Tresen. »Was darf's denn sein?«

»Ich hätte gerne zwei Quarkbrötchen.«

Während sie mit routinierten Handgriffen meine Bestellung herrichtete, streifte mein Blick eine Zeitung, die auf dem Tresen lag. Auf der Titelseite prangte ein Bericht über den Wintermarkt. Ich überflog den Artikel, der ein Bild von Erik Larsen als Organisator des Weihnachtsmarktes zeigte. Sofort begriff ich, warum Linnea immer reagierte wie ein junges Mädchen, wenn es um Erik ging: Er war ein wirklich attraktiver Typ, und sein Lächeln auf diesem Foto gefiel auch mir sofort. Ich speicherte die Information in einer Ecke meines Gehirns ab und verließ die Bäckerei mit einem Lächeln auf den Lippen.

Der Duft der Quarkbrötchen war so verführerisch, dass ich noch im Gehen hineinbiss. Himmlisch!

Kurz hinter der nächsten Straßenecke lag ein Spielplatz, auf dem ein Mann mit seinem Sohn spielte. Der Kleine schaukelte und quietschte vor Freude, während sein Vater mit ihm scherzte und immer wieder um ihn herumsprang, bis dem Jungen vor Lachen die Luft wegblieb. Sein Gelächter war ansteckend, sodass ich unweigerlich mitgrinsen musste. Für einen kurzen Moment traf ich den Blick des Mannes.

Der Vater schubste die Schaukel erneut an, und der Junge rief laut: »Hallo Mama! Guck mal, wie hoch ich schon schaukeln kann!«

Ich schaute mich um, konnte jedoch niemanden entdecken.

Auch der Mann rief: »Hey, du darfst ruhig stolz auf uns sein!« Mir war es unangenehm, das fröhliche Vater-Sohn-Gespann so angestarrt zu haben, und ich ging hastig weiter.

Nach ein paar Metern bemerkte ich, dass ich immer noch lächelte: Es war ein dermaßen friedlicher Anblick gewesen, wie die beiden da gespielt hatten. Die Harmonie zwischen Vater und Sohn war herzerwärmend.

Verträumt ging ich weiter und zuckte zusammen, weil jemand laut »Entschuldigung« rief. Als ich mich herumdrehte, sah ich, dass es der Mann vom Spielplatz war, seinen Sohn an der einen Hand, in der anderen meinen Handschuh.

»Den haben Sie verloren«, sagte er mit einem freundlichen Lächeln im Gesicht, wobei mir seine eisblauen Augen auffielen. Er deutete auf den Jungen. »Anton hat gesehen, dass er Ihnen runtergefallen ist, und er sagte, ich solle Ihnen schnell hinterherlaufen, weil Sie ohne ihn sicher frieren.« Er lächelte fürsorglich, und sein Sohn nickte mit ernstem Blick.

»Oh! Das ist aber lieb! Herzlichen Dank«, ich lächelte und wandte mich direkt an das Kind. »Wie aufmerksam von dir! Ich hätte ganz bestimmt gleich gefroren. Erst recht demnächst in meinem Stand auf dem Wintermarkt. Vielleicht kommst du mich da besuchen, und dann kann ich dir als Dankeschön einen Kakao mit Sahne ausgeben?«

Der Junge nickte, und das Strahlen in seinen Augen war eine deutliche Antwort.

»Mein Papa kann auch tollen Kakao machen«, sagte er. »Den besten! Nach einem Geheimrezept.«

»Hey! Das klingt großartig«, freute ich mich. »Wie schade, dass es geheim ist!« Ich lachte und sah wieder in die auffälligen Eisaugen seines Vaters.

Dieser winkte ab. »Sie sind also auch beim Wintermarkt dabei? Wie schön. Ich hab schon viel davon gehört und bin erstmalig auch dabei. Ich freue mich, wenn wir uns da wiedersehen, und werde auf jeden Fall probieren, mir auch eine heiße Schokolade zu erschleichen!« Er lachte auf eine sehr sympathische Art. »Bis dahin.« Er hob eine Hand, und die beiden wandten sich wieder dem Spielplatz zu.

»Bis dann! Und danke noch mal.«

»Klar, gerne!« Er winkte über die Schulter, und sie zogen von dannen.

• • •

»Hallo Josi«, begrüßte Anne mich, als ich zurück zu Linneas Café kam. Gerade hievte sie zwei große Körbe ins Auto, in dem bereits etliche Tüten verstaut waren.

»Was hast du denn vor?«, fragte ich. »Willst du ausziehen?«

Sie lachte. »Es sieht fast so aus, oder? Nein. Ich will nur mal schnell zu unserer alten Bootshalle rüberfahren, dem Schuppen, wo wir unsere Weihnachtsdeko lagern. Wir sind der Meinung, so langsam könnte man mal damit beginnen, hier alles ein wenig festlicher zu schmücken.« Sie kicherte. »Ehrlich gesagt, warte ich jedes Jahr nur auf Linneas Startschuss. So was muss sie mir nicht zweimal sagen.«

»Oh, das liebe ich ja auch«, pflichtete ich ihr bei. »Du brauchst nicht zufällig noch Unterstützung?«

»Immer gerne! Wenn du grad nichts Besseres vorhast, steig ein! Der Schuppen ist gleich hier um die Ecke. Es ist zwar nicht allzu weit, aber weil ich doch einiges mitnehmen wollte, fahre ich ausnahmsweise mit dem Auto.«

»Gerne! Ich bin dabei«, sagte ich und stieg ein.

»Gestern Abend war ich auf einer Lesung zu einem Weihnachtsroman. Da hat mich die Vorfreude auf die Festtage gepackt, und ich muss jetzt einfach dringend mit dem Dekorieren beginnen«, erzählte Anne. »Da vorne ist es gleich!« Sie deutete auf eine Einfahrt, die durch einen Findling gekennzeichnet war, auf dem mit weißer Farbe *Bootshalle* geschrieben stand.

Ich erinnerte mich daran, dass Linnea mir erzählt hatte, dass in der Bootshalle, wie sie den alten Schuppen nannten, damals die Oldtimer ihres Vaters gestanden hatten. Ich vermutete, dass sie diese nach seinem Tod verkauft hatte und heute dort nicht mehr viel außer Dekoartikeln und Möbeln für das Café gelagert wurde.

Als wir vor dem Schuppen vorfuhren, staunte ich jedoch: Dort stand etwas unter einem Vordach, das wie ein Fahrzeug aussah. Genau konnte ich es nicht erkennen, weil es mit einer Plane abgedeckt war.

»Warte du kurz hier, ich schaue mal, ob das Licht im Schuppen funktioniert, das ist immer ein kleines Glücksspiel hier draußen«, lachte Anne und lief voran zur hellblauen Tür an der Seite des Häuschens.

Neugierig trat ich näher an das abgedeckte Fahrzeug und zupfte an einer Seite des schweren Plastiktuchs, um einen Blick darunter zu werfen. Als ich die Plane bewegte, kam mir erst einmal eine Staubwolke entgegen. Ich bekam sie direkt ins Gesicht und wurde von einem Niesanfall heimgesucht, von dem ich mich in den nächsten Sekunden nur mühsam wieder erholte. Ich war dankbar, als mir in diesem Moment Anne ein Taschentuch reichte. Sie schaute mich verblüfft an. »Was machst du?«, fragte sie. »Sag bloß, sie hat dir davon erzählt?«

»Entschuldige. Nein! Ich hab hier nur diese Plane gesehen und überlegt, was sich darunter verbirgt.« Es kam mir mit einem Mal furchtbar neugierig und im Hinblick auf Linneas Vater entsetzlich pietätlos vor, dass ich hier herumspioniert hatte. »Ich hab mir nichts dabei gedacht. Es hat mich einfach nur interessiert, welches Goldstück sich unter dieser Plane versteckt. Ich liebe doch alte Möbel und Antiquitäten. Entschuldige bitte. Das geht mich gar nichts an.«

Anne griff nach meiner Hand. »Hey, es ist doch alles in Ordnung. So meinte ich das nicht. Ganz im Gegenteil. Ich dachte nur, dass Linnea vielleicht selbst endlich auf die Idee gekommen ist, dir von dem Wagen zu erzählen, und festgestellt hat, dass er sich doch geradezu hervorragend für den Wintermarkt eignen würde. Da war wohl meine Hoffnung so groß, dass ich gedacht habe, ein Wunder sei passiert.«

»Der Wagen? Für den Wintermarkt?« Irritiert schaute ich zu der Plane und wieder zu Anne. »Ich verstehe nicht, was du meinst. Ist das gar nicht einer der Oldtimer von Linneas Papa?«

»Ein Oldtimer von Linneas Vater?« Anne klang amüsiert. Dann schüttelte sie den Kopf. »Nein. Also, Johann hatte zwar eine Vorliebe für alte Autos. Aber die hat Linnea kurz nach seinem Tod, so schnell es ging, verkauft. Die wollte sie einfach nur loswerden.« Sie seufzte, eher aber liebevoll. »Sie haben sie zu sehr an ihn erinnert, und so ganz geteilt hat sie zumindest diese Leidenschaft ja nie. Außerdem hatten wir ja alle keine Ahnung davon. Für die Oldtimer fehlte uns das technische Know-how.« Sie hob die Schultern. »Nein, für Oldtimer hatten wir nichts übrig.« Sie deutete auf die Plane. »Und das ist nun auch das Problem. So langsam wird nämlich auch das gute Stück da zum Oldtimer. So gesehen hast du eigentlich recht. Darunter ist ein alter Foodtruck. Linnea hatte mal geplant, ihn für das Café einzusetzen, aber dann hat sie es doch nie gemacht. Dabei war es eine so wundervolle Idee.« Anne machte eine Pause, und ich sah, wie Wehmut ihr Gesicht überzog. »Seitdem verrottet er leider unter dieser Plane. Zu schade, wenn du mich fragst.« Unsicher schaute sie sich um. »Nur weiß ich nicht, wie Linnea reagiert, wenn sie mitbekommt, dass wir ihn freilegen.« Sie duckte sich ein wenig, als könnte Linnea uns sehen. »Mit diesem Wagen, da ist es ganz merkwürdig. Der ist wie ein rotes Tuch für sie. Den hat sie mit ihrem Papa wohl kurz vor seinem Tod gekauft, und seitdem steht er da unter dieser Plane. Ich habe den Eindruck, sie verbindet ihn mit ihrem Vater und er macht sie irgendwie traurig.« Ratlos hob sie die Schultern. »Es war ihre letzte gemeinsame Unternehmung. Dann wurde er so krank, und alles ging so schnell. Kurze Zeit später verstarb er schon.«

»Verstehe«, sagte ich leise. »Aber, meinst du nicht, wenn ich vorschlage, dass ich ihn fit mache für den Wintermarkt ... na, dass es okay für sie sein könnte? Sie vielleicht sogar sehen würde, dass es eine ganz hervorragende Idee ist, wenn er endlich zum Einsatz kommt? Vielleicht wünscht sie sich das ja insgeheim. Nur selbst kommt sie ja vor lauter Arbeit nie dazu.«

Zögerlich hob Anne die Schultern. »Also, eine gute Idee wäre das mit Sicherheit. Passen würde es perfekt«, sagte sie dann. »Und wenn *du* sie fragst«, fuhr sie dann fort, »vielleicht! Und so was kannst du?«

»Ich weiß nicht. Also, alte Möbel jedenfalls machen mir keine Angst. Im Gegenteil! Versuchen würde ich es. Und ich bin mir sicher, ich finde jemanden, der mir helfen kann, wenn ich nicht mehr weiterweiß.« Beruhigend klopfte ich ihr auf die Schulter. »Ich überlege das mal, Anne. Mach dir keine Gedanken.«

• • •

Es kribbelte förmlich in meinen Händen: Sobald Anne in der Halle verschwunden war, konnte ich der Versuchung letztlich nicht mehr widerstehen und näherte mich dem Wagen erneut. Vorsichtig zog ich eine kleine Ecke hoch und lugte unter die staubige und steife Hülle. Eine rote Felge kam zum Vorschein. Die Farbe war traumhaft und passte ganz wundervoll zu einem Weihnachtsmarkt. Ich konnte nicht viel erkennen, ahnte aber, dass es sich bei dem Wagen einmal um ein sehr schönes Modell gehandelt haben musste. Schon lange hatte ich eine Leidenschaft für alles Alte. Selbst als Kind hatte ich alte Möbel meiner Großeltern wieder aufbereitet und im Vintage-Look dekoriert. Ich liebte es, wenn Möbelstücke eine Geschichte erzählen konnten. Es kam mir zugute, dass mir ein wenig Geschick dafür mit in die Wiege gelegt worden war, diese wieder so herzurichten, dass man sie nutzen konnte. Bisher hatte ich mich jedoch nur an Möbel gewagt. Darüber hinaus hatte sich noch keine Gelegenheit ergeben.

Aber wenn ich nun diesen Wagen sah, kitzelten mir schon

die Fingerspitzen, und ich stellte mir vor, wie es sein würde, daraus beim Wintermarkt unsere Leckereien zu verkaufen. Aufgeregt pochte mein Herz, und einzig die Überlegung, dass ich nicht absehen konnte, in welchem Zustand der Wagen wirklich war, bremste mich innerlich aus. Ich musste unbedingt mit Linnea reden.

»Na, was sagt dein Liebhaberherz?«, fragte Anne und lächelte. Sie war wieder zu mir gekommen und schien zu ahnen, dass ich doch noch einen Blick unter die Plane geworfen hatte.

»Es hüpft, Anne, es hüpft.«

»Einen Versuch ist es wert«, riet sie mir. »Wenn du sie nicht ansprichst, wer sonst. Aber nun lass uns mal die Deko suchen, einverstanden?«

»Auf jeden Fall!« Nun war ich erst recht in Weihnachtsstimmung, und gemeinsam machten wir uns im Innern des Schuppens auf die Suche nach Kugeln, Sternen und Windlichtern, die in Kürze schon Haus und Hof zieren sollten. Wir hatten so viele akkurat aufgerollte Lichterketten an Bord, als wir wieder Richtung Café fuhren, dass ich den Verdacht hatte, wir könnten auch den gesamten Wintermarkt damit illuminieren, wenn wir wollten. Ich freute mich darüber, wie viel Lust auf Weihnachten mein Aufenthalt hier innerhalb kürzester Zeit schon geweckt hatte.

»Lass uns das Dekorieren später angehen. Erst mal habt ihr ja euren Termin«, schlug Anne vor, und ich stimmte zu.

»Darauf freue ich mich. Aber wenn du schon loslegen willst, musst du auch nicht meinetwegen extra warten«, ergänzte ich.

»Doch. Gerne warte ich. Gemeinsam macht das doch viel mehr Spaß. Linnea hat dafür gar nicht so den Sinn. Wenn du dabei bist, machen wir daraus eine ganz gemütliche Zeremonie. Mit Keksen, Musik und vielleicht Tee und später einem Glühwein.« Sie kicherte. Dann stiefelte sie mit ein paar Tüten davon. »Die anderen kannst du einfach hier an die Seite stellen. Die hole ich nachher rein. Ich muss erst mal alles sortieren.«

Sie hatte sichtlich Freude daran, und ich platzierte die restlichen Tüten und Körbe neben der Haustür.

• • •

Linnea kam um halb zwölf in die Wohnung, wir hatten also noch eine Stunde bis zu unserer Verabredung mit Erik.

»Anne hält die Stellung«, erklärte sie und warf die Schlüssel in die Schale neben der Tür, bevor sie sich auf einen der Stühle am Esstisch fallen ließ. »Puh, war doch ganz gut zu tun heute. Anne meldet sich, falls doch wieder eine Busladung ankommen sollte, wenn wir grad weg sind.«

Ich nickte und knabberte nervös an meiner Unterlippe.

»Alles okay?« Linnea merkte sofort, dass etwas los war.

»Ja, alles okay. Ich hab vorhin nur eine Entdeckung gemacht.«

»Eine Entdeckung?« Erstaunt guckte Linnea mich an. »Hier in meiner Wohnung?« Unsicher schaute sie sich um. »Oder hast du vielleicht doch meinen Mr Right getroffen auf deinem Spaziergang?«

Ich lachte und überlegte kurz, wem ich im Dorf begegnet war. »Hmm, lass mich nachdenken ... So vielen Leuten bin ich gar nicht über den Weg gelaufen. Einem Typen, ja. Aber der hatte Frau und Kind.« Zerknirscht presste ich die Lippen aufeinander. »Obwohl er optisch genau auf deine Traumtypen-Beschreibung passte. Und er meinte auch, er sei beim Wintermarkt dabei, wahrscheinlich kennst du ihn sogar schon!«

»Okay. Aber Frau und Kind? Da bin ich dann wohl zu spät dran, und jemand anders hat Mr Right vor mir erkannt.« Sie winkte ab und lachte. »Schade!«

»Nein, mit meiner Entdeckung meine ich auch was ganz anderes.« Ich deutete mit dem Kopf in Richtung der Terrasse vor dem Haus. »Ich hab Anne getroffen, die die Weihnachtsdeko holen wollte aus eurer Bootshalle. Da habe ich angeboten, ihr zu helfen.«

Linnea hob interessiert das Kinn, und ich sah ihr an, dass sie schon jetzt ahnte, worauf ich hinauswollte. Sie kannte mich einfach zu gut.

»Und schon als wir an der Bootshalle ankamen, war ich ganz fasziniert.«

»Soso«, kommentierte sie meine Erzählung nüchtern.

»Draußen unter der Plane, da hab ich was entdeckt. Anne hat mir erzählt, dass da ein Foodtruck-Anhänger vor sich hin schlummert, der mal zum Verkauf im Außenbereich gedacht war. Ist das wahr?«

Einen Moment lang sah Linnea mich an, als überlege sie, was sie antworten sollte. Dann zog sie die Schultern hoch, hielt sie dort einen Moment und ließ sie wieder fallen. »Ja, war mal angedacht. Aber das war keine gute Idee«, wiegelte sie ab, als wolle sie gar nicht weiter auf dieses Thema eingehen.

»Warum nicht?«, fragte ich verblüfft. »Die Idee ist doch toll!«

»Brauchen wir einfach nicht. Läuft auch alles so ganz wunderbar«, sagte Linnea und ging dann in die Küche, um sich ein Wasser aus dem Kühlschrank zu holen. »Ich kann's nicht ausstehen, wenn ich mitbekomme, wie Unternehmen hier den Hals nicht voll kriegen können. Da möchte ich nicht mitmachen. Bei uns läuft es gut, und das ist prima. Es muss nicht immer mehr und mehr sein. Höher, schneller, weiter. Das ist nicht mein Stil. Ich bin zufrieden.«

»Aber ist der Wagen nicht viel zu schade dafür, dass er da unter dieser Plane verrottet?«

»Kann sein. Aber jetzt ist auch zu spät. Nun will den auch keiner mehr kaufen, fürchte ich. Der dürfte ziemlich ramponiert sein.«

»Meinst du? Das wäre wirklich traurig. Bestimmt kann man etwas Wunderbares daraus zaubern! Wie schade.«

»Warum? Willst du ihn haben? Zauberfee ...« Linnea grinste, als sie meinen neuen Spitznamen mit einem ganz besonderen Klang in der Stimme betonte.

Ich schmunzelte und spürte dabei, wie ich vor Aufregung ganz rot wurde. Zumindest reagierte sie nicht so, wie ich befürchtet hatte.

»Nun, ich hatte die Idee, dass ich ihn für den Wintermarkt fit machen könnte.« Mein Herz schlug heftig gegen meine Brust.

»Für den Wintermarkt? Dir ist aber schon klar, dass wir an dem in diesem Jahr teilnehmen wollten und nicht im nächsten oder übernächsten?« Sie legte den Kopf schief und lächelte.

»Unterschätz meine handwerklichen Fähigkeiten nicht, meine Liebe«, entgegnete ich empört, obwohl ich mir gar nicht so sicher war, was eigentlich zu tun war an dem Wagen.

»Unterschätz mal lieber nicht, was an dem Schätzchen alles zu erledigen ist«, konterte sie auch prompt. Dann zuckte sie jedoch grinsend mit den Schultern. »Ich kenne dich, du lässt eh nicht locker.«

»Heißt das etwa Ja?« Meine Kehle fühlte sich ganz trocken an, so nervös war ich.

»Ehrlich gesagt, wäre ich ja froh, wenn dieses Planenmonster endlich mal verschwindet.« Ihr Blick ging durch das Fenster und wie ins Leere. Ich konnte nicht erklären, warum, aber ich hatte den Eindruck, sie verband mehr mit diesem Wagen, als sie mir gerade sagen wollte.

»Aber bitte besprich mal mit Erik den Zeitplan. Und mit irgendwem, der sich auskennt, was da an Arbeit reingesteckt werden muss. Wenn das nicht darstellbar ist, müssen wir wohl doch auf seine kleinen Holzbuden zurückgreifen. Die sind ja auch ganz charmant.«

»Klar, wenn das nicht mehr rechtzeitig klappt, dann soll's nicht sein«, sagte ich, wollte diese Option aber eigentlich gar nicht weiterdenken. So schnell würde ich nicht aufgeben.

»Sicher wird es ja auch einiges kosten, das Ding wieder fit zu machen«, stellte Linnea fest. »Das wäre es mir sogar wert. Vor allem, weil es dich ja offenbar so glücklich macht.« Sie lächelte liebevoll. »Sieh es als Dankeschön an dich, dass du so grandiosen Einsatz zeigst. Das Leuchten in deinen Augen ist ja wirklich kaum zu übersehen. Und irgendwie freue ich mich ja auch, wenn dem alten Wagen wieder Leben eingehaucht wird.«

Ich ging auf sie zu und umarmte sie. »Du bist ein Schatz!«

»Es sei denn, die Restauration kostet mehr, als uns der Markt jemals einbringen wird«, ruderte sie zurück.

»Ich hoffe nicht«, sagte ich und fügte strahlend hinzu: »Ich hab das alles mal mit aufgeschrieben für unser Gespräch mit Erik.«

• • •

Natürlich hatten wir uns verquatscht, und so machten Linnea und ich uns schnell fertig, damit wir nicht zu spät kamen zu unserem Treffen.

Als Linnea, die sich rasch umgezogen hatte, aus ihrem Zimmer kam, stieß ich scherzhaft einen Pfiff aus. »Wow, du hast mir nicht gesagt, dass wir zu einem Dinner-Empfang gehen«, zog ich sie auf und schaute gespielt betroffen an mir herunter. »Schämst du dich auch nicht für mich in meiner ollen Jeans und Bluse? Ich komme mir vor wie deine Dienstmagd!«

»Jetzt hör aber mal auf! Du bist wunderschön!« Linnea gab mir einen Kuss auf die Wange. Dann zogen wir noch unsere dicken Mäntel an, legten die Schals um und gingen eingehakt die Straße hinunter. Eriks Restaurant, das einige hundert Meter entfernt in einem traumhaften Haus lag, war fußläufig erreichbar und von hier aus gut zu sehen. Das ganze Anwesen war beeindruckend, wenn ich ehrlich war.

»Wow«, staunte ich.

»Ja, es sieht toll aus, oder?«, bestätigte meine Freundin. Vor dem wunderschönen weißen Haus mit einem Reetdach und eindrucksvollen Buchsbäumen rechts und links neben einer dunkelgrünen Holztür mit Glasscheiben und einer großen Jahreszahl aus dem achtzehnten Jahrhundert darüber stand ein Mann, der gerade ein Paar verabschiedete.

Ich erkannte ihn von dem Foto aus der Zeitung wieder: Es war Erik. Er sah sehr gut aus in seinem dunkelblauen Jackett und Jeans, dazu leicht gegelte dunkelbraune Haare. Als er sich zu uns umdrehte und ich in seine haselnussbraunen Augen schaute, kam es mir für einen Moment so vor, als trüge ich nicht meine flachen Sneaker, die ich eben noch scherzhaft meinem Dienstmagd-Outfit zugeordnet hatte, sondern die hochhackigen Schuhe meiner Freundin – weil sich meine Knie auf einmal dermaßen wackelig anfühlten.

Während mein Bauch sich wie auf Kommando mit einer ganzen Armee von Schmetterlingen füllte, obwohl es nur diesen einen Blick gegeben hatte, richtete ich all meine Konzentration auf meine Schritte. Ich versuchte, so sicher und souverän wie möglich weiterzugehen.

»Hi, Erik«, hörte ich Linnea sagen, und die Antwort kam von einer Stimme, die mir schlagartig Gänsehaut verursachte.

»Linnea, hallo.« Erik umarmte Linnea zur Begrüßung und stand dann vor mir. »Erik«, sagte die Gänsehautstimme. »Schön, dass wir uns kennenlernen.« Er streckte mir die Hand entgegen, die ich unsicher ergriff, um einen festen Händedruck bemüht. Ich selbst hasste es, wenn jemand mir die Hand gab und ich das Gefühl hatte, etwas wabbelig Weiches zu halten.

Er hatte einen festen Händedruck. Nicht so, dass ich Angst haben musste, meine Ringe könnten jegliche Blutzufuhr der benachbarten Finger abschnüren, aber mit angenehmem Druck. Peinlich berührt stellte ich fest, dass ich seine Hand ein paar Sekunden länger festgehalten hatte als notwendig, und ich ließ sie eilig los. Ich spürte, wie Röte meine Wangen emporzog. »Josephine«, stellte ich mich vor. »Ich freue mich auch.« *Und wie*, fügte ich gedanklich hinzu und wurde erneut rot.

Ich war ganz dankbar, als er sich umdrehte und uns mit einer einladenden Handbewegung bedeutete, ihm in den Gastraum zu folgen.

Kurz schloss ich die Augen, was eigentlich meiner Beruhigung dienen sollte. Doch dann zog sein angenehmer Duft in meine Nase, was meine Nervosität nur noch mehr verstärkte. Wie ferngesteuert lief ich nun aber den beiden hinterher durch das geschmackvoll eingerichtete Restaurant.

Der Stil war genau die richtige Kombination aus edel und gemütlich. Dezente Farbtöne strahlten Behaglichkeit aus, alles war in Sandtönen und Greige, einer Mischung aus Grau und Beige, gehalten. Der Gastraum war so gestaltet, dass an den Wänden entlang eine gepolsterte Bank verlief. Die Tische hatten dicke Platten aus naturbelassenem Holz. Hinter der Bank ließen Butzenfenster mit weißen Holzrahmen, in deren tiefen Fensterbänken Windlichter standen, Licht in den Raum. Die Dekoration war zurückhaltend, aber warm und gemütlich. Auf jedem Tisch gab es Kerzen. Riesengroße Bilder, die Reetdachhäuser in Schwarz-Weiß zeigten, setzten einen modernen Akzent. Einzelne leuchtende Blüten waren in kleinen Vasen wie Konfetti quer durch den Raum verteilt und strahlten Fröhlichkeit aus.

»Wow«, platzte ich heraus. »Unheimlich schön ist es hier!«

»Gefällt es dir?«, freute sich Erik und drehte sich zu mir um.

»Sehr!« Ich lächelte, erneut ein wenig peinlich berührt.

»Das freut mich.« Erik ging weiter in einen Raum, den ich noch nicht wahrgenommen hatte. Er lag abseits des großen Gastraumes. Hier standen nur ein paar Tische, er war aber genauso dekoriert und ein kleiner eigener Bereich.

»Diesen Raum nutzen wir gerne für Familienfeiern oder geschlossene Gesellschaften. Ich dachte, wir können hier besser reden. Und es ist gemütlicher als in meinem Büro. Zumal ich euch ja auch eine Kleinigkeit zu essen versprochen hatte.«

Ich schluckte. Das hatte ich vollkommen vergessen. Daran, in Gegenwart dieses Mannes, der mich dermaßen nervös machte, nun etwas zu essen, war noch nicht einmal zu denken. Ich unterdrückte ein Kopfschütteln. Meine Güte, ich war eine dreißigjährige Frau, die wusste, was sie wollte im Leben, keine schüchterne Schülerin, die sich von einem attraktiven Mann so aus der Fassung bringen ließ.

»Ich will nicht sagen, dass ich mich am meisten darauf gefreut habe, aber ich kann es kaum erwarten«, entgegnete Linnea jedoch vollkommen unbeirrt.

»Weil ich nicht wusste, ob ihr beide Fleisch esst oder nicht, habe ich mir sicherheitshalber eine vegetarische Variante überlegt. Gemüsebolognese mit Parmesan und Pinienkernen, dazu einen kleinen Sylter Salat, und als Dessert die *Lieblingssünde.*«

»Soso«, sagte Linnea und lachte, mir fiel nichts anderes ein, als nur dümmlich lächelnd zu nicken.

»Schokoladencreme mit Vanille und verschiedenen Wintergeheimnissen«, fügte Erik eine Erklärung hinzu, die keine wirkliche war.

Ich beließ es also weiter beim Nicken.

»Die Küche ist informiert, dann würde ich nur kurz das Go geben, und dann bin ich wieder bei euch. Was möchtet ihr trinken?«

»Gerne ein Wasser«, sagte ich, um auch einmal was zur Unterhaltung beizutragen, wurde dafür aber direkt von Linnea mit einem amüsierten Blick bedacht.

»Also, ich finde, wir sollten anstoßen auf den Markt und darauf, dass wir doch dabei sein werden, findest du nicht?«, sagte sie an Erik gewandt, der zustimmte.

»Also, gegen ein Glas Champagner auf den Wintermarkt und eure Teilnahme hätte ich auch nichts einzuwenden. Viel mehr darf ich allerdings nicht. Es wartet heute noch einiges an Arbeit auf mich.« Er lächelte mich fragend an.

»Champagner klingt großartig«, sagte ich schnell und wich seinem Blick vorsichtshalber aus. Schon ohne das prickelnde Kaltgetränk wurde mir heiß und kalt.

Für den Bruchteil einer Sekunde genoss ich das Gefühl, doch dann schalt ich mich innerlich. Schließlich wusste ich im Grunde immer noch nicht, was da potenziell zwischen ihm und Linnea war. Ich musste mich mal ganz schnell wieder verabschieden von dem Gedanken an Erik und dieses Flattern in meinem Bauch abstellen, wenn ich hier nicht alles gründlich vermasseln wollte.

Mein Blick ging zu Linnea, die Erik in diesem Moment entgegenstrahlte.

Ich biss mir auf die Unterlippe, bis es schmerzte. Was war nur los mit mir?

Das war mir in der Tat noch nie passiert. Noch nie hatte ich mich auf den ersten Blick in einen Mann verguckt, schon gar nicht in einen Mann, in den meine Freundin verliebt war. Ich kannte es ja durchaus, dass ich mein Herz verlor. Oft und schnell, und auch gerne überschwänglich und leidenschaftlich. Aber was hier gerade geschah, das war vollkommen neu für mich. Ich kam mir vor wie fremdgesteuert. Als sei dieser Mann vor dieser Restauranttür mit einem Leuchtschild erschienen, das sagte: Der ist es! Das durfte doch nicht wahr sein.

Ich versuchte, wieder einen klaren Kopf zu bekommen. Linnea war meine Freundin und noch dazu der beste Mensch der Welt. Sie rettete mich gerade vor Weihnachten bei meiner obernervigen Schwägerin. Sie gab mir einen Job, eine Perspektive und vielleicht sogar langfristig die Chance auf einen Neubeginn auf meiner Herzensinsel. Da war es absolut undenkbar, dass ich all das mit Füßen trat, nur weil meine Hormone verrückt spielten wie die einer Dreizehnjährigen. Wenn sie nach Jahren des Liebeskummers womöglich endlich mal wieder jemanden in ihr Herz ließ, würde ich auf keinen Fall wegen eines albernen Gefühls dazwischenfunken.

Ich musste das hier jetzt ganz professionell durchziehen. Es ging nun um den Stand beziehungsweise um die Frage, ob und wie man Linneas alten Wagen wieder aufpäppeln konnte. Das würde viel Arbeit und Herzblut in Anspruch nehmen. Ich würde kaum Zeit haben, mich auf irgendwas anderes zu konzentrieren. Sicher deutete ich diese ganze Euphorie, die da in mir brodelte, vollkommen falsch und interpretierte da schon alles Mögliche hinein.

Erik hatte sich mittlerweile wieder an den Tisch gesetzt, und kurz darauf kam eine junge Frau, die uns den Champagner servierte.

»Meine Cousine Elisa, unsere neue Mitarbeiterin. So lernt ihr euch auch schon kennen. Sie wird gemeinsam mit mir auf dem Wintermarkt sein. Elisa, das sind Linnea und Josephine. Josephine wird für Linnea das *Friesenstübchen* beim Wintermarkt vertreten.«

»Hi, herzlich willkommen bei uns. Ich freue mich«, sagte sie und lächelte freundlich, bevor sie wieder in der Küche verschwand, mit den Worten, sie wolle uns dort nun etwas Besonderes zaubern.

»Also ganz zu Beginn will ich gleich mal mit der Tür ins Haus fallen. Es ist so, dass der Stand mit den Crêpes und Waffeln leider komplett wegfällt.« Er wandte sich an Linnea. »Nicht, dass ihr denkt, ihr habt mir gerade erst eure Zustimmung gegeben und ich komme nun gleich mit der nächsten Bitte, aber ... Die Crêpes übernimmt ein anderer. Ich wollte euch jetzt fragen: Könntet ihr euch vorstellen, Heißgetränke *und* Waffeln anzubieten?«

Ich nickte. »Klar, auf jeden Fall.« Erik schaute mich an, und ich sah ein begeistertes Strahlen in seinem Gesicht. »Also, vorausgesetzt, Linnea hat keine Einwände«, schob ich hinterher.

»Nein, von meiner Seite aus spricht nichts dagegen. Klar können wir das«, stimmte auch sie zu.

»Prima. Das freut mich sehr! Wie sieht es denn mit dem Equipment dafür aus?«

»Das haben wir noch von früher. Mein Vater war ja immer bei solchen Märkten dabei. Er hat es gehegt und gepflegt.« Linnea schmunzelte. »Und für die Heißgetränke ist auch alles da. Wenn wir die Auswahl halbwegs im Rahmen halten, sollte das kein Problem sein.«

Ich zog die Liste aus meiner Tasche, die ich vorbereitet hatte. »Ich hab mir ein paar Dinge überlegt. Anne, Linnea und ich haben auch fast alles schon gekostet und für gut befunden.« Ich trug den beiden die Notizen aus der Liste vor, und meine Vorschläge trafen auf große Zustimmung.

»Das klingt alles ganz hervorragend«, stellte Erik fest. »Wie ich sehe, habt ihr euch schon richtig Gedanken gemacht. Im Prinzip könnte es ja morgen schon losgehen.«

Linnea legte den Kopf schief und verschränkte die Arme. »Im Prinzip ja«, sagte sie dann, und es folgte ein langer Blick in meine Richtung.

»Aber?« Erik machte ein besorgtes Gesicht und schaute von Linnea zu mir. Ich spürte, wie meine Wangen glühten, und war ganz froh, dass ich zumindest das jetzt getrost auf die Aufregung schieben konnte. Ich hatte Herzklopfen und trank zur Beruhigung einen Schluck Wasser, sammelte mich kurz und stellte dann die Idee mit dem Wagen vor.

6. Erik

Erwartungsvoll schaute ich der blonden Frau mit den bemerkenswert funkelnden Augen, in denen ich bei jedem erneuten Blickkontakt zu versinken drohte, dabei zu, wie sie sich innerlich sortierte. Die Nervosität war ihr an jeder ihrer fahrigen Bewegungen anzusehen. Ihre Wangen hatten sich gerötet, was ihr eine süße Schüchternheit verlieh, für die es gar keinen Grund gab.

Ich lächelte aufmunternd, was sie noch nervöser zu machen schien.

Dabei klang das, was sie da erzählte, wirklich großartig. Ich stellte mir vor, dass ihr Konzept, das sie angelehnt hatte an das »Hyyge«-Thema, eine echte Bereicherung für unseren Markt sein würde. Vor allem die Idee von einem nostalgischen Foodtruck, der offenbar vorhanden war und den sie nutzen wollte für den Wintermarkt, klang wunderbar. Sie sprach von einem Wagen, aus dem heraus sie die Getränke und die Waffeln anbieten wollte. Er habe einige Jahre ungenutzt herumgestanden. Erst heute hätte sie dieses Juwel bei Linnea entdeckt und daraufhin mit Zustimmung ihrer Freundin spontan diesen Plan geschmiedet. Nun verstand ich, warum sie so nervös war. Für mich fügte sich das sogar in eine weitere Überlegung, die ich den beiden gleich vorstellen wollte und die ihre Nervosität vielleicht ein Stück weit abmildern könnte. Aber zunächst lauschte ich ihren Ausführungen und gab mir Mühe, wirklich konzentriert bei der Sache zu sein, weil ich so fasziniert war von dieser Frau, die nur so vor Elan sprühte.

Während sie die weihnachtlichen Rezeptideen und Leckereien beschrieb, lief mir schon das Wasser im Mund zusammen. Nicht nur die Heißgetränke, sondern auch diese Frau würden ausgezeichnet auf den Markt passen. Mit ihrer strahlenden Art und dem, was sie anbieten wollte, würde sie die Gäste des Marktes anziehen wie ein Magnet.

So wie sie den Wagen beschrieb, erinnerte er mich an den Foodtruck von Niklas in Österreich. Damit kam sie zu dem Punkt, an dem Josephine Bauchschmerzen zu haben schien. Eine Hürde sei die Frage, ob sie den Wagen bis zum Marktstart fit bekommen würde. Das könne sie noch nicht so genau abschätzen, weil der Plan noch so frisch sei. Dieser Wagen war offenbar nicht in einem Zustand, dass man sofort daraus verkaufen konnte. Er musste in jedem Fall noch aufbereitet werden. Ich ließ mir das durch den Kopf gehen: Das war in der Kürze der Zeit eine Herausforderung, je nach Zustand. Und auch wenn sie erklärte, dass sie handwerklich einiges auf dem Kasten hatte, war es sicherlich kein Leichtes, rechtzeitig zum Marktstart fertig zu werden.

An dieser Stelle hoffte ich, die perfekte Lösung anzubieten, und wagte es, den beiden Frauen einen Vorschlag zu machen.

»Josephine, das klingt großartig. Ich kann mir diesen Foodtruck ganz hervorragend auf unserem Wintermarkt vorstellen. Ich sehe schon die leuchtenden Augen der Besucher.«

Linnea und Josephine warfen sich freudestrahlend Blicke zu.

»Was ich tatsächlich auch als echte Herausforderung betrachte, ist, den Wagen bis dahin wieder fit zu bekommen, wenn das Bild, das ich habe, halbwegs stimmt.« Mir tat es leid, nun den enttäuschten Blick von Josephine zu sehen.

Linnea starrte auf ihre Hände und nickte. »Leider sind das

auch meine Bedenken«, gab sie mir recht, und Josephines Schultern sanken.

»Ja. Vielleicht ist das wieder einmal eine meiner Träumereien.« Entschuldigend lächelte sie. Sie presste die Lippen aufeinander und hob die Augenbrauen. »Haltet mir doch eine Hütte frei, okay? Versuchen möchte ich es auf jeden Fall. Wenn ich im Café Feierabend habe, mache ich mich einfach an die Arbeit, und was ich schaffe, wird erledigt. Wenn es nicht ausreicht, dann muss ich das so akzeptieren. Aber es lässt mir sonst keine Ruhe. Ich kenne mich. Ich kann nicht anders.« Sie plapperte wie ein Wasserfall drauflos und war kaum zu bremsen in ihrer Euphorie, dabei hatte ich das auch in keiner Form vor. Sie ließ mich nur gar nicht zu Wort kommen. Je euphorischer sie über ihr Vorhaben sprach, desto größer wurden ihre Augen. Ihr Blick bekam fast etwas Kindliches, was mich unerwartet stark berührte.

»Ach, Josi. Also, wie gesagt. Meinen Segen hast du.« Linnea legte den Arm um ihre Freundin und streichelte ihr liebevoll über den Rücken.

»Ich will mich nicht aufdrängen, aber vielleicht kann ich helfen«, sagte ich.

»Ich nehme an, du willst nicht selbst die Ärmel hochkrempeln?« Linnea grinste breit. »Vielleicht hoffe ich es auch.«

»Ja, wie du weißt, Linnea, bin ich selbst so ziemlich der schlechteste Handwerker, den die Insel zu bieten hat«, setzte ich an. »Wir ersparen Josephine vielleicht die Details und auch die Folgen eines derartigen Einsatzes, wenn's recht ist?«

Linnea lachte, und auch Josephine grinste erheitert. »Oh, ja. Ohne dir zu nahe treten zu wollen.« Sie raunte Josephine hinter vorgehaltener Hand etwas zu, das ich dennoch mitbekam. »Ein gebrochener Handgelenksknochen zum Beispiel hatte zur Folge, dass ich hier tagelang den Brötchen-Service und seelischen Support geleistet habe. Und dabei sollte Erik mir nur das Bild gerade halten beim Aufhängen im Café.« Linnea schlug theatralisch die Hände über dem Kopf zusammen, und Josephine hob sichtlich amüsiert die Augenbrauen. »Ich habe Erik jedenfalls nie wieder um derlei Hilfe gebeten.«

Ich schmunzelte. »Trotz der noch immer präsenten Erinnerung daran denke ich sehr gerne an diese Zeit zurück«, sagte ich. Ich tippte auf meinen Arm in Höhe der Stelle der Uhr: Dort war die Narbe, die damals entstanden war, als mein Handgelenk nach dem Sturz von der Bank und dem darauffolgenden Bruch genäht werden musste.

Ich bemerkte, wie Josephine unsicher zwischen uns hin- und herschaute, und ich überlegte, wie Linnea mich ihrer Freundin gegenüber wohl vorgestellt hatte. War ich ein guter Freund? Ein Geschäftspartner oder Kollege?

»Jedenfalls habe ich mir deshalb in diesen Fragen großartige Unterstützung für den Wintermarkt geholt. Ein Kumpel, den ich noch aus Österreich kenne, kann euch ganz sicher dabei eine Hilfe sein, den Foodtruck wieder fit zu bekommen. Dann kann genau das umgesetzt werden, was du, Josephine, dir vorstellst. Auch bestimmt rechtzeitig zum Wintermarkt. Davon bin ich überzeugt. Er ist ein Künstler! Wenn ihr mögt, schauen wir einmal bei euch vorbei, und ich mache euch miteinander bekannt. Er will langfristig hier auf Sylt Fuß fassen.«

»Na, das klingt doch geradezu perfekt, oder was meinst du?«, freute sich Josephine und schaute ihre Freundin an.

»Weltklasse, ja! Absolut!« Auch Linnea nickte.

Josephines Strahlen war zurück, und mein Blick blieb erneut für einige Sekunden an ihren tiefblauen Augen hängen. Losgerissen wurde ich erst von einem meiner Mitarbeiter, der an den Tisch trat.

Das Essen kam, und ich orderte doch noch eine weitere Runde Champagner, um direkt auf diese tolle Entwicklung anzustoßen.

Das Essen schmeckte köstlich. Elisa hatte sich große Mühe gegeben und ganze Arbeit geleistet. Während des Gespräches fiel mir auf, wie begeistert Josephine von der Idee des Wintermarktes war.

»Hier auf Sylt einmal arbeiten zu dürfen ist einfach grandios«, freute sie sich. »Eine Insel als Zuhause ist schon was Besonderes. Das fühlt sich so ganz anders an als in Hamburg. Das Gefühl, dass hier alle auf einer Insel sind, überall Wasser um uns herum, die Größe überschaubar, das ist, als wäre man wie so eine kleine Einheit für sich. Richtig unwirklich! Und die Idee mit dem Wintermarkt ist einfach nur wunderschön: Alle ziehen an einem Strang, es gibt ein Ziel, noch dazu geht es auf eine so traumhafte Zeit zu. Was könnte schöner sein?«

Es machte Freude, sie reden zu hören. Sie hatte eine gewinnende, auffallend positive Art. Sie ging so sehr darin auf, dass man meinen konnte, es sei ihr eigener Lebenstraum, den sie da gerade verwirklichte. Sie malte den Wagen in schillernden bunten Farben inmitten einer glitzernden Winter-Wunderland-Welt am Wattenmeer, zwischen gemütlichen Häusern unter Reet, wo man den kalten Winterstürmen hervorragend trotzen konnte. Am liebsten hätte man in ihrer Vorstellung vor dem Besuch des Weihnachtsmarktes noch einen der malerischen Sonnenuntergänge am verschneiten Strand der Westseite der Insel bestaunt, um sich dann bei einem Heißgetränk und deftigen oder süßen Speisen wieder aufzuwärmen.

Plötzlich wurde mir etwas klar: Mit ihrer Art erinnerte sie mich ein wenig an Niklas. Ich erzählte, dass auch mein Freund sich mit einem ganz ähnlichen Wagen in Österreich selbstständig gemacht hatte und wie wir uns kennengelernt hatten.

Ich versuchte herauszubekommen, was sie eigentlich gerade in Hamburg machte, erhielt aber nicht so recht eine Antwort darauf. Es wirkte, als spiele ihr Leben in Hamburg für sie gerade gar keine Rolle.

Je länger wir uns unterhielten, desto auffälliger wurde jedoch der Umschwung in Linneas Stimmung. Sie wirkte angespannt, und immer wieder versuchte ich, sie wieder mit ins Gespräch zu holen, was mir aber kaum gelang.

Es kam mir vor, als atme sie beinahe erleichtert auf, als wir uns irgendwann – viel später als geplant – verabschiedeten.

Wir vereinbarten, dass wir in den kommenden Tagen mal im Café vorbeischauen wollten, um einmal einen Blick auf den Wagen zu werfen.

Josephine erklärte mir noch, dass der Wagen nicht direkt am Café stand, sondern an der alten Bootshalle von Linneas Vater.

Dann gab sie mir ihre Nummer, damit ich sie anrufen konnte, wenn wir dort vorbeikommen würden.

Bevor die beiden sich auf den Heimweg machten, verabschiedete sich Linnea kurz zur Toilette. Josephine, der ich gerade in die Jacke half, bedankte sich noch einmal bei mir.

»Danke, Erik, für das köstliche Essen und die Hilfe. Schön, dass wir uns kennengelernt haben.« Sie strahlte.

Ihre hohe Stirn, das umwerfende Lächeln und das Leuchten in ihren blauen Augen zogen mich unweigerlich an.

Ich nickte. »Das fand ich auch, Josephine.«

Kurz entstand eine Pause, in der wir uns anschauten und beide spürten, dass da mehr war zwischen uns. Vom ersten Moment an war etwas passiert, was ich nicht beschreiben konnte. *Sie muss es auch gespürt haben, oder?*, schoss es mir durch den Kopf.

»Großes Lob bitte an die Küche. Richte doch Elisa aus, dass es ganz hervorragend war«, unterbrach Josephine dann diesen Augenblick, in dem es mir trotz der vielen Geräusche im Restaurant so vorgekommen war, als läge die Aufmerksamkeit nur auf uns beiden. Für mich war dieser erste Moment mit Josephine allein ein ganz besonderer. »Ich habe mich überhaupt sehr wohl hier gefühlt«, ergänzte sie.

»Sehr gerne. Schön, dass ihr hier gewesen seid. Wir werden dann in den nächsten Tagen mal bei dir vorbeischauen.«

Unsere Blicke trafen sich erneut, und trotz des regen Treibens um uns herum schien es ganz still zu werden. Es dauerte nur den Bruchteil einer Sekunde, dann war der Moment schon wieder vorüber. Ich wünschte mir, dass gerade nicht das Restaurant auf mich warten würde, sondern ein langer Spaziergang am Meer mit dieser Frau, über die ich gerne so viel mehr erfahren wollte.

»Ich freue mich sehr auf deinen Anruf. Und auf deinen Besuch.« Sie räusperte sich kurz. »Auf euren Besuch.«

Als Linnea zurück war, kam es mir vor, als fühlten wir uns beide ertappt. Jedenfalls wirkten auch ihre Bewegungen fahrig, und ich bewegte mich unbeholfen wie ein Teenie, der von seinen Eltern beim ersten Kuss erwischt worden war.

»Bis bald, Erik. Danke für deine Zeit und einen erfolgreichen Tag noch«, verabschiedete sich Linnea mit einer kurzen Umarmung bei mir und ging vor zur Tür.

»Also dann, mach's gut«, grüßte auch Josephine, blieb kurz unsicher vor mir stehen, so als würde sie überlegen, ob sie sich mit einer Umarmung verabschieden sollte, und folgte dann ihrer Freundin.

Ich begleitete die Frauen noch zur Tür, hielt sie auf und schaute ihnen nach, bis sie hinter der Ecke des Friesenwalls verschwunden waren.

»Alles in Ordnung, Chef?«, klang Elisas Stimme frech von der Seite. »Du guckst so verklärt.«

Empört schaute ich sie an. Ich hatte nicht gemerkt, dass sie sich neben mich gestellt hatte. »Ist das so, ja?«

»Ihr kennt euch schon länger, sagtest du, oder?« Sie hob fragend die Augenbrauen, und ich nickte.

»Linnea? Ja«, antwortete ich wahrheitsgemäß und nickte. »Wir kennen uns schon eine halbe Ewigkeit.«

»Und die andere?«

»Josephine kannte ich bis vorhin noch gar nicht.«

»Soso«, sagte sie grinsend, und ich gab ihr kopfschüttelnd einen freundlichen Stups.

»Grins nicht so, in der Küche gibt's sicher was zu tun«, brummte ich gespielt mürrisch, und sie zog sich lachend zurück.

Lächelnd, fast schon beschwingt ging ich den Flur entlang in Richtung des Gastraumes, bog jedoch kurz davor ab in mein Büro und schloss die Tür hinter mir. Ich wollte einen Moment allein sein. Ich trat ans Fenster, schaute hinaus über die im Sommer sattgrüne, jetzt eher farblose Rasenfläche bis hin zum Watt. Die Lage meines Büros, ja, des ganzen Hauses, war außergewöhnlich. Ich liebte es, hier in diesem Raum zu sein, wo die Weite und die Ruhe des Grünen Kliffs zu jeder Jahreszeit wie eine Wohltat wirkten. Ich hatte in den nächsten Monaten vor, den Garten des Hauses zu einer Terrasse für die Gäste des Restaurants umbauen zu lassen, damit diese beim Essen den unvergleichlichen Blick genießen konnten. Meine Eltern hatten diesen Platz lange verteidigt, stets in der Hoffnung, dass ich später einmal diesen Teil des Hauses bewohnen und ihn umfunktionieren würde in mein eigenes, privates Reich. Denn sie hofften, dass es für mich nicht für immer nur meinen Beruf geben würde. Sie wünschten sich, dass ich doch noch der großen Liebe begegnen würde. Der Frau, mit der ich eine Familie gründen und den Traum verwirklichen würde, ein gemeinsames Zuhause aus meiner Heimatinsel Sylt zu machen.

Meine Eltern hatten damals zunächst ihr ganzes Geld in das Unternehmen gesteckt und darüber hinaus nicht auch noch das Haus ausbauen oder gar erweitern können. Jetzt lief es so gut, dass eine Erweiterung denkbar war. Für mich selbst benötigte ich diesen Platz jedoch nicht.

Das letzte Mal, als ich kurz davor gewesen war, alles für einen privaten Umbau in die Wege zu leiten, hatte ich nur wenige Momente vor dem Startschuss alle Pläne umgeworfen und alles gestoppt. Es hatte sich nicht richtig angefühlt. Nicht wie meine eigene Entscheidung. Ich fühlte mich dazu gedrängt. Von einer Frau, der es nur darum ging, hier auf Sylt zu sein und dazuzugehören zu den Leuten, unter denen sie sich so wohlfühlte. Unsere Beziehung war mir vorgekommen wie ein Mittel zum Zweck. Ich hatte mir geschworen, dass es mir kein zweites Mal passieren würde, mich dermaßen in eine Liebe zu verrennen, für die ich alles geben und kaum etwas zurückbekommen würde. Mein Glauben daran, dass es die Liebe gab, in der das Geben und Nehmen aus völliger unvoreingenommener Selbstverständlichkeit heraus geschah, war seitdem erschüttert, und ich war skeptisch geworden.

Davon abgesehen war das Restaurant nie besser gelaufen als jetzt, und ich wertete unseren großen Erfolg als sicheres Zeichen dafür, dass es richtig war, in genau dieser Richtung weiterzumachen und zu expandieren.

Daher hatte ich eine Firma beauftragt, die diesen Bereich bald schon baulich dem Restaurant angliedern sollte. Wir würden mehr Gäste empfangen können, was zwar vermehrt Arbeit, aber auch höheren Umsatz bedeuten würde. Meine Eltern waren nicht begeistert gewesen, hatten mich jedoch frei entscheiden lassen, weil ich mich in Zukunft allein um den Betrieb kümmern würde, sobald sie sich vollständig zurückziehen würden. Aktuell waren sie immer mehr unterwegs und genossen, dass sie endlich Urlaub machen konnten, wann sie wollten, nachdem das jahrelang nicht möglich gewesen war.

Mich hatte ein Interessent für den Teil, den ich abgeben wollte, um mit dem Erlös den Ausbau zu finanzieren, angesprochen, dessen Pläne überzeugend klangen. Der Käufer hatte angekündigt, noch vor Weihnachten nach Sylt zu kommen.

Er hatte mich überraschenderweise mitten in meine allerersten Überlegungen hinein kontaktiert. Da hatte ich noch mit niemandem darüber geredet und mich ganz in Ruhe damit befassen können. Ich sah es als Wink des Schicksals, dass er auf mich zukam. Er hatte mehrere Ideen für das Gebäude. Unter anderem schwebe ihm vor, dort exklusive Ferienwohnungen zu errichten, wovon womöglich auch mein Restaurant profitieren würde. Ich fand das interessant und konnte mir das Konzept gut vorstellen. In den nächsten Wochen standen also einige wichtige Entscheidungen und Gespräche an, die hier um meine Wohnung und das Restaurant herum manches verändern würden.

Ich dachte daran, ob ich es zu einem späteren Zeitpunkt bereuen würde, die Option, das Haus für mich irgendwann privat umzubauen, vergeben zu haben durch die Umbauten für den Betrieb. Aber dann schoben sich wieder Bilder vor mein inneres Auge, die mein Herz zusammenkrampfen ließen. Sie erinnerten mich daran, wie es gewesen war, als ich nach meinem Besuch in Österreich die Frau, die ich dort kennengelernt hatte, nach Sylt einlud. Zum ersten Mal hatte ich sogar meinen Eltern eine Frau an meiner Seite vorgestellt und an eine ernsthafte Zukunft geglaubt. Es folgten weitere Besuche, die jedes Mal so voller glücklicher Momente waren. Es kam mir vor, als ob das, was zwischen uns war, eine Chance auf etwas ganz Großes hatte. Die Abende am Strand, die Spaziergänge und die Tage hier, in meinem Zuhause.

Es waren zufriedene Stunden. Aber im Rückblick waren sie alle überschattet von Unehrlichkeit und wenig aufrichtigem Lachen. Der Abend, als ich sie sah, inmitten der feinen Geschäftsleute bei einer der schicken Partys auf der Insel, war, als schneide ein Messer in mein Herz. Und die Nachricht dahinter war so stark. Noch immer fühlte ich diese Wucht, die mir vorkam wie ein dumpfer Hieb in die Magengrube, wenn ich an die Enttäuschung und das Gefühl dachte, was die Selbstverständlichkeit, mit der sie mir mitteilte, dass mein Job im Restaurant ja »ganz nett« sei, aber diese Arbeitszeiten nichts für sie als Frau seien, in mir auslöste. Wie ein Schlag hatte es mich getroffen, der all meine Träume zerschmettert hatte. Erst dachte ich, ich hatte zu viel verlangt, als ich hoffte, dass sie ihre Heimat verließ und hierherkam. Umgekehrt wäre ich ja auch nicht bereit gewesen. Aber all das war ja vorgeschoben gewesen, denn noch während ihres Aufenthalts hier hatte ich sie mit einem anderen Mann beobachtet, den ich auch später wieder auf der Insel wiedergesehen hatte. Sie dachte, ich wäre noch im Restaurant, als sie sich mit dem Immobilienmakler traf. Wie auch immer es wirklich war. Ich war mir sicher, dass es eine Lüge war, dass mein Beruf der Grund war, weshalb sie nicht hierbleiben wollte. Sie hatte längst jemanden anders, mit dem sie hier oder wo auch immer eine gute Zeit verbrachte, während ich Idiot an die große Liebe geglaubt hatte. So etwas durfte mir nie wieder passieren. Zum Glück hatte ich den Umbau meines Hauses für uns damals noch rechtzeitig gestoppt. So vorgeführt und hintergangen wollte ich mich nie wieder fühlen.

Wieder dachte ich an die Begegnung des heutigen Tages und daran, was sie mit mir gemacht hatte.

Ich konnte es schon jetzt kaum erwarten, Josephine wiederzusehen und sie näher kennenzulernen, und freute mich darauf, bald mit Niklas bei ihr und dem Wagen vorbeizuschauen.

7. Josephine

»Bist du zufrieden mit dem Gespräch?«, fragte ich Linnea zaghaft, weil ich selbst zwischen Euphorie und schlechtem Gewissen schwankte. Ich war erleichtert, als meine Freundin nickte.

»Doch, eigentlich schon. Du auch, nehme ich an?« Sie schaute mich an, und ich meinte sogar, ein Lächeln um ihre Mundwinkel spielen zu sehen.

»Sehr! Ich muss dir zustimmen, Erik ist wirklich unwahrscheinlich hilfsbereit und freundlich«, sagte ich. »Sehr sympathisch.«

»Sag nicht, du hast etwas anderes erwartet?«, entgegnete sie empört und schaute weiter auf die Straße.

»Natürlich nicht!«

»Nun bin ich sehr gespannt, was er zu den Arbeiten am Wagen sagt«, fuhr sie fort.

»Oh, ich auch! Aber wenn Erik jemanden hat, der sich damit auskennt, ist das doch großartig, meinst du nicht?«

Linnea nickte zustimmend, wenn auch verhalten. »Wäre ja klasse, wenn das zufällig passt.«

Dann versank sie erneut in Schweigen.

Ich wollte herausbekommen, ob Linnea wirklich hinter dieser Idee stand. Es fiel mir jedoch schwer, ihr Verhalten mit ihren Worten in Einklang zu bringen.

Ich musterte sie weiter verstohlen von der Seite, versuchte, jede Geste zu deuten. Ich hatte leider den Eindruck, dass sie sehr wohl mitbekommen hatte, dass das Treffen mit Erik auch etwas mit mir gemacht hatte. Oder bildete ich mir das ein, weil mein furchtbar schlechtes Gewissen mir das zuflüsterte?

»Ich bin jedenfalls auch sehr gespannt, was sie zu dem Wagen sagen«, erklärte ich, und für den Rest des Weges schwiegen wir beide. Ich wurde den Gedanken nicht los, dass Linnea anders wirkte als noch vor dem Treffen mit Erik.

»Linnea, ist alles in Ordnung?«, fragte ich, indem ich meinen Mut zusammennahm, kurz bevor wir das Café erreichten.

»Klar, wieso?«, fragte sie beiläufig, doch irgendwas an ihrer Stimme machte mich stutzig: Die Aussage passte nicht zu der Schärfe ihrer Tonart. Sie sprach auf die Art, mit der man eigentlich sagen wollte: »Denk mal nach, dann solltest du wohl selbst draufkommen.«

»Mir kommt es so vor, als sei irgendwas los. Hab ich was gesagt oder getan, was nicht in Ordnung ist? Dann sag es mir, bitte. Ich möchte keinen Ärger mit dir. Am Ende ist alles, was wir tun, deine Entscheidung«, baute ich ihr eine Brücke. Wir waren mittlerweile am Haus angekommen.

Jetzt erwiderte sie meinen Blick offen und sagte: »Du machst das ganz großartig, und ich bin dir dankbar, wie toll du dich für die Wintermarkt-Idee einsetzt. Ich kann gar nicht oft genug sagen, wie sehr ich mich darüber freue, dass du hierhergekommen bist und uns beim Weihnachtsmarkt vertreten wirst.«

Linneas Worte rührten mich, und ich nahm sie in den Arm und drückte sie an mich.

»Danke, Liebes«, sagte ich, und sie erwiderte meine Umarmung. Trotz meiner momentanen Erleichterung blieb da dieser Eindruck, dass irgendwas im Raum lag. Doch noch kam ich nicht dahinter, was es war. Es wunderte mich, dass sie kein Wort über die aufgeladene Stimmung zwischen Erik und mir verlor. Vielleicht war es ihr doch nicht aufgefallen? Oder es gefiel ihr nicht, und sie wollte nur nichts sagen? Wenn sie es auch bemerkt hatte und sie sich darüber freuen würde, würde sie doch sicher als Freundin irgendetwas dazu sagen.

Mit einem Kopf, der sich anfühlte, als sei er aus Watte, stand ich da und wusste nicht so recht, ob ich mit ins Café gehen sollte oder nicht.

Die Frage wurde mir zum Glück durch Anne beantwortet, die in diesem Moment mit einer Thermoskanne und einem Korb aus dem Café kam. »Oh, da seid ihr ja, wie schön! Wenn Linnea uns beide im Café entbehren kann, müsste ich nicht allein dekorieren? Ich würde mich freuen!«

»Oh, bitte hilf Anne dabei! Dann muss ich das nicht tun«, raunte mir Linnea zu, rollte lächelnd mit den Augen und verschwand im Café.

»Nichts lieber als das«, murmelte ich und ging der schwer beladenen Frau entgegen. Voller Tatendrang nahm ich Anne die Kanne und den Korb ab. »Das musst du mir nicht zweimal sagen! Na dann! Wo sind die restlichen Sachen? Du weißt noch nicht, dass du es mit der weltbesten Deko-Assistentin zu tun hast«, stellte ich mich vor, und Anne lachte.

»Endlich mal jemand, der meine Sprache spricht«, freute sie sich und rieb sich die Hände. »Ich wollte grad schon den Tee bereitstellen.« Sie deutete auf die Kanne und den Korb, in dem Becher und eine Dose zu sehen waren. »Außerdem selbst gebackene Kekse. Und die Musik habe ich in der Küche angestellt. Das Fenster ist leicht geöffnet. Ich hoffe, wir hören es auch hier draußen.« Sie legte den Finger auf die Lippen, und tatsächlich erklang zarte

Weihnachtsmusik. »Die Deko habe ich vorhin schon rausgetragen.«

»Wir verstehen uns, Anne«, flüsterte ich ihr zu und zwinkerte. Sie kicherte und begann, eine der penibel aufgewickelten Lichterketten um einen Buchsbaum abzurollen.

Auch ich schnappte mir eine Rolle und drapierte sie um ein weiteres Kugelbäumchen. Während ich summend in die leise Weihnachtsmusik einstimmte, wuchs bei mir mit jedem Song die Vorfreude auf die Festtage. Immer mehr der schönen Pflanzen wurden zu leuchtenden kleinen Kunstwerken, die in den Abendstunden ihren vollen Glanz entfalten würden. Ich konnte es kaum erwarten.

Nachdem wir die Lichterketten verteilt hatten, ging es weiter mit den großen weißen und roten Kugeln, die nach Annes Vorgabe die knorrigen Apfelbäume neben dem Haus zieren sollten. Sie hatte bereits eine Leiter bereitgestellt, die sie festhielt, während ich emporstieg und Kugel für Kugel an den Ästen mit Draht befestigte. Was auch notwendig war, wie Anne mir mit ernsthaftem Blick mitteilte.

»Mit einem einfachen Band hält das einfach nicht. Da kommt der erste Sturm, und dann haben wir hier 'nen Haufen Scherben am Boden und sonst nicht viel.«

»Das wäre zu schade!« Theatralisch schüttelte ich den Kopf.

Anne nickte.

Wir steckten einige Holzstäbe in den Boden, auf die wir wunderschöne Glaskugeln in bunten Farben setzten.

»In der Sonne zaubern die Kugeln ein tolles Farbenspiel. Jetzt steht sie schon zu tief. Aber morgen früh kannst du das bewundern«, versprach Anne, und ihre Augen funkelten mit den Lichtern um uns herum um die Wette.

»Wunderschön!«

Weiter ging es mit einem Rentierschlitten, den Anne neben die Einfahrt zum Haus stellen wollte und der sogar mich staunen ließ. Er war so groß, dass ich mich wunderte, wo sie den plötzlich hergezaubert hatte. Im Auto hatten wir den vorhin sicher nicht transportiert.

»Nanu, wo kommt der denn her?«, fragte ich mit großen Augen.

Anne lachte. »Der war auch in der Bootshalle. Den hab ich nur vorher schon geholt. Er passt gerade so in einen Lieferwagen. Mein Freund hat mir dabei geholfen«, erklärte sie. »Der hat Tradition und muss einfach hier irgendwo stehen. Johann hat ihn geliebt. Seit ich denken kann, gehört der dazu.« Mit diesen Worten trug sie das Rentier vorneweg, und ich versuchte, den mächtigen Schlitten hinterherzuziehen.

»Darauf drapieren wir dann nachher noch ein paar Geschenke. Da haben wir vor einigen Jahren mal was aus bunten Lichtschläuchen und Draht erstellen lassen. Ich sage dir, vor allem die Kinder, die hier entlangspazieren, die lieben den Schlitten vom Weihnachtsmann!«

Ich nickte anerkennend. »Das glaube ich dir! Es wundert mich, dass euch den noch niemand vom Wintermarkt-Team abgeluchst hat. Der würde sich da sicher hervorragend machen!«

Energisch schüttelte Anne den Kopf. »Kommt nicht in die Tüte! Den geb ich nicht her!«

Ich lachte. »Das sollst du auch nicht! Wir haben ja bald unseren Wagen.« Nachdenklich legte ich die Stirn in Falten. »Hoffe ich jedenfalls.«

»Das klingt so skeptisch. War Linnea nicht so überzeugt? Oder Erik?« Nun war auch Annes Miene besorgt.

»Doch, Linnea war gar nicht so abgeneigt, wie ich befürchtet hatte. Erik klang auch ganz interessiert eigentlich.« Beim Gedanken an Erik spürte ich gleich, wie mir wieder ganz warm ums Herz wurde.

»Aber?«

»Linnea verhält sich ganz seltsam seit dem Treffen mit Erik.«

»Seit eurem Treffen?« Anne legte die Stirn in Falten. »Habt ihr sie geärgert?« Nun grinste sie.

»Nein! Warum sollten wir das tun?« Empört stemmte ich die Hände in die Hüften.

»Kleiner Scherz.« Anne winkte ab. »Ach, wer weiß. Vielleicht war sie schon wieder gedanklich im Café und hatte da irgendwas anderes im Kopf. Womöglich hatte das gar nichts mit euch zu tun. Nun mach dir da mal keine Gedanken.«

»Kann sein, ja. Aber das ist leicht gesagt. Gerade wenn man sich so freut wie ich.« Schuldbewusst hob ich die Hände. »Ich kann da nicht aus meiner Haut. Ich bin einfach Optimistin. Und ich wünschte so sehr, Linnea wäre es auch.«

»Manchmal ist das so. Wenn es ihr gut geht, fängt Linnea oft an, sich Sorgen zu machen. Da brummt der Laden, die gute Freundin kommt mit einer grandiosen Idee um die Ecke, und der Freund nickt diese auch noch ab. Man könnte meinen, es läuft alles super. Aber dann fängt sie an, alles zu zerdenken. Ich kenne das leider von ihr. Das meine ich natürlich nicht böse, ich liebe Linnea, wie sie ist. Es ist einfach so, dass sie vielleicht einmal zu oft doch noch mal alles umwerfen musste: Häufig war es das Leben, was die Pläne für sie gemacht hat, und nicht sie selbst. Aber letztlich geht es uns ja allen so.« Anne hob die Handflächen. »Denk dir nichts dabei. Womöglich formt sie im Kopf schon wieder eine Katastrophe und sucht nach einem Haken. Für mich klingt das erst mal gut, mit dem Wagen. Und wenn Erik auch eine Chance darin sieht, umso besser! Wenn du mich fragst, sollte sich Linnea trauen, wieder weniger nachzudenken und einfach glücklich zu sein. Und ich bin so froh, dass du da bist. Du hilfst ihr dabei.«

Ich lächelte. »Das hoffe ich. Da bin ich ja echt das Gegenteil von Linnea. Bis ich den Haken erkenne, hat er mich meist schon eiskalt erwischt, und ich baumele dran.« Ich zog eine Grimasse, und Anne lachte.

»Beide Eigenschaften haben sicher ihre Vor- und Nachteile, will ich behaupten«, sagte sie salomonisch.

»Vielleicht.« Ich überlegte, ob ich Anne von meinem Verdacht erzählen sollte, dass Linnea etwas für Erik empfand und Eifersucht mit hineinspielen könnte, dass sie nach dem Treffen ein wenig verschnupft war. Noch immer hielt ich es für unmöglich, dass die Funken zwischen Erik und mir meiner Freundin entgangen waren.

Aber Anne so direkt danach zu fragen fühlte sich auch nicht richtig an.

»Jedenfalls will Erik mal vorbeikommen mit einem Bekannten, der sich wohl ganz gut mit solchen Dingen auskennt, um sich ein Bild von dem Wagen zu machen. Vielleicht kann der Typ mir sogar ein wenig helfen, und dann könnte es klappen.«

»Das wäre doch großartig«, freute sich Anne. »Ich bin mir ganz sicher, dass sich Linnea darüber auch freut. Vielleicht kann sie es gerade nicht so recht zeigen«, sagte sie nachdenklich.

»Alles gut. Ich mache ihr auch gar keinen Vorwurf. Ich will nur keinesfalls Streit mit ihr. Unsere Freundschaft ist mir viel, viel wichtiger als jeder Plan in meinem Kopf. Wintermarkt hin oder her. Wenn es Linnea lieber ist, würde ich auch jederzeit aus einer kleinen Holzhütte heraus verkaufen.« Ich lächelte, doch meine Gedanken schweiften sofort wieder zurück zu dem Wagen, und ich sah ihn schon auf dem Wintermarkt. Ich spürte Euphorie in mir aufsteigen bei diesem Bild. Die kam aber nicht nur vom Wagen, wenn ich ehrlich war.

Wir schmückten weiter, und während wir in den Büschen und Heckenrosen rund um das Haus herum leuchtende Sterne drapierten, hing ich den Erinnerungen an unser Treffen nach. Es waren einzelne Momente, ein Lächeln von Erik, ein Blick, eine Geste, die sofort für ein Prickeln in meiner Herzgegend sorgten.

»Du lächelst ja ganz verzückt.« Als Anne irgendwann in meiner Nähe einen der letzten Sterne anbrachte und mich ansprach, fühlte ich mich ertappt. »Man sieht dir an, wie viel Freude dir das macht. Genau wie mir. Aber es wird langsam frisch. Die Temperaturen ziehen an, je weiter es auf den Abend zugeht. Lass uns doch erst mal einen heißen Tee zum Aufwärmen trinken.« Sie deutete zum Küchenfenster, unter dem sie alles angerichtet hatte: Eine Holzbank, zwei dicke rote Decken und eine Thermoskanne Tee warteten dort auf uns.

»Wir können auch reingehen, wenn dir das lieber ist?«

»Nein, es ist wunderschön hier. Bisher scheint Linnea ja auch ohne uns auszukommen«, sagte ich und kuschelte mich unter eine der Decken.

»Ich dachte mir, so können wir schon ein wenig Wintermarkt-Gefühl genießen, wenn so langsam die Lichter zu sehen sind, weil die Sonne verschwindet. Sieht es nicht wundervoll aus?«, freute sich Anne, und in ihren Augen spiegelten sich die vielen kleinen Lämpchen.

»Ganz bezaubernd!« Voller Stolz betrachtete ich unser Werk, und meine freudige Erwartung auf Weihnachten wuchs beim Anblick dieses Winter-Wunderlandes ins Unermessliche. Das war Weihnachtsvorfreude, wie ich sie mir vorstellte.

»Um noch mal auf Linnea und Erik zurückzukommen ...«, setzte Anne an, und ich zuckte innerlich zusammen.

Sie hielt mir die Keksdose unter die Nase, und ich griff zu.

»Danke«, murmelte ich, während ich nervös an dem süßen Keks knabberte. Ich ließ den Geschmack von Zimt und Vanille auf meiner Zunge zergehen.

»Du hast ihr so eine große Freude damit gemacht, dass sie Erik nicht absagen musste.« Anne lächelte mich an, und mir gelang nur ein schiefes Grinsen.

»Der Markt scheint hier doch eine gewisse Bedeutung zu haben«, stellte ich ausweichend fest. »Das habe ich schon gemerkt.«

»Das auch, ja. Er gehört für uns alle zu Weihnachten dazu wie der Jöölboom.« Als Anne mein verdutztes Gesicht sah, lachte sie. »Der Jöölboom ist eine friesische Tradition. Ein Holzgestell mit vier Kerzen darauf, die übereinanderstehen. Sie symbolisieren die Adventssonntage. Daran wird ein Kranz befestigt aus Buchsbaum oder Efeu. Kleine Figuren, meist aus Salzteig geformt, gehören auch dazu.« Sie zählte an ihren Fingern auf: »Da ist der Hahn, der steht für Wachsamkeit. Der Hund, der steht für die Treue, das Pferd symbolisiert die Kraft und Ausdauer. Und ganz unten am Sockel sind Adam und Eva. Früher hatte man keine Bäume, und Buchsbaum und Efeu sind meist vorhanden und immergrün.«

»Danke dir für die Erklärung!« Mir gefiel dieser Brauch.

Anne nickte fröhlich. »Der Markt wird von den Gästen der Insel ebenso gut angenommen wie von uns, die wir hier immer leben. Johann war ein großer Fan des Wintermarktes. Linnea führt damit im Prinzip eine alte Tradition weiter. Vielleicht war ihr das auch wichtig. Und dazu kommt: Linnea und Erik sind gute Freunde. Sie wollte ihn ungern enttäuschen. Sie sind sich sehr ähnlich, und Linnea rechnet ihm sein Engagement für die Insel und die Gastronomen hier im Ort hoch an. Immer wieder hat er tolle Ideen, bringt sich in so viele Projekte ein, unterstützt, wo er nur kann. Er ist ein bewundernswerter Mensch. Und immerzu am Arbeiten.« Anne rollte die Augen. Sie hielt geheimnisvoll die Hand vor den Mund. »Ich würde ihn ja schon als rastlos bezeichnen. Aber im Prinzip ist er wie Linnea. Der Erfolg gibt ihnen natürlich recht. Aber ab einem gewissen Punkt kann man sich hinter so einem Dauerjob ja auch hervorragend verstecken. Das haben sie beide perfektioniert.«

»Wie meinst du das?«

»Nun, wenn man immer die Arbeit vorschiebt, um dann das ganze Privatleben hintenüberfallen zu lassen, kann das doch auch nicht der Sinn des Lebens sein, wenn du mich fragst.« Sie zuckte beiläufig mit den Schultern. »Aber da darf ich mich nicht einmischen.«

»Ich sehe das auch so, aber das kann natürlich nur Linnea selbst entscheiden, oder Erik in dem Fall.«

»Absolut. Aber wenn da nicht mal wer kommt und die zwei wachrüttelt, wird das nie was.« Sie schlug sich gespielt entsetzt die Hand vor den Mund. »Hab ich nicht gesagt, oder?«

Ich lachte. »Was denn? Ich hab nichts gehört.«

»Danke.« Sie zwinkerte. »Schon gut, dass du jetzt da bist. Nicht nur deswegen.« Anne legte ihre Hand auf den Bauch, sprach dann aber nicht weiter. Ich wartete kurz, hatte dann aber das Gefühl, dass sie die Neuigkeit erst mit Linnea besprechen wollte, wenn es überhaupt so war, wie ich vermutete.

»Und die beiden, wenn sie sich doch so ähnlich sind. Hat das nie gepasst mit den zweien?« Ich zitterte innerlich, so gespannt war ich auf ihre Antwort.

Anne blickte mich an, wirkte kurz, als habe ich einen Gedanken ausgesprochen, der ihr nicht fremd war. Sie sagte dann lange nichts und schaute wieder auf die Tasse Tee in ihren Händen. »Das kann ich dir nicht beantworten. Aber ich denke, sie hätten es sowieso gar nicht gemerkt vor lauter Arbeit. Sie werden es wohl auch nie bemerken. Sie arbeiten einfach aneinander vorbei, bis sie alt und grau sind.« Wieder lachte sie, diesmal jedoch leise und ein wenig wehmütig.

»Aber man selbst merkt doch, wenn man verliebt ist?«

»Sicher. Aber ob sie es sich eingestehen?« Anne stieß Luft durch die Lippen aus. »Wenn das so wäre, dann müsstest *du* als ihre beste Freundin das wohl am besten wissen. Solltest du da was herausfinden, lass mich bitte nicht dumm sterben.« Sie trank den letzten Schluck Tee aus und rappelte sich wieder auf. Leider beendete sie damit auch das Thema. »Wenn ich ehrlich bin, bin ich mit dem Außenbereich schon ganz zufrieden. Drinnen im Café würde ich heute nicht mehr anfangen. Das muss mal gemacht werden, wenn keine Gäste da sind«, erklärte sie.

»Okay, dann sind wir durch für heute. Wir haben ja auch ordentlich was geschafft«, stellte ich zufrieden fest.

»Danke, Josi. Hat mir ganz viel Spaß gemacht. Ich schaue noch mal, ob ich Linnea helfen kann. Ich wollte ohnehin etwas mit ihr besprechen.« Anne nahm die Thermoskanne und die Becher und stellte sie in den Korb. Ich legte die Decken zusammen und nahm alles wieder mit rein.

8. Erik

Tief sog ich die Seeluft ein und schloss einen Moment die Augen. Zwischen den tief hängenden Wolken war die Sonne hervorgebrochen, und ich beglückwünschte mich zu meiner spontanen Entscheidung, mich heute nach dem Mittagstisch auszuklinken: Ein paar Stunden nur für mich am Strand zu sein, das war etwas, das ich viel zu selten tat. Hier war ich ganz bei mir und dachte darüber nach, was ich wollte, wo ich aktuell stand und wo ich mich in Zukunft sah. Der Strand war menschenleer, und der Himmel lag grau über dem bleiernen Meer. Die Wellen rauschten sanft an Land, und mit jeder Woge beruhigte sich mein Puls. Ich kam innerlich zur Ruhe und spürte, was für eine positive Energie das in mir freisetzte. Es tat mir gut, hier zu sein. Vor allem vielleicht, dass ich mir endlich einmal erlaubte, nicht uneingeschränkt zur Verfügung zu stehen. Hier war ich teilweise gar nicht zu erreichen. Der Handyempfang war hier wohltuend unzuverlässig, aber ich würde eine Nachricht erhalten, wenn jemand versucht hatte, mich anzurufen. Es würde höchstwahrscheinlich auch dann noch ausreichen, zurückzurufen.

Ich musste mich zwar ein bisschen überwinden, mir deshalb keinen Stress zu machen, aber weil ich mir diese Runde um den Ellenbogen als Ziel gesetzt hatte, war ich gewissermaßen gezwungen, das nun durchzuhalten.

Kaum eine halbe Stunde später kam ich an der nördlichsten Spitze Sylts an. Und nicht nur das: Ich befand mich nun am nördlichsten Punkt ganz Deutschlands. Mittlerweile war das Wetter besser geworden und der Himmel aufgeklart. Nun konnte man die rund vier Kilometer entfernte dänische Insel Rømø sehen.

Besonders starke Strömungen in der Tiefe sorgten rund um den sogenannten Ellenbogen dafür, dass man an dieser Stelle zu keiner Jahreszeit baden durfte, weil das Wasser sofort sehr tief war und starke, unbeherrschbare Sogwirkungen einsetzen konnten. Wenn man Glück hatte, konnte man manchmal Seehunde sehen, die ihre kleinen Köpfe aus den Wogen reckten. Ich blieb stehen, um ein paar Minuten an dieser Stelle zu warten. Vielleicht würde meine Geduld belohnt werden.

Nicht weit von meinem Standpunkt entfernt ragten noch alte Buhnenreste aus Eisen aus dem Wasser. Es herrschte Flut, sodass nur wenige der verrosteten Streben sichtbar waren. Das Meer, der starke Wellengang und der Sand hatten ihnen zugesetzt, und sie bildeten nur noch ein dünnes, stacheliges und vor allem scharfkantiges Gerippe, das mit Algen und Muscheln überzogen war. Das Gebilde war häufig auf Fotos zu sehen und zu jeder Jahreszeit ein beliebtes Motiv. Als Spaziergänger und Fotograf sollte man jedoch darauf achten, dass man nicht barfuß darauf trat.

Der Wind zog mir eiskalt um die Nasenspitze, dennoch war es herrlich, hier zu stehen. Die Wellen zu beobachten, wie sie weiß schäumend in steter Regelmäßigkeit auf das Land trafen, und ihrem konstanten Rauschen zuzuhören wirkte Wunder. Wie eine Meditation. Das wusste ich natürlich und hatte es schon oft genossen, noch öfter davon erzählt und anderen Leuten dazu geraten. Viel seltener jedoch beherzigte ich mittlerweile selbst den Ratschlag, Zeit hier zu verbringen. Vor allem die Einsamkeit hatte etwas Faszinierendes.

Ich zögerte einen Moment. Es wäre auch schön, diesen Augenblick mit jemandem zu teilen. Einen Moment lang tauchten Bilder davon auf, wie ich zuletzt mit Maria hier gewesen war. Es war die Frau gewesen, die viele Spuren in meinem Leben hinterlassen hatte, es nachhaltig verändert hatte. Die mich andere Schwerpunkte hatte setzen lassen. Nach unserer Trennung hatte ich die Arbeit zu meiner absoluten Priorität gemacht. Wir hatten uns in Österreich kennengelernt und dort einige Zeit zusammengelebt. Doch als sie mich im letzten Jahr auf Sylt besucht hatte, und wir einen Weg suchten, eine gemeinsame Zukunft zu haben, hatte sich bald abgezeichnet, dass unsere Vorstellungen nicht kompatibel waren. Die raue Schönheit der Natur konnte sie nicht begeistern; die Gesellschaft, die sie suchte, war nicht die richtige für mich. Das Gefühl, nur Mittel zum Zweck zu sein, hatte sich immer stärker bei mir eingestellt und mir, wenn ich ehrlich war, das Herz gebrochen.

Unweigerlich gingen meine Gedanken zu Josephine, und ich schüttelte den Kopf über mich selbst. Mir war klar, dass es nahezu lächerlich war, nach einem einzigen Treffen überhaupt in diesem Zusammenhang an sie zu denken. Und dennoch schlich sich ein Lächeln auf meine Lippen, als ich darüber nachdachte, was ich bisher über sie wusste: Sie kam aus Hamburg, war hier als Aushilfe bei unserer gemeinsamen Freundin Linnea eingesetzt und würde nach dem Wintermarkt wieder zurück in die Hansestadt reisen. Außerdem wusste ich, dass sie tatkräftig, schön und lustig war ... Ernüchtert stellte ich fest, dass ich mich mit Ansage in etwas zu verrennen schien, was zwangsläufig zu einer Enttäuschung führen würde. Aber dennoch: Ich wollte nicht länger den Fokus in meinem Leben allein auf meinen Job legen. Dafür gab es viel zu viel, was es zu genießen galt.

Während ich einer Fähre nachschaute, die in einiger Entfernung vorüberzog, nahm ich aus dem Augenwinkel plötzlich eine Bewegung auf dem Wasser wahr. Ich versuchte, einen Punkt auf der unruhigen Oberfläche ausfindig zu machen, was aber nahezu unmöglich war. Suchend wanderte mein Blick hin und her, als ich mit einem Mal klar und deutlich die Schnauze eines Seehundes in gar nicht allzu weiter Entfernung auftauchen sah. Für einige Schwimmzüge blieb er über Wasser, ließ sich hin und her schaukeln, tauchte dann wieder unter und ein paar Meter weiter wieder auf. Es war, als lasse er sich spielerisch treiben und genieße das Bad in den Wellen.

»Wow«, staunte ich und freute mich, dass ich trotz der schneidenden Kälte hier ausgeharrt hatte.

Zufrieden suchte ich noch einmal nach dem Tier auf dem Wasser, konnte es aber, nachdem ich es einmal aus den Augen verloren hatte, nicht mehr finden.

Also setzte ich meinen Weg fort, um nun bald das letzte Drittel der Runde abzuschließen. Noch immer hatte ich niemanden getroffen, was wirklich selten war. Aber heute war das genau richtig.

• • •

Zurück im Auto war ich dankbar, dass ich die Sitzheizung anstellen konnte, um mich aufzuwärmen. Der Spaziergang hatte sich wie ein Energieschub angefühlt, der meine Akkus so perfekt aufgeladen hatte, dass mir danach war, direkt mit neuen Aufgaben durchzustarten und all meine Kraft in jede noch so schwierige Herausforderung zu stecken. Glückshormone fluteten meinen Körper. Diese schob ich jedoch nicht nur auf den Weg an der frischen Winterluft und die Bewegung, sondern auch auf den Gedanken an Josephine und unser baldiges Wiedersehen. Die Begegnung mit dieser Frau hatte etwas in mir freigesetzt, was ich so vielleicht noch nie erlebt hatte.

Mit noch immer klammen Fingern zog ich mein Handy aus der Tasche. Ein Blick auf das Display zeigte, dass tatsächlich einige Nachrichten eingegangen waren. Ich überflog sie kurz, stellte dabei fest, dass keine davon dringend beantwortet werden musste. Alles hatte so lange Zeit, dass ich mich auf den Weg machen konnte, um vor Ort im Restaurant darauf zu reagieren. Ich staunte darüber, wie oft ich mich wahrscheinlich vollkommen umsonst verrückt machte, während ich in Wirklichkeit gar nicht zwingend erreichbar sein musste. Vielleicht nahm ich mich selbst viel zu wichtig?

Erst steckte ich das Handy wieder weg, griff dann aber doch noch einmal danach.

Ich wollte Josephine eine Nachricht schreiben.

Dreimal tippte ich den Text, um ihn wieder zu löschen. Mal klang es zu vertraut, mal zu nüchtern und sachlich. Ich schüttelte über mich selbst den Kopf. So unsicher war ich doch sonst nicht.

Mitten in meine Schreibversuche hinein rief Niklas an.

»Na, wo treibst du dich denn herum?«, fragte er. »Im Restaurant wundert man sich schon, dass du so lange unterwegs bist. Man munkelt, das habe man in all den Jahren noch nie erlebt. Ist alles in Ordnung?« Niklas lachte.

»Ich weiß schon, warum ich mich so selten mal ausklinke. Einfach wird es einem nicht gemacht von diesem reizenden, aufmerksamen Team«, sagte ich leicht angesäuert.

»Hey, nein! So war das nicht gemeint«, ruderte Niklas zurück.

Mit einem Grinsen nahm ich den Ball auf: »Wenn du bald einsteigst, könnte ich das ruhigen Gewissens doch öfter machen. Mein Seelenfrieden liegt also quasi in deiner Hand.«

»Ja, ja, gib den Druck ruhig an mich weiter, ist klar«, murmelte er. »Ich kann damit aber hervorragend umgehen. Und in Elisa hast du bereits eine erstklassige Vertretung.«

Vor meinem inneren Auge sah ich sein breites Grinsen. »Na dann.« Ich lachte. »Ich wollte dich aber eh anrufen«, sagte ich, unterbrach mich dann aber selbst: »Aber was wolltest du denn? Ich hab dich gar nicht zu Wort kommen lassen.«

»Ich wollte nur erzählen, dass das super lief mit deiner Bekannten aus dem Kindergarten. Anton hat sich sofort wohlgefühlt, und ich konnte direkt punkten, weil im Gruppenraum die Treppe zur Spielebene kaputtgegangen war. Da konnte ich gleich mal zeigen, dass so ein Handwerker-Papa im Kita-Eltern-Team gar nicht so verkehrt ist.« Er lachte.

»Na, perfekt. Da warst du ja sofort in deinem Element und weißt, wer in den nächsten Wochen angerufen wird, wenn wieder was in die Brüche geht.«

»Alles gut. Das mache ich gerne. Erst recht für Anton. Nee, im Ernst. Auf jeden Fall noch mal danke an dich. Der Kontakt ist klasse!«

»Kein Problem! Freut mich. Und apropos Kontakt und handwerkliche Fähigkeiten und so ...«, setzte ich an. »Ich hab dir doch von dem heutigen Treffen mit einer Freundin zum Thema Wintermarkt erzählt. Mit ihr und der Frau, die das Café beim Wintermarkt vertritt, habe ich vorhin gesprochen. Die beiden haben eine super Idee: Es gibt da so einen alten Foodtruck, der für den Markt wieder aufgehübscht werden soll. Und in dem Kontext habe ich natürlich an deinen Foodtruck gedacht. Du verfügst über das nötige Geschick und könntest einer ganz bezaubernden jungen Dame da womöglich aus der Bredouille helfen ...?«

»Soso. Das klingt interessant. Vor allem aber die Aussage zu der jungen Dame, wenn ich ehrlich bin.« Niklas lachte.

Ich verspürte einen Stich in der Magengrube. »Und wenn *ich* ehrlich bin, handelt es sich ausgerechnet bei ihr um so ziemlich den einzigen Punkt, bei dem in dieser Angelegenheit dein Engagement eher zweitrangig, wenn nicht sogar störend ist. Zumindest in meinen Augen. Ohne dir da zu nahe treten zu wollen.«

»Oh! Na, das habe ich von dir aber auch lange nicht gehört!« Überraschte Freude klang in seiner Stimme mit. »Aber du hättest mir gesagt, wenn ich jetzt gerade störe?«

»Wo denkst du hin? Nein! Ich war spazieren, allein. Ich wollte nachdenken.«

»Mein Freund, die Lage scheint mir ernst«, stellte Niklas mit amüsiertem Unterton fest. »Aber zurück zu deiner Frage. Selbstverständlich bin ich dabei. Ich würde mir gerne den Wagen mal anschauen, dann kann ich mehr dazu sagen.«

»Genau, das war auch mein Vorschlag. Wie wäre es, wenn wir morgen mal bei Josephine vorbeischauen?«

»Ich bin dabei!«

»Das freut mich! Lass uns doch mittags mal den Wagen inspizieren. Vielleicht wenn du Anton aus dem Kindergarten abgeholt hast? Dann kann er doch mitkommen? Der Wagen steht in einem Schuppen in der Nähe des Restaurants. Ist doch für ihn auch spannend, oder?«

»Prima. Ich hole Anton ab, komme mit ihm wieder zum Restaurant, und wir gehen gemeinsam hin?«

»Abgemacht.«

Wir legten auf, und mit einem Blick auf meinen missglückten dritten Versuch einer Nachricht an Josephine beschloss ich seufzend, es später noch einmal zu versuchen.

• • •

Im Restaurant empfing Elisa mich mit ihrer gewohnt frechen

Art. »Du kannst ruhig öfter freimachen. Wir kommen auch hervorragend ohne Chef aus.«

»Na dann.« Ich machte direkt auf dem Absatz kehrt und tat so, als wolle ich gleich wieder gehen, worauf sie mich jedoch lachend in Richtung Küche schob.

»Ein paar Fragen hatten wir dann doch«, gab sie zu.

Auch die Kollegen aus dem Serviceteam machten einen entspannten Eindruck. Die Fragen, die mich teilweise schon vorab auf dem Handy erreicht hatten, waren schnell geklärt, sodass ich mich tatsächlich für den Rest des Abends unter dem liebevollen Spott meines Teams in meine Wohnung verabschiedete.

Zum Abschluss des für mich so ungewöhnlichen Tages bestellte ich mir etwas zu essen. Das tat ich selten. Entweder aß ich direkt im Restaurant, oder aber ich kochte selbst. Ich kochte nach wie vor leidenschaftlich gerne, und es gehörte für mich einfach dazu. Heute jedoch war mir nach etwas anderem.

Ich genoss es, den Tisch zu decken, auch wenn es nur für mich allein war. Ich freute mich wie ein kleines Kind, als es an der Tür klingelte und der Mann vom Lieferservice mir den Karton mit der duftenden Pizza neben frischem Salat und noch warmem Brot brachte.

Beschwingt von dem Pizzageruch tippte ich endlich die Nachricht an Josephine und öffnete eine Flasche Wein.

Erwartungsvoll schaute ich auf das Display und sah, dass sie sie gleich öffnete. Zu meiner Enttäuschung las sie sie zwar, antwortete aber nicht direkt.

Ich beruhigte mich damit, dass sie entweder gerade irgendwas zu tun hatte oder aber noch überlegte oder abklärte, was sie antworten sollte. Ich war selbst erstaunt, dass ich wie ein Teenager auf glühenden Kohlen saß, und schüttelte den Kopf über mich.

Selbst nach dem Essen hielt sich meine Unruhe, und obwohl

es mittlerweile empfindlich kalt draußen war, trieb es mich noch mal an die frische Luft. Der Spaziergang heute Mittag war so wohltuend gewesen – vielleicht half ja die Abendluft, meinen Kopf freizubekommen.

9. Josephine

»Nanu, willst du mir irgendwas beichten, oder gibt es was zu feiern?«, rief Linnea erstaunt, als sie in die Wohnung kam und sah, dass ich uns ein Abendessen gekocht und den Tisch gedeckt hatte.

»Ich finde schon, dass es was zu feiern gibt. Mehrere Dinge sogar! Unser Gespräch verlief super. Und es müsste dir auch aufgefallen sein, dass Anne und ich eine geradezu gigantische Weihnachtsdeko gezaubert haben.« Gespielt empört stemmte ich die Hände in die Hüften.

»Oh, entschuldige bitte, dass ich dafür nicht sofort eine Lobeshymne angestimmt habe!« Sie schlug sich vor die Stirn. Ich konnte den Tonfall in ihrer Aussage nicht so recht deuten und war verunsichert. Kopfschüttelnd warf sie den Schlüssel in die Schale, wo er immer lag, ging ins Bad und kam kurz darauf wieder heraus. »Es duftet jedenfalls köstlich!«

»Setz dich doch gleich an den Tisch. Es ist alles fertig«, bat ich sie, und sie nahm Platz.

»Daran kann ich mich jedenfalls gewöhnen. Danke dir!« Zu meiner Erleichterung war ihr Blick nun versöhnlicher, und sie wirkte wieder fröhlicher als noch heute Mittag.

Ich verteilte die Nudeln in Lachs-Sahne-Soße auf unsere Teller, schenkte uns jeweils eine Weinschorle ein und stellte alles auf den Tisch.

»Guten Appetit!«

»Ebenso, herzlichen Dank noch mal. Mmh!«

Es schmeckte köstlich, und ich freute mich, dass Linnea einen zufriedenen Eindruck machte.

»Da war Anne sicher dankbar, dass endlich einmal jemand ihre Deko-Leidenschaft teilt, hab ich recht?« Linnea schmunzelte. »Und ich übrigens auch.«

»Oh ja! Wir scheinen da absolut auf einer Wellenlänge zu sein«, stimmte ich ihr zu und tupfte mir mit der Serviette den Mund ab.

»Hab ich ein Glück heute«, murmelte sie. »Hat sich Erik schon gemeldet bei dir?«

Erstaunt schaute ich sie an. »Nein, warum?«

»Warum?« Nun war sie es, die mich verwirrt anstarrte. »Na, wegen des Wagens.«

»Ach so. Nein. Noch nicht.« Ich spürte, dass ich knallrot wurde.

Sie legte den Kopf schief und schaute mich prüfend an.

»So schnell geht's ja nun auch wieder nicht«, versuchte ich auszuweichen.

Sie grinste. Ich war mir nicht sicher, was ihr Blick zu bedeuten hatte. Oder das Grinsen, das nun ihr Gesicht überzog.

Linnea aß weiter und ging nicht näher auf meine Gesichtsfarbe ein. Sie schaute mich jedoch über den Rand ihres Glases hinweg an.

»Aber apropos Erik«, setzte ich nun ganz mutig noch mal an. »Wir sind vor lauter Wintermarkt-Planerei gar nicht mehr darauf eingegangen, was da mit euch eigentlich los ist. Dass ihr euch gut versteht, das spürt man ja sofort.«

»Und?«

»Ja, ich meine ja nur.«

»Dürfen wir das nicht?«

»Doch, klar.«

»Na also. Hab dir ja gesagt, dass er ein guter Freund ist.«

Ich zögerte eine Sekunde, gab mir dann aber einen Ruck. »Und mehr nicht?«

Linnea schaute mich an und schwieg. Ich hielt ihren Blick aus, wartete ab, was sie sagen würde. Mir gefiel nicht, welche Spannung sich zwischen uns eingeschlichen hatte. Oder bildete ich mir das doch nur ein?

Ausgerechnet in diesem Moment klingelte es an der Tür.

»Oh, das wird Anne sein.« Sie warf mir einen vielsagenden Blick zu. »Ich hatte nämlich tatsächlich recht mit meiner Vermutung. Sie will mir noch ein paar Unterlagen für die Versicherung vorbeibringen.« Linnea war bereits aufgestanden und verkündete mir diese Neuigkeiten halb im Weggehen.

»Nein!« Perplex starrte ich sie an. »Ist es also echt wahr?«

Linnea nickte. Kurz darauf war sie schon an der Tür angekommen, die ich von hier aus nicht ganz einsehen konnte. Vielleicht war sie deshalb so schräg drauf gewesen vorhin. Sie hatte erfahren, dass Anne in Kürze aufgrund von Mutterschutz und Elternzeit ausfallen würde.

»Danke, Anne. Bis morgen dann. Und wenn's mal nicht klappt, mach dich nicht verrückt, okay?«

Ich hörte Annes Stimme, verstand aber nicht, was sie sagte. Auch Anne schien zu spüren, dass Linnea gerade angespannt war, denn sie verabschiedete sich rasch.

Linnea kam zurück, legte einen Ordner auf das Sideboard und setzte sich wieder an den Tisch.

»Ja, es könnte also recht bald schon konkret werden mit der

Idee, dass du länger hierbleiben müsstest auf Sylt. Aber erst mal sollten wir uns dennoch auf den Wagen konzentrieren. Noch ist Anne ja eine ganze Weile da. Ihr geht es gut, und der Mutterschutz beginnt erst in ein paar Monaten.«

»Da hast du dann aber tatsächlich das richtige Gefühl gehabt.« Innerlich vollführte mein Herz bereits Luftsprünge.

»Leider ja.« Linnea schaute mich an und bemerkte mein enttäuschtes Gesicht. »Also, so meinte ich das natürlich nicht. Die Aussicht darauf, dass du dann hierbleibst, ist natürlich super«, schob sie nach. »Aber sie wird mir ja dennoch fehlen. Sie ist eine großartige Mitarbeiterin. Wir zwei sind irgendwie wie ein altes Ehepaar. Kennen all unsere Macken und Spleens. Das darf man nicht unterschätzen. Sie erträgt ja auch so manche meiner schwierigen Eigenarten, verzeiht meine Launen. Wir ziehen einfach an einem Strang.«

Ich nickte nachdenklich.

»Das ist aber tatsächlich etwas, worauf ich dich ansprechen muss, Linnea.« Mein Magen krampfte zusammen. Obwohl wir so gut befreundet waren, fiel es mir schwer, das Thema Eifersucht aufzubringen. Vielleicht aber auch gerade deshalb. Ich war so verwirrt, dass ich nur spürte, dass ein drückender Kloß wie Blei in meinem Bauch lag und jedes Wort mir vorkam, als müsse ich es mühsam aus meinem Kopf hervorkramen.

Erwartungsvoll schaute Linnea mich an. Sie aß weiter, schien also weniger Sorge zu haben, was mir auf dem Herzen liegen könnte.

»Mir ist es sehr wichtig, dass auch wir weiterhin an einem Strang ziehen und der Wintermarktstand und vor allem unsere Freundschaft immer Priorität bleibt. Ich habe aber den Eindruck, du bist irgendwie angespannt seit unserem Treffen mit Erik. Kann das sein?«

»Wenn, dann hat das nichts mit dir zu tun«, wiegelte sie ab.

»Sicher?«

»Sicher.«

»Okay. Und auch nicht mit Erik?«

»Worauf willst du denn hinaus?«

»Du weißt, worauf ich hinauswill. Ich will einfach sichergehen, dass zwischen dir und Erik nicht –«

»Josi«, unterbrach mich Linnea, und es klang energisch, wie sie meinen Namen aussprach. »Erik und ich sind Freunde. Oder sah das vorhin irgendwie anders aus?«

»Nein!«

»Also!« Sie schaute mich mit einem Blitzen in den Augen an. »Und wenn mich nicht alles täuscht, habe ich eher bei dir da so ein verzaubertes Leuchten in den Augen gesehen, oder bilde ich mir das ein?«

Ich wich ihrem Blick aus, spürte jedoch, wie die aufsteigende Röte auf meinen Wangen Linnea alles verriet, was ich eigentlich eher verheimlichen wollte.

»Hey, alles gut!« Linnea hob beruhigend die Handflächen, aber irgendwas am Klang ihrer Stimme war anders als sonst, wenn ich ihr von irgendeiner neuen Bekanntschaft erzählte oder davon, dass ich mich für jemanden interessierte.

»Ist doch süß. Du und Erik – das wäre ja der Oberhammer!«

Ich wurde den Verdacht nicht los, dass ihre Euphorie gespielt war. Ihre Stimme klang merkwürdig hoch, und das gab ihr etwas Ironisches. Sie wollte aufrichtige Freude vortäuschen, was ihr nicht wirklich gelang. Das war der Nachteil daran, dass wir uns so gut kannten. Jedes Zupfen an der Oberlippe, jeder ausweichende Blick und jedes Zuppeln am Ohrläppchen verrieten mehr, als die andere eigentlich preisgeben wollte.

»Aber irgendwie bist du nur so halb begeistert«, wagte ich mich vor.

»Nun, ich hab ja schon angedeutet, dass mein Freund in allererster Linie mit seinem Restaurant verheiratet ist. Und aus eigener Erfahrung weiß ich, dass solche Menschen es einer weiteren großen Liebe manchmal ein wenig schwer machen. Da ist vielleicht nur eine gesunde Skepsis, die meine Euphorie noch ein wenig ausbremst. Aber das wäre niemals ein Grund, dir irgendwas madig zu machen.« Sie schüttelte den Kopf, was einigermaßen überzeugend wirkte.

»Verstehe. Aber so weit ist es ja auch längst noch nicht«, ruderte ich zurück. »Dass er ein guter Typ ist, ja, genau meiner, hast du selbst ja bereits richtig erkannt. Und nur, weil mir das jetzt aufgefallen ist, heißt das ja nicht, dass wir gleich von der großen Liebe träumen wollen.« Empört schüttelte nun ich den Kopf.

»Das halte ich auch für etwas voreilig, ja«, bestätigte Linnea. »Also sieh es mir nach, dass ich nicht direkt den Schampus zücke und die Korken knallen lasse.«

Ich musterte sie, erneut unsicher wegen ihrer Worte. »Hast du denn mal Freundinnen von ihm kennengelernt?«, fragte ich vorsichtig.

»Lange nicht, nein«, antwortete Linnea nach einigen Sekunden. »Irgendwann Ende letzten Jahres hatte er mal eine Freundin. Aber das war wohl nichts, keine Ahnung. Er hat nicht viel drüber gesprochen. Ich hab aber auch nie gefragt, wenn ich ehrlich bin.« Sie presste die Lippen aufeinander und wirkte für ein paar Sekunden abwesend. Damit schien für Linnea das Thema erledigt.

»Danke jedenfalls für dieses grandiose Abendessen, meine Liebe. Nun chill du dich mal aufs Sofa, ich kümmere mich um den Abwasch, und dann machen wir es uns noch mit einem Film gemütlich«, schlug Linnea lächelnd vor.

Wir räumten den Tisch ab, Linnea zündete das Holz im Kamin an, und während ich den Flammen dabei zuschaute, wie sie immer weiter an Größe gewannen, wanderten meine Gedanken zu Erik zurück. Parallel zu den Feuerzungen, die am knisternden Holz emporkrochen und bald von jedem Scheit im Kamin Besitz ergriffen hatten, wuchs auch das warme Gefühl in meinem Bauch.

Gedanklich bei Erik griff ich nach meinem Handy und gab sein Restaurant in die Suchmaschine ein, in der Hoffnung, irgendwo ein Bild von ihm zu finden.

Es gab einige, und ich scrollte durch die verschiedenen Artikel und blieb mit dem Blick immer wieder an den Fotos von ihm hängen.

Ich genoss es wie ein verliebter Teenie, auf die erste Nachricht meines Schwarms zu warten. Das war ein tolles Gefühl, und ich konnte es schon ein kleines bisschen mehr genießen nach dem Gespräch mit Linnea. Auch wenn da noch immer ein fader Beigeschmack blieb.

Zwischendurch schaute ich zu Linnea hinüber, die noch mit dem Geschirr und dem Wegräumen der Küchenutensilien zugange war und dabei durchaus entspannt wirkte. Bevor sie zurückkam, wollte ich meine Recherche über Erik beenden.

»Über das Thema Liebe haben Erik und ich irgendwie nie viel gesprochen«, fing Linnea plötzlich doch noch einmal von sich aus an. Sie zuckte mit den Schultern. »Einerseits sind wir beide wohl schreckliche Arbeitstiere, andererseits habe ich den Verdacht, dass es da bei uns beiden einfach nicht allzu viel zu erzählen gab in den letzten Jahren. Wenn, dann waren es Enttäuschungen, die nicht der Rede wert waren.«

Interessiert schaute ich in ihre Richtung und antwortete bemüht neutral: »Okay. Das kann ja sein. Ich dachte nur. Man spricht ja auch darüber unter Freunden.«

»Bestimmt. Hab mir noch nie so recht Gedanken gemacht, warum wir in dem Bereich so wenig voneinander wissen, aber ich kann es mir nur so erklären«, fuhr Linnea fort. »Ich muss aber auch gestehen, dass er gar nichts von mir weiß. Würdest du ihn fragen, was bei mir in den letzten Jahren so los war, würde er sagen, es gab nie einen Mann. Wo er ja auch leider recht hat.« Sie lachte bitter auf. »Ich behaupte aber auch, es hat ihn nie interessiert.« Sie hob beiläufig die Schultern und wischte mit einem Lappen den Herd ab.

Ich überlegte, ob Linnea so zögerlich sprach, weil sie insgeheim seit Jahren Gefühle für ihn hegte, die sie nie ausgesprochen hatte. So, wie es in manchen Filmen war. Schmerzhaft legte sich dieser Gedanke wie ein drückender Ring um mein Herz. Das war jetzt nichts mehr, was ich mir vorstellen mochte. Dann dachte ich an ihre Worte vom vorigen Abend. Klopfte sie immer wieder darauf ab, ob es passen könnte.

Gerade rechtzeitig, als sie zurück aufs Sofa kam, hatte ich mein Handy auf den Couchtisch gelegt. Linnea stellte eine Schale Chips und zwei Gläser auf den Tisch, dazu noch ein paar Dips und Grissini. Ich freute mich auf den Abend.

Wir plauderten und lachten viel, während wir eine schnulzige Romanze im Fernsehen schauten. Erik war kein Thema mehr, und die Stimmung war entspannt und fröhlich. Kurz vorm Ende des Films hielt Linnea ihn an, weil ich auf die Toilette musste.

Als ich zurückkam, fiel mir die umgeschlagene Stimmung sofort auf.

»Hier«, sagte Linnea und deutete auf den Tisch, wo unsere identischen Telefone nebeneinanderlagen. Ihr Tonfall war kühl, und etwas an ihrem Gesichtsausdruck sagte mir, dass sie aufgebracht war. In diesem Moment stand sie auf und nahm ihr Telefon in die Hand.

»Sorry, eigentlich lese ich keine fremden Nachrichten, aber ich dachte, es sei mein Handy«, warf sie mir noch über die Schulter zu, bevor sie mir den Rücken zudrehte und ins Bad verschwand.

Mein Herz setzte einen Schlag aus. Ich starrte auf das Display. Mir war klar, dass es ausgerechnet jetzt so sein musste, dass Erik sich gemeldet hatte. An der Reaktion von Linnea konnte ich ablesen, dass es wohl doch nicht so war, dass ihr das vollkommen egal war. Es war nur die Vorschau einer Nachricht zu sehen, die offenbar ausreichte, um Linneas Laune auf den Gefrierpunkt sinken zu lassen.

Hi Josephine, würde es dir passen, wenn Niklas und ich morgen mittags mal vorbeischauen? Ich freue mich sehr auf dich!

• • •

Linnea hatte sich plötzlich durch die geschlossene Badezimmertür mit Kopfschmerzen für den Abend verabschiedet. Damit hatte sie mich mit Chips, Wein, dem restlichen Film, vor allem aber meiner Ratlosigkeit auf der Couch zurückgelassen.

Ich glaubte ihr nicht, dass es ihr mit einem Mal so schlecht ging. Dafür war ihr gesundheitlicher Umschwung zu abrupt gekommen.

Vielmehr war ich mir sicher, dass die eingehende Nachricht von Erik damit zu tun hatte, dass sie sich zurückzog. Ich wurde den Verdacht nicht los, dass da Eifersucht im Spiel war.

»Linnea, bitte sag mir doch, was los ist«, wagte ich noch einen Versuch und ging zur Badezimmertür, wo sie sich gerade zum Schlafen fertig machte.

»Was soll denn sein? Mir geht es nicht gut, und mir dröhnt der

Schädel. Der Tag war echt anstrengend. Ich brauche einfach nur ein Bett und eine Mütze Schlaf. Sei mir nicht böse, okay?«

Ich hörte, dass sie sprach, während sie offenbar die Zähne putzte.

»Okay«, murmelte ich und stand einige Sekunden ratlos da, als Linnea wieder aus der Tür kam und mit einem knappen »Gute Nacht« an mir vorbeirauschte.

»Nacht. Und gute Besserung.« Mit hängendem Kopf schlich ich wieder aufs Sofa.

• • •

Ich war hellwach und ganz sicher, dass ich keinesfalls schlafen könnte, also entschied ich kurzerhand, trotz der Kälte und der Finsternis noch eine Runde ums Haus zu drehen. In Hamburg würde ich abends nicht unbedingt noch mal zu einem Spaziergang aufbrechen. Zumindest nicht zu dieser düsteren Jahreszeit. Das war hier anders.

Kein Ort wirkte in der Dunkelheit weniger bedrohlich als Keitum auf Sylt: Dieses malerische kleine Kapitänsdorf büßte auch in einer finsteren Winternacht nichts von seiner charmant-gemütlichen Geborgenheit ein, also zog ich mich warm an, schnappte mir einen Hausschlüssel und schlich leise vor die Tür. Linnea schrieb ich noch eine Nachricht, damit sie sich keine Gedanken machte, falls ihr doch noch auffiel, dass ich nicht zu Hause war. Diese las sie jedoch gar nicht mehr. Ich war verwundert und traurig über ihre Reaktion und konnte sie mir nur damit erklären, dass Linnea ihre Gefühle für Erik erst jetzt erkannt hatte, als er offen Interesse an einer anderen, nämlich mir, gezeigt hatte. Und wenn das wirklich der Fall war und unsere Freundschaft darunter litt, dann musste ich schweren Herzens beenden, was noch nicht einmal wirklich angefangen hatte. Linnea war mir viel zu wichtig, als dass ich unsere Freundschaft für einen Flirt aufs Spiel setzen würde.

Und dann sah ich plötzlich wieder Erik vor mir, den ich doch nur ein einziges Mal getroffen hatte, und dieses Bild brachte mich komplett durcheinander. Normalerweise genoss ich diese Anziehung so sehr. Doch diesmal konnte ich mich nicht auf das Prickeln im Bauch einlassen. So kannte ich mich gar nicht – weil ich noch nie in dieser Situation gewesen war.

Von meinem Abendspaziergang erhoffte ich mir ein wenig Klarheit. Entschlossen beschleunigte ich meinen Gang und schritt durch die nächtlichen Gassen. Erst als ich ein paar hundert Meter zwischen Linneas Haus und mich gebracht hatte, wurde ich wieder langsamer.

Ich seufzte und schaute in den dunklen Nachthimmel. An einigen Stellen konnte ich Sterne sehen. Es war also keine durchgehende Wolkendecke am Himmel. Das erklärte auch, dass es noch einmal deutlich kälter war als tagsüber.

Die Straße verlief parallel zum Watt. Zwischen den Grundstücken führte ein Weg hinunter ans Wasser. Die Atmosphäre hier war besonders und berührte mich. Sanftes Rauschen klang aus der Dunkelheit, in die der Weg verlief. Der Wind zog vom Wasser her frisch bis hier zur Straße. Bei Tageslicht war mir hier alles so vertraut. Gerade wirkte der Weg Richtung Meer mystisch. Ich war emotional sowieso durch den Wind und schwankte zwischen Lachen und Weinen.

In einiger Entfernung sah ich ein paar Leute, die aus einer Bar kamen und sich johlend in den Armen lagen. Weihnachtslieder drangen auf die Straße. Plötzlich spürte ich ein beklemmendes Gefühl von Einsamkeit, und eine heiße Träne rann mir die Wange hinunter. Ehe ich mich stoppen konnte, weinte ich hemmungslos, und ich merkte, wie mein Schal die Tränen auffing und die Oberseite feucht an meinem Kinn klebte. Was war bloß los mit mir? Ärgerlich wischte ich die Tränen weg und tupfte mir mit einem Taschentuch die Spuren aus dem Gesicht.

Die Straßenlaternen beleuchteten die Gasse nur matt, aber es reichte aus, damit ich den Weg fand. An einigen Häusern verschaffte die Weihnachtsdekoration zusätzliches Licht. Anne und ich hatten im Vergleich zu den anderen Gärten besonders aufwendig und festlich dekoriert. Viele komplett im Dunkeln liegende Häuser wirkten genauso wenig feierlich, wie es in meinem Innern gerade aussah.

Ich lief, die Arme fest um mich geschlungen, an vereinzelten erleuchteten Butzenfenstern vorbei, durch die ich in das Hausinnere gemütlich eingerichteter Ferienhäuser schaute. Ich hatte den Eindruck, als gäbe es hier kein einziges Haus, in dem Einheimische lebten. Einige Häuser lagen weitestgehend im Dunkeln, nur Ladenfenster waren darin beleuchtet.

Gerade stand ich vor einem besonders liebevoll dekorierten Laden mit dem klangvollen Namen *Zurück zum Glück*, als ich bemerkte, wie ein Mann hinter mir respektvoll die Straßenseite wechselte, offensichtlich, um mir nicht den Eindruck zu geben, dass er mir zu nahe kommen könnte.

Ich folgte ihm unauffällig mit dem Blick, als dieser sich plötzlich auch in meine Richtung umdrehte. Gerade wollte ich möglichst schnell weitergehen, als ich meinen Namen hörte.

»Josephine?«

Erstaunt fuhr ich zu ihm herum und suchte im Halbdunkeln das Gesicht zu der Stimme des Mannes, die mir bekannt vorkam. Mein Herz klopfte laut gegen meinen Brustkorb, als mich die Erkenntnis traf: Es war Erik, der mir da gegenüberstand auf der anderen Seite der Straße.

»Erik?«, fragte ich, um Zeit zu gewinnen. Ich tat einen Schritt in seine Richtung. Er war dick eingepackt in Mütze, Schal und Jacke, doch ich sah im Schein der Straßenlaterne, dass er lächelte, als er auf mich zukam.

»Bist du ganz allein hier unterwegs?« Er schaute sich suchend um.

»Ja, Linnea ging es nicht so gut. Sie war müde und hat sich hingelegt. Ich war zu aufgedreht, um daheim zu sein. Und auf Fernsehen und allein Chipsessen und Weintrinken hatte ich auch keine Lust. Dafür war dieser sternenklare Winterabend einfach zu verlockend«, schwärmte ich.

»Das verstehe ich. Ging mir ähnlich.« Sein Lächeln verursachte sofort kribbelnde Wärme in meinem Bauch.

»Ist alles in Ordnung?«

»Ja, wieso?« Fieberhaft überlegte ich, ob er sehen konnte, dass ich geweint hatte. Oder ich wirkte ein bisschen debil, wie ich so vor mich hingrinste.

Er machte eine unbestimmte Geste, sagte dann aber: »Dann ist gut. Das passt ja, dass wir beide gerade hier entlangspazieren. Ich hätte gar nicht damit gerechnet, noch jemanden zu treffen. Wie schön!«

In dem Moment fiel mir ein, dass ich überhaupt nicht auf seine Nachricht geantwortet hatte, nachdem Linnea so eingeschnappt reagiert hatte. Ich war also an der Reihe, irgendwas als Entschuldigung dafür anzubringen.

»Wie schön, ja, ich freue mich auch.« Ich deutete zum Himmel. »Einfach wunderschön, das anzuschauen.«

»Das stimmt. Gerade weil es so dunkel ist, kann man hier die Sterne bestimmt ganz anders funkeln sehen als in Hamburg, oder?«

»Ja, dort muss man schon ein wenig aus der Stadt herausfahren, oder zumindest an den Elbstrand.«

»Das glaube ich. So dunkel wie hier ist es in einer Großstadt wahrscheinlich nur, wenn mal der Strom ausfällt«, vermutete Erik, und wir lachten beide.

»Es kommt selten vor, ja. Beeindruckend finster ist es hier. Und du arbeitest gar nicht heute Abend?«

»Ausnahmsweise mal nicht. Das hat in der Tat auch Seltenheitswert.«

»Was für ein schöner Zufall mit uns beiden hier«, sagte ich und deutete unbeholfen durch das Dunkel der Gasse. »Und für mich die Chance, mich zu entschuldigen, dass ich gar nicht auf deine Nachricht geantwortet habe. Das war keine böse Absicht. Wir haben gegessen und waren gerade fertig, dann ging es Linnea schlechter, sie wollte schlafen, und ich bin gleich zu meinem Spaziergang aufgebrochen«, erklärte ich.

»Alles gut. Ich will mich auch keinesfalls aufdrängen«, sagte er.

»Oh nein. Das war nicht der Grund, weshalb ich mich nicht gemeldet habe.« Unsicher lächelte ich. Dabei überlegte ich, ob er wohl auch gemerkt hatte, dass Linnea sich so merkwürdig verhalten hatte, seit wir uns getroffen hatten, wollte diesen Gedanken jetzt aber gar nicht weiterdenken. »Ich freue mich sehr, wenn ihr vorbeischaut, wirklich.«

»Wollen wir ein Stück zusammen gehen?«, fragte Erik.

Mein Herz setzte einen Schlag aus. »Gerne«, erwiderte ich.

»Wenn du magst, zeige ich dir den Platz, wo der Markt stattfinden wird?«, schlug Erik vor.

»Oh ja!« Das interessierte mich tatsächlich. Aber wenn ich ehrlich war: Mir wäre es vollkommen egal gewesen, wo wir entlangspazierten. Ich wollte so gerne mehr über diesen Mann erfahren, auch wenn es mir gleichzeitig Angst machte. Vernünftiger wäre es, ihm noch einen schönen Abend zu wünschen und einfach allein weiterzugehen. Seine Augen und der Klang dieser Stimme, die mich vom ersten Augenblick an fasziniert hatte, wischten alle Grübeleien beiseite und ließen sie mit dem kühlen Wind um die nächste Straßenecke in der Dunkelheit verschwinden. Für diesen Moment gelang es mir, Linneas wütenden Blick und die eiskalte Atmosphäre, die die unausgesprochenen Worte zwischen uns verursacht hatten, zu verdrängen. Und mit ihnen das schlechte Gewissen darüber, dass ich eine ziemlich miese Freundin war, wenn Linnea wirklich etwas für Erik empfand.

Wir liefen die Straße entlang, vorbei an einigen Geschäften und Lokalen.

»Noch ist es recht dunkel hier überall. Wenn erst mal alle Anwohner und Ladeninhaber ihre Dekoration aufgefahren haben, wird es hier gleich viel festlicher«, versprach Erik beinahe entschuldigend.

Mit Erik an meiner Seite erschien mir alles gleich schon viel heller als eben noch allein mit meinen Grübeleien.

»Anne und ich haben heute damit begonnen, es sieht echt toll aus«, sagte ich mit einem Lächeln. Ich erinnerte mich gerne an die Schmückzeremonie mit Anne, die mich auf wundervolle Weise auf Weihnachten eingestimmt hatte.

»Das ist gut! Dann zieht vielleicht der ein oder andere bald nach. Wobei Anne schon seit Jahren Maßstäbe setzt mit ihrer Dekoration. Kaum einer aus dem Ort kommt da heran, da kann man sich noch so viel Mühe geben.« Er lachte und deutete auf den Platz, auf den wir direkt zugingen. Im Dunkeln war es nur schwer zu erkennen, aber der Platz grenzte wohl direkt an das Wattenmeer, mutmaßte ich, was Erik mir gleich bestätigte.

»Hier wird der Markt stattfinden. Dadurch, dass an der Seite zum Meer hin die Hütten aufgebaut sein werden, wird der Wind ein bisschen abgehalten. Im Kern des Marktes wird noch mal ein kleiner Kreis an Hütten sein, wo ich zum Beispiel auch euren Wagen sehe. Drum herum befinden sich dann alle möglichen Angebote, vom Handwerk über Getränke und Speisen bis hin zum Kinderprogramm, Karussell und traditionellen Attraktionen, die sich Einheimische extra für den Markt überlegt haben. Ich bin sehr gespannt, wie das alles werden wird.«

Während er mich herumführte, hatte er eine Hand auf meinen Rücken gelegt, um mich zu lenken. Selbst durch meinen dicken Wintermantel hindurch erzeugte seine Berührung Hitze auf meiner Haut.

»Ich kann es mir sehr gut vorstellen«, sagte ich und blickte über den noch recht kahl wirkenden Platz. Einige Holzhütten und Buden waren schon zu sehen, standen jedoch noch am Rand. Aktuell wurde der Platz als Parkplatz genutzt. In unmittelbarer Nähe lag ein prachtvolles Hotel. Es war mit seiner weitläufigen Auffahrt und den aufwendig angestrahlten Buchsbäumen, die den Weg zum Eingang säumten, sehr edel und imposant. »Wie ich sehe, hat auch dort schon jemand für ein wenig vorweihnachtliches Funkeln gesorgt. Das gefällt mir!« Ich deutete auf die hell erleuchteten Friesenwälle, die die Einfahrt zu dem Resort umrandeten und mit Hunderten von kleinen Lämpchen garniert waren. Auch ein großer Weihnachtsbaum in der Mitte der Auffahrt strahlte bereits in festlichem Lichterglanz. Es sah bezaubernd aus.

»Wunderschön! Da komme ich schon richtig in Weihnachtsstimmung«, schwärmte ich.

Erik lachte leise auf. »Das stimmt. Ein Bekannter von mir betreibt dieses Hotel. Sie versorgen uns hier mit Strom. Es ist großartig, wie hier der Zusammenhalt funktioniert. Das macht einfach viel Freude.«

»Schön, dass das eigene Engagement dann so gewürdigt wird«, stellte ich fest. »Das muss ja auch für dich ein tolles Gefühl sein.«

»Klar, das bestätigt schon und entschädigt auch für sehr viel Arbeit.«

Er nahm die Hand von meinem Rücken und rieb die Handflächen aneinander. »Lass uns mal weitergehen. Es ist echt frisch hier heute Abend. Und ohne Heißgetränke und die Hütten als Windschutz ist es noch nicht so richtig heimelig, findest du nicht auch?« Passend zu seiner Frage fegte in diesem Moment eine kräftige Böe vom Watt her an Land, die mich schwanken ließ. Lachend stemmte ich mich dagegen und konnte mich gerade so noch fangen. Erik hielt mich sanft fest, und für eine Sekunde trafen sich unsere Blicke. Verlegen rappelte ich mich wieder auf. »Oh ja! Kalt und teilweise unberechenbar ist dieser Wind! Da muss man sich sogar als Hamburger erst einmal mit anfreunden. Und wir sind auch so manche Schlechtwetterlage durchaus gewohnt.«

»Sylt zeigt sich im ersten Moment vielleicht 'n büsschen kratzbürstig und eigensinnig, aber umso herzlicher ist diese Diva dann im Kern.« Bei seinen Worten dachte ich kurz an Linnea, die gerade ähnliche Eigenschaften aufwies, und schluckte. Er legte nun schützend den Arm um mich, und obwohl diese Geste ein wenig unvermittelt kam, fühlte sie sich nicht unangenehm an. Im Gegenteil. Mir zog ein wohliger Schauer über den Rücken, und mir war in diesem Moment kein bisschen mehr kalt. Ich nickte nur, gab dem sanften Druck seiner Bewegung nach, und wir liefen weiter.

»Hast du noch Lust auf ein Getränk?«, fragte er dann. Ich überlegte, ob er meine Verlegenheit sehen konnte.

»Und ob«, sagte ich. Ich fragte mich, ob Linnea sich wohl mittlerweile gemeldet hatte, fand es aber unhöflich, auf mein Handy zu schauen. Genau in diesem Moment klingelte es jedoch.

»Oh, entschuldige«, sagte ich, wand mich aus der so angenehmen Umarmung und kramte mein Handy hervor. Dabei war es gar nicht Linnea, sondern Daniel, mein Bruder. Das hatte mir gerade noch gefehlt. Jetzt eine Grundsatzdiskussion darüber zu führen, was ich mir bei meinem Weihnachtsfest außerhalb der heiligen vier Wände meines Bruders gedacht hatte, war definitiv nicht das, wonach mir jetzt zumute war. Im Gegenteil. Ich stellte den Ton ab und steckte das Handy wieder in die Tasche. Erik, der unweigerlich gesehen haben musste, dass ein Bild eines Mannes auf dem Display angezeigt wurde, wirkte verunsichert. Er wusste ganz offensichtlich nicht, wie er sich verhalten sollte, ohne dass es neugierig wirkte.

»Das war mein Bruder Daniel«, erklärte ich, um ihm eine Brücke zu bauen. »Den kann ich später zurückrufen. Oder morgen.« Als ich seinen Blick suchte, meinte ich, Erleichterung in seinen Augen zu erkennen. Dann schaute Erik auf seine Uhr und legte die Stirn in Falten.

»Meinst du nicht, es ist wichtig, wenn er dich so spät abends noch erreichen will?« Er wirkte ernsthaft besorgt. »Nicht, dass irgendwas passiert ist?« Ich war gerührt, dass Erik diese Gedanken hatte. In jeder normalen Familie war dies eine berechtigte Überlegung.

»Weißt du, es ist gerade ein bisschen kompliziert«, setzte ich an und überlegte, wie ich ihm die Situation kurz und knapp schildern konnte. »Ich bin mir sicher, er hat gerade begriffen, dass er mit der nervigen Verwandtschaft seiner Frau ganz allein sein wird an den Feiertagen. Meine Eltern sind auf den Kanaren und ich nun an der Nordsee.« Ich hob beiläufig die Schultern und sah, wie Erik ein Lachen unterdrückte. »In mir hatte er wenigstens noch eine halbwegs normale Person an seiner Seite. Das hätte er sich vorher überlegen müssen. Meine Idee war es nicht, Weihnachten in diesem Jahr mal vollkommen anders zu feiern. Hätten sie meinen Eltern einfach ein anderes Datum gebucht, dann wäre ich vermutlich auch nicht so Hals über Kopf aufgebrochen. Aber so? Linneas Anruf war ein Segen für mich!«

»Also ich kann deinen Bruder schon verstehen, dass er sehr traurig ist, dass er auf dich verzichten muss.«

Unsicher lächelte ich. »Er wird es schaffen, da bin ich mir sicher. Ich bin ja schließlich zum Arbeiten hierhergekommen. Das kann er mir schlecht zum Vorwurf machen. Bin ja nicht zum Vergnügen hier.« Ich schmunzelte. »Nun lass uns trotzdem lieber was trinken gehen.«

»Okay, wenn du meinst, dass das Zeit hat mit deinem Bruder. Ich möchte der Sache keinesfalls die Brisanz absprechen.« Im Halbdunkeln erkannte ich, dass Erik grinste. Es war ein Lächeln, bei dem die Lippen geschlossen blieben und das gleichzeitig kaum breiter sein konnte. Ich liebte diese Art, zu lächeln, schon jetzt.

»Daniel kann ich wann anders zurückrufen.«

»Wie du meinst.« Erik schaute mich an, und ich war ganz froh, dass es nicht so hell war um uns herum. »Apropos Arbeiten. Ich habe mich wirklich sehr gefreut, dass Linnea mir letztlich doch noch für den Wintermarkt zugesagt hat.« Er blieb stehen, und ich erwiderte seinen Blick mit Schmetterlingen im Bauch. »Aber seit gestern freue ich mich umso mehr, dass sie die Idee hatte, dich von der Weihnachtsfeier bei deinem Bruder abzuwerben.« Er sah mir in die Augen, und ich sah, wie sich das Licht der Laterne über uns in seinen Pupillen spiegelte, was ihnen ein aufregendes Funkeln verlieh.

»Ich freue mich auch. Sehr sogar«, brachte ich hervor. »Und erst recht darüber, dass wir uns heute Abend zufällig über den Weg gelaufen sind. Und ich habe deshalb nicht das geringste Interesse daran, jetzt über das Festtagsdilemma zu streiten. Das stellt nämlich in keiner Weise eine Alternative zum Wintermarkt auf Sylt dar. Das sagt mir mein Gefühl schon jetzt!«

Erik lächelte, was Fältchen um seine Augen zauberte. Wir standen einige Sekunden schweigend da. Die eiskalte Luft zwischen uns war aufgeladen von Funken, die sich aufluden und von einem zum anderen hinübersprangen. Sie trotzten der Kälte, und es kam mir fast vor, als hellten sie die Dunkelheit auf. Ich war mir ganz sicher, dass nicht nur ich sie bemerkte.

Ich trug Handschuhe, wie Erik auch, dennoch spürte ich, dass seine Hand nah neben meiner schwebte. Wären unsere Finger nicht vom Stoff umhüllt, würde unsere Haut sich berühren, schoss es mir durch den Kopf. Ich war mir seiner Nähe durch und durch bewusst. In dem Moment hob Erik den Arm und löste die kaum sichtbare Verbindung. Er deutete auf ein Schild am Straßenrand, das zu einem Bistro gehörte.

»Harms Bistro«, las ich und trat näher an den Schaukasten, in dem die Menükarte hing. »Klingt so, als könnten wir hier hervorragend noch einen Drink nehmen«, sagte ich. »Und es sieht sehr gediegen aus.«

»Gediegen? Den Ausdruck hab ich lange nicht mehr gehört. Gefällt mir gut. Schön!« Erik lachte. »Lass uns reingehen«, schlug er dann vor, ging voran und hielt mir die Tür auf.

Angenehme Wärme, Kerzenschein und der Duft von geröstetem Brot und verschiedenen Gewürzen empfing uns. Ich sah auf einigen Tischen Tabletts mit bunten Dips, die mit frischem Brot zu Wein und Bier gereicht wurden. Leise Musik erklang, und immer wieder hallte unbeschwertes Lachen durch den weihnachtlich geschmückten Raum. Maritime Details wie der lackierte Rumpf eines ausrangierten Ruderbootes, der als Theke diente, waren kombiniert mit modernen Möbeln. An der Decke hing ein Steuerrad als Kerzenhalter, und die Wände waren mit Schwarz-Weiß-Drucken dekoriert, welche die Sylter Partyszene der Sechziger- und Siebzigerjahre zeigten.

»Das gefällt mir sehr hier«, stellte ich fest.

»Erik, hallo«, grüßte eine schlanke Frau und begleitete uns zu einem der Tische.

»Moin, Insa. Das ist Josephine. Josi, das ist Insa, sie ist hier die Chefin«, stellte Erik uns einander vor.

»Er übertreibt mal wieder maßlos. Hi, Josephine. Was darf's sein für euch?«

»Magst du einen Weißwein trinken?«, fragte Erik.

»Gerne eine Schorle.« Ich wollte lieber einen halbwegs klaren Kopf behalten. Erik sorgte sowieso schon dafür, dass sich um mich herum zeitweise alles wie Watte anfühlte.

»Ich hätte gerne den Hauswein und dazu ein paar gemischte Dips und Brot, danke dir.«

»Sehr freundlich.« Ich schaute der Dame hinterher, mehr, um Eriks Blick auszuweichen.

»Ja, Insa ist super. Das Bistro gehört zu unserem Restaurant«, erklärte er dann. »Harm ist der Name meines Vaters.«

»Ach! Wie cool! Das ist ja klasse!« Ich war erstaunt und freute mich, diesen Ort kennenzulernen.

Jetzt, wo ich diese Information hatte, bildete ich mir ein, dass ich Insa und ihre Kollegin hinter dem kleinen Tresen in unsere Richtung grinsen sah.

»Und was antwortest du, wenn morgen im Restaurant das Gerücht die Runde macht, dass der Chef mit einer Frau gesehen wurde?«, fragte ich, plötzlich mutig geworden.

»Nun, kommt drauf an.«

Ich spürte, wie ich knallrot wurde.

Er bemerkte es und fuhr fort. »Zwischen Zauberfee und Geschäftspartnerin gibt es ja so einigen Interpretationsspielraum für unsere Beziehung«, antwortete er ausweichend, und weil in diesem Moment Insa wieder an den Tisch kam und unsere Bestellung brachte, beließ er es bei dieser Antwort.

Sein Lächeln jagte einen wohligen Schauer über meine Haut, und ich griff verlegen nach meinem Glas.

»Auf meine höchst professionelle Rolle als Zauberfee des Wintermarktes?«, schlug ich vor.

»Mindestens!« Wir ließen die Gläser aneinander klingen und schauten uns in die Augen. Mir gefiel der frische, fruchtige Geschmack des eisgekühlten Weins. Die Nüsse passten perfekt dazu, und als kurz darauf das duftende geröstete Brot gebracht wurde, war sogar trotz aller Aufregung mein Appetit schon wieder geweckt.

»Eigentlich habe ich ja bereits gegessen«, erklärte ich. »Aber das duftet so verführerisch.« Ich rollte mit den Augen, als ich den ersten Bissen mit einer roten, scharfen Soße probierte.

»Chili-Tomate-Frischkäse«, erläuterte Erik. »Das geht immer.«

»Erzähl mir von dir«, bat ich Erik und hoffte wirklich, mehr über den Mann zu erfahren, in dessen Nähe ich mich so wohlfühlte.

Erik reagierte erst ein wenig überrumpelt, erzählte dann aber bereitwillig von seinem Restaurant, dem Wintermarkt und der Zeit, die er in Österreich gelebt hatte.

Während er redete, fiel mir immer wieder die Art auf, wie wertschätzend er von seiner Heimatinsel sprach. In allem, was er sagte, klangen unheimlich viel Liebe zu diesem Fleckchen Erde mit und eine große Verbundenheit zu seiner Insel.

Immer wieder schaute ich ihn an und vergaß für einen Moment die Menschen und das Gewusel um uns herum, so gerne lauschte ich seinen Worten und hörte dem zu, was er von sich und seinem Leben auf der Insel erzählte.

Davon abgesehen versuchte ich zu erfahren, ob es zwischen ihm und Linnea eine Verbindung gab, die über eine Freundschaft hinausging, konnte aber nichts dergleichen heraushören. Ich schätzte ihn nicht so ein, dass er dann hier mit mir so sitzen würde. Was ich aber spürte, war, dass er sie sehr gerne hatte. Das war auch etwas, was ich ebenso bei meiner Freundin ja schon bemerkt hatte.

Erik war auch interessiert an mir und meinem Berufsleben, das in meinen Augen weitaus weniger spannend war als seins.

»Beruflich kann ich nicht allzu viele aufregende Stationen vorweisen. Nicht nur, dass ich bisher über den Tellerrand von Hamburg nicht hinausgekommen bin. Es hat auch noch nie einen Job gegeben, der mich so begeistert hat, dass ich dabei geblieben wäre«, gestand ich.

»Wie kam es dazu?« In Eriks Frage lag keinerlei Wertung, sondern ernsthaftes Interesse.

»Immer hab ich irgendwann festgestellt, dass ich nicht glücklich mit meiner Tätigkeit war, woraufhin ich sie beendet und was Neues begonnen habe.« Kurz machte ich eine Pause, weil ich überlegte, ob es zu persönlich war, was ich sagen wollte, dann fuhr ich jedoch einfach fort. »Ich bin da echt ein Bauchmensch. Wenn es sich falsch anfühlt, dann geht's für mich nicht weiter.« Ich hob die Schultern und ließ sie wieder fallen. »Ist natürlich dann oft so, dass man wieder bei Null anfängt. Spätestens als meine Oma in diesem Jahr starb, habe ich vieles überdacht.«

Mitgefühl zeichnete sich in seiner Miene ab, als er sagte: »Das tut mir leid.«

»Danke.« Ich lächelte ihn an und fügte dann hinzu: »Im Grunde hat der Punkt, der mich besonders zum Nachdenken gebracht hat, sogar mit Sylt zu tun.«

Interessiert hob Erik die Augenbrauen.

»Meine Oma hatte immer den großen Wunsch, noch einmal nach Sylt zu kommen. Am liebsten wollte sie hier einmal Weihnachten feiern.« Wehmütig lächelte ich. »Klingt für dich wahrscheinlich vollkommen banal.«

»Nein.« Sanftmütig blickte er mich an.

»Jedenfalls starb sie, bevor wir den Plan umsetzen konnten.«

»Wie traurig.«

»Leider ja. Sie war sehr alt und krank. Es war absehbar, dass sie in den kommenden Jahren sterben würde. Und dennoch habe ich in den vergangenen Jahren immer rund um Weihnachten gearbeitet in der Catering-Agentur. Urlaubssperre. Glaub mir, nichts bereue ich so sehr wie das. Keine Ahnung, warum meine Oma und ich so lange der Meinung waren, dass wir noch viel Zeit hätten. Vollkommen verrückt, dass man sich einbildet, man wäre unsterblich.« Ich schüttelte den Kopf. »Jedenfalls hat mich das gelehrt, dass man nicht ewig nur darauf warten kann, seinen Traum irgendwann anzupacken. Ich hoffe zwar, dass ich nicht heute oder morgen tot umfalle, aber das Leben ist nun mal endlich, und wenn man die Chancen, die sich einem bieten, nicht ergreift, kommen sie vielleicht nie wieder.« Ich lächelte schief. »Na ja, ich gebe zu – den Job hingeworfen habe ich schon einige Male. Nie hat sich danach aber so eine tolle Chance ergeben wie jetzt.«

Während ich erzählte, wurde mir immer bewusster, wie unterschiedlich wir waren. Er hatte beruflich schon wahnsinnig viel erreicht, von seinen Überzeugungen aber kaum etwas preisgegeben. Ich war da mehr oder weniger sein Gegenteil.

Lächelnd schloss ich: »So was wie der Wintermarkt ist einfach toll. Ich freue mich wahnsinnig drauf. Erst recht, seit ich den Wagen entdeckt habe. Und ich hoffe, dass ich danach weiß, wo die Reise für mich hingehen wird.«

Erik und ich sprachen über den Markt und darüber, wie es aussehen würde und wie gut der Wintermarkt in den vergangenen Jahren angenommen worden war. Er schilderte mir den Markt so detailgetreu, dass ich direkt den Geruch von Punsch und gebrannten Mandeln in der Nase hatte. Eriks Augen leuchteten, als er mir davon erzählte, wie begeistert die Urlauber waren.

»Dieses Jahr sehe ich da deinen Foodtruck als absolutes Highlight«, freute er sich.

Mein Herz klopfte ungeniert, während ich ihn anschaute, doch plötzlich zog Linneas Gesicht vor meinem inneren Auge auf. Panik stieg in mir hoch, und ich hatte das Gefühl, es sei besser, nach Hause zu gehen, um nichts kaputtzumachen. Das schlechte Gewissen war mit aller Wucht zurück und mahnte mich eindringlicher denn je, keine Grenze zu überschreiten. Ich merkte, wie ich immer mehr in diesen Gedankenstrudel abdriftete, der mir die Laune verdarb. Jede Leichtigkeit, die ich eben noch in Eriks Gegenwart empfunden hatte, wurde von einem Gefühl der Schwere überzogen, welche sich wie ein drückender Mantel darüberlegte. Mir wurde richtig schlecht.

»Erik, ich bin so müde. Wärest du mir sehr böse, wenn wir den Abend ausklingen lassen?«

Enttäuschung zog über sein Gesicht, aber er bemühte sich um ein Lächeln.

»Selbstverständlich nicht, nein. Ich bringe dich nach Hause.«

• • •

Als wir auf die Straße traten, legte Erik den Arm um mich. Überrascht blickte ich zu ihm auf, doch es fühlte sich so unheimlich gut an, dass ich am liebsten den Kopf an seine Schulter legen, mich zu ihm drehen, ihn berühren wollte. Aber das schlechte Gewissen und die Sorge, dass Linnea mir das nie verzeihen würde, hielten mich davon ab. Die Gedanken waren wie ein Netz aus Eisfäden, in dem ich gefangen war und das mich von Erik fernhielt, sosehr ich mir auch wünschte, ihm nah zu sein. Und diesen Abstand von ihm zu halten fühlte sich so falsch an, während es mir gleichzeitig wie die einzig richtige Lösung erschien. Jeder Millimeter Bewegung konnte schon zu viel sein und das Eis splittern lassen.

In der klirrend kalten Nacht, in der wir nach diesem wunderschönen Abend so schweigsam nebeneinanderhergingen, fühlte ich mich plötzlich so traurig und hilflos, dass ich am liebsten geweint hätte.

In meiner Ratlosigkeit schwieg ich, und auch Erik schien nicht zu wissen, wie er mit meinem plötzlichen Stimmungsumschwung umgehen sollte.

»Sehen wir uns denn morgen am Wagen?«, fragte er schließlich.

Ich nickte. »Ja, klar«, sagte ich, dennoch optimistisch, dass Linnea dagegen hoffentlich keine Einwände haben würde. »Mittags wieder? Dreizehn Uhr?«

»Perfekt.«

Wir waren mittlerweile vor Linneas Haus angekommen, und ich merkte an einem Ziehen im Bauch, wie ich innerlich angespannt war, jederzeit in der Sorge, Linnea könnte an einem der Fenster stehen und uns sehen. Erik stellte sich dicht vor mich, und ich fürchtete, er würde hören, wie laut mein Herz pochte, als er mir seine Hände auf die Schultern legte.

»Josephine?« Ich hob den Blick und schaute direkt in seine

umwerfenden Augen. »Es war ein sehr schöner Abend. Danke. Ich war lange nicht mehr so glücklich wie heute.«

Erik lächelte, und in seinem Lächeln lag so viel Dankbarkeit, dass ich gerührt war.

»Es war wirklich ein toller Abend. Das fand ich auch. Danke.«

Noch ehe er womöglich auf die Idee kommen würde, mich zum Abschied zu küssen, trat ich einen Schritt zurück. Seine Fingerspitzen, die eben noch auf meinen Schultern ruhten, glitten langsam an meinen Armen herunter und hinterließen eine prickelnde Spur. Die Anspannung verflog und verwandelte sich in große Sehnsucht, Erik ebenso zu berühren. Aber der Gedanke an Linnea blieb. Ein Schauder überlief mich, und ich senkte den Blick, dann wandte ich mich schnell um, bevor ich ihm noch einen kurzen Blick über die Schulter zuwarf und auf wackeligen Knien im Haus verschwand.

10. Erik

Ich blieb einige Sekunden wie angewurzelt stehen. So gerne hätte ich sie noch länger bei mir behalten. Sie umarmt, geküsst, am liebsten nie wieder losgelassen. Aber nachdem wir im Bistro gewesen waren und uns eine Zeit lang so gut unterhalten hatten, als würden wir uns schon ewig kennen, hatte ich plötzlich den Eindruck gehabt, irgendwas sei passiert. Sie wirkte mit einem Mal ganz verändert. Nachdenklich und als scheue sie jede Nähe zu mir.

Immer wieder ging ich unser Gespräch in Gedanken durch, überprüfte, was ich gesagt hatte, versuchte, mir ihre Reaktionen darauf noch mal ins Gedächtnis zu rufen, doch mir fiel nicht ein, was sie dazu gebracht haben könnte, sich so zurückzuziehen. Ich hoffte, dass ich keinen Fehler gemacht und sie nicht mit irgendeiner Aussage vergrault hatte. Nicht auszudenken, wenn ich diese Frau, noch ehe wir einander wirklich nähergekommen waren, schon wieder verloren hätte.

Sie war so besonders. So fröhlich, offen und warmherzig. Da war nichts Negatives, Schweres in ihrer Art. Außerdem war sie so ehrlich und unverstellt. Ich schätzte ihre Einstellung zum Leben, die »Ja« zu sagen schien zu neuen Dingen. Sie scheute sich aber auch nicht, anzusprechen, was bisher nicht so rund gelaufen war. Das fand ich sympathisch. Es kam mir vor, als sei für sie die Idee, hier auf Sylt etwas zu starten, ein großes Abenteuer. Es machte Spaß, sie dabei zu erleben, wie sie ihre Träume in die Hand nahm.

Doch was hatte nur für den Stimmungsumschwung bei ihr gesorgt? Als ob ein Schalter umgelegt worden sei, was mich nun auch verunsicherte. Vielleicht ging ihr alles zu schnell? Falls das der Fall war, musste ich das natürlich akzeptieren. Schließlich wusste ich selbst am besten, wie es war, wenn man sich schwer damit tat, sich auf einen Menschen einzulassen.

Noch einmal wanderte mein Blick über den schon so liebevoll weihnachtlich dekorierten Vorgarten, der Josephines Handschrift trug. Dann drehte ich mich um und ging zu meiner Wohnung.

Die Wirkung, die ich mir von meinem Spaziergang erhofft hatte, ließ auf sich warten. Eigentlich war mir nun gar nicht danach zumute, ins Bett zu gehen. Viel lieber wäre ich noch mit Josephine zusammengeblieben. Dennoch freute ich mich darüber, sie überhaupt getroffen zu haben. In Gedanken versunken schlenderte ich die Straße entlang.

Zu meinem Erstaunen traf ich kurz vor meiner Wohnung auf Niklas, der offenbar auch nicht schlafen konnte.

»Nanu? Bist du gar nicht bei Anton?«

»Stell dir vor, die haben heute große Übernachtungsparty im Kindergarten, und der Kleine wollte tatsächlich gleich dableiben.«

»Stark! Besser kann's ja nicht laufen, oder?«

»Absolut! Anton hat mir klar und deutlich zu verstehen gegeben, dass er ohne Weiteres auch mal eine Nacht ohne mich auskommt. Da ist der kleine Mann total cool.« Niklas lachte verwundert auf. Es klang jedoch Stolz darin mit. »Aber ich sehe es positiv. So hatte ich spontan frei. Ich hab vorhin noch seine Sachen im Kindergarten vorbeigebracht und dann im Restaurant nach dir gesucht und eine Kleinigkeit gegessen. Aber dort munkelte man,

man habe dich mit einer Frau gesehen, da wollte ich nicht andauernd stören, weil du nicht an dein Handy gingst.« Niklas grinste breit.

»Aber …«, setzte ich an und suchte verwirrt nach meinem Telefon. Tatsächlich zeigte es einen Anruf von Niklas vor rund einer Stunde. »Hab ich nicht gehört.« Zu dem Zeitpunkt saß ich noch mit Josephine im Bistro.

»Ist ja kein Thema. Vermutlich hattest du charmantere Gesellschaft.«

Ich rollte genervt mit den Augen. »Klar, dass mein Besuch im Bistro direkt die Runde macht. Bin ja selbst schuld.«

»Ist doch lustig«, zog Niklas mich auf.

»Geht so.« Obwohl ich auch auf eine Art darüber schmunzeln musste, wie meine Leute quatschten.

»Lust auf 'n Bier?«

»Aber selbstverständlich!« Ich deutete die Straße hinunter, in der eine weitere Bar lag. Ganz sicher würde ich nicht wieder in unser Bistro gehen.

»Wie ich sehe, ist die Dame ja bedauernswerterweise nicht mehr bei dir! Was ja mein Glück ist in diesem Fall«, foppte Niklas weiter.

»Ja, leider wollte sie nach Hause. Aber schön, dass wir uns so treffen. Da hast du recht.«

»Jetzt weich mal nicht aus. Erzähl, wer ist die Frau?« Erwartungsvoll schaute Niklas mich an.

»Es ist die Frau, die den Wagen wiederaufbauen will, von dem ich dir erzählt habe.«

»Cool, klingt nach 'ner toughen Person!«

»Den Eindruck habe ich auf jeden Fall. Wir haben uns hier zufällig getroffen, weil wir beide spazieren waren. Also, von einem Date waren wir weit entfernt. Aber schön war es.«

»Aber schade, dass sie dann so früh gehen wollte. Hast du sie geärgert?«, hieb Niklas scherzhaft genau in die Kerbe, die mir auch schon Kopfzerbrechen bereitet hatte.

Ich zog die Schultern hoch. »Nein! Also, ich weiß es nicht. Keine Ahnung. Offiziell war sie müde.« Während ich das erzählte, klang das für mich selbst auch eher nach einer Ausrede. »Manchmal denke ich, ich bin so aus der Übung im Umgang mit Frauen, dass ich nicht einmal mehr merke, wenn ich sie vergraule.«

»Nun hör mal auf. Manchmal gibt's da vielleicht gar nicht diesen einen Auslöser. Oder du bist unschuldig, und es gibt irgendeinen Grund, den du gar nicht zu verantworten hast. Bleib locker und lass das mal auf dich zukommen.«

Ich schaute Niklas von der Seite an und nickte. Aus seinem Mund klang das so einfach. Bei allem, was er in seinem Leben so erlebt hatte, waren seine Worte wie eine Mischung aus Erfahrung und gesunder Entspanntheit. Eine feste Partnerin hatte er auch seit längerer Zeit nicht, was aber eher daran lag, dass sich sein Leben um den kleinen Anton drehte.

»Jetzt freue ich mich erst mal, dass wir uns morgen wiedersehen, wenn wir uns den Wagen anschauen.«

»Klasse, dann bin ich ja auch dabei und gebe alles, damit wir sie, zumindest was den Foodtruck angeht, total happy machen.«

»Danke.« Ich lachte. »Das klingt nach einer Spitzenbasis.«

• • •

Die gemütliche Atmosphäre der Bar hüllte uns ein, sobald wir den Raum betraten. Wir bestellten Getränke und ließen uns an einem der Tische nieder.

»Und, wie fühlt es sich an, wieder hier auf Sylt angekommen

zu sein?«, fragte ich Niklas, der sich entspannt zurückgelehnt hatte.

»Bisher wirklich gut. Anton ist total glücklich hier. Und ich komme schon klar.« Er richtete sich wieder auf, den Blick auf das Glas in seinen Händen.

»Klingt ... ausbaufähig«, stellte ich fest.

»Ja. Erst denkt man ja immer, nun müsste auf einen Schlag alles super sein. Das ist natürlich Irrsinn.« Niklas schüttelte den Kopf. »Erst mal ist Anton zufrieden, und das ist die Hauptsache.«

»Ich ziehe den Hut, wie du das überhaupt alles meisterst.«

Niklas lächelte. Diesmal war es ein flüchtiges Lächeln. Eins, das bereits ankündigte, was er danach aussprach: »Was bleibt mir denn anderes übrig? Das Leben hat mich nicht gefragt, ob ich es will.«

»Leider tut es das nicht, das stimmt.« Ich trank einen Schluck und fragte dann behutsam: »Aber was du mir noch nie so recht erklärt hast, ist, warum es dich ausgerechnet wieder nach Sylt gezogen hat? Ich meine, du hast die Welt gesehen. Du hast von den Seychellen erzählt, warst in Italien, Portugal, Frankreich. Da hast du doch bestimmt etliche Orte kennengelernt, die es wert waren, sie noch einmal zu besuchen oder ganz dorthin zu ziehen. Außerdem hast du einige Jahre nun in den Bergen gelebt. Das ist ja doch etwas völlig anderes. Wie kommt man von Österreich auf die Idee, ausgerechnet hierher aufs flache Land an die Küste zu ziehen? Verwandtschaft hast du hier nicht, oder?«

»Keine Verwandtschaft, nein. Warum es Sylt sein sollte? Das fragst du? Spricht die Insel nicht für sich?« Niklas machte eine ausschweifende Handbewegung und lächelte. »Nein, klar. Es ist traumhaft schön hier. Wenn man einmal eine Zeit lang hier gelebt hat, will man einfach immer wieder zurück. Sicher gab es grandiose Plätze in Italien, gigantische Strände in der Karibik. Das war toll. Für eine Zeit. Für einen Urlaub, für ein paar Wochen. Aber dann reichte es auch. Ich habe keinen Ort bereist, den ich so sehr genossen habe wie dieses Fleckchen Erde hier oben im Norden. Ich weiß gar nicht, was ich da als Erstes nennen soll.« Seine Augen leuchteten auf. »Ist es das Meer, was auf der einen Seite so rau und wild ist, dass man die Naturgewalt so unverfälscht spüren kann? Oder die Wattseite, wo es so still ist, dass man wahrscheinlich noch erschrecken würde, wenn neben einem plötzlich ein Wattwurm seinen Spaghettihaufen macht?« Niklas lachte leise. »Die hat Anton heute nämlich entdeckt. Nee, im Ernst. Brauchst du Ruhe für den Kopf, findest du sie hier am Watt. Musst du dir mal die Seele freipusten lassen, geht's an die Westseite – hier gibt's alles. Ich liebe das einfach!«

Ich grinste. »Okay, das sind alles Argumente, die ich sofort unterschreibe. Das höre ich auch von Gästen immer wieder. Sie sprechen oft von einer großen Sylt-Sehnsucht.« Ich sah Niklas an, dass da mehr war, als er bisher zugegeben hatte.

Er presste die Kiefer aufeinander, und hinter seiner Stirn arbeitete es. Er fuhr sich mit beiden Händen durch seinen blonden Haarschopf.

»Eine Sehnsucht. Ja, vielleicht war es die, die mich hierher zurückgebracht hat. Ich habe mich in das Leben hier damals verliebt. Diese Insel ist einfach magisch und lässt einen nie wieder los. Kein Ort der Welt hat gigantischere Sonnenuntergänge. Nie fühlte sich der Himmel irgendwo weiter an als hier. Die Berge haben mich eingeengt, als seien meine Möglichkeiten begrenzt. Es kam mir vor, als konnte ich dort nie so frei atmen wie hier. Hier ist alles so endlos und so grenzenlos.« Niklas hielt sich an seinem Glas fest. »Ich glaube, solange ich um die Gesundheit von Anton gebangt habe, gab mir die Umgebung rund um unsere Wohnung in Österreich Halt. Außerdem war es so, als sei seine Mutter noch irgendwo da und passe erst mal mit auf ihn auf. Das bildete ich mir jedenfalls ein. Und ich glaube, es half mir ein Stück weit dabei, ein guter Papa zu sein und gleichzeitig die Mama zu ersetzen. Aber jetzt, wo es Anton so gut geht und wir ein Team sind, da muss ich auch mein Leben wieder in den Griff kriegen.« Er lächelte. »Sylt war immer mein Traum, und ich hoffe, jetzt ist die Zeit da, ihn endlich in Angriff zu nehmen.«

11. Josephine

»Hallo Josi«, begrüßte mich Anne im Café. Es duftete nach frischen Brötchen und aufgebrühtem Wintertee. Kerzen auf jedem Tisch sorgten für ein gemütliches Licht. Einige Gäste waren bereits zum Frühstück da. Es klangen leise Geräusche zufriedener Unterhaltungen im Raum, stimmungsvolle Musik spielte im Hintergrund. Gerade hatte Anne die Kaffeemaschine angestellt, die sich mit einem Brummen in Gang setzte. »Linnea wollte heute aufs Festland auf Einkaufstour. Morgens ist's ruhig. Du kannst also gerne schon mal ein wenig am Wagen arbeiten von mir aus.«

»Ach so, okay. Gerne«, erwiderte ich verwundert. »Linnea hat gar nichts davon erzählt, dass sie unterwegs ist.«

»Hat sie wohl spontan entschieden.« Anne hob die Schultern. »Passt doch. Du musst erst um die Mittagszeit irgendwohin, sagte Linnea?«

»Ja, genau. Also, wenn's für dich wirklich okay ist, würde ich mal zum Wagen gehen, bevor die Männer vorbeikommen.« Ich schnappte mir einen Eimer und Putzmittel, damit ich schon für ein wenig Sauberkeit sorgen konnte.

»Prima. Ich hab dir eine Thermoskanne mit Tee vorbereitet. Ein Brötchen war auch noch da.«

»Oh, wie lieb, vielen Dank!« Annes Fürsorglichkeit tat mir gerade gut. »Du bist ein Schatz!« Ich umarmte sie, griff nach der Kanne, dem Brötchen und einem Becher.

»Gerne doch!« Anne widmete sich wieder einer Torte, und ich ging tatsächlich zur Bootshalle, wo ich mich sofort an die Arbeit machte. Die körperliche Beschäftigung tat mir gut und lenkte mich von den trüben Gedanken ab. Ich schrubbte den gesamten Innenraum des Wagens und war begeistert, was für einen Unterschied das direkt machte. Alle Schränke waren intakt, die Armaturen von außen ebenfalls. Die Elektrik musste natürlich überprüft und einige Bauteile neu festgeschraubt werden. Während ich so vor mich hin werkelte, traten meine Grübeleien für eine Zeit in den Hintergrund. Zwischendurch genoss ich das liebevolle Frühstück von Anne. Den Tee trank ich im Innern des Wagens, und ich spürte bereits den Zauber des Foodtrucks, als ich den feinen Marzipangeschmack des winterlichen Weihnachtstees auf meiner Zunge zergehen ließ.

Die Zeit verging wie im Flug, und als Erik mittags in Begleitung eines anderen Manns um die Ecke kam, hätte ich fast meinen Termin vergessen.

Erik kam mit einem Lächeln auf mich zu. Er wirkte kein bisschen nachtragend, dass ich ihn am Vorabend so abrupt abgewiegelt hatte. Ein wenig verunsichert vielleicht, was ich verstehen konnte. Statt einer herzlichen Begrüßung blieb er ein Stück von mir entfernt stehen. Ich ging deshalb auf ihn zu und nahm ihn kurz in den Arm.

»Hi, Erik. Schön, dass ihr da seid!« Unsere Blicke trafen sich, und sofort war da wieder das Prickeln in meinem Bauch. Der andere Typ kam auf mich zu und streckte mir die Hand entgegen. Er hatte leicht gewelltes, etwas längeres blondes Haar, blaue Augen und ein strahlendes Lächeln. Trotz der Jahreszeit war seine Haut sonnengebräunt. Er war riesengroß und sah aus, als könnte er den Wagen hochheben, so kräftig wirkte er.

»Hi, Josephine, ich bin Niklas«, stellte er sich vor. »Kennen wir uns nicht?«

Eriks Augen weiteten sich vor Überraschung, und als mir wieder einfiel, woher wir uns kannten, rief ich erstaunt: »Aber klar! Dank dir und deinem Sohn musste ich nicht frieren!« Eriks Freund Niklas war niemand anderes als der nette Mann, der mir den Handschuh am Spielplatz hinterhergetragen hatte. »Danke noch mal!«

Niklas klärte Erik kurz auf, der erleichtert wirkte, dass unser Kennenlernen sich auf ein eher unverbindliches Treffen beschränkte. »Kein Grund zur Eifersucht«, zog Niklas ihn auf.

Ich spürte, wie ich rot wurde, und drehte mich verschämt zur Seite. »So, also, ich habe schon einmal für etwas Sauberkeit gesorgt«, wechselte ich das Thema und lief in Richtung des Gefährts. Niklas folgte mir, und als ich mich zu ihm umdrehte, merkte ich, dass Erik nah bei mir stand. Niklas ließ sich Zeit und inspizierte alles ganz genau.

»Ich kenne mich mit diesen alten Schätzchen aus. Alles halb so wild, würde ich sagen. Da hat mal jemand viel Geld in die Hand genommen und in Qualität investiert. Das wird sich jetzt auszahlen. Ein paar Handgriffe, etwas Farbe, und ganz sicher bekommen wir die alte Lady rechtzeitig zum Wintermarkt wieder fit.« Niklas' Augen funkelten begeistert, und mein Herz machte einen Freudensprung.

»Das klingt ja großartig!«, jubelte ich. »Und du meinst, du kannst mir da ein bisschen Support geben? Ich kann zwar manches, aber bisher beschränkten sich meine Einsätze doch eher auf den privaten Hausgebrauch. Und so eine Kommode ist doch etwas anderes als ein Foodtruck.« Ich lachte.

»Kein Thema! Ich hab so was schon mal gemacht. Das kriegen wir hin!«

»Und wie schätzt du die Kosten ein?«

»Auch die sind moderat, würde ich sagen. Da fahren wir ein-, zweimal Richtung Baumarkt, und das sollte es gewesen sein.« Er nickte selbstbewusst, und ich freute mich so sehr, dass ich ihn kurzerhand umarmte.

»Ich freue mich wahnsinnig! Danke!«

»Hey! Kein Thema! Und dieses Schmuckstück gehört dir?«

»Nicht wirklich. Also meine Freundin hat zwar im Scherz gesagt, sie würde es mir schenken, wenn ich es haben will. Aber eigentlich hat sie ihn wohl mal gekauft, um ihn für ihr Café zu verwenden. Aber daraus wurde dann nichts, wie man hier sieht. Wenn sie hört, dass wir das hinbekommen bis zum Markt, wird sie sich sicher freuen.« Ich nickte bekräftigend und versuchte, dabei zu verdrängen, dass ich mir dessen gerade gar nicht mehr so sicher war.

»Okay.« Niklas ging langsam noch mal eine Runde um den Wagen. »Inwiefern muss denn die Chefin noch ihr Go geben? Ich hab grad ja ein bisschen Zeit. Da könnte ich schon mal anfangen, die ersten Dinge anzugehen«, bot er an.

»Dagegen wird sie sicher nichts haben, oder?«, sagte Erik. »Wollte sie nicht eigentlich sogar mitkommen?«

Erstaunt über die Frage schüttelte ich den Kopf.

»Nein, sie arbeitet. Ich hab sie heute gar nicht gesehen. Grad ist sie wohl auf dem Festland. Also, gegen alles, was dabei hilft, dass wir rechtzeitig mit dem Wintermarkt starten können, wird sie sicher keine Einwände haben«, argumentierte ich und hoffte, dass das stimmte. »Und je früher wir anfangen, desto eher sind wir fertig!«

»Perfekt!« Niklas freute sich. »Dann beginne ich einfach mit den Arbeiten, die kein Geld kosten. Dagegen kann niemand was haben, oder was meint ihr?« Er grinste und hob abwartend die Handflächen.

»Ja, genau so! Ich schließe mal den Schuppen auf, und dann kannst du schauen, was du daraus gebrauchen kannst. Wasser und Strom sind vorhanden, und ein kleines Repertoire an Werkstatt-Utensilien hat mir Anne dort auch angekündigt.« Ich lief zur Tür und schloss sie auf, damit Niklas einen Blick in den Raum werfen konnte.

»Danke dir. Und wenn was sein sollte, melde ich mich. Schickst du mir vielleicht deine Nummer? Dann gebe ich dir meine.«

Wir tauschten rasch Nummern aus, dann halfen Erik und ich ihm noch, ein paar Dinge aus dem Schuppen bereitzustellen, sodass er mit den ersten Arbeiten loslegen konnte.

Dann wurde es für uns Zeit, zu gehen.

»Lasst mich mal ein wenig werkeln«, bat Niklas grinsend und bedeutete uns mit einer zerstreuten Handgeste, dass wir ihn ruhig allein lassen konnten.

»Ich würde mit Josephine mal Richtung Café gehen und Anton wieder einsammeln, ja?«, sagte Erik, und mein Herz schlug schneller. Ich hoffte, Linnea würde noch nicht wieder da sein.

»So machen wir das. Ich komme dann später zum Restaurant.«

»Ich hoffe, das ist in Ordnung?«, fragte Erik, als wir bereits losgegangen waren.

Ich nickte. »Klar. Ist Anton im Café?«, fragte ich überrascht.

»Ja, eigentlich wollten wir ihn mitnehmen. Aber er hat gestern im Kindergarten übernachtet und war hungrig und müde. Als er gehört hat, dass es bei Anne frische Waffeln gibt, fand er das interessanter, und wir haben ihn vorher im Café abgesetzt. Für Anne war es okay. Ist ja nicht lange. Ich hab gesagt, ich nehme ihn dann direkt wieder mit ins Restaurant, falls Niklas gleich loslegt.« Erik lächelte.

»Ach so. Na, dann passte das ja.«

Er legte nicht den Arm um mich, und auch ich ließ die Hände starr in den Jackentaschen. Zwischen uns war es, als forme die kalte Winterluft eine eisige Barriere.

Erik brach das Eis, indem er das Geschäftliche ansprach: »Ich habe gestern noch lange mit Niklas über den Wagen gesprochen. Er sieht in so einem Projekt auch langfristig Chancen. Er meinte, es wäre sogar denkbar, dass man sich in der Zukunft mit dem Wagen an der Strandpromenade platziert. Nach einem klirrend kalten Strandspaziergang will man doch unbedingt was Heißes trinken. Da kommt man mit dicken Stiefeln voller Sand und Salzwasser vom Strand und will sich nur schnell aufwärmen. Was kommt da besser an als so ein unkomplizierter Wagen? Und wie viele Menschen bestaunen irgendwo einen der traumhaften Sonnenuntergänge. Gerade auch im Winter!«

»Klingt danach, als ticke Niklas ganz ähnlich wie ich. Das gefällt mir.« Ich lächelte. »Ich wünschte, ich könnte ganz frei über all diese tollen Ideen entscheiden.«

»Aber Linnea denkt da doch ganz ähnlich, oder?« Erik schaute mich fragend an.

»Ja, wahrscheinlich«, sagte ich nur.

»Hast du schon einmal einen Sonnenuntergang im Winter am Strand angeschaut?« Erik geriet ins Schwärmen, und ich freute mich, mit welcher Begeisterung er sprach. »Wenn du dich da mit einem solchen Wagen hinstellst, könnte das super passen. Das halten wir jedenfalls beide für eine grandiose Idee!«

Ich ließ mich von seiner Freude über die Ideen anstecken und hatte die Situation direkt vor Augen. »Danke für deinen Einsatz, Erik.«

»Ich habe ja nur den Kontakt zu Niklas hergestellt.«

»Er macht echt einen total netten Eindruck und ist supermotiviert. Er hat offenbar auch tolle Ideen. Ich habe ein gutes Gefühl, dass wir den Wagen gemeinsam rechtzeitig fit bekommen und der Markt ganz großartig wird.«

»Das würde mich sehr freuen.« Erik schaute mich an, und in seinem Blick lag etwas, das ich nicht deuten konnte. Ich wich ihm aus, unsicher, wie ich mich ihm gegenüber richtig verhalten sollte. Am liebsten hätte ich nach seiner Hand gegriffen. Aber immer wieder war da der Gedanke an Linnea.

Wir kamen beim Café an, und ich hielt Ausschau nach Linneas Auto, das ich noch nirgendwo entdecken konnte.

Wir traten ein, und ich sah Anne, wie sie gerade mit Anton ein paar Kekse verzierte. Der kleine Junge strahlte und hatte glühend rote Wangen. Als er uns sah, machte er ein ganz enttäuschtes Gesicht. »Seid ihr schon fertig?«, fragte er. »Ich will noch nicht los!«

»Dein Papa ist noch am Foodtruck. Wir wollten nur mal schauen, was ihr macht«, erklärte Erik.

»Hi, Anton! So sieht man sich wieder«, freute ich mich. »Danke noch mal wegen des Handschuhs.« Er grinste stolz. »Ich bin übrigens Josi.«

»Wir backen gerade die besten Kekse der Insel«, rief der Junge, rannte auf Erik zu und hielt ihm einen Teller entgegen. »Willst du auch einen?«, fragte er mich. »Nur den dürft ihr nicht!« Er zeigte auf einen, der die Form eines Engels hatte. »Der ist für Mama.«

»Na klar! Dann such du mir doch einen aus.«

Sofort bekam ich einen geliefert.

»Mmh! Köstlich«, schwärmte ich und wandte mich an Anne: »Anne, kann ich dir bei irgendwas helfen?«

Diese schüttelte den Kopf. »Alles gut! Ich habe hervorragende Unterstützung durch Anton. Kaffee für euch?«

»Sehr gerne! Es ist so kalt draußen, ich spüre meine Hände kaum«, freute sich Erik, und ich stimmte zu, obwohl ich ein wenig unruhig war, weil jederzeit Linnea zurückkommen konnte.

»Und wie ist nun die Einschätzung des Profis zu unserem alten Wagen?«, erkundigte sich Anne.

»Es sieht gut aus! Ist wohl gar nicht so viel Arbeit wie gedacht«, verkündete ich strahlend.

»Na, wunderbar! Das klingt doch super. Vielleicht entspannt sich dann Linnea auch wieder ein bisschen«, sagte Anne.

Erik hob erstaunt die Augenbrauen.

»Linnea ist ein bisschen angespannt zurzeit, was die Planung angeht«, erläuterte ich widerstrebend. Anne konnte ja nicht ahnen, dass es weniger der Markt und der Wagen waren, die dafür sorgten, dass Linnea plötzlich so merkwürdig auf diese ganze Aktion reagierte.

»Aber dann sollte sie doch jetzt in der Tat ganz beruhigt sein. Gemeinsam werdet ihr das alles schon rechtzeitig schaffen«, freute sich Anne.

Ich nickte nur, und auch Erik stimmte zunächst schweigend zu. Eine Pause entstand, in der ich das Gefühl hatte, dass es in Eriks Kopf arbeitete. Anne zog sich mit einem kleinen Lächeln auf den Lippen in die Küche zurück.

»Linnea kann ja jederzeit auch noch sagen, wenn ihr etwas nicht passt an den Plänen. Letztlich hat sie ja das Sagen«, sagte er dann, und ich schaute ihn an.

»Klar. Ohne ihr Okay wird hier gar nichts laufen«, sagte ich, und es klang trotziger, als ich es gewollt hatte. Ich spürte, wie die Stimmung in den Keller ging. Zum Glück kam in diesem Moment Anne mit einer Schale duftender Vanilleplätzchen an den Tisch.

»Oh, danke. Damit könnt ihr ja direkt in Produktion gehen«, lobte Erik die Backkünste der beiden.

»Anne hat mir versprochen, dass ich immer vorbeikommen kann, wenn Papa am Wagen werkelt«, erklärte Anton mit einem Leuchten in den Augen. Erwartungsvoll schaute er Anne an, die bestätigend nickte.

»Sehr gerne!«

»Soso, na dann wäre das ja auch geklärt«, lachte Erik.

»Von mir aus gerne. So weiß ich schon mal, was mich in ein paar Jahren erwartet.« Annes Augen strahlten.

Erik stutzte und schaute erfreut, als Anne erneut nickte.

»Oh, wie schön! Das sind ja wundervolle Nachrichten!«, freute er sich.

»Danke! Dauert ja noch ein paar Monate. Wir freuen uns sehr. Bis dahin genieße ich noch die Zeit hier im Café. Aber ich schätze auch jede Unterstützung. Und Anton und ich sind ein Spitzenteam«, sagte Anne, und die beiden machten sich wieder an die Arbeit.

Erik schaute mich an, als wolle er noch etwas sagen, schwieg dann aber.

»Anton, wir wollen gleich erst mal wieder los«, rief er schließlich dem Jungen hinterher.

»Och, menno ...«

»Du kommst doch bald wieder«, beruhigte Anne ihn.

»Wie sieht es morgen Abend mit einem Winter-Sonnenuntergang am Meer aus? Heute Abend muss ich leider im Restaurant die Stellung halten.« Erik sah mich hoffnungsvoll an. »Oder wir drehen später noch eine Runde durch den Ort?«

»Ich muss das mal mit Linnea besprechen. Ich glaube, sie hatte was geplant«, antwortete ich ausweichend.

»Dann übermorgen?«

»Ich weiß nicht.«

»Verstehe.«

»Ich melde mich, okay?«

»Alles klar.« Mit einem Schluck trank Erik den Rest seines Kaffees und stand dann auf. »Anton?« Er wirkte traurig.

»Ich kann Anton doch auch später am Restaurant vorbeibringen«, bot Anne an. Sie hatte offensichtlich wirklich Freude daran, den Jungen um sich zu haben. »Linnea ist ja auch bald wieder da.«

»Wenn das in Ordnung ist für dich?«

»Klar. Bis nachher.«

»Ja!« Anton jubelte.

»Danke, dann macht's gut. Tschüss, Josephine.«

»Bis bald, Erik. Und danke noch mal.«

Erik drehte sich nicht mehr um. Er ging raus, und es tat mir weh, ihn so zu sehen. Ich war gemein zu ihm, und das nur, weil ich nicht wusste, wie ich mich richtig verhalten sollte. Aber was bedeutete das schon? War es richtig, mein Herz zu verraten? Zu leugnen, dass ich dabei war, mich zu verlieben, weil meine Freundin vielleicht auch Gefühle hatte für diesen Mann?

Ich spürte eine gewisse Ohnmacht in mir aufsteigen, die sich beklemmend und leer anfühlte. Nur die Tatsache, dass ich im Café war, hielt mich davon ab, in Tränen auszubrechen, so traurig war ich. Ich griff nach unseren Tassen, um sie abzuräumen. Ich kam bis zur Küche, doch plötzlich überwältigten mich die Aufregung der letzten Tage, die Gefühle, die ich für Erik entwickelt hatte, und die Verwirrung über das Verhalten meiner Freundin. Meine Hände zitterten so sehr, dass mir eine der Tassen entglitt. Der Versuch, sie aufzufangen, scheiterte, sodass auch die zweite Tasse fiel und beide auf den Fliesen zerschellten. Hektisch sammelte ich die ersten Teile mit der Hand ein, woraufhin ich mir eine

Schnittwunde zuzog. Nun konnte ich die Tränen nicht länger zurückhalten und weinte hemmungslos.

Anne eilte schockiert zu mir, gab mir ein Tuch und warf einen Blick auf meine Hand. »Hey, ist alles in Ordnung?«

»Geht schon wieder. Es tat nur grad so weh. Hast du vielleicht ein Pflaster?«

Anne kramte aus einer Schublade ein Kästchen mit Pflastern hervor und versorgte mich.

Dann griff sie nach einem Handfeger, der an einem Schrank hing, um die Scherben zusammenzukehren und den Kaffeerest mit einem weiteren Lappen aufzuwischen. »Ich hab mir schon Sorgen gemacht.«

»War gar nicht so schlimm«, beruhigte ich sie.

»Ist sonst alles okay?« Prüfend schaute sie mich an.

»Ach, ich bin grad 'n bisschen nah am Wasser gebaut.«

Anne lächelte sanft. »Gab's Streit mit Linnea?«

»Hat sie was erzählt?«

Anne schüttelte den Kopf. »Nee, aber irgendwie kam mir das so vor. Sie war so kurz ab und ganz verändert. So kenne ich sie gar nicht. Dachte erst, sie hätte Post vom Finanzamt oder so. So eine Laune war das.«

Wir lächelten beide, auch wenn meins ein müdes Lächeln war.

»Ja, Streit nicht direkt. Aber ich habe den Eindruck, sie verhält sich mir gegenüber irgendwie merkwürdig, seit ich die Sache mit dem Wagen für den Wintermarkt in Angriff nehme. Da stimmt irgendwas nicht.«

»Meinst du? Aber sie wird sich doch freuen, dass das alte Gefährt endlich mal zum Einsatz kommt? Steht doch nur rum seit Jahren. Und dafür ist es doch viel zu schade!«

Ich hob die Schultern. »Das hoffe ich auch.« Ich hatte nicht vor, Anne einzuweihen in meine Überlegung, was Erik anging.

Das gehörte nicht hierher in das Café, daher rappelte ich mich wieder auf.

»Lass uns weitermachen«, sagte ich zu Anne, und wir gingen wieder an die Arbeit. Anton verzierte gerade noch ein paar Plätzchen. Er war so vertieft, dass er von meinem kleinen Malheur gerade gar nichts mitbekommen hatte. Der Gastraum war voll, und wir räumten nur schnell alles in der Küche beiseite, damit wir vorne weiterarbeiten konnten.

Als Anne sich gerade mit Anton auf den Weg zum Restaurant gemacht hatte, kam endlich auch Linnea zurück. Ich war noch in der Küche, als Linnea diese direkt ansteuerte.

Ihre Miene sah nicht aus, als hätte sich ihre Laune gebessert.

»Na, warst du erfolgreich auf deiner Einkaufstour auf dem Festland?«, ging ich darüber hinweg. Ich hielt ihr die Schwingtür auf.

»Ja«, war ihre knappe Antwort, als sie einige große Tüten schwungvoll auf eine Arbeitsfläche knallte. »Der Rest ist noch im Auto.«

»Ich helfe dir beim Tragen«, sagte ich und folgte ihr zum Fahrzeug. Zu ihrem Rücken sagte ich: »Linnea, ich will keine schlechte Stimmung mit dir.«

Ich sah, wie sie sich verspannte. Unterkühlt sagte sie: »Warum habt ihr mir nicht Bescheid gesagt, dass ihr schon mit den Arbeiten am Wagen anfangt?«

»Wir dachten, du freust dich bestimmt. Ich hab heute Vormittag alles sauber gemacht. Und Eriks Freund Niklas sagt, es ist alles halb so wild! Ein paar Schönheitsreparaturen hier und da – es ist wohl gar nicht so viel zu tun. Toll, oder?« Ich wartete kurz, es kam jedoch keine Antwort, also sprach ich weiter. »Er sagt, jemand habe wohl zum richtigen Zeitpunkt Geld investiert und nicht an der Qualität gespart. Das zahlt sich jetzt aus, und mit wenigen

Handgriffen wird der Wagen einsatzbereit sein. Ist das nicht großartig? Niklas hat auch jetzt, bevor wir dein endgültiges Okay haben, nur mit den Arbeiten angefangen, die kein Geld kosten. Er hatte Zeit, weil sein Sohn solange hier bei Anne im Café war und mit ihr Kekse gebacken hat. Es zählt ja im Grunde jede Minute, wenn wir pünktlich zum Wintermarkt fertig sein wollen«, erklärte ich und hoffte leise, dass Linnea sich freute. Doch da ließ sie mit einem lauten Knall einen der Plastikkörbe fallen, den sie gerade ausgeladen hatte.

»Wundervoll«, fauchte sie. »Ist ja klasse, dass ihr das alles so großartig über meinen Kopf hinweg organisiert. Ich kann ja froh sein, dass ich überhaupt noch über irgendetwas informiert werde. Womöglich würde ich meinen Wagen am Ende sonst gar nicht mehr wiedererkennen. Aber macht mal. Dieser Niklas scheint sich ja bereits selbst zu verwirklichen, wie ich eben im Vorbeifahren gesehen habe. Und eine Nanny hat er in Anne ja auch direkt gefunden – ist ja alles ganz grandios gelaufen. Hat Erik für ihn keinen Platz in seinem Restaurant, oder wie kam er darauf, dass er seinen Kumpel und sein Kind bei uns unterbringt? Besser geht es ja kaum!«

Entgeistert schaute ich sie an. Mir fehlten die Worte, weil ich einfach nicht mehr wusste, was ich falsch gemacht hatte.

»Ähm, Linnea? Erik hat ihn gebeten, uns zu helfen.« Kurz holte ich Luft, in der Hoffnung, noch irgendeine Idee zu bekommen, was ich sagen sollte, als sie mir bereits die nächste Schimpftirade an den Kopf schmetterte.

»Weißt du was, Josi? Es war vielleicht doch alles eine Schnapsidee mit diesem Wintermarkt. Man muss auch nicht auf allen Hochzeiten tanzen. Soll Erik doch den Markt veranstalten und glücklich werden und sich selbst und sein ach-so-tolles Engagement feiern. Kann er gerne tun, aber vielleicht ist es besser, er tut das ohne uns. Oder vielmehr ohne mein Café. Was ihr macht, ist ja nicht meine Sache.«

Mit dieser Ansage hob sie den Korb wieder auf, lud noch weitere Körbe auf diesen drauf und stampfte mit energischem Schritt wieder ins Café.

Weil dies gut besucht war, verbot sich jede weitere Diskussion, und ich blieb ratlos zurück mit einem Kopf voller Fragezeichen und einer Wut im Bauch, die größer kaum sein konnte.

Als ich kurz vor der Tür des Cafés angekommen war, kam Anne gerade zurück.

»Hey, Josi! Du bist ja ganz blass! Was ist denn los?« Anne nahm den Korb entgegen, den ich noch in den Händen hielt, griff aber mit der anderen Hand nach meiner und hielt sie mit sanftem Druck liebevoll fest.

»Linnea und ich haben uns gestritten. Mach dir aber keine Sorgen. Und bitte, sprich sie lieber nicht darauf an. Ich bin mir sicher, irgendwann wird sie mir verraten, was los ist. Sie braucht die Zeit grad. Lass uns sie ihr geben.«

Anne schaute mich verzweifelt an. »Sie ist vorhin schon an mir vorbeigerauscht, als habe sie mich gar nicht gesehen. Da dachte ich erst, irgendwas sei passiert. Ich erkenne sie auch grad kaum wieder. Keine Ahnung, was los ist mit ihr. Aber ich glaube auch, wenn sie sich einem Menschen anvertraut, dann bist das du. Ich bin mir sicher, dich trifft keine Schuld.« Nachdenklich blickte sie Linnea hinterher. Sie wirkte ganz betroffen. »Geben wir ihr Zeit. Da hast du wohl recht.« Traurig ließ Anne die Schultern hängen, griff mit beiden Händen nach dem Korb und ging ins Café. Ich folgte ihr, und die Tatsache, dass wir im Café so viel zu tun hatten, half mir dabei, mich abzulenken.

• • •

Erst nach Feierabend lief ich noch einmal zum Schuppen, um nachzuschauen, ob ich bereits einen Unterschied am Äußeren des Wagens erkennen konnte. In meinem Kopf wirbelten die Gedanken durcheinander. Die Worte, mit denen Linnea mir sagte, sie wolle die Teilnahme am Wintermarkt canceln, hallten in mir nach, und das Gefühl, das sie verursachten, schmerzte.

Am liebsten hätte ich meine Koffer gepackt, mich in den Autozug gesetzt und wäre wieder nach Hamburg gefahren.

Dann sah ich jedoch meine schmallippig arrogant grinsende Schwägerin vor mir und dazu den perfekt dekorierten Weihnachtsesstisch, und alles in mir sträubte sich dagegen. Sogleich schoben sich wieder Bilder von Linnea und mir vor mein inneres Auge. Ich sah uns, wie wir auf ihrer gemütlichen Couch Marshmallowkakao oder Prosecco tranken und über die Liebe, das Leben und unsere Träume redeten und bis in die Nacht aneinandergekuschelt zusammensaßen. Außerdem erschien Eriks Gesicht in meinem Tagtraum. Ich sah den Wagen auf dem Wintermarkt, spürte die Wärme eines Winter-Weihnachtspunschs in meinen Händen und sah das Glitzern der Sterne am Watt über Keitum. Ich verspürte eine so große Sehnsucht nach all dem, was gerade so greifbar gewesen war, dass ich jetzt keinesfalls einfach aufgeben wollte.

Kribbelnd bahnte sich eine heiße Träne ihren Weg über meine Wange und kühlte in der kalten Winterluft sofort ab. Ich wischte sie mit der Handfläche weg, streckte den Rücken durch und hoffte, dass mir die Zeit irgendeine Lösung präsentieren würde. So, wie es das Leben bisher immer getan hatte.

Niklas war schon weg, als ich ankam, und hatte die Plane wieder über den Wagen geworfen. Vorsichtig zog ich sie ein Stück zur Seite, und was ich sah, ließ mich staunend die Hand vor den

Mund pressen. Der Mann war ein Künstler. Er hatte das äußere Erscheinungsbild des Wagens in der kurzen Zeit so sehr verändert, dass es mich sprachlos machte. Andächtig drehte ich eine Runde.

Die Chromteile glänzten, als sei der Wagen gestern zuletzt zum Einsatz gekommen. Im Innenraum waren alle Schrauben angezogen, und auch die Teile der Verkleidung, denen ich zuvor misstraut hatte, sahen wieder einsatzfähig aus. Niklas hatte die Räder wieder mit Luft gefüllt, und die Felgen blitzten. Mir ging das Herz auf bei diesem Anblick, und gleichzeitig krampfte es sich zusammen, wenn ich mir vorstellte, dass Linnea wirklich kategorisch alles ablehnen konnte.

Ich ließ meine Fingerspitzen über das kalte, rote Metall gleiten, von welchem an einigen Stellen die Farbe absplitterte, was dem Wagen nichts von seinem nostalgischen Charme nahm. Mir war, als höre ich schon das Stimmengewirr und das Brummen der Kaffeemaschine. Dampfwolken waberten aus dem Wageninnern hervor, die nach Aromen aus Kaffee und Schokolade dufteten. In Glasvitrinen standen verschiedene Toppings für Kakao zur Auswahl, mit denen ich meinen Gästen so manchen Wunsch erfüllen würde. In meinen Ohren klang bereits leise Weihnachtsmusik, und aus der Ferne hörte ich Kinderlachen, voller Vorfreude auf die magische Zeit des Jahres. Es war ein Bann, dem sich keiner entziehen konnte. Magie, an die man gerne glaubte. Alle Erwachsenen taten ein wenig heimlich, über wuseligen Vorbereitungen lag ein heller Weichzeichner, und selbst für mich war vieles in der Weihnachtszeit einfach süßer und betörender. Manchmal glaubte ich, ich war in vielerlei Hinsicht Kind geblieben und hatte deshalb meine Leidenschaft für die Weihnachtszeit bis heute nicht abgelegt.

Hier spürte ich mit jeder Pore, wie sehr ich Weihnachten

liebte, und dieser magische Ort mit seinem Wintermarkt ließ mein Herz höher schlagen.

Deshalb konnte ich mich von diesem Traum auch noch nicht verabschieden. Also beschloss ich, mich ganz auf die Arbeit zu konzentrieren und den Streit mit Linnea vorerst zu ignorieren. Ich legte den Mantel ab, krempelte die Ärmel hoch und arbeitete weiter an den Schränken, wo Niklas bereits begonnen hatte.

12. Erik

Ich stand in der Küche und bereitete mit Routinehandgriffen ein paar Speisen zu. Um mich herum herrschte wuseliges Treiben aus Tellerklappern und Stimmengewirr. Heute fiel es mir schwer, in die unbeschwert lockere Stimmung im Team einzusteigen. Deshalb schwieg ich. Ich überlegte, warum Josephine mich so abweisend behandelte. Sie wirkte wie erstarrt, als hätte ich sie verletzt. Dabei war ich mir noch immer keiner Schuld bewusst. Im Gegenteil. Ich hatte alle Hebel in Bewegung gesetzt, ihr zu helfen und sie zu unterstützen, wo ich nur konnte. Und mir kam es auch so vor, als hatte sie sich über die Hilfe, die sie in Niklas fand, gefreut.

Langsam hatte ich einen ganz anderen Verdacht, nämlich dass dieser Daniel gar nicht ihr Bruder war, sondern ihr Freund. Es würde so manches erklären. Die Anrufe zu so später Uhrzeit, den plötzlichen Stimmungswechsel, die abweisende Art. Dieser Gedanke tat weh. Ich wollte zwar kaum glauben, dass sie nicht ehrlich mit mir war. Eine andere Erklärung fiel mir jedoch einfach nicht ein.

Im Team wagte jemand, zu fragen, warum ich mir nicht einmal wieder einen Abend freinehmen wollte. Mein ernster Blick und die finstere Miene waren Antwort genug. Noch nicht einmal Elisa kommentierte meine Laune.

Umso erstaunter war ich, als ich heute, während ich im Gastraum aufräumte und es bereits auf den Feierabend zuging, Besuch von Josephine bekam.

»Erik, hast du einen Moment für mich?«, riss mich Josephines Stimme aus meinen Gedanken. Damit hatte ich nun nicht gerechnet.

Ich schaute mich zögerlich um. Noch standen etliche Dinge in der Küche herum, es mussten noch Belege sortiert werden. Überhaupt herrschte ziemliches Chaos im Betrieb, weil wir im Trubel des Alltagsgeschäfts kaum dazu gekommen waren, zwischendurch ein paar Dinge abzuarbeiten.

»Chef, Lukas und ich kriegen den Rest hier schon allein hin«, sagte Elisa mit Blick auf ihren Kollegen und nickte mir wohlwollend zu. Auch Lukas machte eine zustimmende Geste. Insgeheim hatten sie die Lage wohl erkannt und hofften sicher, meine Laune würde endlich wieder besser werden, wenn ich mit Josephine reden würde, dachte ich bei mir, bedankte mich dann aber nur bei ihnen.

»Ja, also, sieht danach aus, als würde man mich hier nicht mehr brauchen«, sagte ich an Josephine gewandt.

»Wollen wir vielleicht eine Runde durch den Ort gehen?«, schlug sie vor.

»Alles klar. Gerne.« Ich zog meine Jacke, Schal und Mütze über, und wir traten in die kalte Winterluft. Der Himmel über uns war auch heute sternenklar.

Wir liefen vorbei an einigen Reetdachhäusern, deren Besitzer dem *Friesenstübchen* mittlerweile nachgezogen waren und auch weihnachtliche Dekoration angebracht hatten.

»Schau mal, Anne und du, ihr seid als gutes Beispiel vorangegangen«, versuchte ich, die angespannte Atmosphäre aufzulockern. »Jetzt glitzert und funkelt es schon in viel mehr Vorgärten und Fenstern als noch vor ein paar Tagen.« Josephine nickte jedoch nur und murmelte zustimmend.

»Was hat denn Linnea zu dem Wagen gesagt?« Ich hielt es für einen guten Einstieg in unser Gespräch, um nicht direkt über uns zu reden.

»Deshalb bin ich hier«, sagte Josephine, und ich spürte, wie mein Magen sich verkrampfte. Das klang nicht unbedingt nach dem Grund für einen Besuch, den ich mir erhofft hatte. »Also, nicht nur«, fügte sie zu meiner Erleichterung hinzu.

Um ihre Augen spielte dieses Lächeln, das ich so gerne an ihr mochte. Aber auch Müdigkeit, als ginge es ihr nicht anders als mir und als habe sie ebenso mit Grübeleien zu kämpfen gehabt. Jedenfalls war die Fröhlichkeit in ihrem Blick getrübt.

In diesem Moment klingelte ihr Handy. Sie schaute kurz darauf, steckte es dann aber weg. Eine Zornesfalte zeichnete sich auf ihrer hohen Stirn ab. Nur für einen kurzen Moment, dann entspannten sich ihre Gesichtszüge wieder.

»Es tut mir leid, dass ich mich so blöd verhalte. Ich weiß einfach nicht mehr weiter«, fing Josephine an. Sie zog ihren Handschuh aus und griff nach meiner Hand. Ich hatte die Handschuhe vergessen, worüber ich jetzt ganz froh war, weil ich ihre warme, weiche Hand spürte. Ich drückte sie leicht.

»Gibt es da jemanden in deinem Leben?«, fragte ich, und mein Herz schlug mir bis zum Hals aus Angst vor der Antwort.

Sie schaute mich aus großen Augen an, und ich merkte, wie meine Unterlippe vor Nervosität zitterte, und versuchte, die Lippen aufeinanderzupressen, damit es Josi nicht auffiel.

»Wie kommst du denn darauf?«, fragte sie dann. Ganz langsam schüttelte sie den Kopf. »Nein!«

In ihrem Blick und ihrer Stimme lag so ernsthafte Überraschung über meine Vermutung, dass ich erleichtert aufatmete.

»Nun, neulich, dieser Anruf. Es war zu einer Zeit, die war doch sehr ungewöhnlich. Daniel. Hat er nicht eben auch wieder angerufen?«

»Daniel?« Sie lachte. Wie ich fand, fast ein wenig zu laut. »Ja, Daniel ist noch immer mein Bruder. Wenn du mich fragst, der nervigste, den man sich vorstellen kann. Derzeit zumindest. Die Weihnachtsthematik scheint ihn umzutreiben. Aber ich hab einfach genügend andere Sorgen. Noch immer habe ich wenig Lust, mich mit seinen Luxusproblemen rumzuschlagen. Ich ahne das. Wenn du Felicitas kennen würdest, würdest du mich verstehen. Der Typ hat eine Frau im Nacken, die sich ständig neue Debakel ausdenkt und ihn auf die Leute losjagt. Am liebsten auf mich. Ich halte das grad nicht aus.« Sie schüttelte den Kopf, gab einen jaulenden Ton von sich, und ich musste lachen.

»Klingt schon ein bisschen lustig.«

»Ja, als Außenstehender vielleicht! Bist du da mittendrin, ist es wirklich kaum auszuhalten!« Sie musste auch schmunzeln. »Aber ich versichere dir, Daniel ist mein Bruder. Linnea könnte das bezeugen. Und auch, dass seine Angetraute ihn zu einem phasenweise etwas anstrengenden Zeitgenossen hat mutieren lassen. Bis er sie geheiratet hat, war er nämlich ein ganz netter Kerl und total umgänglich. Ein echter Kumpeltyp. Seine Frau hat ihn vollkommen wuschig gemacht. Linnea kennt ihn noch aus Erzählungen vor der Ehe mit Felicitas. Normalerweise sind wir ja beide sehr für Romantik, aber bei meiner Schwägerin hört der Spaß auf, darin sind wir uns einig.« Sie zögerte einen Moment und fügte dann hinzu: »Was gerade leider ansonsten nicht selbstverständlich ist. Damit sind wir bei einem wirklichen Problem, weswegen ich dich sprechen wollte.«

»Wegen Linnea?« Auch das war nicht unbedingt das, was ich

mir als Grund ihres Besuches bei mir erhofft hatte. Aber dennoch war ich gespannt.

»Ja, man könnte ja meinen, dass sie über den Stand mit dem Wagen erfreut sein sollte.« Ich nickte zustimmend, woraufhin Josephine energisch den Kopf schüttelte. »Dem ist aber leider überhaupt nicht so. Das Gegenteil ist der Fall. Als ich ihr davon erzählt habe, hat sie mir ihre Wut in Form eines Plastikkorbes vor die Füße geknallt. Sie hätte sich gewünscht, dass wir mit ihr gesprochen hätten, bevor *dieser Niklas* sich an die Arbeit macht und wir über ihren Kopf hinweg alles entscheiden. Überhaupt sei die Beteiligung des Cafés an dem Weihnachtsmarkt vielleicht doch gar keine gute Idee, und sie habe entschieden, sich ganz aus dieser Wintermarkt-Planung wieder herauszunehmen. Das Café und damit auch der Wagen seien nicht mehr dabei.«

Entsetzt starrte ich Josephine an, die wirkte, als habe sie mir damit noch nicht einmal alles gesagt, was Linnea in ihrer Wut vermutlich noch so losgelassen hatte.

»Oha.«

»Das fasst es ganz gut zusammen.«

»Aber das geht doch nicht!«

»Ich fürchte doch.«

»Ich verstehe das nicht. Warum?«

»Nun, ich habe den Eindruck, dass Linnea mit …«, sie zögerte, schaute auf unsere verschränkten Finger und traf dann meinen Blick, bevor sie weitersprach: » … uns ein Problem hat. Und das ist auch der Grund, weshalb ich immer wieder darüber nachdenke, dass wir unser … Kennenlernen gerade einfach hinten anstellen müssen.«

Verwirrt starrte ich Josephine an. »Linnea soll mit *uns* ein Problem haben? Wie bitte meinst du das denn? Ich hatte noch nie mit ihr ein Problem! Du etwa?«

»Nein! Aber sie scheint damit ein Problem zu haben, dass wir beide uns … besser verstehen.« Ihre Wangen färbten sich rot. »Also, mein Eindruck ist, dass sie nicht damit klarkommt, dass wir gerade auf dem Weg sind, uns kennenzulernen.«

Ich stieß Luft durch die Lippen aus und blickte gen Himmel.

»Bist du deshalb oft so abweisend zu mir?«

Josephine wich meinem Blick aus, und ich konnte es nicht glauben. »Ich fasse es nicht, Josi! Bitte! Das ist doch Kindergarten!«

»Aber ich merke es doch. Linnea ist wie ausgewechselt, Erik! Sie ist stachelig wie ein Kaktus, geht mir aus dem Weg, kommt manchmal abends gar nicht mehr aus ihrem Zimmer, schweigt, zieht sich zurück. Und wenn wir reden, motzt sie mich an, bricht irgendeinen Streit vom Zaun. Jetzt will sie den ganzen Markt canceln. Dabei hat sie mich doch ursprünglich deshalb hierher eingeladen. Da stimmt doch was nicht. Das ist so, seit wir uns treffen.«

»Nein! Das glaube ich nicht! Ausgeschlossen!«

»Aber was bitte soll denn sonst der Grund sein, weshalb sie plötzlich so verändert ist?« Josephine wirkte ganz verzweifelt. »Wenn ich ehrlich bin, habe ich schon, bevor wir uns mit dir getroffen haben, das Gefühl gehabt, dass Linnea dich sehr gerne mag.«

»Ja, ich glaube auch, das ist so. Das hoffe ich doch.«

Nun war Josephines Blick beinahe entsetzt. »Aha! Siehst du!«

»Nein! Nicht so, wie du meinst! Wir sind einfach Freunde!«

Josephine rollte mit den Augen. »Das sagt sie auch immer.«

»Ja, und so ist es auch. Ich glaube nicht, dass sie das anders sieht. Mehr ist da nicht! Das kann ich mir einfach nicht vorstellen. Wirklich nicht.« Energisch schüttelte ich den Kopf. »Da muss irgendwas anderes sein, warum sie so dichtmacht«, überlegte ich.

»Ach, Erik.« Josephine klang ernsthaft ärgerlich. »Meinst du nicht, das mit euch ist so der Klassiker, wo der Typ es einfach nicht checkt, dass die Frau in ihn verliebt ist? Hat sie dir denn mal von einem anderen Mann erzählt? Oder du ihr von einer Frau?« Gequält lächelte Josephine und schaute mich an.

Unschlüssig schüttelte ich den Kopf. »Nein, aber ... doch, vielleicht irgendwann mal. Ich weiß nicht!«

»Siehst du! Aber tut man das nicht? Unter Freunden? Vielleicht hast du einfach nie etwas gemerkt?«

Ihr Blick war verzweifelt, was mir in der Seele wehtat.

»Versuch mal, die Sache als Außenstehender zu betrachten. Du musst zugeben, dass das Ganze doch sehr danach aussieht, als ob sich da zwei Frauen in denselben Mann verknallt haben. Und die eine merkt gerade, dass dieser Umstand die Freundschaft und alle beruflichen Pläne dann auf lange Sicht doch deutlich komplizierter macht.« Josephine hob die Handflächen und ließ sie hoffnungslos wieder sinken. »Aber ich weiß doch auch nicht, was ich machen soll. Ich kann ja auch nicht einfach so tun, als wäre da gar nichts und du wärst mir egal.«

Gerührt von ihren Worten strich ich ihr sanft über die Wange. Erleichtert sah ich, dass sie mit einem Lächeln reagierte. Sie griff nach meiner Hand an ihrer Wange und drückte sie zärtlich.

»Hey! Was du gerade gesagt hast, ist wunderschön, so schwer es mir auch fällt, zu hören, dass ihr meinetwegen Stress habt.« Josephine nickte. Sie schluckte.

»Josi, lass uns doch noch zu mir nach Hause gehen. Ich bin fest davon überzeugt, dass es keine Lösung ist, dass wir uns aus dem Weg gehen.«

Hand in Hand gingen wir in Richtung meiner Wohnung, und ich spürte, dass Josephine erleichtert war, dass sie ihre Sorge ausgesprochen hatte und wir nun gemeinsam nach einer Lösung suchen konnten.

Auch ich war froh, dass sie ehrlich zu mir war. Ich wäre nie auf die Idee gekommen, dass Linnea der Grund dafür war, dass Josephine sich von mir zurückzog. Wie gut, dass sie gekommen war, um mit mir zu reden.

Ich hielt an, nahm ihre Hand und schaute ihr in die Augen. »Hey, Josi. Mach dir keine Sorgen. Wir kriegen das mit Linnea schon wieder hin, und ihr vertragt euch. Auch ohne dass wir beide uns dafür meiden müssen.«

In ihren Augen sah ich, wie sich Angst und Hoffnung abwechselten. Wieder suchte ich ihre Nähe und legte meine Hand an ihr Gesicht. Sie lehnte ihre Wange an meine Handfläche und schloss für ein paar Sekunden die Augen. »Du bist doch sonst nicht so pessimistisch, oder?«

Sie schaute mich wieder an, und in ihrem Blick lag Ratlosigkeit.

»Ich weiß nicht, Erik. Sie ist so wütend, und alles, was sie sagt, klingt so scharf. So habe ich sie noch nie erlebt. Ganz ehrlich? So verhalten sich nur Menschen, die tief enttäuscht sind.« Traurig senkte sie den Blick, und als sie versuchte, mich wieder anzuschauen, erkannte ich, dass eine Träne in ihrem Augenwinkel zitterte.

»Es fühlt sich so gut an hier, mit den Plänen und mit dem Wagen.« Sie schaute mich an. »Und mit uns.«

»Josi, bitte nicht weinen.« Sanft gab ich ihr einen Kuss auf die Stirn, und diese Berührung fühlte sich so gut an. Eine tiefe Verbundenheit, aus der wir ganz viel Kraft schöpften. Ich schwankte zwischen Freude darüber, dass Josephine offenbar wirklich mehr für mich empfand, als ich zwischenzeitlich gedacht hatte, und Verzweiflung, dass sie so große Sorgen hatte. Dabei ging ich wirklich nicht davon aus, dass Linneas Interesse an mir über eine normale Freundschaft hinausging. Davon war ich fest überzeugt.

Auch mir würde es das Herz brechen, wenn mir diese jahrelange Freundschaft nun um die Ohren fliegen würde. Schließlich war Linnea auch meine Freundin. Ich konnte mir kaum vorstellen, dass es stimmte, was Josi vermutete.

»Alles wird gut.« Ich sagte das halb zu mir selbst, halb zu Josi.

»Es wäre zu schön, um wahr zu sein. Entschuldige«, schluchzte Josephine und wischte sich über das Gesicht. »Es tut mir leid. Es überkommt mich gerade alles irgendwie komplett. Diese fiesen Diskussionen mit Linnea auf der einen Seite, die große Euphorie auf der anderen. Und dann immer auch der Gedanke an uns. Dann ruft auch noch ständig mein nerviger Bruder an und schreibt immerzu. Ich weiß grad nicht mehr, wo mir der Kopf steht.« Sie wirkte ganz fahrig. »Dermaßen die Fassung zu verlieren ist sonst gar nicht meine Art.« Sie hob entschuldigend die Schultern und ließ sie matt wieder fallen. Ich legte meine Arme um sie und spürte, wie sie dankbar ihren Kopf an meine Brust lehnte. Sanft ließ ich mein Kinn auf ihr Haar sinken, und es war so gut, sie genau dort zu spüren. Denn sie gab auch mir Halt, selbst, wenn sie sich dessen vielleicht in diesem Moment gar nicht bewusst war. Sie tat mir vom ersten Moment an gut, seit ich sie getroffen hatte, und ich würde alles daransetzen, sie so schnell nicht wieder gehen zu lassen. Und es war mir so wichtig, dass es ihr gut ging.

Noch nie waren wir uns so nah wie in diesem Moment. Und obwohl das, was Josephine mir gerade erzählt hatte, verwirrend und problematisch war, hätte ich gerne die Zeit angehalten. Ihre Nähe fühlte sich so gut an. Ihr weiches Haar, der Duft nach Vanille und Aprikose, der mir gleich bei unserem ersten Treffen aufgefallen war, umschmeichelte mich sanft in dieser kalten Abendstimmung. Sie wirkte so zart und zerbrechlich in meinen Armen, dabei war sie so patent und stark, packte an, wirkte normalerweise so tough und selbstbewusst, als habe sie alles im Griff. Aber gerade dass sie auch Schwäche zeigte, machte sie so sympathisch und weckte in mir etwas, das diese tolle Frau uneingeschränkt vor allem beschützen wollte.

Ich strich ihr mit gleichmäßigen Bewegungen über den Rücken und spürte, wie sie mich fester an sich drückte. Ihre Hände lagen an meiner Hüfte, von wo aus sie weiter in Richtung meiner Brust wanderten und schließlich unter meinem Schal haltmachten.

»So schön warm«, murmelte sie mir zu, lächelte, und unsere Gesichter waren sich in diesem Moment ganz nah. Vergessen war die Kälte dieser Winternacht, die uns umgab, und alle Gedanken an Linnea, den Markt und die vielen Unwägbarkeiten. In diesem Moment zählten plötzlich nur noch wir zwei, und plötzlich näherten sich unsere Gesichter, und unsere Lippen berührten sich sanft. Wir küssten uns, und dieser Kuss war so unfassbar schön, dass ich mir wünschte, er würde nie wieder enden. Was ich empfand, überstieg alles, was ich jemals empfunden hatte, wenn ich eine Frau geküsst hatte. Ich fühlte eine Wärme in mir, die mich die Kälte um uns vergessen ließ, als handele es sich um eine laue Sommernacht, in der wir hier Arm in Arm standen.

13. Josephine

In Filmen wirkte es immer so, als hätten Küsse in Momenten völliger Verzweiflung und Ratlosigkeit eine magische Wirkung: Sie verleihen den Personen unwirkliche Kräfte, die sie an Wunder glauben lassen.

Genau so fühlte sich unser allererster Kuss unter dem sternenklaren, tiefdunkelblauen Sylter Winterhimmel an. Wenn es nach mir gegangen wäre, hätte dieser nie enden dürfen. Aber als hätte meine Hamburger Verwandtschaft es einzig und allein darauf angelegt, mir jede noch so seltene Minute des vollkommenen Glücks zu verderben, riss das Klingeln meines Handys uns aus dem Moment. Es hatte fast schon Situationskomik, dass ausgerechnet jetzt wieder mein Bruder anrief. Er war drauf und dran, sich zum Running Gag unserer noch jungen Beziehung zu entwickeln.

»Entschuldige, Erik. Ich weiß gar nicht, was ich sagen soll«, stammelte ich, während ich unbeholfen versuchte, den Anruf an meine Mailbox weiterzuleiten.

Versehentlich nahm ich jedoch das Telefonat im Lautsprechermodus an, und so kam es, dass Daniels Stimme durch die Stille der Nacht schnitt.

»Josi? Hallo?«

»Daniel?«

»Na endlich! Was machst du denn? Linnea habe ich auch schon angerufen, aber sie wollte mir nicht sagen, wo du bist. Seid ihr eigentlich alle verrückt geworden?«

»Ich freue mich auch, von dir zu hören, Daniel«, antwortete ich. Es war mir sehr unangenehm, dass Erik mitbekam, wie mein Bruder mit mir sprach. Hektisch suchte ich die Funktion, ihn wieder leise zu stellen. Es gelang mir, aber so laut, wie mein Bruder sprach, bekam Erik unser Telefonat auch so mit.

»Ich muss mit dir reden.«

»Es geht gerade nicht.«

»Dringend, Josi. Es geht um Felicitas. Sie will Weihnachten komplett absagen. Du weißt, was das bedeutet. Kannst du sie bitte anrufen? Morgen früh?«

»Sie will was?« Ich war geschockt. »Meinetwegen etwa?«

»Josi, bitte! Ganz so einfach ist es natürlich nicht. Dann würde ich doch nicht anrufen. Ich weiß ja, dass du von deinem Sylt-Trip nicht mehr abzubringen bist. Aber es wäre mir sehr wichtig, dass du noch mal mit ihr sprichst.«

»Ja. Alles klar. Daniel, mache ich, okay?«

»Okay. Meldest du dich vorher noch mal bei mir? Es ist mir wirklich wichtig.«

»Daniel, ja, das habe ich verstanden. Nur es ist jetzt wirklich gerade ganz schlecht. Bitte. Ich verspreche dir, ich melde mich morgen, okay?«

»Okay, bis dann.«

»Bis dann.«

Ich legte auf. Es war definitiv der falsche Zeitpunkt, jetzt mit Daniel etwas Wichtiges zu besprechen.

Eines war Daniel in jedem Fall gelungen: Er hatte die Stimmung zerstört. Aber ich war ihm nicht wirklich böse, denn Erik legte liebevoll den Arm um mich, und wir liefen weiter. Dabei traten die verblüffenden Nachrichten aus Hamburg direkt in den Hintergrund.

»Erzähl mir von deiner Familie. Es ist nicht so richtig harmonisch mit euch?«, fragte er und konnte ein Lächeln nicht unterdrücken.

»Merkt man das?« Ich lachte bitter. »Ach, es geht so. Wenn mein Bruder allein unterwegs ist, kommen wir im Grunde gut miteinander klar. Dann ist es fast wie früher, als er noch nicht mit seiner Frau zusammen war. Familienfeiern allerdings sind meiner Schwägerin heilig und meinem Bruder irgendwie auch. Und ich mache den Zauber auch seit Jahren ihm zuliebe geduldig mit. Weil ich es mir mit ihm auch nicht verscherzen wollte. Und weil meine Oma ja auch immer dabei war. Sie hat diese sonderbaren Veranstaltungen immer so wundervoll aufgelockert mit ihrer liebevoll spöttischen Art. Sie war die Beste! Ohne sie wäre Weihnachten mit meiner Familie sowieso nie wieder dasselbe. Ich hab mich ja doch irgendwie immer noch bemüht, das Verhältnis halbwegs stabil zu halten. Bis zu Linneas Anruf in diesem Jahr.« Ich tat beiläufig. »Aber ich kann es nicht ändern. Wenn er, beziehungsweise seine Gattin, mir das mit Weihnachten jetzt so übel nimmt, dann ist das so. Damit kann ich leben. Keine Ahnung, was nun passiert ist. Ich vermute, sie hat einen Nervenzusammenbruch erlitten. Er sagte irgendwas davon, dass sie Weihnachten ganz absagen will. Das will was heißen.« Theatralisch rollte ich mit den Augen. »Sie soll nicht übertreiben. Kann ja nicht alles an mir hängen.« Ich schnaubte hilflos. »Vielleicht hat zumindest Daniel sich bis Ostern wieder beruhigt, und ich kann es durch einen weltklasse Osterfest-Einsatz in irgendeiner Form wiedergutmachen.«

»Davon bin ich überzeugt!« Erik grinste kopfschüttelnd. »Wobei ich insgeheim hoffe, dass deine Familie ihre Eier im kommenden Jahr womöglich dann hier auf der Insel suchen wird.«

»Wer wird schon so weit planen«, wich ich aus. »Das habe ich bisher nie gemacht. Und damit fahre ich eigentlich ganz gut.«

»Bisher.«

»Ja.«

»Aber das heißt ja nicht, dass das für immer so weitergehen muss, oder?«

»Da kann ich mich gerade noch nicht festlegen«, erklärte ich. »Erst recht nicht, bevor ich nicht diese vielen Baustellen aus dem Weg geräumt habe.« Schneller, als mir lieb war, waren wir wieder bei den Themen, die mir Magenschmerzen bereiteten. Gerade noch hatte sich die Zweisamkeit mit Erik so tröstlich angefühlt. Ich hatte mich nicht einmal meiner Tränen geschämt, obwohl wir uns erst so kurz kannten. Ich hatte ihnen freien Lauf gelassen, und Erik hatte mich aufgefangen. Kein Wort hätte in diesem Moment ermutigender sein können als diese liebevolle Berührung und seine Umarmung. Dankbar lehnte ich nun im Gehen meinen Kopf wieder an seine Schulter. Für einen Moment schloss ich die Augen und atmete tief durch.

Als wir bei Eriks Wohnung angekommen waren, lösten wir uns voneinander, und er öffnete die Haustür. Erik machte das Licht an, woraufhin der Flur vor uns einladend hell erleuchtet war. Ich folgte ihm in den Hausflur aus Holzdielen, der in das alte Haus, welches modern saniert war, führte. Erik machte weiteres Licht an, woraufhin ich die Räume um mich herum betrachten konnte. Mir gefiel der Stil, der klar und unaufgeregt war, dabei aber dennoch gemütlich wirkte, da bei der Einrichtung viele Erdtöne und warme Farben verwendet wurden. Lampen, die gedimmtes Licht in den Raum warfen, sorgten für Behaglichkeit, und in den Fenstern waren Vorhänge angebracht, die besondere Heimeligkeit bewirkten.

Vom Flur aus kamen wir in ein Wohnzimmer, das auf der einen

Seite in eine offene Küche überging. Vor dem großzügigen Raum lag eine Terrasse. Es war dunkel draußen, daher konnte ich den Garten nur dank einiger leuchtender Kugeln erahnen, die diesen in einiger Distanz zu begrenzen schienen.

Wenn ich die Orientierung nicht gänzlich verloren hatte, musste der Garten hier unmittelbar an das Watt angrenzen.

»Du wohnst ja traumhaft«, stellte ich fest und trat über den hellen Holzboden an das große Fenster zur Terrasse. Nun konnte ich eine Sitzgruppe entdecken und einen Strandkorb. Beides war abgedeckt. Was mir auffiel, war, dass keinerlei Weihnachtsdekoration in der Wohnung zu finden war.

Erik stellte sich neben mich.

»Ja. Ich fühle mich sehr wohl hier. Ein großes Glück, dass meine Familie das Haus schon seit Jahrzehnten hat und das Ensemble über all die Jahre aufrechterhalten hat. Heutzutage wäre das nicht mehr bezahlbar. Da bin ich meinen Großeltern und deren Eltern schon wirklich dankbar. Wir mussten nur dafür sorgen, es an manchen Stellen wieder etwas in Ordnung zu bringen und auf dem neuesten Stand zu halten.« Er lachte. »Schon das war manchmal schwer genug, zu stemmen.«

»Das ist euch jedenfalls hervorragend gelungen«, sagte ich. »Und deine Eltern leben auch hier?«

Erik nickte und deutete zur Seite. »Sie wohnen im Nachbarteil des Hauses. Momentan sind sie allerdings im Urlaub. Elisa wohnt zurzeit dort im Gästezimmer. Und in der Wohnung, wo meine Großeltern gelebt haben, ist Niklas mit seinem Sohn untergebracht. Er sucht noch nach einer Bleibe, und das ist ja bekanntlich hier auf der Insel nicht ganz leicht.«

»Davon habe ich gehört, ja. Wäre ich nicht bei Linnea untergekommen, hätte das mit ihrem Plan von meinem Arbeitseinsatz hier auch alles so nicht funktioniert.« Traurig senkte ich den Blick.

»Aber wenn wir da keinen Weg finden, sehe ich mich schon wieder mit meinem Koffer und der Tasche gen Hamburg rauschen.«

»Hey, wo ist denn die optimistische, fröhliche Josi hin, die hier vor ein paar Tagen erst mit ihrem Koffer und der Tasche angereist ist?« Erik legte die Arme um mich und zog mich an sich. Dann strich er mir mit den Fingerspitzen sanft von der Stirn über die Wange bis hin zu meinem Nacken, von wo aus seine Berührung eine prickelnde Spur hinterließ. Er gab mir erneut einen Kuss auf die Stirn, und ich lächelte. »Schon besser. Komm, zieh erst mal deine Jacke aus.« Er nahm mir Jacke und Schal ab, und wir gingen zum Sofa.

»Möchtest du was trinken?«

»Danke, gerade gar nichts«, lehnte ich ab. Mein Blick ging hinüber zu der Wohnung, in der Niklas wohnte. Dort brannte noch Licht in einem Raum. »Wie hast du eigentlich Niklas kennengelernt?«

Erik ging zu einem Schreibtisch, der vor einem Fenster stand. Ich stellte mir vor, dass man von dort aus einen traumhaften Blick hatte. Einen schöneren Arbeitsplatz für ein Homeoffice konnte ich mir kaum erträumen.

Zurück kam er mit einem Tablet.

Er setzte sich neben mich und öffnete eine Fotogalerie. Zu sehen waren Fotos eines Skiurlaubs. Ich erkannte Erik, wie er in Skikleidung in einer Gruppe von mehreren Leuten in ausgelassener Stimmung in die Kamera winkte.

»Na, ihr habt ja Spaß«, stellte ich fest.

»Den hatten wir, ja.«

Auf anderen Fotos sah ich Erik, wie er einen Berg herunterfuhr, und ein Foto, auf dem alle an einem Tisch saßen vor appetitlich angerichteten Speisen.

Und dann fiel mein Blick auf ein weiteres Bild: Es zeigte Niklas. Und er stand vor einem Foodtruck, den ich, wüsste ich es nicht besser, für Linneas Wagen aus der Bootshalle halten würde. Perplex starrte ich erst das Foto an, dann Erik, dann wieder das Bild. »Das ist ja echt ein ganz ähnliches Modell wie das von Linnea, Wahnsinn!«

»Ja, deshalb kam mir gleich die Idee, dass er euch bestimmt helfen könnte.«

Er blätterte weiter, um mir ein Foto zu zeigen, auf dem wieder der Foodtruck abgebildet war. Diesmal war es eine Frau, die in dem Wagen stand. Niklas war nicht zu sehen. Er kam erst auf der nächsten Seite wieder dazu. Auf diesem Bild deutete er mit beiden Händen auf den sichtlich gerundeten Bauch der Frau. Sie war hochschwanger.

»Ist das die Mama von Anton?«, fragte ich Erik.

Er nickte. »Ja. Das ist Mella.« Mit einem Mal wurde Eriks Miene ganz traurig.

»Wo ist sie denn? Ich habe Anton schon von ihr reden hören, neulich auf dem Spielplatz. Und die Kekse, die er gebacken hat, die waren doch auch für sie. Aber gesehen habe ich sie noch gar nicht.« Jetzt, wo ich es aussprach, wunderte ich mich darüber, dass sie noch nie in Erscheinung getreten war und Erik auch immer nur von Niklas und Anton sprach. Sein betrübter Gesichtsausdruck sprach Bände, und da dämmerte es mir. »Sie ist gar nicht mehr hier, oder? Ist sie abgereist?«

Erik schüttelte den Kopf. »Nein, ist sie nicht.«

»War sie gar nicht hier? Oder sind die beiden kein Paar mehr?«, vermutete ich. Es sah auf jeden Fall so aus, als sei Niklas allein auf Sylt geblieben.

»Nein, also. Es ist anders.«

»Ach so, okay. Dann sind sie nicht mehr zusammen?« Ich fragte das ohne Wertung.

»Mella war schwer krank. Sie ist wenige Monate nach der Geburt von Anton verstorben.«

»Oh mein Gott, das ist ja furchtbar.« Ich wusste nicht, was ich sagen sollte, so sehr berührte mich, was Erik erzählte. Niklas' Ansehen in meinen Augen wuchs innerhalb von Sekunden ins Unermessliche, und ich konnte keine Worte dafür finden, wie großartig ich fand, was er leistete.

»Niklas und ich lernten uns kennen, da hatte er gerade in Österreich einigermaßen Fuß gefasst. Mella hatte Anton geboren und war direkt nach seiner Geburt ins Koma gefallen. Es war dramatisch, und Niklas war ab dem Tag bedingungslos da für den Kleinen. Zum Glück hatte er eine tolle Hebamme und liebe Freundinnen von Mella an seiner Seite. Als wir uns trafen, hatte er sich dort mit dem Foodtruck, den ich dir auf den Fotos gezeigt hab, selbstständig gemacht, Anton wurde von einer Nanny betreut. Ich habe immer gestaunt, wie gut ihm das gelang, obwohl er ja den kleinen Jungen hatte. Er schickte mir diese Bilder an dem Abend, nachdem er mir die Geschichte von Mella anvertraut hatte. Dass er irgendwann einmal auf Sylt war, hat er mir erzählt. Auch, dass er hierher zurückkommen wollte. Aber seit Anton auf der Welt ist, hatte seine Gesundheit erst mal Vorrang.«

»Das ist wirklich sehr bewegend. Wie toll, dass du ihm hier bei seinem Neustart hilfst.«

»Es ist mir eine Herzensangelegenheit. Schließlich sind wir Freunde. So wie du und Linnea.«

»Ja, Freundinnen sind wir. Eigentlich.« Ich seufzte.

»Da verbindet uns also irgendwie etwas. Wir unterstützen unsere Freunde.«

»Stimmt.« Ich lächelte. »Wobei Linnea es mir da grad nicht besonders einfach macht.« Zerknirscht hob ich die Augenbrauen.

»Vergiss kurz Linnea, okay?«, flüsterte Erik, und für den Moment hoffte ich nichts mehr, als dass mir das gelingen würde.

Doch zunächst klingelte mein Telefon erneut. Ich erhaschte nur einen Blick auf die Nachricht von meinem Bruder: *Du musst Felicitas doch nicht anrufen. Es geht um Weihnachten. Dieses Jahr feiern wir mal ganz anders! Ich bin jetzt ganz deiner Meinung!*

»Ich glaube, wir müssen damit anfangen, dieses Handy zu begraben«, schlug Erik grinsend vor und reichte mir ein Daunenkissen.

Kichernd türmten wir alle Kissen, die wir zur Hand hatten, über mein Telefon und ließen die Welt Welt sein.

• • •

Geweckt wurde ich erst vom Duft frischer Brötchen, der durch die Schlafzimmertür zog. Auch von hier aus war der Blick bei Tageslicht so fantastisch, dass ich am liebsten noch ein bisschen im Bett liegen geblieben wäre. Durch ein Fenster, das zum Wasser hinging, wo gerade Ebbe herrschte und kein Mensch weit und breit das Bild störte, schaute ich in ein wahres Winterparadies. Pastellfarbener Himmel vor schlickfarbenem Sand, von einzelnen Pfählen unterbrochen, auf denen Vögel saßen. Als hätte Erik eigens für mein Seelenwohl eine Fotowand aufgestellt. Es war unwirklich. Ich wickelte die Bettdecke um mich und trat zum Fenster. Als ich es einen Spaltbreit öffnete, zog ein kalter Windhauch herein, sodass ich erschauderte. Aber dennoch tat es gut, und ich sog die salzige Luft tief ein.

»Ich bin im Paradies«, murmelte ich und kniff mir leicht in den Arm. Dann lachte ich über mich selbst.

»Ein bisschen seltsam bist du schon, Zauberfee«, hörte ich plötzlich Eriks Stimme hinter mir und zuckte ertappt zusammen.

»Verliebte sind halt manchmal so.«

»Dann bin ich ja beruhigt«, sagte er. »Übrigens will ich nicht unromantisch sein, aber wenn mich nicht alles täuscht, hat dein Bruderherz in der Nacht noch so oft angerufen, dass du tatsächlich zurückrufen solltest. Ich mache mir langsam schon Sorgen. Schau doch bitte mal, ob wirklich alles in Ordnung ist.« Aus Eriks Gesicht sprach ehrliche Anteilnahme. »Außerdem sollten wir schnellstmöglich mit Linnea reden. Sie hat mir eben eine Absage für den Wintermarkt geschickt. Es ist gleich zwölf. Wir haben ewig geschlafen. Das ist mir in den letzten Jahren noch nie passiert!«

»Nein! Sie will den Markt wirklich abblasen?« Ich gab einen wimmernden Ton von mir. Ich ärgerte mich, dass ich so schnell wieder in der Realität ankommen sollte. Viel lieber wäre ich noch ein wenig hiergeblieben, eingewickelt in Eriks Bettdecke, mit den Gedanken im Winterhimmel über dem Watt, weit weg von allen Problemen, über den Dingen schwebend.

Erik reichte mir das Handy. Neben vier Anrufen von Daniel waren auch zwei von Linnea da, zusätzlich zu einer Nachricht. Darin bestätigte sie, was Erik mir gerade erzählt hatte.

»Hat sie dir denn auch geschrieben, ob ich dann direkt wieder nach Hamburg reisen darf?« Traurig ließ ich mich aufs Bett fallen. »Obdachlos und arbeitslos auf Sylt. Das klingt nicht besonders erstrebenswert. So hab ich mir das hier nicht vorgestellt.«

»Du kannst bei mir bleiben«, sagte er tröstend und strich mir über den Rücken. Ich lehnte mich matt an ihn.

»Und wenn ich mit Linnea rede?«, schlug Erik vor.

»Nee«, sagte ich und schüttelte ratlos den Kopf. »Ich weiß nicht. Grad weiß ich gar nichts irgendwie.«

»Frühstück?« Erik machte einen hilflosen Eindruck, was ich ihm nicht verübeln konnte.

»Es tut mir so leid, aber ich hab echt keinen Hunger mehr«, antwortete ich traurig. »Ich gehe mal duschen.«

»Alles klar. Was hältst du davon, wenn du doch noch mal versuchst, in Ruhe mit Linnea zu reden? Vielleicht gibt sie dir ja eine Chance?«

Ich nickte, auch wenn ich skeptisch war. »Erst mal muss ich eine Runde ans Meer. Ich brauch frische Luft und muss mir den Kopf einmal freipusten lassen.«

Erik ging mir auf dem Weg zur Dusche noch einmal hinterher, umarmte mich, und wir küssten uns. Seine Haut fühlte sich so gut an, und unsere Lippen berührten sich auf eine beruhigend sanfte Art. Ich war mir sicher, es gab uns beiden Kraft, dass wir das Gefühl hatten, wir wüssten ganz genau, wofür wir kämpfen wollten.

• • •

Mein Auto hatte ich bei Erik am Restaurant geparkt, wo ich ihn am Vorabend besucht hatte. Ich fuhr runter zum Strand von Kampen. Meinen penetranten Bruder hatte ich doch tatsächlich nicht erreicht. Er ging nun plötzlich nicht an sein Handy. Es war wie verhext mit uns.

Am Steg oberhalb des Strandes hielt ich einen Moment an und sah mich um. Der Wind, der das Meer in kräftigen Wogen aufpeitschte, machte es mir nicht gerade angenehm weiterzulaufen.

Aber ich war hierhergekommen, um den Kopf freizubekommen, und dafür war dieses Wetter perfekt geeignet.

Ich zog den Kragen meiner Jacke höher, wickelte den Schal fester um meinen Hals und setzte die Sonnenbrille auf. Die Sonne stand am hellblauen Himmel und täuschte über die eisige Kälte hinweg. Würde ich ein Foto machen, würde der Betrachter nicht glauben, dass es so kalt war.

Ich setzte mir selbst das Ziel, mindestens bis zum Bistro oberhalb des Strandes zu laufen. Würde es bis dahin wirklich zu kalt sein, wollte ich dort einkehren, mir eine heiße Schokolade mit Sahne bestellen und mir bis dahin überlegt haben, welchen Schritt ich als Nächstes gehen würde. Vielleicht geschah ja auch ein Wunder, und mir fiel eine Lösung ein, die alles zum Guten wenden würde. Vor einigen Tagen war es doch auch ein Anruf von Linnea gewesen, der alles verändert hatte. Manchmal gab es diese Momente, die alles plötzlich in eine ganz unverhoffte Richtung lenkten. Noch wollte ich die Hoffnung nicht aufgeben und glaubte an die magische Wirkung meiner Herzensinsel.

Die hellen Sonnenstrahlen taten meinem Körper und meiner aufgewühlten Seele gleichermaßen gut.

Ich dachte an Erik und daran, wie wohl ich mich bei ihm gefühlt hatte. Es war so wunderschön gewesen mit ihm. Wie in einem Traum, der am liebsten nie enden sollte. Allerdings fiel es mir schwer, mir für derlei Fantasien ein Happy End auszumalen. Wie für einen guten Film. Dachte ich an unsere Nacht und die Zeit mit ihm, kam es mir vor, als erinnerte ich mich an einen Film, an den man immer wieder gerne zurückdenkt und von dem man noch lange zehrt. Es war, als tanke dieser Mann mich auf mit so vielen Glücksgefühlen und nicht enden wollender positiver Energie. Die war da, und ich wollte sie keinesfalls versiegen lassen – oder gar umschlagen lassen in Wut und Groll gegenüber meiner doch eigentlich so guten Freundin. Nein, das durfte ich nicht zulassen.

Ich hatte hier auf Sylt erfahren, wie es sich anfühlte, einen eigenen kleinen Traum zu entwickeln und diesen in die Tat umzusetzen. Aber ich hatte noch etwas ganz anderes kennengelernt: wie es sich anfühlte, mich auf den ersten Blick in jemanden zu verlieben. Nicht dieses vollkommen verrückte Verliebtsein, wie ich es schon zuvor erlebt hatte. Mit Erik war mir ein Mann begegnet, der mein Herz zum Stolpern und die Schmetterlinge in meinem Bauch zum Durchdrehen brachte. Ein Mensch, der innerhalb weniger Tage meinen Träumen Flügel gab und meiner Zukunft eine scharf gezeichnete, klare Silhouette: nämlich die von Sylt, während meine Zukunft mir bisher immer wie ein Nebelschleier aus blauem Dunst und rosaroter Illusion vorgekommen war. Etwas, was ich mir zwar immer gewünscht hatte, aber nie greifen konnte, schien plötzlich ganz klar. Rosarot war die Farbe meiner Zukunft noch immer. Aber jetzt war das, was ich vor mir sah, rosarot und glasklar. Das war neu und hatte eine Antriebskraft, die an Stärke kaum zu überbieten war. Ich würde nicht zulassen, dass sich all diese zauberhaften kleinen Hoffnungsschimmer wieder in Luft auflösten und über dem grauen Meer mit dem eiskalten Winterwind weit weggeweht wurden.

Ich seufzte, als die Erkenntnis mich traf: Ich war nicht bereit, die Insel zu verlassen. Ich hatte mich nicht nur in einen Mann, sondern auch in einen Plan verliebt – und den durfte ich nicht einfach so verwerfen. Das Gesicht in den Wind gedreht, sprach ich laut aus, was mir durch den Kopf ging: »Nein, es darf einfach nicht sein! Ich will nicht nach Hamburg zurück, und ich werde dort so schnell auch nicht wieder aufkreuzen. Und wenn ich mir hier am Strand ein Zelt aufbaue. Ich bleibe hier.«

Ich schaute hinaus über die tobenden Wellen und atmete die kalte Seeluft ein, die mir immer so guttat. Auch heute setzte diese Wirkung ein und lichtete den Grübelnebel in meinem Kopf.

Ich spürte den Sand unter meinen Stiefeln, und es fiel mir schwer, darauf zu laufen. Als sei der Weg hier symbolisch für das, was ich vor mir hatte. Jeder Schritt, den ich nun gehen würde, würde beschwerlich sein. Es würde vielleicht die härteste Probe sein, dort anzukommen, wo ich hinwollte. Aber ich wollte das Ziel erreichen: den Wintermarkt.

Wenn er denn überhaupt noch stattfinden würde. Also mit uns. Mit mir. Mit meinem Wagen. Da fiel es mir siedend heiß wieder ein: Natürlich war es nicht mein Wagen, sondern Linneas Wagen. Und das war das Problem.

Durch das Rauschen des schneidenden Windes an meinen Ohren hörte ich kaum, dass mein Handy klingelte. Es war Linnea.

Kurz sammelte ich mich und nahm das Telefonat an.

»Ja?«

»Josi? Na endlich!« Linnea klang besorgt. »Wo bist du denn? Ist alles in Ordnung?«

»Nein, also. Ja, schon. Ich bin am Strand. Wieso? Zum Arbeiten war ich heute doch nicht eingeteilt, oder?«

»Ich versuche schon ewig, dich zu erreichen. Erst bist du nicht drangegangen, dann hattest du kein Netz. Endlich hab ich dich! Mensch, ich hab mir echt Sorgen gemacht!« Linneas Stimme klang ernsthaft aufgebracht, aber endlich nicht mehr wirklich wütend dabei, und ich war fast schon gerührt.

»Entschuldige, ich ...« Da fiel es mir ein: Sie hatte tatsächlich angerufen. Aber da danach die Nachricht mit der endgültigen Absage des Wintermarktes kam, hatte ich erst mal nicht zurückgerufen.

»Du warst bei Erik, oder?«

»Ja.« Ich wollte sie nicht anlügen.

»Josi, Daniel ist hier.«

»Ach du liebe Zeit. Er ist hier, also bei dir? Auf Sylt?«

»Kommst du bitte?«

»Was ist denn los?«

»Das muss er dir selbst erklären. Es geht um Felicitas.«

»Aber ...«, stammelte ich.

»Kommst du?« Linneas Tonfall ließ keine Diskussion zu.

»Ich bin in zwanzig Minuten da.«

Sie legte auf.

Matt sackte ich in den Sand und krümmte mich, den Kopf in die Hände gestützt, die Ellenbogen lagen auf meinen Knien.

»Ich fasse es nicht! Was um alles in der Welt will bitte jetzt auch noch mein Bruder hier auf der Insel? Der hat mir gerade noch gefehlt! Kann nicht bitte einmal im Leben meine Familie sich zurückhalten, wenn ich endlich dabei bin, eigene Wege zu gehen! Verdammt! Soll er doch verschwinden und schnellstmöglich wieder nach Hamburg reisen zu seiner Feli! Was sucht er jetzt bitte hier? Ich hab schon ohne ihn genügend Probleme!« Ohne nachzudenken, hatte ich in einem lang gezogenen Schrei meine Wut raus aufs Meer geschrien. Ich spürte, dass mir das sogar gutgetan hatte.

»Josi?«

Wie vom Donner gerührt stob ich herum, als genau in diesem Moment jemand seine Hand auf meine Schulter legte.

»Niklas!« Ich stieß einen jämmerlichen Laut aus. »Wie lange bist du denn schon hier?«

»Lange genug, um dir ganz vorsichtig den Rat zu geben, nicht denselben Fehler zu machen, den ich gemacht habe.«

»Und der wäre?«

»Kopflos zu handeln. Mach das mal lieber nicht.«

»Ach?« Ich musste schlimm aussehen, doch das war mir gerade egal. Niklas ging dankenswerterweise auch darüber hinweg.

»Es gibt nicht nur ein Entweder-Oder«, sagte er und ließ sich neben mich fallen.

»Mein Bruder ist hier auf Sylt, wie ich gerade von Linnea erfahren habe. Wir haben uns seit meiner Abreise nicht allzu viel zu sagen. Weil Linnea sein Auftauchen irgendwie mit Felicitas, seiner

Frau, in Verbindung brachte, bin ich nun einigermaßen beunruhigt. Grad hab ich den Eindruck, meine Nerv-Schwägerin verfolgt mich sogar bis nach Sylt.« Ich rollte mit den Augen. »Dabei hab ich schon genug damit zu tun, mein eigenes Glück zu managen.«

»Ohne dir zu nahe treten zu wollen, aber irgendwie sieht pures Glück wirklich anders aus als du gerade.«

»Stimmt.« Ich seufzte. »Eigentlich ist alles Mist. Dass das mit dem Wagen nichts wird, hast du sicher auch schon mitbekommen, nehme ich an?« Mir tat es leid, damit auch Niklas' Euphorie zu zerstören. Er hatte sich so viel Mühe gegeben.

»Wenn man ein gemeinsames Ziel hat, einen Traum, dann ist alles möglich.« Er war offensichtlich noch naiver in seinem Optimismus als ich.

»Ja, ja«, wiegelte ich ihn schroff ab. Normalerweise war ich eine große Freundin dieser Lebenseinstellung, aber heute war ich vollkommen neben der Spur. Ich konnte heute sogar zugeben, wie entrückt ich klingen musste, wenn ich diese Ratschläge manchmal verteilte. Gerade kam mir diese Weisheit wie ein lebensfremder Kalenderspruch vor und machte mich beinahe aggressiv.

Niklas' Blick ging übers Meer, und ich schaute ihn im Profil an. Mein Typ war er nicht, aber ich stellte erneut fest, dass er wirklich sehr gut aussah. Markante Gesichtszüge, was seiner Mimik einen ernsthaften Ausdruck gab. Seine etwas längeren Haare wehten ihm um den Kopf. Er bändigte sie halbwegs, indem er sich immer wieder mit einer Hand durchs Haar fuhr. Er war Linneas Traumtyp, schoss es mir durch den Kopf.

»Niklas, sei mir nicht böse, aber ich muss los. Linnea wartet. Und mein Bruder vermutlich auch.«

Niklas legte die Stirn in Falten. Dann nickte er. »Alles klar. Ich würde auch gerne mal mit Linnea reden. Würdest du ihr das sagen? Es wäre mir sehr wichtig und ist womöglich längst überfällig.«

»Klar.« Ich war vollkommen verwirrt. »Vielleicht hilft es wirklich, wenn du auch noch einmal dein Glück versuchst, sie vom Foodtruck auf dem Wintermarkt zu überzeugen.«

Niklas presste die Lippen aufeinander. »Danke. Fahr du mal zu ihr. Aber bitte, sprich auch mit deinem Bruder. Familie ist so wichtig, egal, wie nervig sie manchmal ist. Und lass uns den Wagen nicht aufgeben, okay?«

»*Ich* glaube an den Wagen. Von mir aus kannst du auch schon am Wagen weiterarbeiten. Ich übernehme die Verantwortung dafür. Ich wäre so froh, wenn's weitergeht.«

»Mutig bist du jedenfalls«, erkannte Niklas mit einem Grinsen und schürzte bewundernd die Lippen. »Aber auf die paar Stunden kommt es jetzt auch nicht an. Ich verspreche dir: Wenn die Sache hier gut geht, dann klotze ich dermaßen ran – Linnea und Erik werden Augen machen. Und du erst.« Er reckte beide Daumen in die Höhe und blieb stehen. »Bis bald, Josi.«

Dann stand er auf, die Hände in den Taschen, und ging mit langsamen Schritten davon.

Auch ich rappelte mich auf.

So schnell, wie es mir im Sand gelang, lief ich los. Ich rannte weiter, hoch zum Parkplatz, wo mein Auto stand, und wollte auf direktem Wege zu Linnea fahren. Ich musste dringend mit ihr reden. Und von Daniel erfahren, was er hier wollte.

• • •

Mit verschränkten Armen empfing Linnea mich an der Tür. Sie sah mitgenommen aus, als hätte sie die Nacht durchgemacht.

Tiefe Ringe lagen um ihre Augen, nur spärlich abgedeckt mit Make-up. Ihre Haut wirkte grau.

»Schön, dass du dich auch endlich wieder blicken lässt«, brummte sie. »Sosehr ich dir gestern den Abend mit Erik gegönnt habe. Meine Geduld ist am Ende.«

Als ich gerade ansetzte, mich zu rechtfertigen und damit irgendwas zum Ausdruck zu bringen, was ich mir ja selbst nicht so recht glaubhaft im Kopf zurechtgelegt hatte, deutete sie in Richtung der Auffahrt. Mir stockte der Atem bei der Vorstellung, dass sie mich womöglich direkt vor die Tür setzen wollte mit dieser Geste.

Stattdessen murmelte sie: »Tu mir bitte den Gefallen und kümmere dich zuallererst um deinen Bruder.«

Verwirrt schaute ich mich um. »Um Daniel?« Ich verstand nicht, was das bedeuten sollte, dass ich mich um ihn kümmern sollte. Überhaupt war mir schleierhaft, warum er auf Sylt war. Das hätte ich aber sicher früher erfahren, hätte ich seine Anrufe eher angenommen. »Aber wo ist er denn? Ich hatte versucht, ihn zu erreichen, aber er ging nicht dran.« Das war zwar nur die halbe Wahrheit, aber milderte mein schlechtes Gewissen zumindest ein wenig.

»In *deinem* Wagen, vermute ich. Wenn er noch lebt.« Linnea rollte mit den Augen und schüttelte den Kopf, als sie meinen panischen Blick sah. Erleichtert entdeckte ich ein zynisches Grinsen. »Entschuldige, das war böse. Aber er hat es ein wenig übertrieben.«

Ich dachte mir, dasselbe könnte man von ihr auch denken, wenn man sie sah, behielt es aber lieber für mich.

»Und, danke, dein Blick sagt übrigens alles. Ganz unschuldig bist *du* daran nicht.« Sie zeigte auf ihre Augenringe und hob dann drohend den Finger. »Aber das besprechen wir lieber, nachdem du bei Daniel warst.«

Sie machte kehrt und ging ins Haus, bevor ich reagieren konnte.

Verdattert schlug ich den Weg zum Wagen ein. Eigentlich wollte ich gerade viel lieber mit Linnea reden. Unser Gespräch brannte mir auf der Seele. Aber es führte offenbar kein Weg daran vorbei, erst mal mit Daniel zu sprechen.

Am Wagen angekommen, sah ich niemanden, sodass ich an die Wagentür trat, vorsichtig daran horchte und klopfte. Keiner reagierte oder öffnete, und ich drückte behutsam die Klinke hinunter.

Sofort stieg mir der süßlich scharfe Geruch von Alkohol entgegen, und angeekelt wich ich zurück. Ich ließ die Tür weit offen stehen und warf einen weiteren vorsichtigen Blick ins Wageninnere.

Entsetzt stellte ich fest, dass dort mein Bruder im Sitzen, angelehnt an eine der Schranktüren, schlief.

»Daniel?«

Weil keine Reaktion kam, wiederholte ich seinen Namen, diesmal lauter.

Immer noch nichts.

»Hallo, geht's noch? Was machst du hier?«, herrschte ich ihn schließlich an.

Daniel schreckte hoch, offenbar zu schnell, und sackte sofort taumelnd wieder zu Boden.

»Bist du wahnsinnig?«, maulte er und blinzelte mir aus roten Augen entgegen. »Mach doch die Luke dicht! Es ist saukalt hier«, schimpfte er.

»Sag nicht, du hast hier geschlafen?«

»Glaub schon, doch.« Er stöhnte. »Aua, mir tut alles weh.« Er hielt sich den Kopf.

»Und warum, um alles in der Welt? Wo ist deine Frau?«

»Keine Ahnung.« Die Antwort kam in einem so rauen Ton, dass ich zusammenzuckte.

»Also ist sie nicht hier?«

»Hier? Nein!« Er sagte das in einem Tonfall, in dem man auch die Frage beantworten würde, ob man sich Läusebefall wünschen würde.

»Ja, also das sehe ich. Aber auf Sylt ist sie auch nicht?«

»Ich hoffe nicht!«

Besorgt hob ich die Augenbrauen. Was er sagte, klang nicht gut. Und seine Worte in Kombination mit seinem Erscheinungsbild waren absolut besorgniserregend. »Daniel, was ist los?«

»Sie hat mich rausgeworfen.«

»Bitte was?«

»Ja, meinst du, ich komme freiwillig als Bittsteller hierher, jammere mich bei Linnea aus, schieße mich ab und ende in *diesem* Wagen?«

Ich schaute mich um und sagte säuerlich: »Sprich mal bitte nicht so abwertend über diesen Wagen, ja? Okay, dass deine Villa womöglich ein klein wenig komfortabler ist, gebe ich zu.« Ich konnte mir ein Schmunzeln nicht verkneifen. »Aber warum hat sie dich rausgeworfen?«

»Weil sie einen anderen hat. Das geht schon länger. Sie ist sogar schwanger von ihm, und ich Volldepp hab nichts davon mitbekommen.«

»Sie ist schwanger?« Hier versagte mir die Stimme kurz.

»Ja!« Seine Tonlage war grell und überdreht. Er blickte mich aus rot geweinten, vom Alkohol gezeichneten Augen an. »Das lief parallel!« Nun hatte seine Stimme einen nahezu wahnsinnigen

Klang erreicht. »Das muss man sich mal vorstellen. In meinem Haus! Und ich raff es nicht. Wie auch, ich hab ja immer gearbeitet!« Er schüttelte den Kopf und schlug sich vor die Stirn. »Ich Idiot! Aber sie dreht das Ding jetzt um. Sie will da jetzt eine richtig schräge Sache draus machen. Ich weiß einfach nicht weiter, Josi. Und all meine Freunde sind unsere gemeinsamen Freunde. Sie halten zu ihrer armen Feli, die ja so oft so allein war.« Er lachte schrill auf. »Kannst du das glauben? Keiner war auf meiner Seite. Ich wusste nicht, wohin.«

Ich nahm Daniel in den Arm und drückte ihn an mich. Das schlechte Gewissen kroch in mir hoch, während ich an die vielen Anrufe dachte, die ich noch ins Lächerliche gezogen hatte. »Hast du deswegen so oft angerufen?«

»Ja, was hast du denn gedacht?«

Ich hob die Schultern. Ich hielt es nicht für angebracht, die Wahrheit zu sagen. »Entschuldige, aber ich wollte Abstand von zu Hause, ich hatte hier auch so viele Dinge um die Ohren«, murmelte ich, erntete aber nur einen fassungslosen Blick.

»Ich hätte gedacht, dass ich dir wichtig bin«, sagte er kläglich.

»Aber natürlich bist du das.« Er tat mir wahnsinnig leid, wie er da so verloren und verlassen auf dem Boden des Wagens kauerte. Er gab ein jämmerliches Bild ab und hatte so gar nichts mehr von dem erfolgreichen Architekten in seiner Traumvilla in Hamburg.

»Aber mal ehrlich, willst du nicht mitkommen in Linneas Wohnung? Hier ist es echt kalt, und das ist ja nun keine Dauerlösung.«

»Ich gehe erst mal ins Hotel«, schlug Daniel vor.

»Ja, ab morgen.« Ich half ihm auf und musterte ihn skeptisch. »So nimmt dich gerade eh keiner auf.« Ich wedelte demonstrativ die Alkoholfahne vor seinem Gesicht weg.

»Du könntest recht haben«, gab er zerknirscht zu. »Aber Linnea bestimmt auch nicht.«

»Ich hab ja ein Zimmer bei ihr, dann kannst du doch da bei mir schlafen. Bei sehr weit geöffnetem Fenster.«

»Danke«, jammerte er und fiel mir um den Hals, was ich aufgrund seiner Fahne als eher unangenehm empfand.

»Mein Auto steht bei Linnea, darin hab ich ein paar Sachen«, sagte er.

»Okay«, antwortete ich. »Dann lass uns mal losgehen. Und du erklärst mir, wie du jetzt hier im Wagen gelandet bist.«

14. Erik

Seit Josephine mit ihrer eigentlich so unbeschwerten Art in mein Leben getreten war, hatte sich mein Blick auf vieles verändert. Gerade kam es mir so vor, als sei es vorher geradlinig, fast schon eintönig verlaufen. So hatte ich es auch lange gewollt. Ich hatte alles im Griff, es lief gut, und ich war weitgehend sicher vor Enttäuschungen und Verletzungen. Jedenfalls, was die Liebe anging. Davon war ich allerdings seit Josephines Auftreten wieder weit entfernt. Wie sollte ich die Achterbahnfahrt beschreiben, in der ich mich emotional gerade befand?

Wenn ich nur an Josis Lachen dachte oder das Leuchten in ihren Augen sah, wenn sie über ihre Zukunft auf Sylt sprach, wurde mir warm ums Herz. Ihre tiefe Enttäuschung darüber, dass ihre Freundin mit einem Mal alles stoppen wollte, traf auch mich. Wenn Linnea es wirklich nicht akzeptieren wollte und konnte, dass sich gerade zwischen Josi und mir etwas entwickelte, und deshalb die berufliche Chance für ihre Freundin platzen lassen würde, musste es eine andere Möglichkeit geben, dass Josi hierblieb. Dann war es halt nicht der Wagen. Aber war dafür schon zu viel zwischen den Freundinnen schiefgelaufen, und saß der Streit zu tief? Ich ärgerte mich darüber, dass es so weit kommen musste. Aber niemand konnte ja ahnen, dass Linnea so reagierte.

Ich hatte die ganze Zeit tief in Gedanken versunken vor mich hingearbeitet. Erst Niklas riss mich aus meinen Grübeleien, als er nachmittags ins Restaurant kam. Anton war nicht dabei.

»Hi, wo hast du denn den Kleinen gelassen?«, begrüßte ich ihn.

»Der ist bei seinem ersten Spiel-Date«, erklärte Niklas grinsend. »Eine junge Dame aus dem Kindergarten hat ihn eingeladen.«

»Klasse«, freute ich mich. »Er mischt also gleich schon die Damenwelt auf der Insel auf.«

»Selbstverständlich.«

In diesem Moment schlug ein Mitarbeiter eine Schranktür mit Schwung zu.

»Zerlegst du bitte nicht die Küche?!«, fauchte ich und hob entschuldigend die Hand, weil ich noch im Moment, als die Worte meinen Mund verließen, merkte, dass ich unangemessen ungehalten war.

»Hey, mein Freund. Alles klar?« Niklas musterte mich erstaunt. »Du klangst vorhin am Telefon schon so angespannt. Zeit für eine Pause?«

»Elisa? Ist es okay, wenn ich kurz rausgehe?«

»Klar, Chef.«

Ich drehte mich wieder zu Niklas um und wollte schon losgehen, als mir noch eine Ergänzung für die Bestellung einfiel und ich mich noch mal zu Elisa umwandte. In dem Moment sah ich, dass sie stumm die Worte »Danke« mit dem Mund formte und die Hände wie zum Gebet gefaltet hatte.

Peinlich berührt räusperte sie sich.

»Verstehe«, murmelte Niklas.

»Ich bin heute leider etwas anstrengend, fürchte ich«, gab ich zu.

»Wir kommen so schnell nicht wieder«, versprach Niklas und zwinkerte Elisa zu.

»Sorry«, sagte diese nur. »Wir machen das hier schon, Chef. Keine Sorge!«

Wir gingen vor die Tür.

»Lass uns einfach 'ne Runde gehen, okay?«, schlug ich vor, und Niklas nickte.

Wir liefen ein paar Schritte die Straße entlang und waren schon kurz darauf an einem Pfad angelangt, der zum Watt hinunterführte.

»Warst du heute noch mal beim Wagen?«, erkundigte ich mich.

»Nein. Ich glaube, ich halt mich da lieber noch fern. Ich war am Strand. Da hab ich Josi getroffen. Sie hat mir erzählt, dass Linnea aktuell ein wenig angespannt ist.«

»Ja, Josi sagt, sie ist nicht so gut auf uns zu sprechen.« Ich hob ratlos die Schultern. »Keine Ahnung, ob da was dran ist, aber wenn das so sein sollte und sie deshalb den Markt ganz canceln will, finde ich das echt schade. Ich weiß nicht, was plötzlich los ist mit Linnea. So kenne ich sie gar nicht.«

Niklas kniff die Lippen zusammen. »Erik, es gibt da etwas, worüber ich seit Antons Geburt mit niemandem mehr gesprochen habe. Weil es der größte Scherbenhaufen ist, den ich im Leben je zurückgelassen habe.«

Verwirrt schaute ich ihn an. Seine Kiefer mahlten nervös. Niklas fiel es offensichtlich noch immer schwer, darüber zu reden.

»Ich fürchte, Linneas Veränderung in der letzten Zeit hat mit mir zu tun. Wir kennen uns von früher. Ehrlich gesagt, kennen wir uns sogar ziemlich gut. Wir waren dabei, uns hier gemeinsam etwas aufzubauen. Ich habe den größten Fehler meines Lebens gemacht. Wir waren ein Paar. Unsere Beziehung endete damals abrupt.« Er machte eine Pause. »Mit Mellas Anruf. Du kennst bisher nur die halbe Wahrheit. Es stimmt, dass ich Anton seit Mellas Tod allein aufziehe. Aber es gibt etwas, was du noch nicht weißt.« Angestrengt holte er tief Luft und stieß sie wieder aus. »Auch wenn es sich so anfühlt, als sei ich sein Vater. Er ist nicht mein leibliches Kind. Anton ist Mellas Sohn. Aber Mella war nie meine Freundin. Sie war meine Schwester.«

Ich versuchte, zu sortieren, was Niklas mir gerade erzählt hatte, dann verstand ich langsam, was er gesagt hatte.

»Mella und ich hatten bis zu meiner Zeit in Österreich keine gute Beziehung. Es war ein echt schwieriges Geschwisterverhältnis und beschränkte sich auf sehr seltenen Kontakt. Wir sind uns, so gut es ging, aus dem Weg gegangen und hatten uns viele Jahre kaum gesehen. Wir waren zu unterschiedlich und rasselten immer wieder aneinander. Ich lebte mein eigenes Leben, so, wie ich mir das vorstellte. Das war nicht das, was in die Vorstellungen meiner Schwester passte. Sie war älter als ich. Meine Eltern waren Weltenbummler, so wie ich. Und als sie schon früh viel unterwegs waren, fühlte sie sich eine ganze Zeit lang irgendwie verantwortlich für mich. Irgendwann entschieden sie, ganz im Ausland zu bleiben. Da waren wir zwar schon so alt, dass wir halbwegs auf eigenen Beinen standen, aber dennoch hat Mella sich wie eine Ersatzmama aufgespielt und immer wieder in mein Leben eingemischt.« Niklas hob die Schultern. »Vielleicht kann man ihr das noch nicht einmal verübeln. Da hab ich dann aber das Weite gesucht und bin quer durch die Weltgeschichte gereist. Unter anderem war ich auch hier auf Sylt. Irgendwann kam ein Anruf, der mich auf die härteste Probe meines Lebens stellte. Mella rief an und bat mich, ihr zu verzeihen. Sie sagte mir, dass sie mich liebte. Und dass ich mit meinem unnachgiebigen Dickkopf das größte

Vorbild für ihren Sohn sein würde, den sie unterm Herzen trug zu diesem Zeitpunkt. Sie selbst könnte es nicht mehr sein, weil sie unheilbar krank war. Ihr war damals schon klar, dass sie sterben würde. Ob ihr noch viel Zeit mit ihrem Sohn bliebe, könnten ihr die Ärzte nicht sagen. Es ginge nun darum, wenigstens sein Leben zu retten. Sie bat mich, dafür zu sorgen, dass es ihrem Sohn nach ihrem Tod gut ginge. Der Vater habe sich aus dem Staub gemacht. Sie stünde vor den Trümmern ihres Lebens.«

Ich hatte schlagartig am ganzen Körper eine Gänsehaut.

»Was für eine Bitte.«

»Den Rest der Geschichte kennst du. Neu ist vielleicht das: Ich will manches von dem, was ich damals gerade beginnen wollte und, noch bevor es losgehen durfte, zurückgelassen habe, noch einmal aufnehmen. Ich bin auch deshalb hierher zurückgekommen. Ich hatte so große Pläne hier.«

»Du warst hier auf Sylt, als der Anruf kam, dass es Antons Mutter so schlecht geht?«, fragte ich. Er nickte, und ich war fassungslos.

Und zum ersten Mal sah ich etwas, was ich noch nie bei Niklas gesehen hatte. Er weinte. Es kam unerwartet und packte mich mit voller Wucht. Kurz schaute er sich um, als sei es ihm unangenehm, dass jemand es sehen könnte, dann winkte er jedoch unter Tränen lächelnd ab. Ich nahm ihn in den Arm.

»Scheiße, es tut mir leid, das ist mir peinlich«, entschuldigte er sich.

»Blödsinn!« Ich fand das nicht peinlich. »Ganz im Gegenteil. Entschuldige bitte, was du erlebt und geleistet hast, läuft außer Konkurrenz.« Für mich stand das Weinen eines Menschen dafür, dass jemand in diesem Moment gerade unfassbar viel fühlte. Niemals wertete ich es als Schwäche. Ich war einmal mehr stolz auf meinen Freund und dankbar, dass er so ehrlich mir gegenüber war.

»Ja, genau. Als der Anruf kam, war ich genau hier. Am schönsten Ort der Welt. Ich war dabei, mir hier das Leben aufzubauen, das ich mir erträumt hatte. Und dann werfen zwei Sätze alles um. Aber jetzt ist es Zeit, noch mal durchzustarten.«

»Warum hast du mir denn kein Wort davon erzählt, dass du Linnea kennst?« Ich konnte kaum fassen, was er sagte.

»Das hätte ja Zeit gehabt, eigentlich. Der Gamechanger war ja der Wagen für den Wintermarkt. Ich wusste ja nicht, dass es ausgerechnet ihr Wagen ist.« Niklas, die Hände tief in den Hosentaschen vergraben, ging mit hochgezogenen Schultern neben mir her.

»Hättest du in irgendeiner Form vorher ihren Namen erwähnt, hätte ich es rechtzeitig aufklären können«, sagte er. »Glaub mir, mein Abgang damals ist nicht gerade ein Kapitel in meiner Lebensgeschichte, mit dem ich mich gerne schmücke. Ich mache mir bis heute Vorwürfe. Da reicht das Wort Scherbenhaufen kaum aus. Aber du hast recht. Ich hätte es eher aufklären müssen. Gleich als ich den Wagen gesehen habe, hab ich es geahnt. Ich wollte es nur selbst nicht wahrhaben.« Niklas hob einen Stein vom Boden auf, drehte ihn kurz in seiner Hand und warf ihn weit hinaus ins Wasser. Gerade herrschte Flut, und das Wasser plätscherte in sanften Wellen bis an den Weg heran, den man an dieser Stelle jedoch gut entlanglaufen konnte. »Wir waren so unfassbar verliebt damals.« Niklas lächelte und schüttelte den Kopf, als könnte er noch immer nicht glauben, dass man überhaupt so verliebt sein konnte. »Linnea wollte die Welt kennenlernen. Sie hatte keine Lust mehr auf Sylt, auf diese Enge hier, wie sie damals gesagt hat. Und mir war das unbegreiflich, aber gleichzeitig wusste ich auch, wie es ihr ging. Und ich wusste auch genau, wie sehr es einen nerven kann, wenn einem da ewig jemand reinquatscht.« Er lachte, doch das Lachen war kein fröhliches, sondern klang bitter.

»Ich war gerade quer durch die Weltgeschichte gereist und fand es so schön hier. Ich konnte kaum glauben, dass sie diesen Ort verlassen wollte. Und manchmal hatte ich den Eindruck, eigentlich wollte sie es auch gar nicht. Vielmehr kam sie nicht darauf klar, dass man wie selbstverständlich davon ausging, dass sie einmal den Betrieb ihres Vaters übernehmen würde. Sie hätte sich mehr Wahlfreiheit gewünscht. Aber wie sollte sie das ablehnen? Für sie fühlte es sich damals so an, als müsste sie das Café weiterführen, um ihren Vater zu ehren. Etwas anderes kam gar nicht infrage – sie war doch schließlich immer Daddys Liebling.« Er machte ein betrübtes Gesicht. »Mit mir redete sie Klartext, sprach sich all ihren Kummer von der Seele. Ich staunte, weil ich so was ja gar nicht kannte. Linnea war so pflichtbewusst und so treu, weißt du, was ich meine? Und dann hatte ich diese Idee. Ich schlug ihr vor, sie solle sich einen Wagen kaufen und daraus von überall auf dieser traumhaften Insel die Produkte verkaufen, die das Café so besonders machen. Ihre Leidenschaft war Kaffee. Ich bot ihr an, ihr zu helfen. Ich hatte so was schon ein paar Mal in verschiedenen Städten aufgezogen, und das hatte immer ganz gut geklappt.« Niklas' Blick ging übers Wasser und bekam etwas Wehmütiges. »Und weißt du was? Linnea war die erste Frau, die mir das Gefühl genommen hat, immer weiterreisen zu müssen. Ich wollte zum ersten Mal im Leben an einem Ort bleiben. Hier auf Sylt. Ich liebte diese Insel. Ich liebte diesen Ort. Und vor allem liebte ich diese Frau.«

Schweigend ging ich neben Niklas her, wollte ihn nicht unterbrechen.

»Und irgendwann, da hatten wir uns nächtelang Gedanken gemacht, alles ausbaldowert, Pläne geschmiedet, wieder verworfen.

So zwei ganz unterschiedliche Charaktere wie wir, das ergänzt sich total super! Jedenfalls waren wir dann irgendwann unheimlich kurz davor, unser Konzept ihrem Vater vorzustellen, glaub mir, ich hab ganz schön gezittert. Vielleicht kanntest du ihren Dad? Mir hatte sie ihn noch nicht vorgestellt, aber viel von ihm erzählt. Und in ihren Erzählungen klang es so, als müssten wir da ziemlich harte Überzeugungsarbeit leisten. Schließlich bedeutete sein Café ihm alles.« Er schaute mich fragend an. Ich nickte. Linneas Vater hatte sein Café geliebt. Es war sein Lebenswerk gewesen. Ich konnte mir vorstellen, dass es seine Welt erschüttert hätte, wenn Linnea es wirklich nicht übernommen hätte.

»Jedenfalls hatten wir einen Plan, der großartig war. Außer dass mir, wie so oft, das nötige Kleingeld fehlte. Aber das hätten wir schon irgendwie geschafft. Aber genau dann erreichte mich nach Jahren plötzlich dieser Anruf meiner Schwester.« Verzweiflung zog über Niklas' Gesicht. »Mella war zwar nervig und hat sich ständig eingemischt. Aber sie war meine Schwester und irgendwie auch alles, was ich noch an Familie hatte. Auch wenn das irgendwann zu schlimmen Streiten führte. In so einem Moment ist das vergessen.« Er schluckte. »Was sollte ich tun? Ich wollte erst mal nur zu ihr. Schauen, was eigentlich los ist. Und dann wieder zurück zu Linnea. Ich hab doch gehofft, dass es alles nicht so schlimm ist und Mella nicht wirklich stirbt. Das wollte ich einfach nicht wahrhaben. Ist sie ja auch erst mal nicht.«

Ich war so bewegt von Niklas' Worten, dass ich nur noch mechanisch weiterlief. Mir gelang es kaum, etwas darauf zu sagen, daher schwieg ich lieber.

»Und plötzlich ging alles so schnell. Jahrelang hast du keinen Kontakt, und dann hältst du einen kleinen Menschen in den Armen, der dich aus großen hilflosen Augen anschaut, und du bist zu feige, der Frau, die du liebst, einfach die Wahrheit zu sagen.«

Niklas schüttelte den Kopf. »Nur, ich konnte ja auch nicht wieder zurück nach Sylt. Die Ärzte sagten, sie müssten Anton zur Beobachtung dortbehalten. Außerdem hatte ich dort ein Netz aus so vielen Leuten, die für den Kleinen da waren. Und immer diese Hoffnung, dass Mella doch noch aufwacht. Ich war einfach komplett überfordert, überrollt von allem, was geschehen war. Wie sollte ich dem Jungen erklären, dass sie vielleicht doch noch einmal aufgewacht ist und ich dann hunderte Kilometer entfernt war und am Ende nicht mehr rechtzeitig gekommen bin, damit er sie wenigstens ein einziges Mal sieht?« Niklas rang um Fassung. »Ich hab mich nicht getraut, Österreich zu verlassen. Ich war so ratlos und verzweifelt. Und ich war nicht in der Lage, rechtzeitig mit Linnea über alles zu sprechen und mein Verhalten zu erklären. Am Anfang habe ich immer noch gehofft und hab mir gedacht: Bald kann es losgehen, und ich fahre auf dem direkten Weg zurück nach Sylt und erkläre ihr alles. Aber so einfach war das nicht. Anton ging es auch nicht immer richtig gut. Meine Welt war eine ganz andere als bei meiner Abreise. Ich hab auch einfach am Anfang schon so viel falsch gemacht, dass ich nach einiger Zeit vor dem Berg an Fehlern stand, dem ich nicht mehr gewachsen war.«

»Und irgendwann war es zu spät dafür«, sagte ich.

»Ja«, stimmte Niklas zu, die Lippen aufeinandergepresst, auf der Stirn tiefe Sorgenfalten. »Linnea hat mir natürlich schlimme Vorwürfe gemacht. Ich wusste einfach nicht mehr weiter.«

»Hast du Linnea jetzt schon getroffen?«

Niklas nickte, während er einen Stein in seiner Hand drehte und immer wieder fest drückte. »Sie kam gestern vorbei, als ich am Wagen war. Ich glaube, sie war genauso schockiert von unserem Aufeinandertreffen wie ich. Ich wollte mit ihr reden, aber keine Chance.« Er machte eine abwehrende Handbewegung. »Ich hatte zwischenzeitlich Angst, dass sie mich eher umbringt, als dass ich überhaupt zu Wort komme.« Er lachte bitter auf.

»Ganz ähnlich geht es Josephine wohl auch gerade. Linnea hat heute entschieden, den Wintermarkt abzublasen, und damit steht natürlich auch Josis Zukunft hier auf Sylt in den Sternen«, sagte ich. »Wenn das mit Linnea in die Brüche geht, will Josi wohl hier auch nicht bleiben. Es ist nicht ganz leicht.«

Niklas' Blick umwölkte sich. »Es wird das Beste sein, ich ziehe mich zurück. Dann soll doch der Wintermarkt wie geplant stattfinden, und alles ist gut.«

»Ist das auch der Grund, warum du noch zögerst, im Team einzusteigen?«

Niklas nickte. »Auch, ja. Es wird nicht klappen, dass ich hierbleibe und wir uns ständig sehen, wenn wir keinen Weg finden, über alles noch einmal zu sprechen.«

»Meinst du nicht, du solltest auf ein Gespräch bestehen?«

»Glaubst du, das habe ich nicht versucht?« Niklas hob einen weiteren Stein auf, es war ein flachgescheuerter. Diesmal ließ er ihn so geschickt über das Wasser flitschen, dass er dreimal aufkam, bevor er unter der Wasseroberfläche verschwand.

»Ich hatte meine Chance auf eine wundervolle Frau. Die habe ich verschenkt. Linnea hat allen Grund, mir nie wieder eine zu geben. Josi und sie sollen nun erst mal reden. Das ist jetzt wichtig, damit die beiden sich nicht länger streiten.«

Ich schaute ratlos über das Wasser und überlegte, was ich in seiner Situation tun würde, als mein Handy klingelte. Es war die Nummer des Restaurants.

»Ja, bitte?« Elisa war am Telefon. Sie erinnerte mich an einen Termin, der für mich heute noch anstand. Ein Treffen zum Weihnachtsmarkt in einem Gasthof, bei dem wir uns mit einigen Ausstellern des Wintermarktes zusammensetzen wollten, um die

Konzepte untereinander vorzustellen und letzte offene Fragen zu besprechen.

»Geh du mal wieder an die Arbeit«, sagte Niklas. »Das lenkt dich ab. Tut mir echt leid, dass ich dir hier mehr Kummer als alles andere mache gerade. Ich will, sobald Linnea es zulässt, endlich mit ihr reden. Ich hoffe, dass es dann weitergehen darf. Zumindest mit dem Wagen. Alles andere steht in den Sternen. Ich bleib noch ein bisschen hier.«

»Alles klar«, sagte ich zögerlich. »Ich mach mich auf den Weg.«

Niklas klopfte mir auf die Schulter, drehte um und ging den Weg zurück.

Nachdenklich ging auch ich zurück in Richtung Restaurant, wählte aber den schnelleren Weg über den Übergang zur Straße. Ich hoffte, dass Niklas einen Plan hatte, der gut war. Denn den brauchten wir unbedingt, damit doch noch alles eine positive Wendung nahm.

• • •

Mir dröhnte der Kopf. Der Termin zur Wintermarktplanung würde mich zwingen, mich auf etwas anderes zu konzentrieren als auf den Gedanken an Josi, Linnea, Niklas und daran, wie es mit uns weitergehen würde.

Ich hatte mich so sehr darauf gefreut, Josis Konzept den anderen Ausstellern zu präsentieren. Jetzt hoffte ich, dass sie nicht nur mit ihrem Wagen am Markt teilnehmen würde, sondern dass sie auch bei mir bleiben könnte und nicht wieder zurück nach Hamburg fahren würde.

Gerade sah es danach aus, als würde mir Linneas Wut einen Strich durch meine Träume machen. Und diese Vorstellung ließ mich beinahe durchdrehen. Außerdem war ja auch Linnea meine Freundin. Ich konnte kaum konzentriert den Gesprächen folgen, zu denen wir in großer Runde in einem alteingesessenen Gasthof im Sylter Ortsteil Archsum zusammengekommen waren. Um mich herum saßen die anderen Gäste gesellig beieinander, während ich mich hinter fadenscheinigen Ausreden versteckte und auf einen Laptop starrte, der schon seit Minuten dasselbe Bild zeigte.

»Erik?« Die Frage eines Bekannten, der den Stand für handgefertigte Schmuckstücke aus Muscheln und Perlen betreiben würde, schaute mich erwartungsvoll an und deutete mit dem Kopf auf ein paar Unterlagen, die er vor sich ausgebreitet hatte. »Kommst du mal rüber, wenn du Zeit hast?«

»Entschuldige. Klar. Ich bin ein wenig durch den Wind heute«, gestand ich und stand auf, um zu ihm zu gehen.

»Geht's dir nicht gut? Du bist auch ein bisschen blass.« Mit besorgtem Blick griff er nach einer Flasche Wasser und einem Glas, das er mir reichte. »Hier. Das tut gut. Oder wäre dir eher nach was Alkoholischem zumute?«

»Danke dir. Irgendwie schwirrt mir heute der Kopf.« Ich zog mir einen Stuhl heran und setzte mich neben ihn.

»Kein Wunder, bei dem, was du da grad alles parallel stemmst. Du solltest dir nach Weihnachten mal ein paar Tage Betriebsferien gönnen, mein Lieber«, riet er mir väterlich. »Aber wie ich dich kenne, machst du das eh nicht. Dabei hast du doch auch ein klasse Team am Start. Ich bin mir sicher, die halten dir auch mal 'ne Woche den Rücken frei, wenn du dich mal ausklinkst.«

»Was du da ausgearbeitet hast, sieht großartig aus und klingt super«, lenkte ich ab und deutete auf seine Unterlagen. Eben hatte er schon vorgestellt, was er beim Markt anbieten wollte.

»Danke! Freut mich, dass es dir gefällt!« Er erklärte noch einige Dinge, die er sich, zusätzlich zu den Sachen, die er skizziert hatte, überlegt hatte, und ich nickte anerkennend. Dann wanderte ich weiter, und Laura, eine Ausstellerin, die Babyartikel von Hand nähte, rief mich zu ihr und präsentierte mir ihre Angebote. Sie hatte bunte Stoffbezüge für Wärmekissen in Tierformen gefertigt. Außerdem kleine Kissen aus pastellfarbenen, karierten Stoffen, die verschiedene maritime Motive, vom Seestern über die Muschel bis hin zu einem Wal, zierten. Auch sie hatte sich viele Gedanken gemacht, doch ich merkte selbst, dass ich zerstreut war und mich weniger intensiv mit ihren Vorschlägen beschäftigte, als ich das normalerweise getan hätte.

Ich ärgerte mich selbst darüber, dass ich so wenig bei der Sache war, konnte aber auch nichts dagegen tun. Die Kolleginnen und Kollegen aus benachbarten Restaurants und Läden hatten sich ja extra Zeit für dieses Treffen genommen und sich schöne Dinge überlegt, die sie vorstellten, um untereinander gute Ideen auszutauschen.

Ich hoffte, dass sie mir nicht übel nahmen, dass ich heute so abwesend war, hatte aber den Eindruck, dass die Stimmung gut war.

Als wir zur Frage kamen, wie es mit Heißgetränken für den Markt aussah, schluckte ich kurz, um dann die Idee mit dem Wagen stellvertretend für Linnea und Josephine zu präsentieren. Ich tat so, als bestünde nicht der leiseste Zweifel daran, dass der Wagen pünktlich zum Beginn des Wintermarktes aufgebaut sein würde.

»Das klingt großartig«, freuten sich einige andere Marktteilnehmer, und ich lächelte, während mir ganz schlecht war vor Sorgen.

»Das rundet unseren Markt doch wundervoll ab«, flötete Laura und nickte bekräftigend.

Nervös machte ich mir noch ein paar Notizen zu den Ausstellern, und nach einiger Zeit nutzte ich die lockere Stimmung, um mich von der Veranstaltung zu verabschieden.

Es ergab keinen Sinn, hier länger teilnahmslos zu sitzen, während ich mit den Gedanken ganz woanders war. Stattdessen wollte ich Josephine anrufen, um endlich zu erfahren, ob sie mittlerweile mit Linnea hatte reden können.

Meine Ausrede, dass ich noch zurück ins Restaurant musste, klang glaubhaft, und so saß ich bald schon im Auto. Noch bevor ich losfuhr, hatte ich schon Josephines Nummer gewählt, doch ich erreichte sie nicht. Nachdenklich machte ich mich auf den Weg zurück nach Keitum.

Als ich Niklas anrief, sagte er mir, dass Josephine ihn gebeten hatte, das Gespräch zwischen ihr und Linnea zunächst abzuwarten, sodass wir nun beide auf heißen Kohlen saßen.

Da er Anton wieder bei sich hatte, entschieden wir uns dagegen, uns noch auf ein Getränk zu treffen. Schließlich konnten wir vor Anton schlecht offen sprechen.

»Ich dreh noch eine Runde durch den Ort«, sagte ich. »Josephine soll wirklich erst mal in Ruhe mit Linnea reden. Das wird sicher am ehesten helfen. So lange muss ich mich jetzt noch gedulden.« Ich seufzte.

»Ich hab das Gefühl, es lohnt sich«, versuchte Niklas, mir Mut zuzusprechen.

Ich murmelte zustimmend vor mich hin, und wir verabschiedeten uns.

Noch immer konnte ich die Sorge, dass das mit Josi alles ein einziger unrealistischer Traum gewesen war, nicht abschütteln.

Im Job war ich es gewohnt, immer alles in der Hand zu haben. Auch da geschah Unvorhergesehenes, aber dann lag es meistens in meiner Macht, das Problem aus dem Weg zu räumen und dafür zu sorgen, dass es weiterging.

Da gab es kaum Situationen, die ich mir nicht zutraute. Weil die Vergangenheit und die Erfahrungen mir bisher immer gezeigt hatten, dass ich mich auf einen immer verlassen konnte. Mich selbst.

Ich stellte mein Auto am Restaurant ab und ging von dort aus zu Fuß los, um noch eine Runde durch Keitum zu laufen. Dabei ging ich bewusst durch die Gasse, in der der Foodtruck von Linnea gelagert war. Es war zwar recht dunkel, jedoch hoffte ich, dass ich im Schein der Laterne womöglich einen Blick auf den Wagen erhaschen konnte, um zu sehen, womit Josi noch weitergemacht hatte.

Der schmale Weg war in kurzen Abständen von Straßenlaternen erleuchtet, sodass man hier gut entlanglaufen und auch einen Blick in die Einfahrten der Grundstücke werfen konnte.

Hier lagen ein paar reetgedeckte Kapitänshäuser, die als Ferienobjekte vermietet wurden. Noch standen sie leer, doch bald, wenn es auf die Weihnachtstage zugehen würde, wären die Fenster wieder erleuchtet und jedes Haus bewohnt.

Ich fand es traurig, dass sie jetzt noch so kalt und verwaist waren. Dieser Anblick stimmte mich zu jeder nicht allzu gut besuchten Jahreszeit auf Sylt nachdenklich, vor allem aber in dieser dunklen Zeit im Winter, wenn die Tage kurz und die Abende lang waren.

Ich ging auf die Bootshalle zu und war überrascht, als ich sah, wie in einiger Entfernung zwei Schatten auf den Weg fielen. Sie kamen aus Richtung des Schuppens. Ich verlangsamte meinen Gang, und mein Herz schlug schneller, als ich erkannte, dass eine der beiden Personen Josephine war. Nicht nur die Tatsache, dass sie es war, ließ meinen Puls beschleunigen. Vor allem, dass sie nicht allein war. Es war ein Mann, der neben ihr ging und um den sie in diesem Moment liebevoll den Arm legte.

Ich blieb stehen, unsicher, ob ich lieber nicht weitergehen sollte, bevor sie mich noch sah. Wie wirkte das, wenn ich hier plötzlich im Halbdunkeln hinter ihr und diesem Typen auftauchte? Als würde ich ihr hinterherspionieren.

Aber wie würde es erst aussehen, wenn ich jetzt umdrehen würde und sie mich dann im Weggehen erkennen würde?

Sie wollte doch mit Linnea reden, wer war also der Mann?

Ich kannte das Gefühl, das ich in diesem Moment in jeder Zelle meines Körpers spürte. Wie eine hilflose Schockstarre, die nicht mit einem Schlag kam, sondern als friere man nach und nach ganz langsam ein. Ich hatte es schon einmal erlebt, als ich damals betrogen worden war.

Wer war dieser Mann, mit dem Josephine hier Arm in Arm durch den Winterabend spazierte, während sie mir versprochen hatte, alles daranzusetzen, Linnea zu besänftigen?

Was ich jetzt gerade gesehen hatte, passte nicht zu dem, was sie mir erzählt hatte.

Ich fühlte bleischwere Enttäuschung, die sich um mein Herz legte. Ich war im Schatten stehen geblieben und wartete, bis die beiden um die Ecke gebogen waren. Was ich als Letztes noch sah, war das Schlimmste: Josephine gab dem Typen einen Kuss auf die Stirn. Eine Geste, die in meinen Augen an Vertrautheit und Geborgenheit kaum zu überbieten war. Gerade hatte ich diese Frau noch auf die Stirn geküsst und dabei so viel empfunden.

Wie vor den Kopf gestoßen rannte ich ziellos weiter, vorbei an dem Wagen, den ich keines Blickes mehr würdigte. Weiter ging die Straße zu Linneas Café. Keinesfalls wollte ich in diese Richtung. Aber zum Restaurant wollte ich ebenso nicht zurück. Also bog ich in eine Straße, die parallel zum Watt verlief. Ein steiniger Pfad führte von dort aus direkt ans Kliff.

Obwohl es hier stockfinster und eiskalt war, weil der Wind vom Wasser heraufzog, suchte ich diesen Ort, um allein zu sein.

Für einen Moment sehnte ich mich nach meinem Leben, wie es gewesen war, bevor Josephine hineingeplatzt war. Bis dahin hatte ich mein Herz über einige Zeit abgeschirmt vor Enttäuschung und Verletzung. Jetzt wusste ich wieder, warum. Aber andererseits hatte ich mich auch noch nie auf den ersten Blick in eine Frau verliebt, noch nie solche Verliebtheit empfunden wie in den letzten Tagen.

Langsam musste ich mich wohl mit dem Gedanken arrangieren, dass so intensive Gefühle zu empfinden niemals einhergehen würde mit Unverletzlichkeit. Ich musste mich also darauf einlassen, mit allem, was dazugehörte.

Ich stand oberhalb des Wassers und starrte in die Dunkelheit, die hier schon etwas Unheimliches hatte. Ich stellte mir vor, wie hier früher die Frauen der Walfänger monatelang ausgeharrt hatten, wenn ihre Männer zur See waren, und nicht wussten, ob sie überhaupt irgendwann ihre Liebsten wieder in die Arme schließen durften. Was für eine Sorge in einer Zeit, in der keinerlei Kommunikation möglich war. Mein Blick ging hinüber nach Munkmarsch zum Hafen, wo ich Lichter sah. Lichter, die wahrscheinlich früher schon für Hoffnung bei den Menschen gesorgt hatten, während sie ihnen den Weg wiesen.

Ich dachte daran, wie meine Großmutter mir einmal die Polarlichter erklärt hatte, als ich noch ein kleiner Junge war. Sie hatte mir gesagt, dass man versuchen sollte, an einen möglichst dunklen Ort zu gehen, an den Lister Ellenbogen zum Beispiel.

»In großer Dunkelheit steckt manchmal die größte Schönheit«, hatte sie gesagt und den Vergleich zum echten Leben angestellt. Ich erinnerte mich noch genau, wie sie dabei weise lachte. Sie sagte, dass man manchmal in den finstersten Momenten merkt, wie hell und klar das Schönste ist, was man dort sieht.

Ich wusste, warum ich jetzt daran dachte. So kam es mir gerade vor. Die Vorstellung, Josephine an jemand anderen zu verlieren, war gerade so schlimm für mich, dass mir so richtig bewusst wurde, wie wichtig mir diese Frau in der kurzen Zeit geworden war. Ich war verliebt und hoffte, dass es weitergehen durfte mit Josephine und mir. Ich wollte einfach nicht aufgeben. Ich wollte sie nicht aufgeben. Ich dachte an meine Großmutter und hoffte, dass sie recht behielt, dass die dunkelsten Momente im Leben manchmal die hellsten Augenblicke deutlich werden ließen.

Ein anderer Gedanke kam mir aber auch.

Nie hatte ich Polarlichter gesehen, und ich war unsicher, ob man sie auf Sylt tatsächlich mit großem Glück sehen konnte oder ob das nur eine Vorstellung war. Wie auch die Liebe.

15. Josephine

Wir traten vor die Tür, und weil Daniel noch immer etwas wackelig auf den Beinen war, stützte ich ihn lieber.

Während wir eingehakt vom Grundstück schwankten, überlegte ich, wann ich zuletzt das Gefühl gehabt hatte, dass mein Bruder mir aufrichtig dankbar war. Er hatte mittlerweile den Arm so fest um mich gelegt, dass ich ganz überwältigt von dieser Zuneigung war, die zwar eher der Hilflosigkeit geschuldet, deshalb aber nicht weniger rührend war. In den letzten Jahren hatte ich oft das Gefühl gehabt, er sehe auf mich herab. Schließlich war er derjenige, der schon so viel im Leben erreicht hatte.

Aber heute waren die Rollen vertauscht: Daniel war hierhergekommen, weil er ratlos war. Plötzlich erinnerte er sich an seine Schwester, die ihm helfen sollte und zu der er in jeder Lebenslage kommen konnte. Und das war auch für mich ein verdammt schönes Gefühl.

Ich dachte an Niklas und daran, was er gesagt hatte. Er hatte recht damit, als er sagte, ich solle zu meinem Bruder fahren. Merkwürdig, dass er mir dazu geraten hatte, obwohl er unser Verhältnis doch gar nicht kannte. Er hatte irgendwas zu seiner Familie gesagt. Vor dem Hintergrund, was Erik mir über seine Geschichte erzählt hatte, verstand ich, dass er schon einiges erlebt hatte und selbst schon schlimme Schicksalsschläge hatte verkraften müssen.

»Ich bin zu Linneas Café gefahren. Da war aber nur eine Mitarbeiterin, und sie sagte, du seist unterwegs und Linnea sei an der alten Bootshalle. Sie hat mir erklärt, wo die ist. Ich wollte ihr nicht einfach so hinterherlaufen, da habe ich erst mal gewartet. Aber als sie dann nicht wiederkam, bin ich doch dahin gegangen. Ich wollte sie nach dir fragen, aber als ich sie angesprochen habe, hat sie sich fast zu Tode erschreckt. Sie hatte gerade geweint.«

Entsetzt schaute ich meinen Bruder an.

»Sie hat gesagt, du seist bei einem Mann und dass sie dich da nicht stören will. Wenigstens du solltest glücklich werden. Deshalb seist du schließlich auf Sylt. Sie hätte vielleicht schon viel zu viel kaputtgemacht.«

Gerührt musste ich schlucken. »Das hat sie gesagt?«

»Ja. Aber sie wirkte dann so aufgelöst, dass ich den Eindruck hatte, ich könne unmöglich einfach wieder gehen.«

»Und?«

»Ich hab dann gefragt, was das für ein Wagen ist, und dann hat sie mir erzählt, dass du den fit machen willst für den Wintermarkt und dass sie das eigentlich so toll findet, aber irgendwie auch scheiße. Aber dass das alles halt nicht so leicht ist.« Daniel machte eine Pause und schien seine Gedanken zu sortieren. Er musste sich offensichtlich darauf konzentrieren, in der Dunkelheit nicht zu stürzen. »Da hab ich sie gefragt, ob sie mir erzählen will, warum.«

»Und?« Jetzt war ich ernsthaft gespannt.

»Linnea meinte, es sei eine lange Geschichte und sie habe den Fehler gemacht, dir nicht rechtzeitig davon zu erzählen. Keine Ahnung!« Er zuckte schwach die Achseln. »Jetzt habe sie sich in eine ziemlich verfahrene Situation manövriert.«

»Okay«, antwortete ich gedehnt. Viel schlauer war ich nun nicht.

»Ich hab ihr gesagt, dass ich das gut verstehen könnte und dass ich auch grad in einer echt beschissenen Lage sei.«

»Es macht den Eindruck, ja.« Ich musterte meinen Bruder. »Hat sich das bei dir und Feli denn alles gar nicht angekündigt?«

»Das ist es ja, was es alles doppelt schwer macht. Meinst du, ich bin umsonst so durchgedreht, dass du hier nach Sylt abdampfst?«

Verwirrt starrte ich ihn an.

»Als wir uns im Café verabredet haben, da kamst du doch viel zu spät. Da hab ich eine Freundin getroffen. Die hat schon so was angedeutet.«

»Und warum hast du nichts gesagt?« Perplex hielt ich an. Nun fiel mir ein, dass mein Bruder so einen blassen Eindruck gemacht hatte.

Er zuckte nur schwach mit den Schultern und antwortete dann zögerlich: »Das hat Linnea auch gleich gesagt. Ich hätte ja wohl die tollste Schwester der Welt. Ich war halt ein Idiot, der immer meinte, die Bilderbuch-Scheinwelt wahren zu müssen. Ich sag ja, ich hab auch genügend Mist am Start gerade. Da waren wir ja stehen geblieben. Linnea und ich haben das also festgestellt, dass wir ziemlich bescheuert sind und beide einfach direkt offen mit dir hätten reden sollen.« Dann sah er mich an.

Bevor ich zu einer Erklärung ansetzen konnte, winkte er schon wieder ab. »Wie auch immer. Feli und ich waren manchmal ja auch ganz schön unmöglich zu dir. Hat Linnea mir auch noch mal zu verstehen gegeben. Dann haben wir uns jedenfalls noch eine Flasche Glühwein geholt und uns gegenseitig unser Leid geklagt und überlegt, wer von uns beiden die größere Enttäuschung in der Liebe erfahren hat und wer der größere Idiot ist.«

»Und?«

»Ich fürchte, wir nehmen uns da nicht viel. Wobei man unsere Geschichten gar nicht vergleichen kann.« Vehement schüttelte er den Kopf.

»Aber sie hat nicht von Erik erzählt?«

»Doch!« Nun schaute Daniel mich an. Seine Augen leuchteten, und mein Magen krampfte zusammen. Wir waren noch kaum weitergekommen. Noch immer standen wir in der schmalen Gasse im fahlen Licht der Straßenlaternen. Aber weil es meinem Bruder so schwerfiel, gleichzeitig zu reden und zu laufen, wollte ich lieber hören, was er zu sagen hatte, als ihn zum Weitergehen motivieren.

»Das ist doch der Mann, bei dem du gestern warst?«

»Ja«, antwortete ich zögerlich.

»Das hat sie erzählt. Und dass ihr ein tolles Paar abgeben würdet.«

»Das hat sie gesagt?« Ich konnte kaum fassen, was Daniel da sagte, so sehr freute ich mich darüber.

»Definitiv. Und dass ich deshalb dringend aufhören solle, dich ständig anzurufen.«

Ich musste lachen. Ich gab Daniel einen Kuss auf die Stirn. »Ich könnte weinen vor Glück«, jubelte ich.

»Hallo?« Verzweifelt versuchte Daniel, mich zu verstehen, was ihm nur schwer gelang. »Was ist denn hier los mit euch? Seid ihr alle wahnsinnig geworden?«

»Das sagt ja wohl der Richtige«, schimpfte ich liebevoll. »Guck dich doch mal an!«

»Okay!« Und dann lehnten wir uns aneinander und wankten weiter in Richtung Café.

• • •

Wir kamen an, und ich sah, dass in Linneas Wohnung noch Licht brannte.

»Willst du nicht vorgehen und Linnea erst fragen, ob es in Ordnung ist, dass ich bei dir schlafe?«

»Ja, sie wird sowieso schon lauern und hören wollen, wie unser Gespräch gelaufen ist«, vermutete ich.

»Wenn ich das, was Linnea mir so erzählt hat, und deine verwirrten Nachfragen richtig deute, klang es so, als sei auch zwischen euch ein Gespräch längst überfällig.« Zögerlich schaute Daniel mich an.

»Ich muss unbedingt mit Linnea reden, ja«, bestätigte ich.

»Wenn du nichts dagegen hast, würde ich gerne einfach nur schlafen«, gab Daniel zu.

»Klar.«

»Und, Josi?« Schief schaute er mich an. »Papa und Mama wissen noch nichts. Ich wollte ihnen nicht ihren Urlaub vermiesen.«

»Verstehe. Von mir erfahren sie nichts.«

Daniel faltete die Hände, was vermutlich so viel wie Danke heißen sollte, und schwankte weiter. Wir traten ein in Linneas Wohnung, wo diese am Esszimmertisch vor einer Weinschorle saß und auf das Display ihres Handys starrte. Vor ihr lag außerdem eine Unterlage. Als sie uns sah, blickte sie auf. Sie sah aus, als hätte sie geweint. Sie hatte Kerzen angezündet, die einen sanften Duft von Vanille und Zimt verströmten. Es roch weihnachtlich beruhigend im Wohnzimmer.

»Oh, da seid ihr ja wieder. Und Daniel sieht halbwegs lebendig aus, wie schön.« Endlich klang ihr Tonfall milder. So wie meine liebe Freundin Linnea sonst immer geklungen hatte, und ich war erleichtert. Ich meinte sogar einen Hauch liebevoller Neckerei heraushören zu können bei Daniels desolatem Anblick. Ich fuhr mir durch das zerzauste Haar und streckte mich. Es war anstrengend gewesen, meinen angeschlagenen Bruder sicher hierherzubugsieren. Ich spürte jeden meiner Knochen und Muskeln und sehnte mich nach einem Bett. Aber noch wichtiger war jetzt das Gespräch mit Linnea.

»Wenn das in Ordnung für dich ist, würde Daniel eine Nacht bei mir schlafen. Morgen sucht er sich ein Hotelzimmer.«

»Klar.« Linnea hielt ihr Glas umklammert und lächelte unsicher. Ich zeigte Daniel den Weg, der dankbar in Richtung meines Zimmers taperte, sich direkt auf mein Bett fallen ließ und auf der Stelle einschlief. Kopfschüttelnd ging ich zurück zu Linnea.

»Setzt du dich noch zu mir?«, sagte Linnea, an mich gewandt. Mein Herz hüpfte bei diesem nahezu überbordend offenen Friedensangebot.

»Gerne.« Auf wackeligen Knien ging ich zu ihr.

»Vino?«

»Unbedingt.«

Linnea stand auf, holte mir auch ein Glas und schenkte mir einen Wein ein.

Ich setzte mich neben sie und warf dabei einen Blick auf die Unterlage, die vor Linnea auf dem Tisch lag. Es war eine handschriftliche Auflistung verschiedener Angebote. Es sah aus wie eine Getränkekarte. Darüber stand der Schriftzug *Linneas*. Linnea ließ von ihrem Glas ab und schob die sorgfältig geschriebene und mit liebevollen Zeichnungen verzierte Karte zu mir.

»Was ist das Schönes?«, fragte ich, erfreut über die so friedliche Stimmung zwischen uns, die sich allerdings anfühlte, als tanzten wir auf hauchdünnem Eis.

Ich warf einen Blick auf die Angebote, die auf der Karte zu sehen waren.

»Winterpunsch mit Apfel und Zimt, Kakaocreme mit Marshmallows, Cookies und Cream.« Schwärmerisch fuhr ich mir mit der Zunge um die Lippen. »Da bekomme ich sofort Appetit.«

Linnea lächelte, doch in ihrem Blick lag etwas Wehmütiges.

Unter der Karte lag eine weitere. Darauf standen einige Ideen zu kleinen Snacks und Speisen, die das Angebot an Heißgetränken abrundeten. Es waren Waffeln aufgeführt, dazu Cupcakes und Donuts. Die Karte bot verschiedene Kombinationen aus Heißgetränken mit Produkten aus dem Café.

»Das klingt, als hättest du dir Gedanken zu unserem Wintermarkt-Wagen gemacht?«, mutmaßte ich hoffnungsvoll.

»Nein, bei der Karte ging es gar nicht um die Wintermarkt-Idee«, nahm sie mir meine Illusion.

»Schade. Würde aber alles ganz wundervoll passen.« Ich hielt die Blätter in der Hand, und Linnea nickte mit aufeinandergepressten Lippen. Ihre Hände zitterten, als sie mir weitere Blätter hinhielt. Darauf waren sommerliche Ideen verschiedener Getränke und Snacks beschrieben. Nervös rang sie mit den Händen. Mir kam es vor, als suchten ihre Hände aneinander Halt.

»Es war Niklas' und meine Idee, die wir hier skizziert haben«, sagte sie dann, und ich zuckte innerlich zusammen. Mein Mund fühlte sich trocken an, und mein Herz pochte so stark, dass ich kaum atmen konnte vor lauter Druck auf meiner Brust.

Linnea zögerte kurz und fuhr dann fort: »Rund fünf Jahre ist das jetzt her. Ganz kurz vor dem Tod meines Vaters. Weißt du noch, als ich dir gesagt habe, dass man manchmal glaubt, dass eine Person all die Eigenschaften hat, die man sich für den Mann fürs Leben wünscht? Und dass dann die Fallhöhe besonders hoch ist? Die ganz große Liebe sollte es sein. Wenn man ein gemeinsames Ziel hat, einen Traum, dann ist alles möglich.« Es waren die Worte, die Niklas vor wenigen Stunden auch gesagt hatte. Mir wurde heiß und kalt.

Linnea war beim Sprechen aufgestanden und zum Fenster gegangen, und es wirkte, als hielte sie eine Ansprache. Bei jedem Wort liefen mir kleine Schauer über den Rücken und verursachten mir eine Gänsehaut. Sie schaute aus dem Fenster. »Dann hatte er mit einem Mal offenbar höhere Ziele und hat sich aus dem Staub gemacht. Aber auch mein Leben hatte dann ja ganz andere Pläne für mich. Vielleicht sollte es einfach so sein.« Sie hob die Schultern und ließ sie schwach wieder fallen, als sei ihr vollkommen gleichgültig, was dann geschehen war, doch der Rest ihres Körpers sprach eine andere Sprache. »Das Ende der Geschichte kennst du ja.«

»Du meinst, Niklas ist derjenige, der dich so enttäuscht hat? Der Mann, der schuld ist am Herzversteinerungssyndrom?«

»Ganz genau.«

»Und ihr hattet damals schon ganz ähnliche Pläne mit einem solchen Wagen?«

»Ja. Mein Vater wollte immer, dass ich das Café übernehme. Aber das war gar nicht mein Wunsch. Klar, die Tochter des Cafébetreibers steigt ein, übernimmt den Schuppen und macht das weiter, was schon lange gut läuft. Es war so selbstverständlich. So vorgezeichnet. Und ich liebte meinen Papa über alles, wollte ihn ja auch nicht enttäuschen. Dabei hätte ich gerne selbst geschaut, was ich eigentlich mit meinem Leben so anstellen will. Es konnte doch nicht nur diese Insel für mich geben. Nur diesen einen Fleck, so begrenzt, so eng. Und immer nur dieses Café.« Sie schüttelte den Kopf, kam wieder zu mir und setzte sich.

»Da traf ich Niklas. Er war hier mehr oder weniger auf der Durchreise, und seine Art gefiel mir einfach. Er war ein Weltenbummler. Ich fand es so spannend, was er schon erlebt hatte. Er strahlte so viel Abenteuerlust aus. Seine Augen leuchteten, wenn er von den fernen Ländern erzählte, die er schon gesehen hatte, von den Kulturen, die er kennengelernt hatte. Er erzählte davon, dass er sich mit einigen Foodtrucks in der ganzen Welt schon selbstständig gemacht und dabei die abgelegensten, außergewöhnlichsten und schönsten Orte bereist hatte. Gerade für seine Arbeit war das interessant, weil er zu jedem Getränk in verschiedenen Ländern besondere Zutaten ausprobiert und als Geheimtipp mit im Gepäck gehabt hatte, als er wieder nach Deutschland kam. Er hat mich unheimlich fasziniert. Vom ersten Moment an. Er hatte diese Ausstrahlung, die ich mit auf deine Mr-Right-Liste schreiben wollte, für die ich aber niemals Worte finden würde.«

Ein Glänzen in ihren Augen, das ich nie so bei ihr gesehen hatte, verriet, dass sie noch immer gerne an den Moment zurückdachte, in dem sie ihn kennengelernt hatte.

»Was er erlebt hatte, war so ganz anders als das, was ich bisher kannte.«

Es war ihr anzusehen, wie verliebt sie damals gewesen war und wie ihre Gedanken wehmütig zurück zu dieser Zeit gingen. Es kam mir fast so vor, als seien da noch immer Emotionen, wenn sie an Niklas dachte und von ihm sprach. Einerseits Wut, Enttäuschung und Frust. Aber ich entdeckte durch all die traurigen Gefühle auch noch immer Zuneigung und eine anerkennende Bewunderung für diesen Mann.

»Er hat erkannt, dass mir der Mut fehlte, Sylt komplett den Rücken zuzukehren und von hier abzuhauen. Aber auch, dass ich gar nicht unbedingt Sylt hinter mir lassen wollte, sondern nur diese Erwartungshaltung, alles genau so zu machen, wie man es sich von mir erhoffte. Er sah die Chance für eine Art Mittelweg, um meinen Vater nicht zu verprellen, während ich dennoch meinen eigenen Weg gehen konnte und auch ein separates Standbein etablieren würde. Und dann hatte er diese Idee mit dem Wagen. Er meinte, man sei damit flexibel, könne ihn da aufstellen, wo es am schönsten sei auf der Insel. Mal am Meer, bei Sonnenuntergang, oder dort, wo die Menschen sich nach langen Winterspaziergängen wieder aufwärmen wollen. Zu jeder Jahreszeit hätte so ein Wagen seinen ganz individuellen Charme.« Sie nickte und schaute mich an. »Oder zu solchen besonderen Anlässen wie dem Wintermarkt. Erst wäre es nur ein einzelnes Fahrzeug. Wenn das gut liefe, könne man darauf noch aufbauen. Wir waren sehr verliebt, und wie er es sich alles so wunderschön ausmalte auf seine lockere, träumerische Art, erschien mir das so greifbar. Ich nahm also all meinen Mut zusammen und sprach mit meinem Vater. Dabei erwähnte ich erst mal gar nicht, dass es ein Mann war, der mich auf diese Idee gebracht hatte. Vielmehr zog ich es so auf, dass ich mir Gedanken gemacht hatte, wo für mich die Reise hier auf Sylt hingehen könnte. Du weißt, ich hab dir ja oft erzählt, meinem Papa, lass ihn so stur sein, wie er war, bedeutete seine Tochter alles.« Linneas Blick war sanft. »Wir haben damals lange geredet. Erst gestritten, diskutiert, aber dann irgendwann gemeinsam Ideen entwickelt.«

»Wie schön!« Ich lauschte gespannt Linneas Erzählung und hatte eine Gänsehaut.

Sichtlich ergriffen fuhr sie fort: »Wir schlossen das Café eine Woche und machten uns auf den Weg aufs Festland und auf die Suche nach einem Wagen, mit dem das Vorhaben möglich wäre. Auf dieser Fahrt erzählte ich meinem Papa davon, dass ich mich verliebt hatte in Niklas. Ein Mann, der ursprünglich vorhatte, die Welt zu bereisen, der aber nun erstmalig in seinem Leben darüber nachdachte, irgendwo anzukommen. Nämlich bei mir auf der Insel. Und der mit mir auf meiner Heimatinsel die Idee des Wagens umsetzen wollte.« Sie stieß Luft durch die Lippen aus. »Aber klar – was denkt man als Papa, wenn die Tochter einem so was erzählt? Er war gleich erst mal skeptisch, als er hörte, dass ich die erste

Frau sein sollte, die einen Weltreisenden an einen Ort bindet. Er warnte mich auf eine väterlich-liebevolle Art. Ihm war es, glaube ich, wichtig, dass ich in der Liebe mehr Glück hatte als er. Er hatte ja erlebt, wie es ist, wenn man nicht an einem Strang zieht. Meine Mama hat es hier auf der Insel ja nicht ausgehalten und ist irgendwann von hier fortgegangen. Ich glaube, manchmal hatte er einfach nur Angst, dass ich auch weggehe, und er hat sich so gefreut, dass ich überhaupt in seiner Nähe bleiben wollte. Es war ein toller Ausflug. Nach einigen Wochen von großer Unsicherheit waren mein Papa und ich uns endlich mal wieder so nah wie lange nicht mehr. Aber ich merkte ihm an, dass es ihn alles sehr anstrengte und er doch auch zu kämpfen hatte mit den ganzen vielen Neuigkeiten.« Nun wurde Linneas Blick traurig. Ich rückte näher an sie heran und strich ihr sanft über den Rücken. Eine Träne zitterte in ihrem Augenlid, und es fiel ihr sichtlich schwer, weiterzusprechen.

»Er vertraute mir an, dass er sich in den letzten Wochen viele Gedanken und auch viele Vorwürfe gemacht habe, dass er mir die Last auferlegt hatte, das Café übernehmen zu müssen. Es stünde ihm nicht zu, über mich zu entscheiden. Er hoffte dennoch, dass ich irgendwann das Familienerbe fortführen würde, sehe aber den Weg über den Foodtruck als einen Schritt in die richtige Richtung.«

Linnea machte eine Pause, sammelte sich und fuhr dann fort. »Wir nahmen den Wagen gleich mit, und ich konnte es kaum erwarten, ihn Niklas zu zeigen.« Nun biss sie sich auf die Unterlippe, bevor sie weitersprach.

»Auf der Rückfahrt hatte unser Anhänger einen Platten. Wir machten halt in einer Werkstatt, die leider schon geschlossen hatte. Wir hatten zwar einen Ersatzreifen an Bord, der aber schon ein wenig altersschwach war. Wir mussten dann eine Nacht in einer Pension bleiben, weil in der Werkstatt erst am nächsten Morgen wieder jemand erreichbar war. Als ich an dem Abend Niklas anrief, war er schon so merkwürdig. Er sagte, er müsste für ein paar Tage weg, es sei ganz dringend. Das war nicht geplant und könnte auch nicht warten. Er käme zurück, sobald er könne. Er würde so schnell wie möglich wieder bei mir sein. Ich war stinksauer, dass er nicht einmal warten wollte, bis ich am nächsten Tag wieder da sein würde. Ich erzählte ihm sogar, dass ich eine Überraschung hatte, die ihn begeistern würde. Nur eine Panne an unserem Auto bremse uns aus, gleich am nächsten Tag ginge es weiter. Er versprach, auf mich zu warten – auf die paar Stunden käme es wohl nicht an. Mittlerweile war mein Papa fast ein wenig beleidigt, dass ich ihm Niklas noch gar nicht vorgestellt hatte. Er wollte ihn unbedingt kennenlernen, den Mann, der mich so glücklich strahlen ließ. Ich erzählte meinem Papa, dass Niklas Sylt für einige Tage verlassen würde, und mein Vater wollte deshalb selbst danach schauen, ob er die Reparatur nicht beschleunigen konnte.« Linneas Augen füllten sich immer weiter mit Tränen. »Es war so süß. Mein Papa wollte unbedingt, dass ich ganz schnell zurück zu Niklas kam.« Das Sprechen fiel ihr schwer, und ihre Stimme klang ganz belegt. »Mein Papa und ich gingen an dem Abend essen, und mit einem Mal ging es ihm ganz schlecht. Ich ging zu dem Zeitpunkt davon aus, dass es an der körperlichen Anstrengung lag. Während des Essens baute er immer mehr ab und brach schließlich zusammen. Sofort rief ich einen Notarzt, und man brachte ihn in ein Krankenhaus. Die Ärzte diagnostizierten einen Herzinfarkt, den er nur knapp überlebte.« Linnea rang mit den Tränen.

»Ich habe mir solche Vorwürfe gemacht. Er hatte sich übernommen. Ohne diese irrwitzige Idee mit dem Wagen wäre das mit der Reifenpanne ja nie passiert. Und Niklas' Druck bei dem Telefonat hat dann noch mehr Hektik reingebracht. Ich gab mir die Schuld. Mir und dieser ganzen Idee mit dem Wagen. Und Niklas, weil er so Stress gemacht hat. Mein Papa musste dann im Krankenhaus bleiben, und selbstverständlich blieb ich erst mal auch da, bis geklärt war, dass er nach Sylt verlegt werden konnte. Niklas rief dann an, erklärte wieder, dass es echt dringend sei, er würde sich melden. Ich habe ihm dann Vorwürfe gemacht, dass er gar nicht wüsste, was er mit seinem Rumgestresse ausgelöst hatte. Die nächsten Anrufe habe ich dann gar nicht mehr angenommen. Und stell dir vor, in dieser Zeit machte sich Niklas einfach vom Acker, wartete nicht einmal, bis ich zurück war, sondern war einfach verschwunden, als ich wieder auf Sylt ankam. Langsam wurde mir klar, was sich schon bei unserem Telefonat nach der Reifenpanne angekündigt hatte. Nämlich, dass mein Herz akzeptieren musste, dass ich mich in Niklas ganz böse getäuscht hatte. Ein verdammt mieses Gefühl.«

Jetzt weinte sie, ihr ganzer Körper bebte dabei, und ich stand auf und nahm sie fest in den Arm. Wie ein Wasserfall waren die Worte aus ihr herausgesprudelt, obwohl es ihr sichtlich schwergefallen war, die Geschichte noch einmal zu erleben. Jetzt entluden sich all ihre Emotionen durch ihre Tränen, die sich ihren Weg bahnten und sich kaum mehr aufhalten ließen. »Der Foodtruck wanderte unter die Plane und mit ihm all meine Träume und Pläne mit Niklas. Erst einmal musste ich für meinen Vater einspringen. Meinem Papa ging es zwar ein wenig besser. Aber nur kurz. Richtig zu Bewusstsein kam er gar nicht mehr. Wenig später ging es rapide bergab, und er verstarb, weil ein zweiter Infarkt ihn so schlimm traf, dass sein Herz nicht mehr mitgemacht hat. Für mich stand fest, dass ich ohne jegliche Diskussion sofort das Café übernahm. Und glaubst du es? Ich war sogar dankbar dafür. Ich war es meinem Vater schuldig. So dachte ich jedenfalls, weil ich schlimme Schuldgefühle hatte. Außerdem fühlte ich mich meinem Vater im Café nah. Aber ich war auch froh, dass ich sofort so viel zu tun hatte, dass ich gar nicht mehr lange Niklas nachtrauern konnte. Diesem miesen Verräter, der, ohne es zu ahnen, nicht nur unsere Liebe zerstört hatte, sondern so viel mehr.«

Erschüttert starrte ich Linnea an, nickte, bewegt von ihrer Erzählung, und konnte kaum glauben, was sie da sagte. Was hatte sie nur für eine schlimme Geschichte ganz mit sich allein ausgemacht?

»Und deshalb warst du natürlich so schockiert, als Erik ausgerechnet Niklas anschleppte, der uns dabei helfen sollte, den Wagen fit zu machen«, verstand ich mit einem Mal ihre Reaktion, und so vieles fügte sich in meinem Kopf zusammen.

Ich presste die Hand vor den Mund, und wie in einem Zeichentrickfilm, in dem die Sequenzen ganz furchtbar hektisch und schnell an einem vorbeirasen, zogen die Szenen an meinem inneren Auge vorbei. Wie wir noch euphorisch zu unserem ersten Treffen mit Erik gegangen waren. Wie er gesagt hatte, dass er unsere Idee auch gut fände, und uns seine Hilfe angeboten hatte. Und wie wir beschlossen hatten, sie anzunehmen. Dann aber kam der Heimweg, auf dem mir Linnea schon ganz verändert vorkam. Jetzt war mir klar, warum meine Freundin der Idee mit dem Wagen gegenüber gemischte Gefühle hatte.

Und dann kam seine Nachricht an mich, die auf meinem Handy einging. Da schrieb er, dass er mit Niklas vorbeikommen würde. Da tauchte erstmalig dieser Name auf. Mit der Hintergrundinformation, dass dieser Mann schon einmal auf Sylt gelebt hatte und sich mit Foodtrucks auskannte.

»Meine Güte, Linnea, du hast so viel allein mit dir ausgemacht – ich wäre so gerne für dich da gewesen. Wenn ich das gewusst hätte«, stammelte ich. »Das würde bedeuten, dass du gar nicht in Erik verliebt bist?«, flüsterte ich. »Entschuldige, das klingt gerade verdammt egoistisch, aber das ist so wundervoll!« Wir mussten beide lachen über meine Aussage, und wir umarmten uns.

»Das hab ich ja immer gesagt«, flüsterte Linnea und drückte mich fester an sich, und diese Umarmung war so befreiend, dass ich das Gefühl hatte, abzuheben vor Erleichterung.

»Und ich habe gedacht, du empfindest doch mehr für Erik und hättest das jetzt erst gemerkt, als es zwischen uns gefunkt hat.«

Linnea schüttelte den Kopf. »Es passte ja auch irgendwie, klar. Aber ich wusste nicht, wie ich dir alles erklären sollte, weil ich selbst kaum drauf klarkam, was gerade passierte. Der Moment, als ich begriff, dass es ausgerechnet Niklas war, der am Wagen bastelte, fühlte sich an wie ein Erdrutsch.« Ihr Blick ging ins Leere, und sie klammerte sich an ihrem Glas fest. »Mich hat plötzlich diese riesengroße Wut auf Erik und dich und die Situation, dass Niklas plötzlich hier war, gepackt. Obwohl ja niemand von euch etwas dafür konnte. Gleichzeitig waren im ersten Moment auch ganz viele Gefühle von früher wieder da. Als ich Niklas am Wagen gesehen habe, hab ich ihn erst mal nur angestarrt und hatte Glück, dass er so in seine Arbeit vertieft war, dass er gar nicht mitbekam, dass ich ihm zuschaute. Er war so sehr in seinem Element, und ich sah ihm richtig seinen Eifer an. Genau so hatte ich es mir damals vorgestellt. Wie eine Zeitreise zurück in die Vergangenheit und doch ein wenig in die Zukunft von damals kam es mir vor. Jeder Handgriff wirkte so detailverliebt und als streichele er den Wagen. So authentisch und als tue er das aus echter Überzeugung. Ganz kurz war es so, als seien jede Wut und jede Enttäuschung über seinen Abgang von damals verflogen. Aber dann drehte er sich irgendwann um, und sein Blick aus diesen ganz besonderen Augen traf mich.« Verschämt lächelte sie. »Da bin ich wie von Sinnen weggerannt. Ich glaube, mein Blick muss auf ihn auch nicht gerade beruhigend gewirkt haben.«

»Ich glaube, ich bin einem ganz ähnlichen Ausdruck auch schon einmal begegnet«, sagte ich. »Mir läuft es dabei noch immer eiskalt den Rücken herunter, wenn ich ehrlich bin.« Ich schüttelte mich theatralisch und erntete einen Knuff in die Seite.

»Jedenfalls kam ich dann ins Café, und Anne stürmte mir auch noch mit einem kleinen Jungen entgegen, den sie mir als Sohn des Freundes von Erik vorstellte. Da wäre ich beinahe durchgedreht und Niklas direkt an die Gurgel gesprungen. Fehlte nur noch, dass diese Frau womöglich noch irgendwo hier auftauchte.« Nun waren es Tränen der Wut, die sich ihren Weg bahnen wollten.

»Kannst du dir vorstellen, was das für ein Schlag ins Gesicht ist? Da spürt man plötzlich so uralte Gefühle für einen Mann, der einen vor fünf Jahren Hals über Kopf hat sitzen lassen. Und dann läuft man im eigenen Laden einem Kind in die Arme, dem Sohn des Mannes, der irgendwie mitverantwortlich dafür ist, dass mein Papa sich in dieser Nacht übernommen und die Folgen nicht überlebt hat. Ich sage dir, da zerreißt dich der Schmerz einfach in tausend Stücke.«

»Das glaube ich dir.«

»Und es fiel mir so schwer, dir einfach zu sagen, was Sache ist, weil ich ja noch nie jemandem die ganze Geschichte erzählt hatte, seit mein Papa gestorben ist. Und plötzlich war ich wie gefangen in der Situation mit Erik und dir und Niklas, mir und dem Wintermarkt. Ich bin fast durchgedreht, wie du vielleicht gemerkt hast.« Geknickt lächelte sie und wirkte dabei vollkommen verzweifelt. »Du bist die Erste, der ich das anvertraue, weil ich mich so verdammt schuldig fühle. Ich glaube, ich habe mit dem Café einfach so viel Gas gegeben, um bei mir selbst das Gefühl zu erzeugen, als könne ich damit irgendwas wiedergutmachen. Ich hab ja gedacht, dass ich Niklas nie wiedersehe und die Geschichte einfach für immer für mich behalten werde.« Linnea saß ganz klein und zerbrechlich vor mir und wurde immer wieder von Weinkrämpfen geschüttelt. Ich nahm sie fest in den Arm.

»Hey, nein! Hör auf, dich fertigzumachen! Das musst du nicht. Du bist nicht schuld! Und du musst überhaupt nichts wiedergutmachen und erst recht niemandem etwas beweisen. Dein Papa hat dich über alles geliebt und du ihn. Und das habt ihr beide immer gewusst! Er würde nicht wollen, dass du jetzt für immer traurig bleibst!« Wir lagen uns endlich wieder in den Armen, und ich spürte, dass es uns beiden unendlich guttat.

»Niklas wollte übrigens auch mit dir reden«, erklärte ich. »Als er das vorhin sagte, hatte ich gedacht, er wollte mit dir auch noch einmal über den Wintermarkt sprechen. Jetzt ahne ich, dass es wohl ganz andere Dinge zwischen euch zu bereden gibt. Deshalb sprach er auch davon, dass das Gespräch überfällig sei.«

»Ach!« Nun klang Linnea ernsthaft überrascht. Sie verschränkte die Arme und lehnte sich zurück. »Vielleicht hat er sogar schon versucht, mit mir zu reden«, überlegte sie. »Ich fürchte, ich habe ihm keine Chance gegeben. Niklas war nämlich noch mal hier, als du abends bei Erik warst, aber ich habe nicht mehr aufgemacht. Ich habe mich nicht getraut. Ich war so verheult und hielt es für keine gute Idee, dass er mich so sieht. Ich habe gemerkt, dass ich die Sache längst noch nicht für mich abgehakt und verarbeitet habe. Das hast ja nicht zuletzt auch du dann zu spüren bekommen. Und das tut mir unendlich leid. Ich wusste selbst nicht mehr, was mit mir los ist. Ich bin dann noch mal losgegangen, weil ich beinahe durchgedreht bin. Ich bin tatsächlich noch mal zum Wagen gelaufen. Niklas hat da in so kurzer Zeit schon so viel verändert. Ich habe echt gestaunt. Und plötzlich war da dein Bruder. Der hat dich gesucht. Er sah ähnlich verheult aus wie ich, und irgendwann haben wir uns aus lauter Verzweiflung gemeinsam dem Weltschmerz und vor allem dem Glühwein hingegeben.« Sie lächelte schief.

»Jetzt weiß ich auch, was es mit dem Blumenstrauß, der plötzlich am Wagen lag, auf sich hatte.« Sie deutete auf die Tür zum Nebenraum der Küche. »Ich habe es nicht übers Herz gebracht, ihn wegzuwerfen, und hab die Blumen in den Abstellraum gestellt.«

Ich lächelte. »Vielleicht hat Niklas dich im Wagen mit meinem Bruder gesehen und sich dann lieber zurückgezogen.« Die Vorstellung, dass Niklas Daniel womöglich für Linneas Freund gehalten haben könnte, amüsierte mich. Ich rollte mit den Augen, und Linnea schlug die Hand vor den Mund. »Dass ein Blumenstrauß als Entschuldigung für seinen Abgang nicht ausreicht, ist ihm sicher auch klar. Er muss dir aber unbedingt die ganze Geschichte erzählen. Bitte, Linnea, gib ihm die Chance, nicht seinet- oder unseretwegen, sondern für dich. Weil ich glaube, dass eure Geschichte nicht vorbei sein muss. Niklas hat ein gutes Herz. Er ist kein böser Mensch. Und ich könnte mir vorstellen, dass er dich nie vergessen hat. Nicht ohne Grund ist er jetzt vielleicht mit Anton wieder hier. Ich glaube, ich weiß zwar auch längst nicht alles. Nur so viel: Niklas und Anton sind allein hierhergekommen. Die Mama von Anton lebt nicht mehr. Viel mehr weiß ich darüber auch nicht. Aber ich bin mir sicher, du musst mit Niklas sprechen.«

Linneas Blick war verunsichert. »Deshalb habe ich hier gestern Abend auf dich gewartet. Anne sagte so was in die Richtung. Der Junge hatte es ihr erzählt. Ich wollte unbedingt mit dir reden, als ich es erfahren habe. Aber du warst bei Erik. Und dann war da plötzlich Daniel.« Wir umarmten uns erneut, und uns liefen die Tränen. »Es klingt, als sollten Niklas und ich wirklich dringend miteinander reden.« Sie nickte, so wie man nickt, wenn man sich etwas selbst bestätigt. Manchmal musste man sich selbst durch

Gesten Mut zusprechen. So wie man sich im Spiegel anlächelt, um sich fröhlicher zu fühlen.

»Geht es dir besser, wenn du heute noch mit ihm redest? So spät ist es noch nicht, meinst du, wir sollten Niklas noch anrufen?«

Linnea schüttelte den Kopf. »Ich mag heute nicht mehr. Auf die eine Nacht kommt es nicht mehr an, meinst du nicht? Außerdem wird der Kleine schlafen.«

Sie deutete auf mein Zimmer, und ich war verwundert, wie sie von Daniel sprach. Erst dann begriff ich, was sie meinte.

»Ich meine zwar Anton, aber auch um deinen Bruder hab ich mir vorhin echt Sorgen gemacht. Er war ziemlich betrunken. Geht es ihm denn wieder besser?«

Ich nickte. »Glaub schon, ja. Zumindest körperlich wird er so langsam wieder stabil, denke ich.« Meine Gedanken gingen zu Erik. Ihm wollte ich aber unbedingt Entwarnung geben. »Aber kannst du mir etwas versprechen?«

Fragend schaute Linnea mich an. »Gib den Wagen noch nicht auf, okay?«

»Es hängt ganz von Niklas ab«, sagte Linnea.

»Dann ist gut.« Sanft lächelte ich.

Unser Gespräch und unsere Umarmung waren eine Wohltat für meine Seele. Es tat gut, all das nachzuholen, was wir in den vergangenen Tagen durch unser Schweigen verschenkt hatten. Langsam war es Abend geworden, und die Aufregung des Tages saß mir in den Knochen. Ich wollte einfach nur noch ins Bett gehen und hoffte auf den nächsten Tag.

»Schlaf gut, Linnea.« Mit diesen Worten stand ich auf, nahm meine Freundin, die ebenso aufgestanden war, fest in den Arm, ging ins Bad und dann rüber in mein Zimmer. Dort hatte sich mein schnarchender Bruder in meinem Bett so breitgemacht, dass ich nur schwer eine Ecke fand, in der ich schlafen konnte.

Niklas schrieb ich noch schnell eine Nachricht, dass er sich den Vormittag morgen zu einem Gespräch am Morsum Kliff freihalten sollte. Als ich mich gerade neben meinen Bruder gequetscht hatte und Erik schreiben wollte, dass ich mich am nächsten Tag melden würde, rief er an. Um Daniel nicht zu wecken, flüsterte ich.

»Du klingst so merkwürdig. Ist alles in Ordnung?«

»Alles super, Erik, grad ist es etwas schlecht, und ich kann nicht so gut sprechen. Ich muss dir so viel erzählen.«

»Josi? Ich kann dich kaum verstehen«, sagte Erik.

»Erkläre ich dir morgen. Ich melde mich, okay? Ich freue mich auf dich.«

»Ich freue mich auch. Dann schlaf gut«, kam es zurück.

Ich schickte ihm ein Herz per Nachricht hinterher und wollte ihm noch eine weitere Mitteilung senden, in der ich schon einmal erste Details zu meinem Gespräch mit Linnea nannte. Ich schrieb dazu, dass ich ihm dringend etwas erzählen musste. Genau genommen gab es so viel, angefangen mit meinem Bruder, unserem Running Gag, der mir in diesem Moment gerade sein Knie in den Rücken rammte, über das Gespräch mit Linnea bis hin zu unserem Wagen. Erneut landete irgendein Körperteil unsanft auf mir. Dabei schlug mein Bruder mir mein Handy aus der Hand und wälzte sich mit Schwung auf meine Bettseite. Mit dieser Bewegung begrub er mein Telefon unter sich. Ich versuchte noch, ihn von meinem Handy herunterzuschieben, was mir aber nicht gelang. Leider hatte ich die Nachricht noch nicht abgesendet, sah jedoch auch keine Chance, den schweren Körper meines Bruders zu bewegen.

Genervt ging ich rüber ins Wohnzimmer zum Sofa, um festzustellen, dass dort leider keine Decke mehr lag, mit der ich mich zudecken konnte, und hörte plötzlich, wie Linnea meinen Namen leise rief.

»Komm her! Wenn du neben dem schläfst, bekommst du doch wahrscheinlich allein schon von der Luft im Zimmer eine Alkoholvergiftung.«

Sie kicherte, als ich meinen Kopf durch ihre Zimmertür schob und sie anlächelte.

»Du bewahrst mich vor allem vor blauen Flecken.« Ich kuschelte mich dankbar neben meine Freundin. »Danke, Liebes.«

»Schlaf gut, schön, dass du da bist, Josi!«

Die Erschöpfung übermannte mich bald, und noch ehe ich also an mein Handy gelangte und Erik wieder antworten konnte, fühlte ich schon die Schwere meiner Augenlider.

16. Erik

Elisa hatte zum Glück heute Vormittag spontan Zeit, im Restaurant die Stellung zu halten, sodass ich Niklas zum Morsum Kliff begleiten konnte. Josi hatte mich darum gebeten. Er wollte sich dort mit Linnea treffen, sobald er Anton in den Kindergarten gebracht hatte, und Josephine wollte auch mitkommen. Sie hatte das Treffen arrangiert.

Wir hatten vereinbart, dass wir die beiden dort hinfahren würden, um selbst die Gelegenheit zu nutzen, uns zu sehen.

Ich hatte die halbe Nacht wach gelegen und mir den Kopf darüber zerbrochen, was es mit dem Typen auf sich hatte, den ich mit ihr am Vorabend gesehen hatte. Der Gedanke daran, dass es doch einen anderen Mann in ihrem Leben gab, hatte mir jeden Schlaf geraubt. Ihre Nachricht, die mich noch erreichte und die ein Herz zeigte, ließ mir zwar die Hoffnung, dass alles eine Erklärung hatte, war aber auch nicht so herzlich, wie ich es von ihr gewohnt war.

Ich hoffte so sehr, dass es nicht so war, wie ich befürchtete. Sie schrieb nicht, wie ihr Gespräch mit Linnea gelaufen war. Offensichtlich ging es bis spät in den Abend. Oder war der Grund, dass sie sich nicht mehr meldete, dass dieser Mann noch bei ihr war?

Ich würde es nicht ertragen, wenn sie mir verheimlichen

würde, dass sie sich gestern noch mit einem Mann getroffen hatte.

Morgens hatte sie mich dann angerufen und klang vollkommen euphorisch. Sie sagte, sie müsse mir dringend was erzählen und könne es kaum erwarten, mich zu sehen. Seitdem stand ich komplett neben mir und starrte immer wieder auf die Uhr, als könne ich dadurch die Zeit beschleunigen.

Josephine hatte vorgeschlagen, Niklas und Linnea jeweils zu einem Treffpunkt zu begleiten, wo die beiden zu einem Spaziergang aufbrechen konnten, um sich in aller Ruhe zu unterhalten. Wir beide könnten dann ebenfalls ein paar Schritte gehen.

Wenn es so laufen würde, wie Josephine und ich es uns erhofften, würden wir uns zu viert später in einem Bistro oberhalb des Strandes von Kampen wiedertreffen. Dort könnten wir eine heiße Schokolade trinken und hoffentlich endlich wieder harmonisch nach vorne schauen. Für den Fall, dass das Gespräch nicht wie gewünscht verlief, wären wir als Freunde gleich zur Stelle.

Ich war verwirrt, und in meinem Kopf tobte nach unserem morgendlichen Telefonat nun endgültig das Gedankenchaos. Schon nach dem abendlichen Anruf war ich so aufgewühlt gewesen, dass ich nicht mehr zur Ruhe gefunden hatte, und nun ging es mir nicht viel besser.

Vollkommen gerädert instruierte ich Elisa, was an Arbeit zu erledigen war, und sie schaute mich prüfend von der Seite an.

»Chef, ist alles in Ordnung? Anfangs dachte ich noch, es tut dir ganz gut, mal ein bisschen weniger zu arbeiten. Gerade bin ich mir da aber gar nicht mehr so sicher, wenn ich ehrlich bin. Hätte ich mal gar nichts gesagt.« Betrübt hob sie die Augenbrauen und schüttelte den Kopf. »Ausgeglichener warst du, als du noch ein Workaholic warst.«

»Alles gut«, log ich.

»Nun geh noch mal raus oder nach Hause oder so und atme richtig durch. Ich will dir nicht zu nahe treten, aber du siehst echt bescheiden aus.«

Entsetzt starrte ich sie an. »So schlimm?«

»Schlimmer.« Zerknirscht, beinahe mitleidig, schaute Elisa mich an.

»Danke.«

Sie nahm mir den Stift aus der Hand und deutete zur Tür, was mir unweigerlich zu verstehen gab, dass ich die Küche und meinen Arbeitsplatz verlassen sollte.

»Verstanden, Chefin«, sagte ich, legte meine Schürze zur Seite und folgte ihrer Aufforderung.

Ein Blick in den Spiegel zeigte mir, dass sie recht hatte und ich wirklich einen erbärmlichen Eindruck machte. Viel konnte ich daran nun nicht mehr ändern, aber ich nutzte die paar Minuten, um wirklich noch einmal kurz durchzuatmen.

In meiner Wohnung angekommen, trat ich an die Terrassentür und öffnete sie. Der Blick von hier aus auf das Watt vor Keitum war fantastisch.

Auch heute war es auf den Wegen am Wasser und durch das Schilfgras ruhig und fast menschenleer. Nur wenige Leute gingen spazieren. Ich schaute einigen Hunden nach, die miteinander spielten, bis mein Blick weiterging zu einem Pärchen, welches gerade einen Trampelpfad hinunterkam, der zum Weg führte, der direkt am Wasser entlang verlief.

Sie gingen nebeneinander, der Mann hatte den Arm um die Frau gelegt. Bei genauerem Hinsehen erkannte ich, dass es Josephine war und wieder der Mann, den ich gestern schon mit ihr gesehen hatte.

Ich drängte mich näher an den Türrahmen, sodass sie mich nicht unmittelbar sehen konnten. Josephine wusste, dass ich hier wohnte, kannte den Blick von meiner Terrasse. Ich konnte nicht glauben, dass sie so dreist war, hier einfach entlangzuspazieren mit einem anderen Mann, wenn sie ahnte, dass ich sie sehen könnte.

Andererseits hatte ich ihr am Telefon ja noch gesagt, dass ich bis zu unserem Treffen arbeiten würde. Womöglich verließ sie sich auch darauf und rechnete nicht damit, dass ich hier auf der Terrasse stand und mich für unsere Verabredung sammelte.

Nervosität, Wut, Unsicherheit und Eifersucht kamen in mir hoch und vermengten sich zu einem explosiven Gemisch. Ich wusste nicht, was ich tun sollte. Wegschauen und hoffen, dass sie mir nachher erklären würde, was das alles zu bedeuten hatte, oder hinschauen und selbst erkennen, was die Antwort darauf war?

Ich entschied mich für einen Mittelweg, schloss die Tür und starrte durch das Fenster den beiden hinterher, die sich unterhielten, weiterhin Arm in Arm. Es gab keinen Kuss oder so, dennoch wirkten sie vertraut.

Kurz dachte ich daran, dass ja bereits Josephines Bruder schon einmal mit seinen ständigen Anrufen für Eifersucht bei mir gesorgt hatte. Aber warum sollte er auf Sylt sein, wenn er doch mitten in der so wichtigen Planungsphase des Weihnachtsfestes steckte, das der Rest der Familie um Josephine herum ja offenbar dermaßen hoch ansetzte, dass einem ganz schwindelig davon wurde.

Wie ein Tiger in seinem Käfig lief ich auf und ab in meinem Wohnzimmer, schaute dabei dem Pärchen nach, bis es nicht mehr zu sehen war.

Unruhig starrte ich immer wieder auf die Uhr, um nur festzustellen, dass bei jedem neuen Blick kaum mehr als eine Minute vergangen war.

Niklas würde um kurz vor zehn Uhr zu mir kommen, und wir wollten starten.

Als es endlich 9.45 Uhr war, fuhr Niklas vor, und ich stieg in seinen Wagen. Er war sichtlich angespannt, und auch ich war nicht so locker wie sonst.

»Anton ist im Kindergarten«, erklärte Niklas. »Anne wollte ihn mittags eigentlich ins Café abholen, damit ich am Wagen arbeiten kann. Linnea war darauf wohl nicht so gut zu sprechen, dass Anton sie gleich als Nanny in Beschlag genommen hatte. Nun müssen wir erst mal schauen, wie das hier alles läuft.«

»Okay. Ich hoffe, das wird sich alles klären.« Zögerlich schaute ich Niklas von der Seite an. Dieser hob unschlüssig die Schultern.

»Ich würde es ihm wünschen. Uns allen.«

»Ich bin ganz schön nervös«, gab ich zu.

»Frag mich mal«, pflichtete Niklas mir bei. »Nicht nur, dass ich nach all den Jahren mit Linnea endlich reinen Tisch machen muss oder, besser gesagt, darf. Ganz nebenbei lastet irgendwie ja auch der Druck auf mir, dass sie die Sache mit dem Wagen daran festmacht. Josi ist so happy gewesen über die Idee, und ich sehe sie da auch voll drin, wenn ich ehrlich bin. Nicht nur auf dem Wintermarkt. Ich könnte mir echt vorstellen, dass man da noch viel mehr draus machen kann.« Er atmete schwer ein und wieder aus.

»Aber all das geht natürlich nur, wenn Linnea mitspielt. Und ich würde lügen, wenn ich sagen würde, dass ich daran keine Zweifel habe. Sie hätte auch allen Grund, mich in die Wüste zu schicken. Oder vielmehr zurück in die Berge.«

»Mhm«, war meine knappe Antwort. Ich konnte ja auch nicht sagen, in welche Richtung das Gespräch gleich gehen würde. Alles war möglich. Nicht jede der vorstellbaren Varianten gefiel mir. An manche mochte ich gar nicht erst denken.

»Du machst aber echt auch keinen guten Eindruck, mein Freund«, stellte Niklas fest, und ein prüfender Blick traf mich, den ich geflissentlich ignorierte.

Ich wollte nicht darüber reden, was mir durch den Kopf ging. Was mich bedrückte, war eine Sache zwischen Josi und mir. Niklas und Linnea hatten genug eigene Sorgen, und außerdem war ich es nicht gewohnt, derlei Grübeleien und Ängste mit jemandem zu besprechen.

Wir fuhren auf den Parkplatz am Morsum Kliff. Heute war es windstill, und deshalb kamen mir auch die Temperaturen milder vor.

»Hier bin ich ja ewig nicht gewesen. Ein einmaliger Ort. Schon immer wie aus einer anderen Welt«, freute sich Niklas und ging ein paar Schritte den Holzsteg entlang, der in Richtung der Kliffkante führte.

Ich schwieg. Noch nicht einmal die Schönheit dieses Fleckchens Erde konnte mich gerade ablenken. Als Niklas sich ein paar Meter entfernt hatte, fuhr Josis Auto vor. Linnea, sicher auch sehr nervös, saß auf dem Beifahrersitz.

Als sie ausstiegen, begrüßte Linnea mich kurz und ging dann mit langsamen Schritten auf Niklas zu, um dann kurz vor ihm stehen zu bleiben.

Josi kam zu mir und nahm mich so herzlich in den Arm, dass mir wohlig warm dabei wurde. Zärtlich gab sie mir einen Kuss, und ich spürte Hoffnung, dass alles gut werden würde.

»Lass die beiden mal vorgehen«, schlug Josi vor und schob mich sanft in Richtung der Karte des Restaurants, die hier in einem Schaukasten aushing. »Wir gucken schon einmal, was wir uns nachher gönnen werden.«

»Schön, dass du da bist«, sagte ich, legte den Arm um sie und drückte sie zärtlich an mich. Ich schaute die Karte an, bekam jedoch kaum mit, was dort angeboten wurde. Meine ganze Aufmerksamkeit war bei der Frau in meinem Arm und dem überwältigenden Gefühl, was ich dabei empfand.

»Linnea hat mir erzählt, was der eigentliche Grund dafür war, warum sie so auf die Sache mit dem Foodtruck reagiert hat.« Noch immer vollkommen ergriffen von der Geschichte, schilderte mir Josi, was ihre Freundin ihr anvertraut hatte. Es war wirklich schlimm, was Linnea da mit sich allein ausgemacht hatte.

Ich erzählte ihr im Gegenzug von meinem Gespräch mit Niklas am Vorabend. Genau wie ich war Josi fassungslos, als sie die ganze Geschichte über die Mutter von Anton erfuhr und damit den Grund, warum Niklas Linnea damals verlassen hatte. Doch auch ihr gab es Hoffnung, dass es weitergehen durfte mit den beiden und die Aussprache zwischen Linnea und Niklas vielleicht dort anknüpfen würde, wo ihre Beziehung vor einigen Jahren abrupt geendet hatte.

Auch Josi hoffte, dass die Tatsache, dass es nie eine andere Frau gegeben hatte, die Geschichte um Niklas' Abreise von Sylt in ein anderes Licht rücken würde, auch wenn er sich Linnea gegenüber trotzdem nicht richtig verhalten hatte. Er hatte sich, wie sie auch, in einer Ausnahmesituation vorgefunden, mit der er nur schwer hatte umgehen können.

Josi nahm mich in den Arm. »Ich bin so glücklich! Und wir müssen nun ganz, ganz fest die Daumen drücken!« Josi flüsterte die Worte. Sie zog die Hände hervor, formte symbolisch beide Fäuste und untermalte dies durch eine fast schon komische Mimik, bei der sie die Augen fest zudrückte. Wir mussten lachen.

»Schau, hier werden auch einige Getränke angeboten, wie wir sie für den Wagen geplant haben. Genau das Richtige zum Aufwärmen nach einem Spaziergang am Kliff. So stelle ich mir das vor«, freute sich Josi.

»Die testen wir nachher gleich mal. Ich bin gespannt.« Wenn ich ehrlich war, war mir eher nach einem Kakao mit Schuss zumute, um meine Nerven zu beruhigen.

»Ich freue mich drauf. Aber erst einmal möchte ich endlich ein bisschen Zeit nur mit dir genießen!« Josi drehte sich zu mir um, legte die Arme um meinen Hals, und ich spürte ihre warmen, weichen Hände in meinem Nacken. Ihr süßer Duft umnebelte mich, und wir küssten uns, was Feuerwerke in mir auslöste. Meine Gefühle spielten vollkommen verrückt. Diese Frau sorgte für bisher nie da gewesene Glücksgefühle. In diesen Sekunden war für Zweifel kein Platz mehr, jeder Gedanke an eine Enttäuschung weit weg. Die Bilder, die eben noch für Magenschmerzen und Kummer gesorgt hatten, waren wie in Luft aufgelöst.

Ich hielt Josi fest umschlungen, und es kam mir vor, als seien wir allein hier am Kliff, allein auf Sylt, allein auf dieser Welt. Es war eine unwirklich schöne Atmosphäre, bis etwas diesen Moment störte, das fast schon zur Tradition geworden war. Josephines Handy klingelte.

Josi stieß einen genervten Ton aus und stammelte eine Entschuldigung. »Da isser wieder! Aber diesmal habe ich ihm ausdrücklich gesagt, dass er sich einmal zwei Stunden zurückhält mit seinen verzweifelten Anrufen. Er hat mich seit gestern Abend schließlich lange genug für sich allein gehabt, mich meines Schlafplatzes beraubt und ist mir auch den ganzen Morgen in den Ohren gelegen.« Sie riss die Augen weit auf und schüttelte den Kopf.

Verwirrt schaute ich abwechselnd auf das Handy in ihren Händen und in ihr Gesicht. Ich versuchte, darin zu erkennen, ob sie ehrlich mit mir war.

»Unser Running Gag, Daniel, mein Bruder. Stell dir vor – er ist tatsächlich hier. Er ist nach Sylt gekommen und befindet sich in einer tiefen Lebenskrise, weil seine Herzallerliebste ihn nach Jahren des glänzenden Bilderbuchlebens sitzen gelassen hat. Schrecklicherweise hat uns erst das wieder näher zusammengebracht. Ich habe mir mit Linnea ein Bett geteilt, weil Daniel in meinem seinen Rausch ausgeschlafen hat und mir phasenweise sämtliche Körperteile in Rücken oder Magenkuhle gerammt hat. Hast du dich gar nicht gewundert, warum ich heute Nacht am Telefon so geflüstert habe? Eigentlich wollte ich noch schreiben und dir erklären, was los war. Da hatte es sich mein Bruder allerdings bereits auf meinem Handy gemütlich gemacht.« Sie stellte das Gerät auf lautlos und küsste mich erneut. »Sosehr ich mich freue, dass mein Bruder und ich uns wieder besser verstehen, möchte ich jetzt gerade nur die Zeit mit dir genießen.«

Ich war unendlich erleichtert und schämte mich, dass ich Josi unterstellt hatte, mich zu belügen. Wie gut, dass dieses Szenario nur in meinem Kopf stattgefunden hatte und ich ihr nicht davon erzählt hatte. Wie abwegig war diese Unterstellung bloß gewesen. Ein vollkommen überflüssiges Kopfkino, das sich verselbstständigt hatte aufgrund schlechter Erfahrungen. Als könne ich noch immer nicht glauben, dass ein Mensch es einfach nur ernst und gut mit mir meinte. Ihr Bruder, unser ständiger Begleiter, war tatsächlich hier vor Ort. Und Josephine hatte ihn getröstet.

Ich schlug mir gedanklich vor die Stirn.

»Lass uns auch einmal zum Kliff hinunterschauen. Die beiden sind da vorne um die Ecke gebogen. Wir gehen ein paar Schritte, und irgendwann treffen wir uns hier hoffentlich alle gemeinsam.« Josi war endlich wieder die optimistische, fröhliche Frau, die ich von der ersten Sekunde an so gemocht hatte, und ich freute mich sehr darüber, sie so zu sehen.

Hand in Hand schlenderten wir den Steg entlang. Hier am Kliff spürte man die Ursprünglichkeit und die Weite dieser Insel auf eine ganz besondere Weise. Es war eine raue, charismatische Natur, die Sylt hier zeigte. Ein einzigartiger Ort, der als Naturschutzgebiet für viele Urlauber ein Anziehungspunkt war. Das Kliff offenbarte in eindrucksvollem Rot-Orange verschiedene Gesteinsschichten, die es nur an diesem Ort der Insel zu bestaunen gab. Hier spielten Farben das ganze Jahr eine besondere Rolle. Vor allem im Sommer, wenn die lilafarbene Heide, die den Weg hin zum Kliff säumte, ihre Pracht zeigte. Jetzt im Winter erschien die Landschaft auffallend schroff und karg, es dominierten Beige-, Ocker- und Sandtöne, was der Gegend den Anschein einer Landschaft auf dem Mars gab.

»Ich habe den Eindruck, sogar das Blaugrau des Himmels ist auf Sylt charmanter als anderswo auf der Welt«, sagte Josi und lachte. »Als hätte es seine ganz eigene Nuance gebildet, die es nur hier im hohen Norden gibt. Hier ist es einfach immer wunderschön! Da kann sich das Wetter noch so viel Mühe geben, es grau und düster wirken zu lassen. Es bleibt traumhaft! Wie ein nordischer Eigensinn. Es gibt doch so Markenzeichen, die einen Menschen oder bestimmte Dinge zu etwas Besonderem machen. So ist das hier mit dem Himmel, finde ich. Der ist einfach immer außergewöhnlich.« Ihr Blick ging über die weite Fläche. »Und dieser Ort – wow! Ein bisschen kommt man sich vor wie in einer Wüste aus Sand und Steinen. Nur das Wasser ist ungewöhnlich für eine Wüstenlandschaft. Zauberhaft!«

»Es gefällt mir, wie du von meiner Heimatinsel sprichst«, sagte ich.

»Sylt ist ein himmlischer Ort. Da bleibt mir gar nichts anderes übrig. Sicher hat auch dieses Fleckchen Erde seine Schattenseiten, wie jeder Platz auf der Welt. Aber die Insel hat einfach ihre ganz eigene Magie. Das ist etwas, was mich wirklich begeistert. Ob es das

Keitumer Watt ist, der Strand vor Kampen, der Ellenbogen oder das hier! Ich könnte noch stundenlang weitermachen!«

»Absolut. Ich hoffe, dass wir auf Sylt in der nächsten Zeit und darüber hinaus noch ganz viele Orte gemeinsam genießen und entdecken können«, sagte ich und gab Josi einen Kuss auf ihr Haar.

»Positiv denken«, sagte sie leise und lehnte sich an meine Schulter. Ich spürte, dass ihr Handy in ihrer Tasche wieder vibrierte. Es schien diesmal eine Nachricht eingegangen zu sein.

»Willst du deinen Bruder nicht wenigstens zurückrufen? Vielleicht ist es wichtig.« Ich lächelte.

»In seinen Augen ist alles gerade sehr wichtig. Du hast ihn ja schon ein wenig kennengelernt«, bestätigte Josi meine Vermutung. »Aber jetzt ist er endgültig fix und fertig. Vorgestern Abend hat er sich wohl auf der Suche nach mir mit Linnea gemeinsam im Wagen dem Weltschmerz hingegeben und etwas zu viel Glühwein getrunken.« Sie schüttelte den Kopf. »Nach Hamburg kann er wohl gerade nicht zurück, und ein Hotel hatte er sich so schnell noch nicht gesucht. Ich habe ihm aber für heute den Auftrag gegeben, dass er sich darum kümmert.« Sie legte die Hand an meine Wange, zog mich an sie und küsste mich. »Ich teile mein Bett nämlich so viel lieber mit dir anstatt mit meinem ständig in Tränen ausbrechenden Bruder.«

»Der Arme! Das klingt wirklich bedauernswert, was du da von ihm erzählst.«

»Mmh«, Josi machte ein zweifelndes Geräusch und sagte achselzuckend: »Er kann ja froh sein, dass er diese Frau los ist. Ich habe nie eine besonders gute Meinung von ihr gehabt. Aber das weiß er auch, und ich würde es jetzt selbstverständlich nicht noch einmal ausdrücklich zum Thema machen.« Sie lächelte müde und winkte ab. »Nein, ich glaube, dass er mit der Entscheidung für diese Frau nicht unbedingt den Glücksgriff seines Lebens gelandet hat, hat er nun auch selbst erkannt. Sie soll sogar schwanger sein von einem neuen Mann.«

»Ach du Schreck!« Mir tat der Mann leid. »Ruf ihn mal zurück«, sagte ich zu Josi, und sie folgte meinem Rat nach kurzem Zögern.

»Daniel, was gibt's?« Ich sah, wie Josephines Gesichtszüge entgleisten.

Besorgt versuchte ich, in ihrem Gesicht zu lesen.

»Na, die macht es sich ja einfach«, hörte ich sie sagen und bekam es auch ein wenig mit der Angst zu tun. Einen groben Einblick in das teilweise etwas konfuse Agieren ihrer Verwandtschaft hatte ich ja nun schon bekommen und daher auch einen gewissen Respekt davor.

»Alles klar. Ich rede mit Linnea, ja. Aber es wird noch ein wenig dauern. Sie spricht gerade mit Niklas. Ohne deine Probleme schmälern zu wollen, aber das ist jetzt gerade ganz besonders wichtig und längst überfällig.«

Sie legte auf.

»Meine dreiste Schwägerin hat doch tatsächlich veranlasst, dass ihr Lover über die Feiertage zu ihr in die Villa kommt. Daher bittet Daniel mich, Linnea zu fragen, ob sie eine Idee hat, wo er so lange wohnen kann.«

Matt ließ sich Josi auf eine Bank fallen.

»Ich fasse es nicht. Wie dreist, dass sie vor Kurzem noch bis ins Detail die Weihnachtsfeier mit uns plante und er jetzt zusehen soll, wo er über die Festtage bleibt!« Schockiert schüttelte sie den Kopf und verbarg ihr Gesicht in den Händen. »Alles sollte so perfekt wie möglich sein, und nun zieht sie da so eine Nummer ab. Ganz echt ist die doch auch nicht, oder?«

Ich setzte mich neben sie, und sie lehnte sich dankbar an

mich. Schützend legte ich den Arm um sie. »Wir finden eine Lösung. Ich bin mir ganz sicher, dass Linnea jederzeit helfen würde. Außerdem kenne sonst auch ich viele Leute. Wir organisieren auf jeden Fall eine Unterkunft für deinen Bruder.«

»Weißt du, jahrelang war ich immer irgendwie der Paradiesvogel der Familie. Die, über die alle den Kopf geschüttelt haben, weil ich mein Leben so gelebt hab, wie es gerade kam. Weil ich immer das getan hab, was mich gerade glücklich gemacht hat. Und dafür wurde ich immer ein wenig belächelt. Gerade von Daniel und seiner Felicitas. Dabei war ich damit total zufrieden, und nur sie waren es, die gemeint haben, dass das ja gar nicht sein könnte. Ich hab aber gewusst, dass irgendwann der Tag kommt, an dem ich weiß, dass ich angekommen und nicht länger auf der Suche bin. Wollte nur keiner glauben. Außer meiner Oma.« Sie hob die Handflächen. »Die hat mich immer darin bestärkt. Ich wünschte, sie würde miterleben, wie es jetzt gerade alles kommt.«

»Omas haben halt immer diese ganz bestimmte Weisheit, mit der sie auf die Dinge blicken.« Ich deutete nach oben in Richtung des Himmels. »Und ich bin mir sicher, sie bekommt es noch immer mit. Bestimmt passt sie auf und zieht die Fäden.«

Josephine nickte. »So fühlt sich das manchmal an, ja.«

Ein langer Blick traf mich, und ich spürte sogar unter der dicken Schicht meiner Winterjacke, dass ich eine Gänsehaut hatte bei ihren Worten.

»Als Linnea anrief, ob ich hier einspringen und die Sache mit dem Wintermarkt übernehmen möchte, war das erst nur eine Idee, meine Arbeitslosigkeit zu überbrücken. Und ein Weg, das Weihnachts-Spektakel bei meiner Schwägerin zu umschiffen.« Sie grinste. »Ich hatte Zeit, ich freute mich, meine Freundin endlich mal wiederzusehen, und Sylt ist sowieso immer eine gute Idee. Aber dann hat sich das alles zu so viel mehr entwickelt. Ich durfte hinter die Fassade schauen, was bei Linnea los ist und dass längst nicht alles so glücklich ist, wie es nach außen hin scheint. Ich hab erkannt, dass sie sehr einsam ist.«

Josi griff nach meiner Hand, und nachdem ihr Blick zunächst weit über das Meer ging, fand ich mich in ihren wunderschönen blauen Augen wieder.

»Aber ich habe hier auch einen Traum entwickelt, der sich so unwahrscheinlich gut anfühlt. Noch nie hab ich darüber nachgedacht, aus Hamburg wegzugehen und woanders zu arbeiten. Und heute denke ich – warum eigentlich nicht? Warum nicht an diesem zauberhaften Ort?«

Sie strich mir sanft über die Wange, und ihre Berührung hinterließ eine prickelnde Spur voller Zärtlichkeit. »Und mit der schönste Grund, hier einen Neustart zu wagen, bist du. Selbst wenn das alles nicht hätte sein sollen mit dem Wagen und mit der Arbeit bei Linnea. Seit ich dich kennengelernt hab, Erik, weiß ich, dass ich hierbleiben will. Bei dir.« Josephines Worte berührten mich, und ich drückte ihre Hand und gab ihr einen zärtlichen Kuss auf den Handrücken. »Egal, wie das hier alles gelaufen wäre. Ich hätte Sylt nicht wieder verlassen wollen, aber vor allem dich nicht, Erik. Und wenn das bedeutet hätte, dass ich dann für immer grußlos an Linnea hätte vorbeigehen müssen.« Sie raufte sich gespielt panisch die Haare. »Nein, ich mag mir das nicht vorstellen, wenn ich ehrlich bin.« Ein ängstlicher Blick ging suchend über das Kliff. »Noch sind ja auch nicht alle Schäfchen im Trockenen. Aber mit Linnea teilen muss ich dich, glaube ich, nicht.«

Wir lachten.

Ich nahm Josi in den Arm, hielt sie fest. Sie erwiderte meine Umarmung, und in dieser Zärtlichkeit lagen so viel Dankbarkeit und Freude, dass ich am liebsten die Zeit angehalten und diesen Moment für immer konserviert hätte.

»Danke, Josi, und ich hätte dich auch niemals wieder gehen lassen, das kannst du mir glauben. Seit dem Moment, an dem du mir von deinem Vorhaben mit dem Foodtruck erzählt hast, war ich fasziniert von dir. Du brennst für deine Pläne. Ich bewundere das sehr. Du glaubst an das, was andere für unmöglich halten. Apropos unmöglich.« Ich kramte mein Handy hervor. »Mein Vater hat mir von der Kreuzfahrt grad Bilder geschickt von einem seltenen Naturphänomen.« Ich zeigte ihr die Fotos auf dem Handy und erzählte ihr davon, was meine Oma immer zu den Polarlichtern gesagt hatte. Josi war genau wie ich gerührt von der Vorstellung. »Und ich hab da lange Zeit die Parallele zur großen Liebe gezogen, die ich auch für ein Wunder hielt, dem man nur selten begegnet.« Ich lächelte.

»Wie wunderschön muss es sein, Polarlichter wirklich zu sehen!«, sagte Josi.

»Stimmt. Leider habe ich sie auch noch nie erleben dürfen.«

»Dann können wir eigentlich ja nur hoffen, dass es sie auch hier auf Sylt wirklich gibt und sie, ebenso wie die große Liebe, nicht nur ein Mythos sind.« Josi lächelte, kuschelte sich in meinen Arm und schaute versonnen in den Himmel.

»Haben wir nicht gerade festgestellt, dass die Omas immer die sind, die es einfach am besten wissen?«

»Stimmt.«

»Vielleicht klügeln sie da oben gemeinsam einen Plan für uns aus und schicken uns bald auch ein paar dieser Lichter. Als Beweis, dass wir ruhig ebenso an die große Liebe glauben dürfen.« Josi lächelte, den Blick immer noch versonnen im Himmel.

• • •

»Wir stören euch ungern, aber wir dachten, es freut euch, dass womöglich doch eine Chance auf eine grandiose Bereicherung des Wintermarktes durch einen einmalig schönen Wagen besteht.« Linneas Stimme war es, die uns aus unserer Umarmung riss, weil Josephine mit einem Mal aufsprang und ihrer Freundin um den Hals fiel. Sie jubelte und hüpfte vor Freude, und auch Niklas, der eben noch neben Linnea gestanden hatte, wurde kurzerhand in ihren Freudentaumel mit hineingezogen und warf mir nur ein verlegenes Lächeln zu.

»Ich freue mich so sehr, ihr Lieben! Das könnt ihr euch gar nicht vorstellen«, juchzte Josi. »Ich weiß gerade nicht, worüber ich am meisten erleichtert bin. Darüber, dass es für mich hier weitergehen darf. Darüber, dass ich Erik nicht mit dir teilen muss, Linnea, oder dass ich euch hier nebeneinander sehe und ihr nicht aufeinander losgeht oder wütend auseinanderrennt.«

Linnea und Niklas wirkten auf der einen Seite vertraut miteinander, andererseits jedoch unsicher und als sei das dünne Band, was sie gerade erst wieder aufgenommen hatten, wie aus einem seidenen Faden gesponnen. Ganz zart und mit absoluter Behutsamkeit zu behandeln.

Niklas sagte mit einem Blick auf Linnea: »Manchmal ist es gut, wenn man einfach miteinander redet. Und dann stellt man fest, dass man das schon viel früher hätte tun sollen. Es hätte so viel im Leben verändert. Aber es gab Zeiten, da haben wir uns gegenseitig auch wenig Chancen dafür gegeben.«

Ich sah, wie Linnea zärtlich nach Niklas' Hand griff, und diese kleine Geste bedeutete so viel.

»Das stimmt. Ich kann aber auch nicht sagen, ob ich dir damals schon zugehört hätte«, gab sie zu. »Womöglich brauchte es genau diese Zeit, genau diesen Abstand, diese Umstände und genau diese Menschen um uns herum, die uns nun darauf gebracht haben, endlich aufeinander zuzugehen. Wer weiß das schon.« Linneas Lächeln, das Niklas galt, war so liebevoll und voller Glück, dass ich ein Kribbeln verspürte. Die alte Verbundenheit, die es zwischen den beiden gab, rührte mich.

Sie waren ein tolles Paar. Meine zierliche Freundin mit den dunklen Augen neben dem riesigen Mann mit den breiten Schultern und den Eisaugen. Es war schon optisch ein schönes Bild. Das Streben danach, ihr eigenes, selbstbestimmtes Leben zu führen, verband sie auf eine besondere Weise. Wobei sie beide bewiesen hatten, dass sie genau im richtigen Zeitpunkt da waren, wenn ihre Familie sie brauchte. Auf sie war Verlass, auch wenn sie dafür ihr eigenes Glück so weit hintenanstellten, dass es dabei phasenweise auf der Strecke blieb. Aber das sollte nun nicht länger so sein. Jetzt war es an der Zeit, dass sie sich bewusst Raum nahmen für ihre eigene Liebe. Nichts sollte dieser mehr im Wege stehen.

»Das sind zwar viele schöne warme Worte, aber gegen ein Heißgetränk hätte ich auch nichts einzuwenden«, stellte ich grinsend fest, und die anderen stimmten mir zu.

Zu viert gingen wir langsam den Holzsteg wieder zurück in Richtung des Restaurants, in dem wir uns aufwärmen wollten. Bei den leisen Klängen klassischer Weihnachtsmusik kamen wir in festliche Stimmung.

Wir erfuhren, dass Linnea schon von Anne gehört hatte, dass Anton ohne seine Mama aufgewachsen war.

»Als Anne mir davon erzählte, dass der kleine Junge, mit dem sie gemeinsam Kekse gebacken hatte, seine Mutter verloren hatte, brach es mir das Herz«, erzählte Linnea. »Als Josi dann bei Erik war und ich das Gefühl hatte, unbedingt endlich über alles reden zu müssen, war ich sogar dankbar, dass mit einem Mal Daniel da war. Zum ersten Mal seit Jahren wollte ich über alles reden, und ich war einfach mutterseelenallein.«

Betroffen nickte Niklas. »Klar, dass das für dich schwer gewesen sein muss, wenn du gedacht hast, dass sie dabei von der Frau sprach, für die ich dich damals Hals über Kopf verlassen hatte.«

»Warum bist du mit Anton nicht früher hierher zurückgekommen?«, fragte ich.

»Anton ging es nach der Geburt nicht immer gut, und am Anfang hatte man große Sorge um den Kleinen, der viel zu früh zur Welt gekommen war. Die Ärzte hielten es für besser, wenn sie ihn engmaschig kontrollierten. Ich hatte in der besten Freundin meiner Schwester eine großartige Hebamme, die sich aufopfernd um ihn gekümmert hat. Außerdem war meine Schwester nach der Geburt ins Koma gefallen. Ich hatte immer gehofft, dass sie doch noch einmal aufwacht und ihren Sohn vielleicht doch irgendwann einmal kennenlernen darf. Die Ärzte haben mir zwar wenig Hoffnungen gemacht, aber ich konnte nicht weg. Ich hätte es mir nicht verziehen, wenn ich erfahren hätte, dass sie doch die Augen öffnet, und wir nicht da sind. Ich hatte aber auch nicht den Mut, Linnea anzurufen und sie mit dieser ganzen Geschichte zu konfrontieren. Ich wollte sie auch nicht hineinziehen in meine Situation. Will eine Frau, die mir gerade eben noch davon erzählt hat, dass sie leben will, frei von irgendwelchen auferlegten Zwängen und Pflichten, plötzlich mit einem womöglich schwer kranken Kind einer fremden Frau gebunden sein? Das kann nicht ihr Wunsch sein.«

»Du hättest mir die Chance geben müssen, das zu entscheiden«, erklärte Linnea, und Niklas stimmte zu.

Leise sagte er: »Das war ein großer Fehler. Ja. Aber als ich versucht habe, es vor meiner Abreise zu erklären, da wolltest du nicht mehr mit mir reden, und später war alles noch viel schwieriger für mich, und ich war zu feige.«

»Ich wollte nicht mehr mit dir reden, weil ich zu kämpfen hatte mit der Situation, dass mein Vater sein Leben riskiert hatte, damit ich noch rechtzeitig nach Sylt zurückkam. Vergebens. Aber das konntest du nicht wissen. Wie auch. Niemand wusste es. Keiner ahnte das. Aber es war auch mein Fehler, so schnell aufzugeben und nicht mehr nach dir zu suchen. Vielleicht hättest du genau diese Hand gebraucht, die ich dir nicht gereicht habe. Du warst in einer Ausnahmesituation. Genau wie ich auch. Aber ich habe es leider nicht verstanden, weil ich es falsch gedeutet habe, dass du mich dann verlassen hast, als ich so große Sorge um meinen Vater hatte. Niemals wäre ich darauf gekommen, was bei dir los war. Dass du eine Schwester hattest, hattest du zwar mal erwähnt, aber ich hatte ja keine Ahnung.«

»Die ganze Geschichte mit Mella hat mich mit einem Schlag so viel erwachsener gemacht. Heute würde ich vieles anders machen. Manches kann man leider nicht wiedergutmachen.« Niklas senkte den Blick.

»Wenn man im Leben immer alles gleich richtig machen würde, wäre vieles nicht so verdammt kompliziert«, fasste Josephine zusammen und drückte meine Hand.

»Die Hauptsache ist, dass ihr jetzt hier zusammensitzt und gemeinsam eine Chance seht, nach vorne zu schauen. Das ist das Wichtigste! Nachdem das gewährleistet ist, können wir uns jetzt ganz auf den Wintermarkt konzentrieren. Da ihr meine Nerven in den letzten Tagen diesbezüglich ganz schön auf die Probe gestellt habt, wäre ich euch echt dankbar, wenn ihr das wiedergutmacht und mir jetzt beweist, dass sich dieser ganze Nervenkrieg gelohnt hat.« Ich lächelte.

»Du wirst staunen, was wir auf die Beine stellen, stimmt's, Josi?« Niklas schaute mich selbstsicher an.

»Und wie!«

17. Josephine

Niklas und ich waren nach unserem Spaziergang direkt zum Wagen gefahren, Linnea und Erik zur Arbeit. Anne würde Anton vom Kindergarten abholen, damit Niklas und ich am Wagen arbeiten konnten.

In optimistischer Voraussicht hatte Niklas bereits alles im Baumarkt besorgt, was er brauchte, um Schwachstellen auszubessern, die die Jahre unter der Plane an dem Schmuckstück hinterlassen hatten. Ich staunte, wie gut er sich auskannte und wie selbstverständlich er für jede der kleinen Baustellen vorgesorgt hatte. Außerdem hatte er die passende Farbe besorgt, um dem Wagen am Ende ein glänzendes Finish zu verpassen.

Schon nach wenigen Minuten bestätigte sich, dass wir als Team gut harmonierten. Wir packten beide voller Eifer an, lachten dabei viel, und es fühlte sich an, als seien Tonnen von Kummer von unseren Schultern abgefallen. Wir waren regelrecht beflügelt.

Auch die Zeit flog nur so dahin, und als Anne nachmittags mit einem Tablett voller belegter Brötchen kam, waren wir beide überrascht und fassten begeistert zu.

»Oh, du bist ein Engel«, freute sich Niklas und griff dankbar nach einem Snack.

»Wow!« Anne stellte das Tablett ab und ging um den Wagen herum. »Und das habt ihr in der kurzen Zeit erreicht? Ich hätte schwören können, dass hier viel mehr Arbeit notwendig gewesen wäre!«

»Ich bin auch ganz überrascht! Obwohl wir beide immer mal wieder schon am Foodtruck gewerkelt haben«, gab ich zu. In der Tat war es aber so, dass ich noch immer nicht ganz glauben konnte, wie weit wir in den wenigen Stunden gekommen waren. Niklas war so gezielt und flink bei der Sache, dass man den Eindruck hatte, er arbeite im Zeitraffer.

»Gib es zu, du hast doch heimlich am Wagen gearbeitet«, sagte ich und knuffte Niklas in die Seite.

»Ich hätte es mich ehrlich gesagt nicht getraut«, erwiderte Niklas und duckte sich gespielt ängstlich.

»Ich glaube, ihr könnt zaubern«, lachte Anne.

»Das ist mein Job! Bin ja schließlich als Zauberfee hierhergekommen, da will ich mich als solche nun auch beweisen«, bemerkte ich. »Aber wenn ich ehrlich bin, bin ich hier mehr die Zuarbeiterin. Das meiste leistet Niklas. Ohne ihn wäre der Wagen wahrscheinlich doch eher zum Ostermarkt fertig geworden.«

»Nun hör mal auf. Ich hab so was auch schon mal gemacht«, spielte Niklas sein Tun herunter. Kaum hatte er sein Brötchen verschlungen, klatschte er in die Hände. »Weiter geht's«, sagte er dann schon wieder und sprang auf, um sich im Innern des Wagens zu schaffen zu machen.

»Ich muss noch ganz kurz was essen«, entschuldigte ich mich und rollte gespielt genervt mit den Augen. »Also mit dem muss man aber erst mal Schritt halten können«, raunte ich Anne zu.

»Genau der Richtige für Linnea, wenn du mich fragst«, flüsterte Anne und kicherte.

Ich nickte und sah, wie Anne Niklas begeistert hinterherschaute.

»Ich geh mal wieder zurück zum Café. Linnea sagte, weil ihr

hier so eingespannt seid, soll jemand nachher Anton vom Kindergarten abholen. Das lasse ich mir nicht zweimal sagen. Gutes Gelingen noch euch beiden«, verabschiedete sich Anne, und ich folgte Niklas ins Wageninnere.

Der war gerade damit beschäftigt, die Kreidetafel wieder gerade zu richten, die sich aus ihrer Verankerung gelöst hatte. Ich schnappte mir Eimer und Schwamm und befreite die Verkaufsklappe schon einmal von der dicken Schmutzschicht, die die Jahre, die der Wagen im Dornröschenschlaf verbracht hatte, hier hinterlassen hatten. Auch über die Felgen wischte ich im Anschluss noch einmal, und bald schon erstrahlten auch sie wieder in einem leuchtenden Rot. Niklas wollte den Anhänger dann noch einmal komplett waschen, wenn alle anderen Arbeiten erledigt waren.

Ich warf noch einen prüfenden Blick ins Wageninnere, welches ich bereits geputzt hatte. In einer Schublade fand ich dabei einen Schlüssel, an dem ein Anhänger befestigt war. Er war mir vorher noch nicht aufgefallen. Es war ein Schriftzeichen, das ich nicht deuten konnte. Von Niklas unbemerkt ließ ich ihn in meiner Hosentasche verschwinden. Ich wollte Linnea fragen, was es damit auf sich haben könnte.

An diesem Tag werkelten wir im Wagen bis in die späten Nachmittagsstunden. Irgendwann war es zu dunkel draußen, und auch die Lampe, die Niklas im Schuppen gefunden und die er aufgestellt hatte, reichte nicht mehr aus, um weiterzuarbeiten.

»Lass uns für heute mal Feierabend machen, okay?«, schlug er vor.

»Alles klar«, sagte ich und trat einen Schritt zur Seite, um unser Werk im Halbdunkeln zu begutachten. Mir kam es vor, als leuchte der Wagen schon heller als an den Tagen zuvor.

»Bis auf das Feintuning sind gar nicht mehr allzu viele Dinge zu tun. Ich bin echt begeistert, was wir geschafft haben, Josi! Was um alles in der Welt hast du in Hamburg vorher gemacht, dass du dermaßen fit bist im Umgang mit handwerklichen Dingen?«

»Nun, ich habe immerzu meine Berufe gewechselt und mich ständig in neue Tätigkeiten eingearbeitet. Wenn ich ehrlich bin, habe ich nie etwas Handwerkliches gemacht. Das war mein Hobby. Allerdings habe ich immer in Jobs gearbeitet, in denen ich etwas organisieren musste. Und wenn dann mal Not am Mann war, hab ich halt kurzerhand mit angepackt.« Ich hob die Schultern, als sei nichts dabei. »Und wenn man den Großteil seiner Zeit als Single in steter Geldnot lebt, macht das einerseits erfinderisch und auch ein Stück weit sicher im Umgang mit Reparaturen.« Ich grinste. »Und furchtlos. Wegwerfen kann man Dinge immer noch, wenn es nicht gelingt, sie wieder heile zu machen. Aber wenn ich eins sicher behaupten kann, dann ist es, dass ich es immer versucht habe, etwas wieder zu reparieren, bevor ich es aufgegeben habe. Und das gilt nicht nur für materielle Dinge.«

»Das merkt man«, stellte Niklas anerkennend fest. »Und du hast so recht. Das kann man echt aufs Leben übertragen. Ich bin froh, dass das Schicksal dich nach Sylt geführt hat und zu diesem Wagen. Wer weiß, ob ich sonst hier gelandet wäre und es jemals diese Aussprache mit Linnea gegeben hätte. Danke, Josi.«

Niklas Worte rührten mich, und ich schaute ihn an.

»Danke dir, Niklas«, murmelte ich. »Ach, ich habe eigentlich nichts gemacht. So gesehen könnten wir alle Erik dankbar sein, denn ohne seinen Markt wären wir alle nicht in dieser Konstellation zusammengekommen.« Versonnen lächelte ich.

»Auch wieder richtig.«

»Egal, wem wir das zu verdanken haben: Jetzt geht es jedenfalls darum, dass wir das Beste rausholen und die Sache hier rocken!« Voller Elan stand ich auf. »Und jetzt gehen wir erst mal nach Hause und ruhen uns aus. Wo ist eigentlich Anton? Bringt Anne ihn hierher?«

»Der ist bei Anne geblieben. Linnea schrieb, dass Anne ihn abgeholt und ihn direkt bei sich behalten hat. Sie will mit ihm heute Abend ins Kino gehen. Anton liebt sie.«

»Wie schön.«

»Dann nichts wie los!« Fröhlich grinste ich, und wir schlossen den Wagen und räumten alle Gerätschaften in die Garage, stellten das Licht aus und verabschiedeten uns voneinander.

• • •

Wenige Stunden später machten Erik und ich es uns nach einem köstlichen Essen vor dem Kamin in seinem Wohnzimmer gemütlich und genossen es, zur Ruhe zu kommen nach diesem aufregenden Tag.

»Ich bin so glücklich«, stellte ich fest, als ich mit dem Kopf auf Eriks Brust unter einer weichen Wolldecke lag und den Blick auf die Feuerstelle gerichtet hatte.

»Ich auch. Es tut so gut, hier mit dir zu sein, Josi. Es ist so lange her, dass ich mir diese Auszeiten genommen habe. Unwirklich, wie leicht sich das mit dir anfühlt. So richtig. Ich hätte immer gedacht, dass ich viel unruhiger bin dabei. Aber ich habe mich wohl viel zu wichtig genommen in all den Jahren zuvor.«

»Das will ich so nicht sagen. Es verschiebt sich dann vielleicht alles. Es ist ja auch etwas anderes, ob man sich allein abends aufs Sofa kuschelt oder ob man diese Zeit als Paar genießt. Ich denke schon, dass so mancher Single da häufig eher den Weg der Arbeit wählt, erst recht, wenn man so erfolgreich damit ist, wie du es bist. Warum auch nicht?« Ich schmunzelte. »Vielleicht kannst du mit dir selbst auch nicht so gut abschalten.« Verwirrt schaute Erik mich an, und ich fuhr fort: »Es gibt ja auch Leute, die verdammt gut mit sich allein sein können. Ich muss für mich sagen, dass ich mit mir selbst schon herrlich entspannte Abende verbracht und dem süßen Nichtstun gefrönt habe. Oder ich habe an meinen Möbeln gearbeitet und dabei abgeschaltet. Ich habe mir ausgemalt, wie es sein könnte, wenn ich denn mal meinen Traum leben werde.«

»Das klingt spannend. Und damit kann man also ganze Abende verbringen?« Erik schaute mich amüsiert an.

»Ganze Wochenenden und mehr!« Ich lachte. »Und wie du hier siehst, führt auch das zum Erfolg! Denn genau so habe ich es mir in solchen Phasen nämlich vorgestellt!«

»Na, das würde ja bedeuten, dass sowohl meine Art, es anzupacken, als auch deine sich als effizient herausgestellt haben«, fasste Erik zusammen.

»So kann man es sagen, absolut!«

»Ich behaupte, die perfekte Kombination ist dann vielleicht, wenn zwei wie wir aufeinandertreffen, meinst du nicht?«

»Schon möglich! Das ist jetzt sozusagen die Königsdisziplin, und wir haben die Aufgabe herauszufinden, was nun passiert, wenn wir das im Einklang miteinander perfektionieren!«

»Dieser Herausforderung stelle ich mich nur allzu gern«, raunte Erik mir zu, und wir zogen die Decke über uns und versanken in einem Kuss, der mich alles um uns herum vergessen ließ.

Die Nacht mit Erik war wie die Antwort auf alle Fragen, die ich bisher an die Liebe gestellt hatte. Jede Sekunde mit ihm fühlte sich an, als kenne er meinen Körper in- und auswendig. Jeder Moment war so voller Leidenschaft, Wärme und Zärtlichkeit, dass ich ihn am liebsten für immer festgehalten hätte. Aber der Gedanke daran, dass es weitergehen durfte mit uns und wir hier auf Sylt in eine gemeinsame Zukunft blicken wollten, in der wir hoffentlich noch unendlich viele dieser Stunden miteinander verbringen würden, tröstete darüber hinweg, dass auch diese Nacht enden würde.

Außerdem war auch ein Morgen auf Sylt etwas, auf das ich mich freute.

18. Erik

Motiviert startete ich in den Tag. Josi und ich frühstückten nach einer unvergesslichen Nacht gemeinsam. Ich schlug vor, dass wir in aller Frühe an den Munkmarscher Hafen fuhren, um dort den Sonnenaufgang zu bewundern, den man dort an einem Wintermorgen besonders eindrucksvoll sehen konnte. In den letzten Tagen war es morgens oft grau und diesig gewesen. Einige Male schon hatte ich gehofft, Josi mit dem Schauspiel eines Sonnenaufgangs hier zu beeindrucken, was mir leider nie gelungen war. Es gab aber häufig ein kurzes Zeitfenster, in dem sich der Horizont leuchtend pink zeigte, wenn sich die Sonne langsam durch den hellblauen Himmel emporschob und sich wie ein Feuerball durch die Wolken kämpfte. Kurz glomm sie strahlend rosa auf, als graublaue Schleierwolken ihr den weiteren Auftritt verwehrten und der Tagesbeginn sich dann unspektakulär grau zeigte. Heute gelang es mir, genau diesen Moment abzupassen.

Die Sonne zeigte sich wie eine Diva kurz in den allerschönsten Farben und war dann wieder verschwunden. Ich hoffte, dass sie später noch einmal über den Nebel siegen und sich erneut präsentieren würde. Aktuell versprach die Wetteraussicht einen eher trüben Tag.

»Wow! Dieser ganz kurze Moment, an dem wir genau an der

richtigen Stelle standen, der ist Gold wert«, freute sich Josi und kuschelte sich an mich. »Was für ein Start in den Tag!«

»Da habe ich doch nicht zu viel versprochen, oder?«

»Nein, das war ganz wundervoll«, stimmte sie mir zu.

»Jetzt kann der Tag losgehen.«

Wir standen noch einen Moment am Sandstrand, der vor Munkmarsch, unweit des Hafens, lag, bevor wir wieder ins Auto stiegen und zum Restaurant aufbrachen. Josi wollte wieder zum Wagen, sagte aber, dass sie zunächst mit zum Restaurant fahren und von dort zu Fuß laufen wollte. Wann Niklas heute mithelfen würde, war fraglich. Wir hatten heute noch nichts von ihm gehört, wollten ihn aber ausschlafen lassen.

Es war ein eiskalter Dezembermorgen. Josi zog sich einen alten Parka von mir an, mit dem sie heute Malerarbeiten am Wagen beginnen wollte. Sie sah trotz viel zu weiter Montur und dickem Schal und Wintermütze einfach hinreißend aus.

Am Restaurant angekommen verabschiedeten wir uns mit einem innigen Kuss, und nur schwer konnte ich mich von ihren Lippen trennen. Sanft schob sie mich von sich, und in ihren blauen Augen spiegelte sich die Wintersonne, die an diesem Tag besonders hell strahlte.

»Ich freue mich schon wieder auf dich«, sagte ich und küsste Josi noch einmal, bevor diese sich aus meiner Umarmung wand und mit ihrer warmen Malerausrüstung davonging. Sie warf mir über die Schulter eine Kusshand zu.

»Ich freue mich auch auf dich!«

Ich schaute ihr noch nach, als sie längst schon hinter der nächsten Ecke verschwunden war.

Während ich noch gedankenverloren die mittlerweile leere Gasse entlangstarrte, hörte ich, wie sich hinter mir eine Tür öffnete. Ich drehte mich um und sah, dass es Linnea war, die aus dem Hauseingang zu Niklas' Wohnung kam. Sie sah zwar ein wenig müde, aber glücklich aus. Wenn ich es mir recht überlegte, hatte ich lange nicht einen so sanftmütigen und entspannten Ausdruck in ihrem Gesicht gesehen. Langsam ging ich auf sie zu.

»Hey«, sagte sie und strich sich mit einer leicht verlegenen Handbewegung eine Haarsträhne aus dem Gesicht.

»Guten Morgen«, sagte ich.

»Gut siehst du aus«, kam sie mir mit einem Kompliment zuvor, welches ich ihr ebenso hätte machen können.

»Sag nicht, dass du das auch gerade sagen wolltest. Du musst nicht lügen«, lachte sie. »Ich habe kaum geschlafen«, rechtfertigte sie sich, was absolut nicht notwendig war.

»Du siehst glücklich aus, Linnea.« Ich lächelte und sah, dass sie meinem Blick schüchtern auswich. Als sie vorsichtig wieder Blickkontakt suchte, war ich es, der Gefahr lief, rot zu werden.

»Da haben wir etwas gemeinsam, mein Freund!« Sie kam auf mich zu, legte die Arme um mich und drückte mich fest an sich.

Ich erwiderte ihre Umarmung, und für einige Sekunden standen wir einfach so da. Alte Freunde, die ohne viele Worte verstanden, dass sie gerade beide sehr, sehr zufrieden waren.

»Erik, was passiert grad bloß bei uns? Verrückt, oder?«, sagte sie, halb hinter meiner Schulter.

Ich nickte. »Und ob. Aber ich muss sagen, es gefällt mir so viel besser, als nur zu arbeiten. Wie geht es dir damit?«

»Weiß nicht, es ist noch so neu, und ich bin schon einmal sehr schlimm enttäuscht worden, und ...«

»Psscht«, unterbrach ich sie. »Fang nicht schon wieder an zu zweifeln, bitte. Ich gebe mir auch Mühe und zwinge mich dazu. Versuchen wir es gemeinsam?«

Linnea löste unsere Umarmung. »Okay, du hast ja recht.« Sie lächelte schief. »Das klingt so leicht.«

»Die beiden sind es wert. Da bin ich mir sehr sicher.«

»Wenn du das sagst!« Linneas Blick schwankte zwischen Lachen und Skepsis, aber er war voller Hoffnung, und ich glaubte daran, dass diese eine Berechtigung hatte und belohnt werden würde.

»Ich muss zur Arbeit.«

»Selbstverständlich!« Gespielt ehrfürchtig hob ich die Hände, und Linnea knuffte mich in die Magenkuhle.

»Nun tu mal nicht so! Du warst doch auch schon unterwegs ins Restaurant.«

»Ertappt!« Ich grinste. »Ich muss aber wirklich los!« Mit diesen Worten machte ich mich auf den Weg und hob nur kurz die Hand zum Gruß.

• • •

Im Restaurant war viel zu tun, und je näher es auf die Weihnachtszeit zuging, desto mehr schien man das aufgeregte Flimmern dieser besonderen Tage zu spüren. Ein magischer Glanz lag in der Luft. Vorfreude und auch Hektik, aber ebenso die Sehnsucht nach Gemütlichkeit und der Wunsch, viel Zeit für die Familie zu reservieren, schienen die Menschen zu bewegen.

In den Wochen bis zum Wintermarkt hatte ich für die Abende im Restaurant immer vereinzelte Gerichte auf die Tageskarte gesetzt, die wir auch beim Wintermarkt mit anbieten wollten. Ich versprach mir davon, dass wir bereits Feedback zu den einzelnen Speisen bekommen würden und den Aufwand abschätzen konnten, um die Speisen zuzubereiten. Auf dem Markt selbst hatten wir wenig Raum zum Kochen, daher würde in der Küche des Restaurants viel an Vorbereitung laufen. Ein Testlauf gab uns hier Sicherheit.

Elisa hatte eine Wintermarkt-Liste erstellt mit allen Gerichten, die wir dann bewerteten, und die, die am besten ankamen, sollten es dann werden.

Erfahrungsgemäß raste die Zeit vor Weihnachten, und ich hatte den Eindruck, dass es in diesem Jahr erst recht so sein würde, weil besonders viele Aufgaben auf mich warteten. Dennoch wollte ich mir erstmalig in diesem Jahr neben der ganzen Organisation bewusst Auszeiten nehmen, in denen ich die Zeit mit Josephine genießen würde. Ich konnte es kaum erwarten, endlich einem Weihnachtsfest entgegenzusteuern, welches ich nicht mehr allein, sondern mit der Frau an meiner Seite verbringen würde, die ich liebte.

Niklas rief mich im Laufe des Mittags an. Er war auf dem Weg zum Wagen und erzählte von einer Idee, auf die Anton ihn gebracht hatte.

»Anton hat mich gefragt, ob er mit seiner Mama überhaupt einmal Weihnachten gefeiert hat. Ich hatte Anton erzählt, dass Mella an ihrem letzten Weihnachten im Krankenhaus lag und ich Heiligabend mit ihm bei ihr am Bett saß. Er hat überlegt, was eigentlich die Kinder, die krank sind, dort an Weihnachten machen. Darüber haben Linnea und ich gestern Abend noch lange gesprochen. Da kam uns eine Idee.«

Gespannt horchte ich, was er mir erzählen wollte.

»Wenn der Markt vor Weihnachten vorbei ist, könnte man doch wirklich vielleicht im Anschluss daran mit dem Wagen zu den Kindern in der Klinik fahren, die an den Feiertagen nicht bei ihren Eltern zu Hause sein können? Das muss doch möglich sein, dort auf dem Vorplatz oder so haltzumachen. Wie ein Weihnachts-Express, der sie besucht. Wir haben so viel Glück gehabt. Ich finde, wir sollten etwas davon zurückgeben. Es wäre in Mellas

Sinne und auch im Sinne von Linneas Papa. Da waren wir uns beide einig.«

»Das klingt großartig. Ich bin mir sicher, Josi ist sofort dabei. Vielleicht sollte man Spenden sammeln während des Marktes? Entweder unter den Ausstellern, sodass jeder von uns etwas dazu beisteuert, oder ganz öffentlich, um davon Geschenke für die Kinder zu kaufen?«

»Das sollten wir unbedingt mal weiterdenken«, freute sich Niklas. »Aber erst mal machen wir den Wagen weiter fit.«

Als wir aufgelegt hatten, ging ich ins Büro, um Rechnungen zu sortieren und Papierkram zu erledigen. Meine Gedanken gingen immer wieder zu einer Sache, die ich nun schon einige Zeit gedanklich vor mir herschob. Ich hatte mit einer Firma, die ich mit dem Um- und Ausbau des Gastbereichs beauftragt hatte, schon konkret einen Termin ins Auge gefasst, an dem es losgehen sollte. Was noch ausstand, war der Termin für den Kaufvertrag des Teils, der früher zur Pension gehört hatte. Dieser sollte noch vor Weihnachten stattfinden. Der Verkauf sollte die Finanzierung für die Umbaupläne sichern.

Elisa steckte inmitten meiner Grübeleien den Kopf durch die Tür. »Chef? Ich wollte nur Bescheid sagen, dass ich mal kurz unterwegs bin. Lukas hält die Stellung.«

»Alles klar. Sag mal, Elisa?«

»Ja?«

»Findest du, dass wir dringend expandieren sollten?«

»Was, nein, wieso? Es ist doch voll schön so, wie es ist, und wir haben alle Möglichkeiten.«

Erleichtert lachte ich. »Ja, das Gefühl habe ich auch. Danke dir. Ich muss mal telefonieren.«

Auch wenn das alles noch recht früh schien und es womöglich

verdammt kühn war, davon auszugehen, dass das mit Josephine und mir nun von Dauer sein würde, stellte ich zum allerersten Mal infrage, ob ich meine Pläne umwerfen und noch mal überdenken sollte. Vielleicht war das, was meine Eltern sich ursprünglich vorstellten, doch langfristig viel sinnvoller und würde meine Lebensqualität deutlich mehr steigern als jede Vergrößerung des Betriebes.

Elisa verschwand, und ich griff zum Handy und formulierte klar und deutlich, dass ich noch einmal nachgedacht hätte und zu der Entscheidung gekommen war, Abstand nehmen zu wollen vom weiteren Ausbau des Larsen-Hofes. Josephine hatte vieles auf den Kopf gestellt und unter anderem auch den Mut in mir geweckt, das Risiko einzugehen, mit diesem Optimismus zu scheitern. Auch wenn mein Herz sich das gar nicht erst vorstellen mochte.

Nun war es an der Zeit, mein eigenes Weihnachtsfest mit Josi zu organisieren.

19. Josephine

Morgen war endlich der erste Tag des Wintermarkts. Ich konnte nicht mehr zählen, wie viele Stunden wir in den letzten Tagen gearbeitet hatten, um alles rechtzeitig fertig zu bekommen. Auch Daniel hatte uns geholfen, wo er konnte. Er hatte ansonsten auch von hier aus seiner Arbeit nachgehen können, was ihn ein wenig ablenkte von seiner Trennung. Linnea hatte bei einer Bekannten eine Ferienwohnung für ihn gefunden, weshalb seine Situation schon sehr viel weniger düster aussah als vor ein paar Tagen.

Ich konnte die prickelnde Vorfreude langsam kaum mehr aushalten und war über die viele Arbeit fast schon dankbar. So konnte mich jedenfalls meine Nervosität nicht endgültig um den Verstand bringen, weil ich immer etwas zu tun hatte.

Entweder werkelte ich noch in den letzten Zügen am Wagen, wienerte jede Ecke, kümmerte mich um jedes noch so liebevoll arrangierte Detail oder ging im Kopf durch, was ich wo platzieren wollte, um die Abläufe im Wagen selbst bestmöglich zu gestalten. Wann immer ich konnte, half ich Linnea im Café, wo sowieso immer irgendwas zu tun war, sei es nur, Anne ein paar Stunden früher nach Hause zu entlassen.

Jeden Tag ging ich mindestens einmal auf den Platz, wo der Wintermarkt stattfinden würde. Hier war bereits eine kleine Landschaft aus Blockhütten und Tannen entstanden. Überall funkelte und glitzerte es, und es lag ein Hauch von Zauberei in der Luft.

Die verschiedenen Aussteller hatte Erik bis heute nun alle auf ihre Plätze verteilt, und seit Tagen schon schallte dumpfes Hämmern über der Fläche, auf der der Markt stattfand. Die Holzhütten, die in einem Kreis aufgestellt waren und dann im Innern des weitläufigen Areals noch einmal ein kleineres Rondell bildeten, waren rundherum mit warmweißen Lichterketten verziert, die um grüne Girlanden aus Tanne gewickelt waren. Rund um die einzelnen Hütten und überall auf dem Markt waren ebenso Tannenbäume mit Lichterketten, dicken roten Kugeln und elektrischen Kerzen aufgestellt, die einem fast das Gefühl gaben, man befinde sich in einem dichten Tannenwald. Ich stellte mir vor, dass der Markt dank der vielen Lichter schon von Weitem hell erleuchtet sein musste und man ihn kaum verfehlen konnte. Zwischen den Tannen lugten einzelne Hirsche und Rehe aus Draht und Lichternetzen hervor. Die Hütten waren so dicht angelegt, dass die großen Vordächer einen guten Schutz gegen die Kälte boten. Sogar den ein oder anderen Regenschauer würden sie gut abhalten und immer ein Gefühl von Gemütlichkeit vermitteln.

Auch jetzt war ich am Marktplatz und bemerkte einen neuen Stand, an dem eifrige Helfer gerade dicke Tonnen zu Stehtischen umfunktionierten, an denen die Leute sich mit Getränken und Snacks von allen Ständen zusammenfinden konnten. Mir gefiel, dass hier nicht jeder seinen abgegrenzten Bereich vor dem eigenen Platz aufbaute, sondern man Wert darauf legte, dass alle Gäste die Möglichkeit bekamen, sich gemeinsam mit unterschiedlichen Getränken und Speisen hinzustellen: Der eine, der gerne die Sylter Royal Auster kosten wollte, konnte das tun, während ein anderer eher die Currywurst wählte und die Kinder vielleicht viel lieber mit Crêpes und Pommes dabei waren. Man musste deshalb die Runde nicht auflösen: Alle würden an den Tischen und Bänken gemeinsam Platz finden.

Einen Moment schloss ich die Augen und hatte dabei fast das Gefühl, einen Hauch von karamellisiertem Zucker und Vanille in die Nase zu bekommen. Grinsend atmete ich tief ein und schlug die Augen wieder auf. Mein Blick fiel auf eine Spezialität, die ich bei einem meiner Besuche in den letzten Tagen schon hatte kosten dürfen: das Flammlachsbrötchen.

Bewundernd blieb ich an einem Stand hängen, der handgemalte Weihnachtskugeln und Accessoires verkaufte. Alle Produkte hatten mit der Insel zu tun. Sei es ein kleines Sylt-Motiv auf einer glitzernden Weihnachtskugel oder ein Seestern, der eine Leinwand zierte, die mit echtem Sand bedeckt war, in dessen Untergrund originalgetreu der Meeresbewohner gezeichnet war. Es waren wundervolle kleine Kunstwerke.

»Moin«, begrüßte mich eine junge Frau, die gerade dabei war, kleine Holzkästchen sorgfältig zu stapeln. »Hier findet jeder noch ein Lastminute-Geschenk für so manchen Daheimgebliebenen«, sagte sie, wobei sie ihre Auslage verzückt betrachtete.

»Kleiner Eierpunsch gefällig?«, bot eine freundliche ältere Dame mit einem Tablett an, die eben vorbeikam.

»Oh, danke, nein«, lehnte ich lachend ab. »Aber bestimmt ganz köstlich!«

Die junge Frau in der Hütte nahm dankend an und hob das Glas.

»Lassen Sie es sich schmecken. Ich werde auch noch einmal über den Platz schlendern, bevor es an den Weihnachtstisch geht an Heiligabend«, sagte ich, wurde dann kurz nachdenklich, weil ich noch gar nicht so genau wusste, wie Weihnachten überhaupt laufen würde in diesem Jahr. Ob wohl Erik und ich …? Aber den Gedanken verdrängte ich schnell wieder. So viele Jahre hatte ich mir sehnlichst gewünscht, dass die Festtage endlich einmal wieder anders wären. Jetzt war alles anders, und das war auch gut so. Ich hatte mir immer ein familiäres Weihnachtsfest gewünscht. Hier auf Sylt hatte ich etwas gefunden, das sich wie eine Familie anfühlte.

Ich lief zu dem Platz, der für unseren Wagen vorgesehen war, und sah mich mit Herzklopfen um. Ich stellte mich mit Blick über den wuseligen Platz auf und drehte mich in alle Richtungen. Wie ein Karussell aus lauter bunten Lichtern flogen die einzelnen Buden an mir vorbei, das Stimmengewirr um mich herum verschwamm zu einem leisen Summen, fast fühlte sich mein Drehen an wie ein leichter Schwindel, aber wie ein angenehmer. Mehr wie ein Glückstaumel.

Über das Hotel hatten wir die Versorgung mit zusätzlichem Strom gesichert, was mich beruhigte, obwohl ich auch den Betrieb der Kaffeemaschine und des Waffeleisens über den Wagen selbst sichergestellt hatte.

Eine Kaffeemaschine extra für den Wagen hatte Linnea angeschafft, ebenso einen Kühlschrank. Sie hatte ein wunderschönes, nostalgisches Modell in Beige gekauft mit einem Chromgriff. Darauf war das Logo des Cafés angebracht.

Ich warf einen Blick auf die Uhr. Nervös wippte ich auf meinen Sohlen hin und her. Niklas hatte versprochen, mit dem Anhänger an seinem Auto zum Marktplatz zu kommen. Ich war so aufgeregt, den Wagen gleich zum allerersten Mal hier zu sehen.

Eigentlich war mir bewusst, dass das hier nur ein Weihnachtsmarkt war. Aber für mich ging es um so viel mehr. Mein Einsatz hier war wie ein Grundstein, den ich gelegt hatte. Ich hatte in Kauf genommen, dass ich mich zwischenzeitlich furchtbar mit meiner Freundin Linnea gezofft hatte, weil ich stets meinen großen Traum als Ziel vor Augen hatte: Ich wollte hier auf Sylt bleiben und mir hier ein neues Leben aufbauen. Erst dachte ich nur an die kommenden Wochen. Aber jetzt, wo ich Erik kennen- und lieben gelernt hatte, war da der große Wunsch nach so viel mehr. Auch wenn ich selbst wusste, dass dieser Gedanke verfrüht war. Da blieb ich meiner Linie treu. Wenn ich verliebt war, dann glaubte ich an die Macht dieser Liebe. Und die Tatsache, dass ich noch niemals im Leben so verliebt gewesen war, wie ich es jetzt war, war in meinen Augen ein Beweis dafür, dass mein Optimismus zumindest ein Recht darauf hatte, nicht im Keim erstickt zu werden von all der Vernunft, die mir jahrelang eingeredet wurde, die aber noch nie mein Berater gewesen war.

Meine Gedanken wurden unterbrochen von Niklas, der mit dem Foodtruck-Anhänger um die Ecke kam. Wie ein Kleinkind, das einen Eiswagen am Rande des Spielplatzes entdeckte, hüpfte ich auf und ab und freute mich wie verrückt. Wunderschön strahlte der Wagen in seinem leuchtenden Rot, das einfach fantastisch auf den Wintermarkt passte, und mit den glänzenden Chromteilen, die nagelneu aussahen. Für mich war der Wagen schon jetzt der Star des Marktes. Geblendet vom Scheinwerferlicht tupfte ich mir eine Träne aus dem Augenwinkel. Ich schob sie auf das helle Licht, dabei war es die pure Überwältigung, den Wagen hier so zu sehen.

Als er plötzlich an der Einfahrt zum Platz anhielt, sorgte ich mich für einen Moment, dass er liegen geblieben war. Mein Herz setzte einen Schlag aus, bis mir klar wurde, dass er zumindest fast am Ort seiner Bestimmung angekommen war, viel mehr verlangte ich von ihm ja nicht: Mit vereinten Kräften würden wir ihn nun auch noch bis hierher schieben. Dann aber überlegte ich, dass wir auch eine funktionierende Elektrik benötigten, um aus dem Wagen heraus arbeiten zu können. Mit wackeligen Beinen stakste ich auf den noch immer stehenden Wagen zu.

Unsicher versuchte ich, Niklas im Wageninnern ausfindig zu machen, war dann aber umso erstaunter, als nicht Niklas, sondern Linnea hinterm Steuer saß. Ich ging rasch auf sie zu, und bei genauerem Hinsehen konnte ich erkennen, dass ihr Gesicht hochrot war und sie hektisch versuchte, das Auto wieder zu starten. Sie öffnete das Fenster und grinste entschuldigend.

»Liebes, was ist los? Wo ist denn Niklas?«

»Überraschung missglückt, würde ich sagen«, entgegnete Linnea zerknirscht und stieß einen leidenden Laut aus. »Ich hab extra geübt, und nun war ich so nervös, dass mir das Gespann schon auf dem Weg hierher ständig abgesoffen ist. Ich wäre sonst viel früher hier angekommen.«

Wir mussten beide lachen.

»Aber das ist doch nicht schlimm!« Kurzerhand öffnete ich die Fahrertür. »Soll ich?«

»Klar«, sagte Linnea grinsend. »Musst mich nicht mehr fragen.«

Verwirrt blickte ich sie an, während sie vom Sitz aufstand und auf das Polster klopfte.

»Ich meinte das damals schon ernst, als ich gefragt hab, ob du ihn haben willst.« Sie lächelte sanft. »Und da du nicht wirklich darauf geantwortet hast, habe ich mir überlegt, dass ich dir den Wagen als, ich gebe zu, nicht ganz uneigennütziges Weihnachtsgeschenk übergebe. Das mit der feierlichen Aushändigung hab ich nun ein wenig vermasselt.« Sie grinste schief. »Wie geplant brauche ich dich im Café. Aber Niklas hat mir gesagt, dass er sich viel besser vorstellen kann, uns zu unterstützen, als bei Erik im Restaurant anzufangen. Und mit Foodtrucks hat er Erfahrung. Aber wenn ich eins gelernt habe, dann, dass ich Liebe und Job trennen will. Wenn, dann sollst du seine Chefin sein und der Wagen eine eigene Schiene, unabhängig vom Café. Du hast immer erzählt, in deiner Agentur hat man dich nie machen lassen, wie du es dir denkst. Hast du nicht mal drüber nachgedacht, dir da ein eigenes Standbein aufzubauen in Richtung Eventagentur oder Catering? Sieh den Wagen doch als Startkapital. Du hast es dir hart erarbeitet. So viel steht fest.«

Perplex starrte ich meine Freundin an. »Das kann ich unmöglich annehmen.« Vehement schüttelte ich den Kopf.

»Ach so?« Linneas Blick verriet, dass sie meine Worte nicht im Geringsten interessierten. »Nun fahr mal los, bevor sich noch der gesamte Markt hier um deinen Oldtimer zur Starthilfe versammelt.« Sie setzte sich auf den Beifahrersitz.

Kopfschüttelnd startete ich das Auto und lenkte unseren Wagen sicher an seinen Platz. Dort angekommen legte ich Linnea, die neben mir saß, die Hand auf den Arm.

»Schon ein komisches Gefühl, dass der Wagen hier heute steht«, gab sie zu. »Insgeheim hab ich mir vielleicht immer gewünscht, dass es so weit ist. Irgendwie hatte ich aber auch einen Heidenrespekt vor diesem Moment. Die Plane und der alte Schuppen waren ein Stück weit immer auch ein Schutzschild für mich.«

»Du hast alles richtig gemacht«, sagte ich.

»Und du erst.«

Bevor wir ausstiegen, hielt mich Linnea noch einmal am Arm fest. »Ich meine das ernst. Der Wagen ist dein Ding. Ich übergebe dir hiermit die volle Verantwortung. Ich hab mit meinem Café genug um die Ohren. Und wenn du Niklas mit einbinden willst, umso besser. Ich möchte mit meinem Partner nicht unmittelbar auch beruflich komplett verbunden sein. Dafür bin ich auch viel zu eingefahren mittlerweile. Und wenn's mal wieder knallt bei uns, dann reißt es nicht im Geschäft auch gleich alles mit runter.«

Ich zog die Augenbrauen hoch. Linnea war eine erstaunlich bedachte und gradlinige Person. Sie kannte sich selbst gut, tat nichts, ohne darüber nachgedacht zu haben. Ich hingegen dachte häufig erst daran, was schiefgehen könnte, wenn es bereits viel zu spät war. Sie konnte da ebenso wenig aus ihrer Haut wie ich. Ich hoffte sehr, dass wir uns da in unseren Eigenschaften ergänzten.

Ich kramte aus meiner Hosentasche etwas hervor. Es war der Schlüsselanhänger mit dem Schriftzeichen, den ich neulich schon gefunden hatte, und hielt ihn ihr unter die Nase.

»Wow! War der noch im Wagen?« Ihre Augen strahlten. »Den Anhänger hat mir Niklas damals geschenkt. Es ist ein chinesisches Schriftzeichen, das sowohl für *Chance* als auch für *Krise* steht. Ich finde, es passt auf uns alle, und ich bin der Meinung, wir sollten ihn am Schlüssel für den Wagen lassen, oder?«

»Absolut!« Ich befestigte ihn am Wagenschlüssel.

»Wo ist Niklas denn eigentlich?«

Linnea schaute auf ihre Uhr. »Er müsste auch bald hier sein.«

»Ja, mich wundert, dass er nicht längst da ist. Er hatte gesagt, er wollte hier noch ein bisschen mithelfen beim Aufbau. Aber vielleicht hatte ich das auch falsch verstanden.«

»Er hat einen Termin für eine Wohnung«, erklärte Linnea. »Er wird bald da sein, denke ich.«

»Oh, super! Ich drücke die Daumen!«

»Lass uns so lange den Wagen so einrichten, dass ihr morgen alles so vorfindet, wie es sein soll. Um das Feintuning könnt ihr euch ja dann immer noch kümmern. Aber zunächst einmal müssen wir schauen, ob alles da ist. Dann können wir ganz in Ruhe reagieren und den Rest besorgen, solange noch Zeit ist.«

»So machen wir das.«

Der Wagen stand perfekt, und wir begannen, die Kartons und Kisten, die schon im Wagen waren, auszuräumen. Dabei fiel mir ein Detail auf, welches ich vorher noch gar nicht bemerkt hatte. Statt *Linneas* wie auf der Karte, die Linnea mir neulich gezeigt hatte, hatte sie auf dem Kühlschrank meinen Namen aufgeklebt, was mich sehr rührte.

»Liebes, das ist so toll!« Begeistert deutete ich auf den Schriftzug und merkte, wie sich eine kleine Freudenträne ihren Weg bahnte.

»Wie schön, dass es dir gefällt«, sagte Linnea, nahm mich in den Arm und drückte mich.

Ich nahm eine Karte in die Hand und ging unser Angebot durch. »Niklas hat mir während unserer Arbeiten am Wagen viel von seinen Reisen erzählt. Er hat davon berichtet, wie er sich auf seine Arbeit mit dem ersten eigenen Foodtruck vorbereitet hat. Superspannend, was er dabei so erlebt hat«, erzählte ich.

Linnea sah mich interessiert an. »Ja, wenn man sich Inspiration aus allen möglichen Teilen der Welt holt, kann man natürlich besonders vielfältige Produkte anbieten«, sagte sie.

»So klang das, ja. Er sagt, er hat einige Städte in verschiedenen Skigebieten besucht und sich umgeschaut, was wo am besten lief, und vor allem auch welche Zutaten womöglich qualitativ den Unterschied gemacht haben. Er sagt, er hat auch in seiner Zeit hier auf Sylt ›spioniert‹ und hat sich hier zum Beispiel den *Pharisäer* und die *Tote Tante* abgeguckt. Er hat beides nach Österreich importiert, kannst du dir das vorstellen?«

»Ach?« Linnea hob überrascht die Augenbrauen. »Sieh an. Würde mich ja echt mal interessieren, wie das so ankam. Ich könnte mir vorstellen, dass bestimmte Speisen und Getränke einfach auch an einen Ort gebunden sind und da hingehören. Klar schmecken die auch woanders, aber ich denke, da fehlt dann schon das gewisse Etwas, die Umgebung und die Atmosphäre. Meinst du nicht?«

»Kann sein, ja.«

»Für mich war das total schwer, als du plötzlich angefangen

hast, die Karte für den Wagen so zu gestalten, dass ich etliche Dinge darauf entdeckte, die auch Niklas sich damals ausgedacht hatte. Erinnerst du dich noch an die Karte, die ich dir gezeigt hatte?«

Ich nickte. »Klar! Stimmt, da stand einiges drauf, was so auch für unseren Wintermarkt perfekt passen könnte.«

»Ja, aber für mich war das gleichbedeutend mit Niklas und deshalb wie geschwärzt. Das passte für mich nur zu ihm.« Sie hob die Schultern. »Man hat manches dann einfach wohl nicht endgültig verarbeitet.«

»Wahrscheinlich ist das so, ja. Wie traurig. Umso schöner, dass es bei dir endlich weitergehen darf.«

In dem Moment kam eine Ausstellerin mit einem Tablett. »Mögt ihr mit anstoßen auf den Wintermarkt? Hier habe ich Winterpunsch. Einmal mit, einmal ohne Schuss. Und als kleinen Snack Schokoladenfrüchte.«

»Oh, prima!«, freuten wir uns gleichzeitig und griffen beide nach einem Getränk ohne Alkohol und jeweils einem Spieß mit den Früchten samt Schokoglasur.

»Lasst es euch schmecken!«

Wir hoben unsere Becher.

»Auf den Wintermarkt«, sagte Linnea.

»Und auf die riesengroße Familienrunde in diesem Jahr. Und ein bisschen auch auf Felicitas«, ergänzte ich, und wir lachten beide.

»Vor allem aber auf uns! Danke, dass du mir mein Verhalten verziehen hast, Josi«, sagte Linnea, und in ihrem Blick lag so viel ehrliche Dankbarkeit, dass alles vergessen und unsere Freundschaft wieder ganz und gar da war.

20. Erik

Niklas kam vorbei. Wir wollten gemeinsam zum Markt fahren.

Er hatte morgens bereits eine Wohnungsbesichtigung gehabt. Eine Mitarbeiterin des Kindergartens vermittelte ihm ein kleines Apartment in Tinnum, das er sich an diesem Tag hatte anschauen können. Begeistert nahm er diese Chance gleich wahr und bekam heute schon direkt die Zusage.

Da Niklas nun versorgt war, wollte ich Josi die kleine Einliegerwohnung meiner Großeltern vorschlagen. Das Herz schlug mir bis zum Hals, weil mir klar war, dass es ein wenig so klang, als wollte ich, dass sie direkt bei mir einzog. Mir war bewusst, dass es dafür eigentlich zu früh war, aber ich wollte einfach unbedingt in ihrer Nähe sein. Und sie hatte deutlich gemacht, dass sie nicht gerade scharf darauf war, nach Hamburg zurückzukehren. Die Wohnung war für eine Person allein im Grunde ideal geschnitten: Sie verfügte über ein Schlafzimmer, eine kleine Küche, ein Wohnzimmer und einen Raum, den man als Büro nutzen konnte. Je nachdem, wie es für sie weitergehen würde, könnte sie diesen Raum verwenden. Ein besonderer Clou der Wohnung, der aufgrund meiner eigenen Talentfreiheit in diesem Bereich bisher nie eine Rolle gespielt hatte, war eine kleine Werkstatt meines Großvaters, mit der ich sie zu Weihnachten überraschen wollte. Mein Großvater hatte dort zeit seines Lebens Möbel und Dekorationsartikel angefertigt. Als Josephine mir davon erzählte, dass sie selbst für ihre Wohnung antike Möbelstücke aufbereitet hatte, war ich sofort hellhörig geworden und hatte im Geiste schon die lange nicht genutzte Werkstatt aufgeschlossen. Als ich erlebt hatte, wie Josi darin aufging, den alten Foodtruck wieder herzurichten, war mir klar geworden, wie groß ihre Leidenschaft für das Aufbereiten von Vintage-Dingen war.

Gemeinsam mit Niklas besichtigte ich den angestaubten Kellerraum, bevor wir zum Markt aufbrachen. Er inspizierte die Geräte mit Kennerblick und war begeistert, was sich im Keller verbarg.

»Wenn ich gewusst hätte, was für ein Schmuckstück hier schlummert, hätte ich mir den Umzug noch mal durch den Kopf gehen lassen«, scherzte er.

»Ich könnte mir vorstellen, dass Josephine dich bei Bedarf jederzeit ihre Werkstatt nutzen lässt«, vermutete ich und lächelte.

Niklas strich mit leuchtenden Augen über die Werkbank und nahm auf dem kleinen Hocker vor dem Tisch Platz, an dem ein Schraubstock befestigt werden konnte.

Sonnenstrahlen fielen durch einen Lichtschacht ins Zimmer, sodass der Raum nicht wie ein Kellerraum wirkte. An den Wänden hingen Zeichnungen, die mein Großvater angefertigt hatte. Er war ein Künstler gewesen, hatte seine Leidenschaft und sein Talent aber leider nicht an meinen Vater und auch nicht an mich vererbt. Ich erinnerte mich daran, wie ich immer gestaunt hatte, wenn er hier an seinen kleinen Kunstwerken und Möbelstücken gearbeitet hatte. Genau wie Josephine hatte er häufig Möbel für die eigene Wohnung wieder aufgearbeitet oder zumindest kleinere Reparaturen vorgenommen. Ich würde mich freuen, wenn Josi Gefallen daran finden würde, sich hier zu verwirklichen. Ich war wahnsinnig aufgeregt und hoffte, dass Josi sich über meine Idee freuen und nicht überrumpelt die Flucht ergreifen würde.

»Wollen wir los?«, fragte Niklas.

»Unbedingt«, antwortete ich. »In der Küche habe ich Glühwein und ein paar Dinge vorbereitet.«

»Lass' uns die schnell noch in den Kofferraum packen«, freute sich Niklas, stand auf, und ich folgte ihm zur Küche und dann zum Auto. Wir luden alles ein.

»Jetzt bin ich sehr gespannt, wie der Markt aussieht.«

»Und ich erst. Wie lange ich mich nun auf diesen Tag gefreut habe.« Ich schüttelte den Kopf. »Und ihr habt es echt bis zuletzt spannend gemacht.« Ich rollte mit den Augen. »Morgen geht es endlich los. Und das mit Linneas Wagen! Besser hätte es nicht laufen können. Unglaublich, wie sich die Dinge nun entwickelt haben«, staunte ich.

»Hättest du vor ein paar Wochen behauptet, dass ich mich hier auf Sylt mit Linnea versöhne und der Traum vom Foodtruck auf der Insel weitergehen darf – ich hätte dich für verrückt erklärt«, bestätigte Niklas grinsend und setzte sich hinters Steuer. »Dann wollen wir mal zum Markt starten. Linnea und Josi sind längst da. Und ich kann mir vorstellen, dass sowohl noch Organisatorisches als auch Handwerkliches anfällt. Anton und ich haben später noch mal einen Kontrolltermin bei einer Kinderärztin. Wir hatten im Krankenhaus besprochen, dass sie sicherheitshalber vor den Feiertagen noch einmal checken, ob wirklich alles in Ordnung ist mit dem Kleinen. Aber da mache ich mir keine Sorgen. Ich will die Kinderärztin aber auch mal fragen, ob sie einen Tipp für mich hat, wen ich in der Sache mit dem Weihnachtsbesuch durch unseren Wagen ansprechen kann. Dass wir Spenden sammeln, haben wir ja in die Wege geleitet. Hatte ich dir erzählt, dass die Zeitung noch mal ordentlich die Werbetrommel rühren will?«

Ich freute mich und fand, dass diese Aktion den Wintermarkt perfekt abrunden würde.

Niklas strahlte, und gemeinsam brachen wir auf in Richtung Wintermarkt, wo wir von wuseligem Treiben und gelöster Stimmung empfangen wurden.

»Wow!« Staunend schaute ich mich um und war überwältigt davon, was sich auf dem Markt alles getan hatte. Es waren auf den ersten Blick alle Stände so aufgebaut, dass es jederzeit losgehen konnte. Sogar das Licht, die verschiedenen Sitzgelegenheiten und auch die Stehtische waren bereits so arrangiert, dass Gäste willkommen wären.

»Ich bin begeistert«, freute ich mich, und dieses Wort reichte kaum aus. Erst recht, als ich in der Mitte des Platzes Josi und Linnea entdeckte, die voller Eifer den Wagen dekorierten, der ein wunderschönes Zentrum unseres Wintermarktes bildete. Genau so hatte ich es mir vorgestellt.

Wir gingen auf die beiden zu, und erst als wir kurz vor dem Wagen standen, bemerkten sie uns.

»Hey, da seid ihr ja endlich!« Josi trat aus der Tür und begrüßte mich stürmisch.

»Na, was sagst du? Ist er nicht fantastisch geworden?«

»Wunderschön! Einfach ganz große Klasse«, bestätigte ich.

»Stell dir vor, Linnea will den Wagen wirklich mir überlassen. Er wird sozusagen mein eigenes kleines Zukunftsprojekt hier auf Sylt sein, gemeinsam mit Niklas. Vorausgesetzt, er hat Lust darauf und du kannst ihn entbehren in deinem Restaurant.« Josi schaute mich mit großen Augen an.

»Selbstverständlich will ich Linnea, solange Anne fehlt, hier unterstützen. Aber weißt du, was das heißt?« Josephine war ganz aufgeregt, und in ihren Augen spiegelten sich die vielen Lichter, die um uns herum leuchteten.

»Dass ich dich so schnell nicht werde gehen lassen müssen. Das hätte ich aber so oder so niemals zugelassen«, flüsterte ich, und sie nickte, woraufhin wir uns küssten.

»Ich freue mich so sehr darauf«, sagte Josi, als unsere Lippen sich wieder voneinander trennten.

»Und ich mich erst. Für mich beginnt, genau wie für dich, ein ganz neues Leben, wenn du hierbleibst. Und ich kann's kaum erwarten.«

»Und für dich heißt das, dass ich dir hiermit deine neue Chefin hier vorstellen darf«, hörte ich Linnea an Niklas gewandt sagen.

»Damit kann ich leben«, sagte dieser und lachte. »Ich biete auch an, meine Kontakte spielen zu lassen, falls wir in Zukunft expandieren wollen und aus einem Wagen ein paar mehr werden sollen.«

»Nun mal langsam«, ermahnte ihn Linnea und knuffte ihn liebevoll in die Seite. »Erst mal haben wir hier genug zu tun, und ich brauche Josi im Café. Du kannst dich also nach den Festtagen erst einmal allein im Wagen beweisen.«

»Ich kann es kaum erwarten!«

»Und in der Zeit, in der Josi Linnea im Café unter die Arme greift, können wir ja weiter Pläne schmieden zum Thema eigene Catering-Agentur. Mit dem Wagen wärt ihr sicher bei so manchem Event eine gern gesehene Attraktion. Beste Caféprodukte und Snacks aus einem ganz hervorragenden Café sowie einem Restaurant hast du ja schon einmal an der Hand. Und Erfahrungen hast du in Hamburg da ja ausreichend gesammelt.« Ich strahlte Josi an. »Linnea und ich kennen so viele Leute hier. Ich denke, das kann auch nicht schaden.«

Josi wurde rot und erwiderte mein Lächeln. »Danke«, flüsterte sie.

»Da ist doch der Wintermarkt schon einmal der allerbeste Einstieg, um Kontakte zu knüpfen und sich mit den Gesichtern der Insel vertraut zu machen«, stellte Linnea fest. »Und der Wagen hat schon ganz schön viele Fans, wie ich sehe!« Sie deutete hinter uns, wo sich eine kleine Traube um das rot glänzende Gefährt gebildet hatte.

»Ein echtes Highlight«, schwärmte Linnea und strich fast schon zärtlich über die Klappe des Oldtimers. »Papa würde sich so freuen, wenn er das sehen könnte.« Sie sagte es leise, doch Josi und ich hatten es mitbekommen. Josi trat neben sie und legte den Arm um ihre Freundin.

»Glaub mir, dein Dad schaut gerade zu und ist so megastolz auf dich! Genau so hätte er sich das hier gewünscht!«

»Ich glaube, deiner Oma geht es genauso«, vermutete Linnea und legte den Kopf an Josis Schulter.

21. Josephine

Aus dem Augenwinkel bemerkte ich, wie Linnea sich eine Träne von der Wange tupfte, und auch mein Herz machte erneut einen Hüpfer, als ich sie sah, wie sie da neben Niklas stand, ihrer alten, neuen großen Liebe. Wie er in diesem Moment den Arm um sie legte, noch vorsichtig und zaghaft, aber dennoch so vertraut. Ich drückte sie noch mal an mich, trat dann einen Schritt zurück und freute mich, dass Niklas da war. Die beiden waren ein so schöner Anblick, und kaum einem Menschen wünschte ich diese Liebe mehr als meiner Freundin Linnea, die so lange darauf verzichtet hatte.

Für einen Moment blieb ich stehen und betrachtete das rege Treiben auf dem Markt. Überall wuselte irgendjemand herum und baute noch etwas an seinem Stand um, räumte Regale ein oder drapierte schon die ersten Produkte in der Auslage. Ein scharfer Wind vom Wasser her gab auch heute schon einen Vorgeschmack darauf, wie es in den kommenden Tagen sein würde: ganz schön frisch und dennoch gemütlich.

Eriks Plan war aufgegangen, und die Hütten und Vordächer sorgten tatsächlich für kleine behagliche Gewölbe, wo man gut verweilen konnte. Die ersten neugierigen Besucher standen auch schon beim Klönschnack zusammen. Es waren die üblichen Verdächtigen, die ich mittlerweile auch schon kennengelernt hatte.

Ein paar Insulaner, die sich auch bei Linnea und Erik in regelmäßiger Gepflogenheit auf einen Kaffee oder ein, zwei Flaschen Bier trafen, um den neusten Tratsch auszutauschen. Es war klar, dass der Beginn des Marktes von ihnen unbedingt im Auge behalten werden musste, damit sie umgehend Mitteilung geben konnten an alle interessierten Leute in ihrem Umfeld.

Mir gefiel, wie wichtig ihnen dieses Event war, ich fand es geradezu rührend und auch ein wenig amüsant.

Ich verkniff es mir jedoch, darüber Scherze zu machen, weil der Markt ja für Erik nicht weniger wichtig war.

Ich erschrak, als jemand die Hand auf meine Schulter legte.

»Na, bist du zufrieden?«, hörte ich Annes Stimme. Sie zuckte zusammen, als ich herumfuhr. »Oh, entschuldige bitte, ich wollte dich nicht erschrecken!«

»Anne!« Ich lachte überrascht auf. »Und wie! Es sieht wundervoll aus, und ich kann es kaum erwarten, bis es endlich losgeht.«

»Das glaube ich dir! Es ist überwältigend geworden! Und ich freue mich so, dass du für mich einspringst demnächst.« Sie strich sich glücklich über den rundlichen Bauch.

Niklas trat zu uns.

»Ihr seht gerade sehr zufrieden aus«, stellte er fest.

»Das dürfen wir wohl auch sein, oder?«

»Absolut! Darauf einen allerersten Test-Glühwein, einen Pharisäer oder eine heiße Schokolade?«, schlug Niklas vor und stieß damit bei allen auf Zustimmung.

Wir folgten ihm kichernd zum Wagen.

Niklas und Erik hatten an alles gedacht und im Auto einige Thermoskannen mit Glühwein, Tee und Kakao dabei.

Er schenkte jedem einen Becher mit seinem Wunschgetränk ein, und ich genoss die Wärme an meinen Händen. Erik stellte sich neben mich, was mir die Gelegenheit gab, etwas anzusprechen, das mir zumindest ein bisschen auf der Seele lag.

»Werden deine Eltern denn eigentlich zu Weihnachten auch wieder hier sein?«, fragte ich ihn.

»Ja.«

Plötzlich kam mir meine Frage falsch vor. Ich fürchtete, dass er sich unter Druck gesetzt fühlen könnte, mich seiner Familie vorzustellen. Dennoch verspürte ich Enttäuschung, als er nichts weiter darauf sagte.

»Sie schippern gerade noch in Richtung des letzten Hafens ihrer Kreuzfahrt vor Norwegen, und dann geht es wieder nach Hause«, erklärte er schließlich. »Sie genießen ihren Ruhestand. Aber ich bin überzeugt, dass sie es kaum erwarten können, wenn ich ihnen andeute, dass sie hier eine Überraschung erwartet.« Erik griff sanft nach meiner Hand, und ein Schauer wie von Hunderten zarten Schmetterlingsflügelschlägen überzog die Haut meines Unterarmes.

»Du musst wissen, dass meine Ma in den letzten Jahren sehr nachdenklich geworden ist, weil es ihr nicht immer gefiel, was ich hier so auf die Beine gestellt habe«, wagte Erik einen Erklärungsversuch. »Es gab viel Zoff, was das Restaurant und dessen Entwicklung angeht. Aber das ist halt so, wenn unterschiedliche Generationen aufeinandertreffen.« Erik wich meinem Blick aus und starrte ins Leere. Mir kam es vor, als ginge es um konkrete Entscheidungen, die er da im Hinterkopf hatte, auf die er aber zum jetzigen Zeitpunkt nicht näher eingehen wollte.

»Damit, dass sie mir die Leitung übertragen haben, haben sie mir aber auch die Entscheidungsvollmacht gegeben. Dass wir da nicht immer einer Meinung sein können, ist wohl so.«

»Aber sie sind doch sicher sehr stolz darauf, wie erfolgreich du mit dem Restaurant bist«, sagte ich und schaute Erik von der Seite an.

Er nickte nur verhalten, und ich hatte den Eindruck, er zweifele daran.

Erik holte tief Luft und fragte dann: »Hast du Zeit, ein paar Schritte zu gehen?«

»Ich sage schnell Linnea Bescheid«, sagte ich und wandte mich dann an meine Freundin: »Ist es okay, wenn Erik und ich einmal runter zum Watt spazieren?«

»Selbstverständlich. Niklas und ich sind noch ein bisschen im Wagen. Falls wir nicht mehr hier sind, wenn ihr zurück seid, findest du mich im Café.«

»Danke dir, alles klar.«

Sie lächelte und drehte sich zu Niklas um.

Erik legte den Arm um mich, und ich fühlte mich sofort wieder so wohl in seiner Nähe, dass die kleine beunruhigte Stimme in meinem Hinterkopf Ruhe gab.

Noch bevor wir am Weg angekommen waren, der hinunter zum Watt führte, kam Erik zurück zu seinen Eltern.

»Du hast ja gesehen, dass neben meiner Wohnung Richtung Watt noch ein Teil des Gebäudes leer steht, oder?«

Ich nickte. »Ja, fantastische Lage. Ich hab aber nicht gesehen, ob der Bereich noch zur Wohnung deiner Eltern gehört.«

»Nein. Derzeit stehen die Räume leer. Das war mal die Pension meiner Eltern, die ich abgestoßen habe, als ich das Restaurant übernommen habe. Ich hatte, weil das Restaurant so gut lief, immer überlegt, es zu erweitern. Ein weiterer Gastraum mit angeschlossener Terrasse, auf der die Gäste im Sommer die einmalige Aussicht genießen und im Winter vielleicht überdacht Platz nehmen könnten, schwebte mir vor. Dazu ein Kaminzimmer für die Herbst- und Winterzeit.«

»Klingt toll«, bemerkte ich. Gleichzeitig dachte ich aber auch, dass damit der Bereich, in dem fremde Leute sein würden, sehr nah an Eriks privatem Wohnbereich sein würde.

»Meine Eltern sind davon gar nicht begeistert. Im Gegenteil. Sie freuen sich zwar auch über den Erfolg des Restaurants, sind aber der Meinung, dass man an einem bestimmten Punkt auch mal langsam machen darf.«

»Verstehe. Sie sind also gegen eine Erweiterung?«

Erik nickte. Wir waren mittlerweile an dem Schotterweg angekommen, der zum Watt führte.

»Sie sagen, als Eltern hätten sie die Verpflichtung, ihren Sohn vor Größenwahn, der so manchen Sylter Unternehmer schon befallen hat, zu schützen.« Erik lächelte und hob die Schultern. »Sie haben über die Jahre schon viele kommen und gehen sehen.«

»Harte, aber irgendwie auch sehr liebevolle Worte.«

»Stimmt. So habe ich das aber lange nicht gesehen. Es gab viel Streit. Sie haben als Argument immer herangezogen, dass ich es ganz sicher in einigen Jahren bereuen würde, weil ich irgendwann diesen Platz als Wohnraum benötigen würde. Schließlich kommt an einem Punkt im Leben vielleicht ja der Gedanke an Familie und so.«

Mein Herz schlug aufgeregt, als Erik weitersprach. Er war stehen geblieben und griff auch mit seiner anderen Hand nach meiner, die er bereits hielt.

»Ich hab dieses Argument immer abgetan, weil sich diesbezüglich bei mir nur Enttäuschungen abgespielt haben. Vor einiger Zeit war es so, dass ich jemanden kennengelernt hatte, mit der ich mir eine Zukunft hatte vorstellen können. Von dieser Frau bin ich damals ziemlich enttäuscht worden, und ich glaube, den Schmerz habe ich dadurch verdrängt, dass ich mich in die Arbeit gestürzt habe. Dabei war ich nur noch nicht dem richtigen Menschen begegnet, wie ich heute weiß. Denn das, was ich damals empfunden hab, kann dem, was du in den letzten Wochen mit mir gemacht hast, nicht im Ansatz das Wasser reichen.«

Nervös atmete ich, wusste nicht, wohin mit meiner Aufregung, sah auch Erik an, dass das, was er sagen wollte, ihn bewegte.

»Es ist nicht so, dass ich nicht weiß, dass solche Reden wie meine gerade einer Frau wie dir auch Angst machen können.« Das Lächeln, das nun folgte, war so liebevoll, dass ich nicht anders konnte, als ihm über die Wange zu streicheln und ihm einen Kuss auf seine wunderschönen, weichen Lippen zu geben.

»Aber gerade muss ich meinen Eltern recht geben, dass ich den Umbau noch einmal überdenken möchte. Ich habe der Baufirma abgesagt und alles, was ich da bereits an Anträgen in die Wege geleitet habe, auf Eis gelegt. Ich habe damit auch den Verkauf der ehemaligen Pension zunächst gestoppt. Den Erlös wollte ich nutzen, um den Umbau zu finanzieren. Nun habe ich alle, die da involviert sind, informiert. Und was ich erst kaum glauben konnte: Mir fallen echt Felsbrocken vom Herzen. Ich will mir genau diese Option offenhalten, mir ein kleines Paradies zu schaffen. Und weißt du, was dafür mein allergrößter Wunsch ist?«

Ich schaute Erik in seine Augen, in denen sich noch ein paar der Lichter spiegelten, die hinter mir vom Markt her flackerten.

»Dass es *unser* Paradies hier sein wird. Nicht heute, nicht morgen. Irgendwann, wenn du magst. Noch nie zuvor hat sich ein Gedanke so richtig angefühlt wie dieser.«

Mein Herz flog ihm zu, und ich hatte das Gefühl, der Boden unter mir vibrierte. Wir küssten uns. Es war ein Kuss, der mir wie ein Beginn von etwas ganz Wundervollem vorkam, ohne dass ich genau wusste, was hinter diesem zauberhaften Start stand. So viel war in den letzten Tagen geschehen, dass ich zuversichtlich war, dass ich alles auf mich zukommen lassen konnte. Das Leben hatte es gut gemeint mit mir, und jede Entscheidung gegen etwas, was sich falsch angefühlt hatte, hatte am Ende zu etwas anderem geführt, was mir so viel besser vorkam.

Nichts konnte schöner sein, als dass man das im Rückblick feststellen konnte.

»Aber ich respektiere auch, wenn dir das vor diesem Hintergrund alles grad ein bisschen viel wird und du sagst, du möchtest nicht von meiner Ma gleich überfallen werden. Ich kann nämlich nicht garantieren, dass sie dir nicht direkt den roten Teppich ausrollt und dich auf Händen trägt, wenn sie auch nur ahnt, dass du dafür verantwortlich bist, dass ich mir die ganze Sache mit dem Umbau noch mal durch den Kopf habe gehen lassen. Das habe ich nämlich schon am Telefon angedeutet.« Er schaute mich mit einem Blick an wie ein junger Hund, und ich musste schmunzeln.

»Mit ungewöhnlichem Familienverhalten kenne ich mich aus. Wenn's dann auch noch ein liebenswürdiges ist, umso besser!« Ich küsste ihn erneut. Ich fand es rührend, was für Gedanken er sich machte und dass er sich sorgte, ich könnte womöglich gleich Reißaus nehmen.

Seine Worte erklärten aber, warum er erst verhalten reagiert hatte, als es um seine Eltern ging.

»Ich freue mich darauf, deine Eltern kennenzulernen«, sagte ich und drückte Eriks Hand, was er mit einem dankbaren Blick quittierte.

Es kam mir vor, als gebe es um uns herum nur den klaren Winterabend. Dazu den weiten Horizont über dem Watt, den wir gerade nur noch erahnen konnten, der mir in diesem Moment aber so vorkam, als ermögliche er uns so viel, von dem wir noch nichts ahnten.

Langsam war es stockdunkel, und wir gingen zum Markt zurück, über dessen Dächer sich ein märchenhafter Lichterzauber gelegt hatte. Dieser wies auch aus einiger Entfernung bereits unverkennbar den Weg zu diesem weihnachtlichen Winterzauber.

»Wow!« Erik und ich staunten wie aus einem Mund, und dann tauchten wir ein in ein Lichtermeer und den Trubel aus Stimmengewirr, erstem Toncheck und fröhlichen Zwischenrufen.

22. Erik

»Chef, es warten zwei Herren auf dich. Sie sitzen im Separee. Essen wollten sie nichts. Ich hab ihnen Getränke serviert, und sie sagten, sie hätten Zeit mitgebracht. Es ist wohl wichtig«, begrüßte Elisa mich, sobald ich das Restaurant betrat. Ich hatte Josi noch zurück zum Wagen begleitet, war dann aber aufgebrochen, um hier nach dem Rechten zu sehen. Keine Minute zu früh offensichtlich.

»Warum hast du denn nicht angerufen?«, fragte ich.

Elisa antwortete nicht, sondern deutete nur auf den Tresen, wo mein Handy lag. »Hab ich versucht.«

Ich tastete an meiner Tasche. Zum ersten Mal seit Jahren hatte ich nicht mal gemerkt, dass ich mein Telefon nicht dabeihatte, und ich wusste nicht, ob ich mich darüber freuen sollte oder nicht.

Als mein Blick jedoch in den Gastraum ging, war jeglicher Gedanke an Freude mit einem Schlag dahin.

Am Tisch saßen zwei Herren, die ich der Immobilienfirma zuordnete, die mir die ehemalige Pension abkaufen wollte. Einen kannte ich, mit dem anderen hatte ich bisher nur telefoniert. Oder? Ich blickte in das Gesicht eines Mannes, an den ich in letzter Zeit häufiger gedacht hatte – allerdings nicht gerne. Die Erkenntnis traf mich wie ein Schlag: Der Immobilienmakler war niemand anderes als der Mann, mit dem meine damalige Freundin Maria mich betrogen hatte.

»Alles in Ordnung?« Elisa stand neben mir.

»Haben die Herrschaften gesagt, warum sie hier sind?«, erkundigte ich mich trocken.

»Nein, sie sagten nur, es ginge um einen Geschäftstermin mit dir.«

Ich straffte die Schultern und ging auf den Tisch zu.

»Guten Abend«, begrüßte ich die beiden, ohne ihnen die Hand zu geben. »Darf ich Ihnen auch was zu essen anbieten?«

»Danke, nein. Guten Abend, Herr Larsen. Nils Breuer. Wir hatten telefoniert. Das ist mein Kollege Tobias Thoms«, sagte der Mann, der meiner Beziehung damals endgültig den Garaus gemacht hatte. Am liebsten wäre ich einfach wieder umgekehrt und aus dem Restaurant gestürmt.

»Getränke sind noch ausreichend da, wie ich sehe. Was darf ich sonst für Sie tun?«

»Ich freue mich sehr, dass wir uns endlich mal kennenlernen«, sagte Breuer. »Ich dachte, es wäre sinnvoll, dass wir persönlich noch einmal über den Verkauf sprechen. Es sollte demnächst ja zum Termin beim Notar kommen. Leider soll daraus nichts werden, wie ich hörte. Ist das wahr?«

Nun setzte der andere Mann an. »Verzeihen Sie bitte den Überfall, aber da wir wirklich sehr interessiert an Ihrer Immobilie sind, wollten wir uns rückversichern, dass hier kein Missverständnis vorliegt.«

Mein missmutiger Gesichtsausdruck musste Bände sprechen, denn der Mann schüttelte verwirrt den Kopf und versuchte, sich zu erklären: »Wir hatten die Empfehlung, uns mit Ihnen kurzzuschließen, von einer guten Freundin, die wusste, dass Sie schon länger mit dem Gedanken gespielt haben zu verkaufen – deshalb haben wir uns sehr gewundert, als Sie den Rückzieher gemacht haben. Geht es um den Preis?«

»Ach? Sie haben den Tipp also von Maria Bianchi bekommen?« Verächtlich stieß ich Luft aus. »Nun wird mir so einiges klar. Ich muss Sie enttäuschen: Ihre Insiderquelle ist da leider sehr schlecht informiert, und Sie müssen sich wirklich einen anderen Ort suchen. Es geht nicht ums Geld, ich habe schlichtweg meine Meinung geändert. Haben Sie einen angenehmen Abend – die Getränke gehen natürlich aufs Haus.« Ich machte auf dem Absatz kehrt und ging.

Nils Breuer trat mir in den Weg. »Herr Larsen, steht Ihre Entscheidung wirklich fest?« Mit eindringlichem Blick schaute er mich an. Es wirkte beinahe lächerlich, wie er vor mir stand, als ginge es hier um Leben und Tod. »Maria sagte, Sie planen aufwendige Umbauarbeiten, die sicher viel Geld kosten.« Ein gönnerhafter Blick traf mich. »Wir wären auch bereit, noch mal über den Preis zu sprechen, falls es das ist.«

Mein Blick ging zu Tobias Thoms, der arglos die Augen aufschlug. Sosehr mich die Situation auch aufwühlte, blieb ich erstaunlich ruhig und klar.

»So viel, wie mir das hier wert ist, können Sie alle zusammen nicht bezahlen. Nicht in diesem Leben. Viel Erfolg bei der Suche und einen guten Abend.«

Energisch drehte ich mich zur Seite und wandte mich im Vorbeigehen an Elisa. »Ich muss noch mal los. Die Getränke der Herrschaften gehen aufs Haus. Sie gehen gleich.«

Ich wollte nur noch an die frische Luft.

• • •

Schnell griff ich noch nach meiner Jacke und ging auf direktem

Wege rüber zu der ehemaligen Pension, um mich auf die Bank an der Rückseite des Gebäudes zu setzen. Tagsüber hatte man von hier aus einen traumhaften Blick aufs Watt, jetzt beruhigten mich die Dunkelheit und die Geräusche der winterlichen Wattlandschaft.

Ich war wütend, weil ich nicht fassen konnte, dass Maria die Dreistigkeit besaß, ihrem neuen Partner den Tipp zu geben, mich auf meine Immobilie anzusprechen. Dass sie mein damaliges Vertrauen so ausnutzte und ihm und seinem Partner verraten hatte, wie meine Überlegungen aussahen, enttäuschte mich, obwohl ich nicht mehr emotional an ihr hing. Wie kaltherzig konnte man bloß sein? Dass sie mich damals betrogen hatte, war schlimm genug. Doch dieses Verhalten im Anschluss an unsere Geschichte schlug dem Fass den Boden aus. Ich konnte nicht glauben, wie skrupellos Menschen waren und wie dumm ich selbst einmal gewesen war. Jetzt begriff ich, warum er es war, der so früh wegen des Verkaufs auf mich zugekommen war.

Plötzlich hörte ich Schritte auf dem Weg. Schnell stand ich auf, weil ich im ersten Moment fürchtete, einer dieser Immobilienhaie sei mir hinterhergelaufen.

Zu meiner Verwunderung war es Linnea, die hinter der Hauswand auftauchte.

»Erik?«

»Hey, ja.«

»Entschuldige, willst du allein sein?«

»Wenn du niemanden aus dem Restaurant mitbringst, ist es okay für mich.«

»Elisa hat mir erzählt, dass du gerade rausgestürmt bist. Ich wollte eigentlich nur was zu essen holen. Aber nun mache ich mir Sorgen. Ist alles in Ordnung?«

Linnea trat neben mich und legte mir ihre Hand auf die Schulter.

»Danke, Linnea«, sagte ich und griff mit der einen Hand nach ihrer. »Vielleicht verstehe ich grad, wie es ist, wenn einen die Vergangenheit plötzlich wie eine Wand trifft. Aber manchmal braucht es das womöglich, um manches zu verstehen.«

Linnea sagte nichts, schaute mich nur an und nickte ganz vorsichtig.

»Dadrin sitzt der Typ, mit dem mich eine Frau vor Jahren ziemlich vorgeführt hat. Wie ich gerade erfahren habe, hat sie sogar mein Vertrauen im Nachhinein auch noch missbraucht, indem sie einem Investor davon erzählt hat, dass hier ein Geschäft winkt.« Angewidert schüttelte ich den Kopf und setzte mich wieder hin. »So eine falsche Schlange. Damals hab ich grad noch die Reißleine gezogen, bevor ich mit dieser Frau zusammengezogen bin, während sie mich betrogen hat. Und jetzt holt mich das wieder ein.« Meine Stimme war laut geworden.

»Das ist bitter, das glaube ich dir. Aber wie gut, dass du rechtzeitig auf dein Bauchgefühl gehört und den Deal noch nicht fix gemacht hast.«

»Du weißt von dem Verkauf?«

»Josi hat mir grad am Markt erzählt, dass du vorhattest, baulich was zu verändern. Sie freut sich so über deine Entscheidung. Ich nehme an, davon sprichst du?«

Matt nickte ich. »Ja. Und weißt du, was? Wenn Josi nicht gekommen wäre, hätte ich vielleicht alles so durchgezogen, und dieser Typ und sein Partner hätten auf meinem ehemaligen Grundstück womöglich ein Hotel oder so eröffnet.« Ich fuhr mir angestrengt durch die Haare.

»Wenn Josi nicht gekommen wäre, wäre wohl für dich, für Niklas und für mich so manches hier ganz anders verlaufen. Aber auch für sie. Und darüber ist sie, glaube ich, auch sehr, sehr glücklich, unsere Zauberfee.«

Linnea hatte sich neben mich gesetzt, und gemeinsam hockten wir auf der eiskalten Bank. Ich hatte freundschaftlich den Arm um sie gelegt, und sie lehnte ihren Kopf an meine Schulter.

»Schön, dass es dich gibt, Erik. Für mich und für Josi. Und auch für Niklas übrigens.«

»Danke, das kann ich nur zurückgeben. Und lass uns uns gegenseitig versprechen, dass wir unsere Sorgen in Zukunft weniger mit uns allein ausmachen. Kriegen wir das hin?«

»Versprochen. Die Antwort auf die Lakaien dieser dummen Ziege, die dadrinnen sitzen, ist für dich doch Josi. Und ich musste von Josi ebenfalls darauf hingewiesen werden, dass es keine Lösung sein kann, vor seinen Gefühlen wegzurennen, zu schweigen und jeden Kampf immer nur mit sich selbst auszutragen. Aber genau das haben wir jahrelang einfach perfektioniert. Jeder für sich, eingeigelt, sodass bloß keiner uns da reinquatschen konnte. Dann hätten wir womöglich noch gemerkt, wie bekloppt dieser Weg ist.«

»Gut, dass uns jemand rechtzeitig an die Hand genommen hat«, ergänzte ich leise lachend.

»Eben! Da musste erst Josi hier anreisen, weil sie vor ihrem Weihnachtsdrama mit der verrückten Schwägerin flüchtet.«

Linnea stimmte in mein Lachen ein, doch wir wurden vom Geräusch quietschender Reifen unterbrochen. Ich riss den Kopf herum und sah, wie Josis Auto vom Hof fuhr. Sie gab energisch Gas, als habe sie es sehr eilig.

»Was ist denn da los? Das war doch Josis Auto, oder?«, wunderte sich Linnea.

»Sah aus, als habe sie sich geärgert«, überlegte ich und griff nach meinem Handy, um ihre Nummer zu wählen.

»Meinst du, sie hat uns zwei hier womöglich gesehen und das fehlgedeutet?«

Ich erntete einen abfälligen Blick von Linnea. »Ich bitte dich! *Das* Thema sollte doch nun ein für alle Mal geklärt sein. Nein, das glaube ich nicht.« Sie stand auf und ging auf das Restaurant zu. Elisa wartete im Türrahmen. Auch sie hatte ein Telefon in der Hand.

»Haben Sie den Chef gesehen?«, rief sie Linnea entgegen.

Ich trat in diesem Moment auch aus dem Halbdunkeln. »Was ist denn?«

Josi ging nicht ans Telefon. Mit einem Blick auf mein Handy sah ich, dass Elisa versucht hatte, mich zu erreichen, doch im Moment war es mir wichtiger, Josi zu erreichen.

Eine Bewegung vor dem Haus ließ mich aufblicken. Als wir gerade vor dem Restaurant ankamen, stieg Maria samt Begleitung in ihr Auto. Sie hielt für einen Moment inne, und unsere Blicke trafen sich.

»Einen schönen Abend noch, Erik. Zu schade, dass Nils und du nicht ins Geschäft kommt. Aber ich bin mir sicher, dass wir uns demnächst öfter über den Weg laufen«, rief sie mir zu.

Ihr Lächeln war so süßlich und falsch, dass ich vor Wut meinte, platzen zu müssen. Ich konnte kaum fassen, dass sie die Dreistigkeit besaß, hier aufzukreuzen.

»Sag gar nichts, mein Freund«, wirkte Linnea beruhigend auf mich ein. »Ich kann mir denken, warum Josi so wütend abgebraust ist.«

Linnea war bereits an die Tür getreten und konnte in den Eingangsbereich des Hauses sehen, wo gerade großes Hallo herrschte.

Um das Chaos perfekt zu machen, lief plötzlich meine Mutter aus dem Restaurant.

Mit einem Lächeln auf den Lippen und ausgebreiteten Armen kam sie auf mich zu und frohlockte: »Erik, mein Schatz! Das hättest du uns doch sagen müssen! Was für wundervolle Nachrichten! Warum hast du denn nur so lange geheim gehalten, dass Maria zurück ist? Wir hätten uns doch so gefreut! Habt ihr also doch noch mal alles überdacht? Ich hab's ja immer gesagt. Immer nur die Arbeit – das ist doch nicht alles im Leben!« Sie strahlte übers ganze Gesicht und guckte sich um. »Aber wo ist sie denn nun hin?«

Fassungslos schlug ich mir die Hand vor die Stirn. »Mama!«

Ich nahm sie in den Arm, obwohl mir eigentlich eher danach zumute war, meine Mutter zu schütteln, mich ins Auto zu setzen und direkt Josi hinterherzurasen.

»Ich hab's ja auch immer gesagt«, murmelte Elisa. »Aber Maria?« Sie rümpfte die Nase und sah Linnea und mich voller Entsetzen an.

»Keine Sorge«, raunte ich ihr zu. »Mama, ich muss dich enttäuschen. Es ist nicht ganz so, wie du denkst. Ganz im Gegenteil. Maria ist wirklich kein guter Mensch und wird auf keinen Fall wieder eine Rolle in meinem Leben spielen. Lass mich bitte jetzt die Frau, die ihr gerade mit diesem Begrüßungszeremoniell für die falsche Schlange vergrault habt, suchen und retten, was noch zu retten ist.« Ich rollte mit den Augen und wandte mich ab.

»Wie? Ich verstehe nicht, was los ist?«

»Ich erkläre es euch«, bot Linnea hilfreich an und schob meine Mutter sanft ins Hausinnere.

»Junge! Wo willst du denn hin?« Mein Vater winkte von Weitem.

Ich unterdrückte ein Stöhnen und hob kurz die Hand. »Bin gleich zurück, Papa!«

Dann setzte ich mich auch ins Auto und fuhr los.

Wahrscheinlich würde Josi ans Meer fahren, um den Kopf frei zu bekommen.

Ich beschloss, einem Bauchgefühl folgend, es zunächst in Kampen zu probieren, und hatte Glück. Am Parkplatz zum Strand entdeckte ich Josis Auto. Ich stellte den Wagen ab und lief den Weg entlang bis zum Plateau oberhalb des Strandes. Dort stand Josi, dick eingewickelt in Schal und Mantel, am Holzgeländer und schaute aufs Meer. Als ich zu ihr ging, drehte sie sich nicht um, sondern blickte weiter aufs Meer.

»Josi?«, fragte ich, als ich schon fast bei ihr war.

»Es stimmt nicht, was sie sagt, oder?«

»Sie hat noch nie die Wahrheit gesagt. Ich weiß nicht, was sie behauptet hat, aber ich gehe davon aus, dass es eine Lüge war. Und es tut mir sehr leid, falls sie dich verletzt hat.«

Josi drehte den Kopf, und es schmerzte zu sehen, dass sie geweint hatte.

»Hey, was ist passiert?« Ich trat zu ihr und legte den Arm um sie. Dankbar schmiegte sie den Kopf an meinen Hals und vergrub ihr Gesicht in meinem Schal. Mein Herzschlag normalisierte sich bei der Berührung ein wenig.

»Keine Ahnung, was passiert ist. Du machst mich einfach verrückt.«

»Ich? Aber ich ...«, brach ich meinen Satz ab, weil ich gar nicht wusste, was ich sagen sollte.

Josi löste unsere Umarmung, und ihr Blick ging wieder aufs Meer.

Ich betrachtete ihr wunderschönes Profil von der Seite.

»Sie hat deine Mutter in den Arm genommen.« Leise lachte Josi. »Wie kann eigentlich ein Sohn seiner Mutter so verdammt ähnlich sein?«

Lächelnd hob ich die Schultern. »Ist das so, ja?«

»Absolut! Jedenfalls waren die beiden so herzlich miteinander, und deine Ma hat sich so gefreut, sie zu sehen. Ich weiß jetzt, was du meinst, wenn du sagst, sie wünscht sich nichts mehr als eine Frau an der Seite ihres Sohnes.« Josi lächelte mich liebevoll an, dann wandte sie sich erneut ab. »Sie ging offenbar davon aus, dass diese Maria die Frau ist, die dich davon überzeugt hat, das Umbaukonzept über Bord zu werfen.« Josi lachte bitter auf. »Und deine Mutter sah so glücklich aus, als die Frau ihr versprach, dass sie sich jetzt wieder öfter sehen werden.« Josis Blick hingegen war unglücklicher denn je.

Ich drückte sie an mich und setzte zu einer Erklärung an: »Sie kennen sich von früher. Aber meine Mutter hat ja keine Ahnung, was diese Frau für ein Lügenkonstrukt gesponnen hat und wie falsch sie ist.« Wut kroch in mir hoch. »Noch nicht einmal davor macht Maria halt. Sie war mit ihrem Freund da, der beinahe einen Teil meines Grundstückes gekauft hätte, weil ich in ihren Augen allein dafür gut war. Maria hat sich damals mein Vertrauen erschlichen, und nun witterte sie hier das dicke Geschäft mit ihrem neuen Typen.« Ich erzählte Josi die ganze Geschichte.

Sie war ebenso entrüstet wie ich.

»Lass uns deine Mama aufklären, dass sie sich im Personal geirrt hat. Und vor allem geht es jetzt darum, dass wir unseren Wintermarkt zum besten und schönsten überhaupt werden lassen.« Josi lächelte und strich mir liebevoll über die Wange. »Ich bin hier ans Meer gefahren, um meiner Oma nah zu sein. Sie war immer meine beste Ratgeberin. Du hast in ihr eine große Fürsprecherin.« Sie lachte leise.

»Danke, Josi.« Ich umarmte sie, und wir hielten uns einige Minuten lang einfach nur fest umschlungen, genossen die Nähe und die Energie des Meeres, des Windes und dieser Umgebung. Ich konnte mein Glück noch immer nicht fassen. Wenn die Konfrontation mit Maria ein Gutes gehabt hatte, dann war es, dass sie mir vor Augen geführt hatte, was ich gewonnen hatte und was es nicht wert war, auch nur einen einzigen Tag länger darüber zu trauern.

Josi drehte sich in meinem Arm um, den Blick wieder in Richtung des dunklen Meeres gerichtet. Ich gab ihr einen Kuss auf ihr Haar.

»Weihnachten habe ich noch nie hier und auch noch nie ohne meine Familie verbracht. Das wird eine ganz neue Erfahrung. Auf so vielen Ebenen.« Sie drehte den Kopf ein wenig, um mich anzuschauen, und in ihren Augen sah ich ein Strahlen.

»Das geht mir nicht anders!«

Wir küssten uns, und nach einem nicht enden wollenden Kuss genossen wir noch einen Moment lang die Ruhe, die nur vom Rauschen des tosenden Wintermeers gestört wurde. Dann brachen wir wieder auf zum Restaurant.

• • •

Dort parkte ich hinter Josi ein. Als sie ausstieg, kam bereits meine Mutter auf die Autos zu.

»Ich bin untröstlich«, rief sie uns entgegen. »Linnea hat mir alles erzählt. Ich konnte ja nicht ahnen, dass Maria uns dermaßen an der Nase herumführt!« Schuldbewusst hob sie die Schultern. »Ich hoffe, Sie nehmen es mir nicht übel.« Sie ging auf Josi zu, umarmte sie stürmisch und murmelte: »Das ist mir so fürchterlich unangenehm.«

»Guten Abend, Frau Larsen«, sagte Josi, die den ersten Überschwang der Begrüßung gut verkraftet hatte. »Ich bin Josephine. Machen Sie sich bitte keine Gedanken. Sie konnten wirklich nicht ahnen, was hier gerade vor sich ging.« Sie lächelte ihr bezauberndstes Lächeln, und mir war schlagartig klar, dass sie ab diesem Moment in meiner Mutter eine Freundin hatte, die sie so schnell nicht wieder loswerden würde.

Von den beiden unbemerkt, schmunzelte ich.

»Gitte«, bat meine Mutter Josi, sie zu duzen. »Lass uns doch das Förmliche bitte überspringen.«

»Sehr gerne.«

Überschwänglich nahm meine Mutter die vollkommen überrumpelte Josi erneut in den Arm, die sich bei diesem weiteren Anflug von Herzlichkeit nur schwer auf den Beinen hielt, was uns alle zum Lachen brachte.

Dann ging meine Mutter voran und machte eine Handbewegung, mit der sie uns bedeutete, ihr zu folgen.

»Ich hab dich ja gewarnt«, raunte ich Josi zu.

Diese hob nur kurz die Hand und sagte nichts. Sie grinste jedoch, was mich beruhigte.

23. Josephine

Eriks Vater kam um die Ecke und wurde ebenso wie ich zuvor sofort von seiner Frau überfallen.

»Harm, Erik möchte dir Josephine vorstellen. Ich habe da alles durcheinandergebracht.« Sie schüttelte liebenswert schuldbewusst den Kopf und schob ihren Mann in meine Richtung.

Eriks Vater sah genau aus wie eine ältere Variante von Erik, und ich mochte ihn allein deshalb auf Anhieb.

»Josephine, ich hoffe, es ist in Ordnung, wenn ich Sie so nenne?«

»Sehr gerne einfach Josephine«, sagte ich.

»Ich bin auch gerne einfach Harm«, bot er lächelnd an. »Freut mich sehr.«

»Wie wäre es, wenn wir heute Abend alle gemeinsam essen? Morgen werdet ihr mit dem Markt beschäftigt sein, und jetzt haben wir vielleicht noch die Chance, ein wenig in Ruhe zu plaudern. Nur wenn ihr keine anderen Pläne habt, selbstverständlich.«

»Ich würde mich freuen«, antwortete ich wahrheitsgemäß.

»Ich spreche mal mit Elisa und kläre ab, inwiefern ich gebraucht werde«, blieb Erik seiner Art treu, und seine Mutter lächelte vielsagend. Sie trat neben mich.

»Ganz aus seiner Haut kann er nicht«, entschuldigte sie sich für ihn, dabei musste sie das gar nicht.

»Das macht ihn aus«, sagte ich, und sie nickte.

»Das stimmt wohl.« Mit mütterlicher Fürsorge schaute sie ihm hinterher.

»Hatten Sie eine schöne Zeit im Urlaub?«, erkundigte ich mich, und wir gingen hinüber zu einem der Tische, an dem sich bereits Eriks Vater niedergelassen hatte.

»Oh ja! Es war wundervoll. Wir haben hier viele Jahre nur gearbeitet und es auch gerne getan. Aber gerade deshalb genießen wir es sehr, jetzt diese Zeit für uns zu nutzen und das zu tun, wovon wir lange Jahre nur geträumt haben. Das ist eine ganz besondere Erfahrung.«

»Das glaube ich. Und was für ein Glück, dass Erik hier mit vollem Einsatz dabei ist und das Restaurant so gerne führt. Das macht es jetzt sicher doch auch leichter, den Ruhestand, wenn ich es so nennen darf, zu genießen, oder?«

»Absolut! Wir sind so stolz auf ihn. Er macht das hier so großartig. Besser könnte es für uns nicht sein. Auch wenn wir uns daran gewöhnen mussten, dass er Dinge anders macht als wir. Wobei wir uns jetzt sehr freuen, dass er sich das mit dem Verkauf noch mal überlegt hat.« Sie schaute sich um, um zu prüfen, ob ihr Sohn bereits in der Nähe war. Ich spürte ihre weiche Hand auf meiner. »Liebe Josi, du glaubst ja gar nicht, wie überglücklich ich bin, wenn ich euch beide nun so sehe! Warum hat er mir gar nicht erzählt, welche Überraschung hier auf mich wartet? Ich wäre direkt ein paar Tage eher zurückgekommen.«

Röte überzog mein Gesicht. Immer wieder verriet mich diese Reaktion ganz unverfälscht. Gleichzeitig dachte ich aber auch, dass Erik nicht übertrieben hatte und seine Mutter regelrecht überschäumte vor Begeisterung über unsere Beziehung. Es fehlte nicht viel, dass sie sich erkundigte, ob ich in näherer Zukunft überlegte, Kinder in die Welt zu setzen.

Aber in diesem Moment kam Erik zurück.

»Elisa hat natürlich behauptet, sie und das Team hätten alles im Griff. Ich beobachte das mal, und im Zweifel muss ich dann zwischendurch mit in die Küche.« Er setzte sich neben mich und legte den Arm um meine Schultern.

»Ich staune!« Anerkennend nickte Gitte mir zu. »Das ist in den letzten fünf Jahren nicht vorgekommen, dass sich Erik entspannt zu uns setzt in seinem eigenen Restaurant, oder, Harm?«

»Mir kommt es auch so vor«, stimmte dieser zu und lächelte. Er reckte Elisa einen gehobenen Daumen entgegen, die ihm, von Erik unentdeckt, zuwinkte.

Gitte griff verzückt nach einem Getränk. Wir anderen taten es ihr gleich und ließen die Gläser leicht aneinanderklingen.

»Auf Josephine und darauf, dass alles anders ist und doch beim Alten bleibt!«, brachte Gitte einen Toast an.

»Und auf den Wintermarkt«, ergänzte ich, »und darauf, dass es morgen endlich so weit ist!«

• • •

Nach einem wirklich schönen Abend mit Eriks Eltern waren wir nicht allzu spät ins Bett gegangen.

Doch vor lauter Aufregung hatte es mich so früh morgens aus dem Bett getrieben, dass Erik besorgt nachgefragt hatte, ob es mir gut ginge.

Ich hatte ihm einen Kuss auf die Stirn gegeben. »Ich bin ganz kribbelig so kurz vor dem Markt. Ich geh schon einmal eine Runde ans Watt und lass mir den Wind um die Nase wehen. Ich bringe uns ein paar Brötchen mit auf dem Rückweg, okay?«

Als Antwort war nur ein Brummen gekommen, was ich als »Du bist ja wahnsinnig« gedeutet hatte.

Jetzt, kurze Zeit später, wusste ich, was er meinte. Ein schneidend kalter Wind kam um die Ecke des Hauses gezischt, und ich zog die Mütze so tief in die Stirn, dass nur meine Augen noch darunter hervorschauten.

Den Schal wickelte ich bis über die Nase und wagte dennoch einen Weg in Richtung Watt. Es war es mir wert, den traumhaften Tagesbeginn zu erleben. Im Winter war dies ein ganz besonderes Spektakel.

Ich ging zunächst zu einem meiner Lieblingsorte auf Sylt: eine Bank, die am Watt stand, direkt an der Kliffkante hinter dem Altfriesischen Haus. Ich konnte mir keinen malerischeren Ort für einen Sonnenaufgang auf Sylt vorstellen als das Keitumer Watt. Dunkel zeichnete sich die kahle Silhouette eines Baumes vor dem noch recht dunkelblauen Himmel ab. Langsam aber schob sich vom Horizont her eine goldene Kugel aus dem Wasser empor. Es wirkte, als tauche sie die Oberfläche des Meeres in Goldfarbe. Auch der Himmel leuchtete von Minute zu Minute stärker in pastellfarbenem Orange, ging weiter in ein Rosé über ein Lila bis hin zu einem immer heller werdenden Blau. Es versprach, ein freundlicher Tag zu werden.

Ich lief einen Pfad zum Wasser hinunter, um in den Sonnenaufgang hineinzuspazieren. Dabei ging ich in Richtung unseres Wintermarktes, den ich ein letztes Mal vor Beginn des Events in völliger Ruhe besuchen wollte.

Der Weg am Wasser führte unterhalb des Heimatmuseums entlang. Dort war ich mit Linnea einmal gewesen. Die Lage des ursprünglich von einem Kapitän erbauten Hauses und heutigen Museums war fantastisch. Das Haus war zu jeder Zeit vorm Hochwasser geschützt und bot eine einmalige Aussicht. Auch Künstler hatten mittlerweile diesen Platz für sich entdeckt und dort, gemeinsam mit dem Museum, den »Tisch am Kliff« installiert. Verschiedene Themen zur Sylter Geschichte waren dort in Bronzeplatten gegossen, die wie eine Tischplatte gestaltet waren und zum Verweilen einluden. Neben dem Thema »Sturmflut« oder der Inselsilhouette war auch ein Hügelgrab auf den Platten des Tisches abgebildet, welches sich ebenso hier in Keitum befand. Auch eine Platte zum »Biikebrennen« war dabei, dem traditionellen Fest, welches im Februar stattfindet. Mit dem Brauch, Feuer anzuzünden, verabschiedeten damals die Frauen ihre Männer, die auf Walfang gingen. Heute verabschieden die Sylter und alle, die an diesem Fest teilnehmen, mit den lodernden Feuern die Dunkelheit und die Kälte des Winters und begrüßen das Frühjahr. Ich dachte daran, dass ich diesen Platz auch mit meiner Oma besucht hätte.

»Oma, ich weiß, dass du grad hier bist. Das spüre ich«, flüsterte ich.

Es war ganz still hier am Watt, und mir kam es vor, als schlafe der Ort noch. Mit jeder Sekunde veränderte sich das Farbenspiel am Himmel, zauberte immer neue Nuancen, die bei jeder Betrachtung weitere Höhepunkte fanden. Ich staunte jedes Mal und speicherte diesen Anblick wie ein Foto in meinem Herzen.

Nach einigen hundert Metern führte ein Weg wieder hoch in Richtung des Ortes. Kurz überlegte ich, noch das Hünengrab »Haarhog« und den Hügel »Tipkenhoog« zu besuchen, wofür ich noch ein wenig weiter hätte laufen müssen. Die historische Grabstätte lag auch in der Nähe des Keitumer Wattenmeers, am südlichen Ortsrand. Dies vertagte ich auf einen anderen Spaziergang. Ich stieg die leichte Erhebung hinauf, ließ noch einmal den Blick schweifen über den nunmehr hell erleuchteten und strahlend blauen Himmel über dem Wasser, welches sich immer weiter zurückgezogen hatte. Ich spazierte vorbei am Helhoog, einer heutigen Wiese neben der Keitumer Arena, wo früher einmal ein

Schwimmbad gewesen war, und stand bald vor unserem kleinen Winterdorf.

Holzhütte an Holzhütte kuschelten sich die Buden aneinander. Es war auch in diesem Zustand eine Freude, diese liebevoll arrangierte Welt anzuschauen. Ich schritt durch die Gassen zwischen den Häuschen und war überwältigt von so vielen Details, die mir erst jetzt auffielen, wo ich ganz in Ruhe einmal alles betrachten konnte.

Die Tannen, die einen kleinen Wald inmitten des Platzes bildeten, waren übersät mit bunten Kugeln. Keine glich der anderen, so individuell waren sie. Ich konnte mich kaum sattsehen an der Pracht dieser Auswahl.

Einen Baum zierten ausschließlich Kunstwerke aus Kinderhand. Es waren die Kugeln, die der Kindergarten, den auch Anton besuchte, angefertigt hatte.

Ich betrachtete die einzelnen Kugeln und fand eine, auf der in großen Buchstaben der Name Anton stand. Außerdem standen darauf auch die Namen Mella, Niklas, Linnea und Anne. Alle waren in Kinderschrift geschrieben. Mir war nicht klar gewesen, dass Anton schon schreiben konnte! Es rührte mich, diese Kugeln zu sehen, und ich zog mein Handy hervor, um ein Foto für Linnea zu machen. Ich schickte es ihr, zurück kam ein Herz – natürlich war sie schon wach.

Lächelnd steckte ich mein Handy wieder ein und ging los in Richtung des Bäckers.

• • •

Mit der Tüte voller duftender Brötchen in der Hand kam ich wieder bei Erik an. Dieser hatte bereits den Tisch gedeckt.

»Du hast was verpasst«, erklärte ich. »Der Sonnenaufgang war gigantisch!«

»Das glaube ich. Schon als du zur Tür raus warst, habe ich es bereut«, gestand Erik und umarmte mich von hinten. Seine Wärme fühlte sich angenehm an, und ich schloss für einen Moment die Augen. Am liebsten hätte ich mich direkt wieder ins Bett gekuschelt. Aber nicht nur ein leckeres Frühstück wartete gleich auf mich.

Heute öffnete endlich unser Wintermarkt seine Pforten! Ich konnte kaum glauben, dass der Tag, auf den wir schon so lange hinfieberten, nun da war.

Bei aller Vorfreude spürte ich jedoch eine riesengroße Aufregung in meinem Bauch, die mir fast den Appetit verdarb. Nur schwer konnte ich mich mit einem Mal dazu durchringen, ein Brötchen zu essen.

»Ist der Wetterbericht denn weiterhin so wie angekündigt? Der Himmel sah gerade auf jeden Fall noch perfekt aus.«

In den vergangenen Tagen waren die Vorhersagen von trockenem, eiskaltem Winterwetter ausgegangen. Optimal für unseren Markt. Der Wind wehte natürlich, aber das kannten wir ja kaum anders.

»Bisher ist keine Regenwolke auf dem Radar zu sehen. Vielleicht haben wir ja Glück, und die ein oder andere kleine Schneewolke verirrt sich über die Insel«, erwiderte Erik und hob die Schultern. »Aber darauf setze ich lieber gar nicht allzu große Hoffnungen.«

»Positiv denken! Immer positiv denken«, neckte ich ihn. »In diesem Jahr ist doch alles anders, oder?«

»Das stimmt wohl.«

Wir frühstückten mit Blick aus dem Fenster, und die einmalige Aussicht beruhigte meine Nerven, sodass ich schließlich unter Eriks wachsamem Blick ein paar Bissen herunterbekam. Auch Erik war die Anspannung anzumerken.

Sein Handy stand schon an diesem frühen Morgen kaum still.

• • •

Linnea und Anne waren schon im Café, als ich dort ankam. Sie hatten die Dinge, die mit zum Wintermarkt genommen werden sollten, bereits zusammengestellt.

Ich lud alles in mein Auto und erwischte mich dabei, dass ich nervös mit den Fingern an den Verschlüssen nestelte, während ich überprüfte, ob ich alles hatte.

Niklas, dessen entspannte Art eine beruhigende Wirkung auf mich hatte, war bereits auf dem Markt, weshalb ich nicht auf ihn warten musste. Ich machte Linnea ein Zeichen, die noch mal zu mir kam und mich fest in den Arm nahm.

»Das wird ganz großartig, Liebes«, sprach sie mir Mut zu. »Ihr habt alles so toll vorbereitet. Die Leute werden begeistert sein. Ich bin es jetzt schon.«

»Danke«, presste ich heraus. »Ich bin ganz schön aufgeregt.«

»Das ist doch klar. Aber jetzt muss es einfach nur noch losgehen, und der Rest fügt sich von allein.«

Als ich am Wintermarkt anhielt, konnte ich inmitten unzähliger Köpfe und wuselnder Menschen Niklas entdecken und war einmal mehr froh, dass ich nicht allein war. Seine Unterstützung war wirklich wertvoll.

Lächelnd kam er auf mich zu und deutete mit dramatischer Geste auf den Wagen, gerade als würde er eine Bühnenattraktion anpreisen.

Einen Moment lang verschlug es mir die Sprache: Er hatte

vor dem mit Lichterketten sowieso schon hell erleuchteten Wagen eine rot lackierte Tonne aufgestellt, auf die er mit weißer Farbe den Schriftzug *Josi's* gemalt hatte. In der Tonne lagen Feuerholzscheite, die aus Sicherheitsgründen mit LED-Licht angestrahlt wurden. Neben der gemütlichen Lagerfeuerstelle hatte er zwei Liegestühle aufgestellt, zwischen ihnen einen kleinen dekorierten Weihnachtsbaum mit roten Kugeln, die perfekt auf die Farbe des Wagens abgestimmt waren. Auf den Klappstühlen mit roten Stoffbezügen lagen kuschelige Decken.

Als Kontrast zu unserem gemütlichen Lagerfeuerplatz hatte Niklas bei Eriks Restaurantstand einen Tisch mit einer weißen Tischdecke sowie zwei Stühle mit Hussen darüber aufgestellt, die von funkelnden Lichtern erleuchtet waren. Der Tisch war festlich eingedeckt. Ein riesiger Jöölboom, die friesische Variante des Adventskranzes, thronte auf dem Tisch.

»Hi Josi.« Er wirkte stolz, und das durfte er auch sein. »Es ist alles startklar.«

Ich umarmte ihn zur Begrüßung. »Niklas! Du hast dich ja selbst übertroffen! Der Wagen sieht toll aus! Ich hätte ihn mir nicht schöner vorstellen können.«

Natürlich hoffte ich jetzt, dass mir auch die Getränke so gelingen würden, wie ich sie plante. So oft hatte ich sie im Café zubereitet und Linnea, Anne und Anton serviert. Meine Testpersonen hatten schon scherzhaft behauptet, dass sie bald keinen Kakao und Winterpunsch mehr riechen könnten, so viel hätten sie in den letzten Tagen geschlemmt. Einstimmig waren wir jedoch der Meinung, dass man davon eigentlich nie genug bekommen konnte. Vor allem nicht in der Vorweihnachtszeit.

Niklas hatte schon einige der Becher aufgebaut, die wir für den Markt vorgesehen hatten. Linnea hatte mit einem Laden aus dem Ort einen Deal ausgehandelt, dass wir Heißgetränke in »Togo-Bechern« aus deren Sortiment anboten, die wir dann gleich mit verkaufen würden. Sie dienten dann nach Benutzung direkt als Souvenir und waren, passend zum Markt, mit der Inselsilhouette verziert oder mit dem Datum des Wintermarktes versehen. Als Erinnerung an diese schillernden Tage hier auf der Sehnsuchtsinsel im Norden. Die Tassen, die dafür bestimmt waren, bekamen ihren Ehrenplatz in Sichtweite der Kunden in einem Regal. Der Markt arbeitete ansonsten mit einem Anbieter zusammen, welcher benutztes Geschirr sammelte, am Abend reinigte und am darauffolgenden Morgen wieder lieferte, sodass möglichst wenig Müll entstand. Im Zuge der Nachhaltigkeit war dies in den Augen der Aussteller das überzeugendste Konzept gewesen.

An der Rückwand des Wagens funkelten einige Lämpchen, die eine gemütliche Atmosphäre ins Wageninnere und für die Besucher zauberten. Niklas hatte an der Innenseite einige Kreidetafeln so angebracht, dass sie gut leserlich zu sehen waren, wenn man die Klappe zum Verkaufstresen öffnete. Man konnte also auch diesen Platz optimal nutzen, um dort das Angebot und die Produkte zu bewerben. Ich hatte um die Tafeln herum Lichterketten installiert, die auch in der Dämmerung und in den Abendstunden auf dem Wintermarkt die Aufmerksamkeit auf unsere warmen Getränke und anderen Köstlichkeiten lenken sollten. Die Technik probierte ich noch mal aus und war zufrieden, dass alles gut klappte und die Schilder in einem warmweißen Licht erstrahlten.

Für dieses Jahr hatte ich keine Wünsche mehr: Besser konnte es im Grunde nicht werden. Linnea und ich hatten uns wieder versöhnt, und ich hatte plötzlich eine Zukunft auf Sylt.

Mein anderer Traum war, dass das, was mit Erik hier begonnen hatte, sich zu etwas ganz Großem entwickeln durfte.

Ich hatte ihn kennengelernt und mit ihm auch seine Zweifel der Liebe gegenüber. Aber er hatte sich mir geöffnet, mir anvertraut, woher die Zweifel kamen. Ich verstand durchaus, warum er sich in den vergangenen Jahren gegenüber der Idee verschlossen hatte, wirklich hingebungsvoll zu lieben. Doch ich bemerkte auch, dass er langsam davon abkam und dass er verstanden hatte: Ohne Vertrauen würde es keine Liebe geben. Zum Lieben würde immer auch der Mut gehören, ein Risiko einzugehen. Eine Garantie dafür, dass alles gut ginge, gab es im Leben nicht.

Wir hatten beide unsere Fehler und Eigenarten. Aber ich wollte mir bereits jetzt gar nicht mehr vorstellen, ohne Erik zu sein, und wünschte mir nichts mehr, als dass ich hier bei ihm auf dieser Insel bleiben durfte.

Heute würde der Markt alle zusammenführen und zu einem großen Fest werden, bei dem wir gemeinsam die Vorfreude auf die Festtage genießen wollten.

Für Erik, Niklas, die vielen engagierten Aussteller und mich würde das eine Menge Arbeit bedeuten. Aber dennoch machte es uns Spaß, und wir wussten, wofür wir all die Strapazen auf uns genommen hatten.

Und wenn ich jetzt vor unserem Wagen stand, wusste ich nicht nur, dass dieser hier symbolisch für meine Zukunft stand. Er war auch ein Zeichen dafür, dass es für Linnea auf eine Art weitergehen würde, die sie noch vor wenigen Wochen nicht für möglich gehalten hätte.

Während ich lächelnd das Treiben genoss und in Gedanken daran versunken war, wie gut sich alles entwickelt hatte, merkte ich, wie jemand den Arm um meine Schulter legte. Es war Niklas, der sich neben mich gestellt hatte und mir eine Tasse dampfende Honigmilch unter die Nase hielt.

Der Duft schmeichelte meiner Nase und ließ mich endgültig melancholisch werden.

»Oh, danke. Wie wunderbar«, schwärmte ich. Ich dachte an meine Oma.

»Gut gegen Bauchweh und Aufregung. Hat meine Mutter und später meine große Schwester immer gesagt«, erklärte Niklas. »Übrigens ist das hier mit ein wenig Kakaopulver für die Optik und Zimt dann auch das Kakaorezept, von dem Anton damals sprach«, löste Niklas noch das Geheimrezept auf, was sein Sohn mir bei unserer allerersten Begegnung auf dem Spielplatz angedeutet hatte.

»Verstehe! Das klingt super.«

Ich trank einen Schluck und spürte, wie die warme Milch und der süße Honig sich beruhigend in meinem Bauch ausbreiteten und sich wie eine weiche Decke über meine Nervosität legten. Es tat so gut, genau wie die Schulter von Niklas, an die ich mich gerade anlehnen konnte. Es war ein tolles Gefühl, hier auf Sylt nicht nur die große Liebe, das Glück im Job und meine beste Freundin wiedergefunden zu haben, sondern auch neue Freunde. Es fühlte sich wie eine Familie an. Ich hatte mir immer eingebildet, Weihnachten müsse doch harmonisch innerhalb der eigenen Familie sein, dabei war es ganz anders.

Wenn gleich auch Daniel hier auftauchen würde, würde sich der Kreis schließen, und auch das fühlte sich gut und richtig an. Als mache das Weihnachtsfest in diesem Jahr, indem es so anders war, alles rund.

»Weil meine Eltern überall auf der Welt zu Hause waren, aber nirgendwo so richtig, ist zu Hause für mich gar kein bestimmter Ort. Mehr so ein Gefühl. Und die Honigmilch gehört dazu. Verrückt, aber manchmal ist so eine Assoziation mit einem Duft oder einem Geschmack da, und plötzlich bäääm –«, er hob die Schultern, »Glück.«

Ich musste lachen bei seiner Formulierung, und er ergänzte:

»Eigentlich perfekt. So ist man im Zweifel überall zu Hause, wenn's drauf ankommt. Hat mir manchmal echt geholfen.«

»Ganz bestimmt. Schön, dass deiner Mutter und deiner Schwester das gelungen ist. Solche Menschen sind wichtig.« Ich dachte an meine Oma und konnte gut verstehen, was Niklas gerade meinte. Das war ein schöner Gedanke. »Sicher wird es vielen Menschen so gehen, dass sie die Sehnsucht nach genau diesem Gefühl spüren. Das sollten wir in unser Konzept mit aufnehmen. Statt ›Honigmilch‹ vielleicht ›Heimatmilch‹ oder so.« Ich schmunzelte.

»Absolut.«

Ich trank meine Honigmilch und ging in den Wagen. Während ich mir eine Schürze umband, kam auch Erik auf den Markt. Um fünfzehn Uhr sollte es so weit sein. Es war noch hell, würde aber bald dämmern, was den Glanz der vielen Lichter erst richtig zur Geltung bringen würde. Eine Musikkapelle würde den Markt mit weihnachtlicher Musik begleiten und die festliche Stimmung auf besondere Weise untermalen. Gerade bereiteten die Musiker sich darauf vor, den Wintermarkt mit einem kleinen Musikstück offiziell einzuläuten.

In wenigen Minuten würde Erik feierlich ein paar Worte sagen, und dann war es so weit.

Als kleine Bühne hatte er sich den Platz ausgesucht, der direkt am Wäldchen mit den bunt dekorierten Tannen lag. Seine Eltern waren gekommen, und Linnea und Anne waren ebenfalls da.

In einiger Entfernung betrachtete Anton mit seiner Kindergartengruppe den Tannenwald, und ich sah, wie einzelne Kinder aufgeregt hüpften und auf die Bäume zeigten. Sicher hatten sie ihre Kugeln entdeckt und präsentieren sie einander stolz. Unmittelbar neben dem Wäldchen war auch das nostalgische Kinderkarussell aufgebaut. Die Kleinen konnten sicher kaum erwarten, dort ein paar Runden zu drehen.

Wie immer zeigte mein Bruder auch heute wieder einmal Talent für ein perfektes Timing, und fuhr kurz vor Beginn von Eriks Ansprache am Markt vor. Ich wunderte mich, wo er so lange gewesen war.

Er gab mir von Weitem ein Zeichen, und ich winkte ihm zu. Ich sah, dass noch jemand ausgestiegen war, konnte aber nicht genau erkennen, wer. Erst, als die beiden näher kamen, erkannte ich die Gestalt: Es war mein Vater. Hinterher kletterte auch meine Mutter aus dem Auto. Ich schlug die Hände vor den Mund und konnte nicht verhindern, dass Freudentränen über meine Wangen kullerten. Unsicher hoben sie die Hände und winkten mir zu. Ich winkte begeistert zurück.

An ihren Blicken erkannte ich, dass Daniel ihnen offenbar gerade erklärte, wer Erik war. Ich spürte, wie ich leicht errötete, als mich der Blick meiner Mutter traf. Mein Herz geriet einen Moment aus dem Takt. Ich überlegte, dass es lange her gewesen war, dass ich meinen Eltern einen Mann vorgestellt hatte. Noch nie vielleicht mit so viel Stolz wie jetzt. Fragend hob ich die Arme. Ich konnte nicht glauben, dass sie da waren, da verlor ich sie aus den Augen, weil sie sich zu der kleinen Menschentraube gesellten, die sich um Erik herum gebildet hatte.

Wir hatten besprochen, dass wir als Aussteller während Eriks Ansprache in den Ständen bleiben sollten, damit die Besucher direkt ausströmen konnten, um die einzelnen Angebote anzuschauen. Sonst hätte ich meine Familie direkt begrüßt und wäre auch in Eriks Nähe geblieben. So aber betrachtete ich alles von meinem Wagen aus und genoss diesen besonderen Moment, den ich ganz für mich hatte.

Die Musik spielte ein paar Takte und lenkte somit die Aufmerksamkeit auf den Platz neben dem Wäldchen.

Als die Kapelle verstummte, setzte Erik zu sprechen an: »Ich begrüße Sie und euch alle sehr herzlich zu unserem diesjährigen Wintermarkt. Unser Markt ist bekannt dafür, dass hier gelebte friesische Traditionen auf Lichterzauber und moderne Ideen treffen. Und genau so wünschen wir uns das.

Sylt ist vor allem in der Advents- und Weihnachtszeit ein besonderer Tipp. Die See ist rau, die Winde sind eisig kalt und die Abende am Kamin oder am Ofen umso verlockender. Aber gerade dann haben Sie alles richtig gemacht, wenn Sie sich dennoch vor die Tür wagen und die Atmosphäre des Wintermarktes mit seiner einmaligen Stimmung auf sich wirken lassen. Als Veranstalter bedanken wir uns bei allen, die sich in diesem Jahr die Zeit genommen haben, mit ihren tollen Ideen und unermüdlichem Engagement hier Einsatz zu zeigen. Wir ziehen den Hut vor jeder einzelnen Leistung und hoffen, dass für Groß und Klein etwas dabei ist und hier jeder seinen ganz persönlichen Sylt-Winter-Weihnachtsmoment erleben wird. Es sind einige Aussteller mit ihren Produkten heute hier, die der erfahrene Wintermarkt-Besucher vielleicht schon aus den vergangenen Jahren kennt. Einige sind neu dazugekommen. Wir haben uns überlegt, dass wir einen Teil des Erlöses aus dem Verkauf der Heißgetränke des *Friesenstübchens* und der Speisen des *Larsen-Hofes* für einen guten Zweck spenden. Schirmherr der Aktion ist mein Freund Niklas Ulmann. Seinem Engagement und dem meiner Freundin Josephine Lundt ist es zu verdanken, dass in diesem Jahr fortgesetzt werden kann, was schon Johann, Linneas Vater und ehemaliger Chef des *Friesenstübchens*, begonnen hat. Denn mit dem Wagen ist erstmalig seit Jahren auch das *Friesenstübchen* wieder mit dabei. Die Spenden gehen in diesem Jahr an die Kinderklinik hier vor Ort auf Sylt. Wir wünschen uns, dass den Familien hier, die Weihnachten nicht so feiern können, wie sie sich das vorgestellt haben, eine Freude gemacht wird. Zu diesem Zweck wird sich unser Wagen im Anschluss an den Markt auf eine kleine Charity-Tour begeben und Wünsche erfüllen, die dann den Kindern überreicht werden. Es wäre im Sinne einer Person, die sehr gerne hier mit ihrem Sohn gefeiert hätte, es leider aber nicht mehr kann.« Erik schaute zu Niklas, der die Hand aufs Herz legte und lächelte.

Erik fuhr fort: »Schön, dass dein Weg dich hierher nach Sylt geführt hat, Niklas.« Dann blickte Erik mich an, und meine Knie wurden weich. »Und ich spreche nicht nur für Linnea, die sich mit Josephine über ein neues Mitglied im Team des *Friesenstübchens* freut. Auch ich bin sehr dankbar, dass sich unsere Wege rund um den Wintermarkt gekreuzt haben, Josi.«

Ich schlug fassungslos beide Hände vor den Mund und war gerührt von dieser hochoffiziellen Liebeserklärung. Nun verließ ich doch den Wagen und ging zu Erik, um ihm, der ja bekannt war dafür, dass er mit seinem Restaurant verheiratet war, vor allen Leuten einen Kuss zu geben und ihn in den Arm zu nehmen.

Die Aussteller und Besucher klatschten liebevoll, und in meinem Bauch tobte ein Sturm von Glücksgefühlen.

Dieser Tag fühlte sich an, als schwebe ich auf einer Wolke aus Endorphinen und Glück über den Boden. Unwirklich und schön, so als dürfe das, was ich da erlebte, nie wieder enden.

Doch ich musste mich konzentrieren, denn die begeisterten Gäste wollten auch versorgt werden. So hatte ich kaum Zeit, meine Eltern zu begrüßen!

Wir hatten so viele Gäste am Wagen, dass Niklas keine Sekunde von meiner Seite wich. Es gab ohne Unterlass etwas zu tun, und wir mussten die Leute irgendwann vertrösten und sagen, dass wir am nächsten Tag weiter verkaufen würden, weil restlos all unsere Ware ausverkauft war. Im vorderen Thekenbereich war eine Glasvitrine eingebaut, die gleichzeitig auch als Kühlschrank diente. Hier hatten wir verschiedene Köstlichkeiten präsentiert, wie bunte Cakepops und Muffins, die als Ergänzung zu den Heißgetränken wunderbar passten und die ich aus Linneas Café mitgebracht hatte. Kein einziges Teilchen war mehr vorhanden.

Wir hatten schon viel länger geöffnet, als wir es eigentlich geplant hatten, doch der Moment war zu schön gewesen, um die Leute davor schon wegzuschicken.

Gerade wollte ich mich erschöpft auf den Hocker fallen lassen, den ich nicht ein einziges Mal hatte nutzen können, da tauchte schon wieder jemand am Verkaufsfenster auf. Mühsam rappelte ich mich auf und gab mir Mühe, ein freundliches Lächeln aufzusetzen.

Zwei Damen bestellten Heißgetränke, und ich hörte, wie sie sich unterhielten.

»Schöner kann ein Abend wohl nicht sein, oder?«, fragte die eine.

»Kaum! Nun noch Polarlichter – da lauere ich ja seit Jahrzehnten drauf«, lachte die andere. »Hin und wieder sollen die Chancen nicht schlecht stehen, dass man auch hier welche sieht«, fuhr sie fort. »Das wäre das Einzige, was eine Winter-Wundernacht hier noch abrunden würde. Ansonsten ist heute alles schon wie im Märchen!« Sie machte eine ausschweifende Handbewegung.

Mehr bekam ich nicht mit, war jedoch hellhörig geworden. »Niklas, die Leute haben sich darüber unterhalten, dass am Sylter Himmel auch manchmal Polarlichter zu sehen sein sollen. Und ich weiß, dass Erik schon lange davon träumt, die mal zu sehen. Weißt du da mehr?«

»Ja. Das ist ja ein seltenes Schauspiel. Das habe ich tatsächlich ein einziges Mal bisher erleben dürfen.« Sein Blick wurde wehmütig, und der Ausdruck in seinen Augen wurde ganz sanft.

»Wirklich? Wow! Dann gibt es das also echt?«

Niklas zog sein Handy hervor. Er scrollte durch die Bilder. Dann zeigte er mir eins. »Hier. Ich habe mich damals auf die Lauer gelegt, weil ich davon erfahren hatte, dass in einer Nacht hier Polarlichter sichtbar sein sollen. Ich hatte das Glück und konnte diese Bilder machen.«

Fassungslos starrte ich auf die Fotos, die an Schönheit kaum zu überbieten waren.

Dann kam mir eine Idee.

• • •

Wir räumten die Sachen zusammen, bauten alles ab und schlossen den Wagen. Meine Beine fühlten sich, je mehr ich ahnte, dass ich bald zur Ruhe kommen würde, wie Blei an.

Die ganze Zeit über hatte ich gar nicht gemerkt, wie anstrengend die Arbeit auch körperlich war. Jetzt aber spürte ich jede meiner Bewegungen und war einfach nur froh, wenn ich gleich meine Schuhe ausziehen und die Beine hochlegen konnte.

Ich hoffte, dass niemand mehr von mir verlangen würde, mich von meinem Sofa fortzubewegen. Dann fiel mir aber ein, dass höchstwahrscheinlich meine Familie auf mich wartete.

Ein Blick auf mein Handy verriet, dass man es sich bereits in großer Runde im Café gemütlich gemacht hatte, das Linnea schon geschlossen hatte.

Zunächst ging ich zur Wohnung, um mich kurz frisch zu machen. Ich kam zur Tür herein, als Linnea gerade im Aufbruch begriffen war.

»Ich hab nur gerade noch was geholt und bin schon wieder auf dem Weg zu den anderen. Mach ganz in Ruhe und hetz dich nicht, so ein Tag auf dem Markt ist anstrengend genug.«

»Danke. Ich gehe mal unter die Dusche und ziehe mich um. Dann bin ich auch bald bei euch. In der Tat atme ich gerne mal ein paar Minuten durch und genieße die Stille. Wobei der Tag wirklich großartig war.«

»Das freut mich sehr. Niklas erzählte schon, dass ihr verkauft habt wie die Wahnsinnigen. Chapeau!«

»Ja, ich bin überwältigt, wie gut unser Angebot angenommen wurde. Dass es gut läuft, hatte ich mir ja gedacht. Aber was wir da heute erlebt haben, das hat echt alles übertroffen.«

»Ich hab nichts anderes erwartet, wenn ihr beiden als Team auftretet. Ich bin euch sehr dankbar. Wie dumm konnte ich sein, das auch nur eine Sekunde lang infrage zu stellen und zu gefährden.« Sie umarmte mich kurz und schwebte dann aus der Tür.

• • •

Das prasselnde heiße Wasser spülte die Strapazen des Tages von meinem Körper und machte wieder Platz für neue Energien.

Ich schloss die Augen und blieb einige Momente unter dem wohltuenden Duschstrahl stehen. Ich fühlte mich ganz bei mir und horchte in mich. Lange nicht hatte es sich so gut angefühlt, das zu tun. Staunend und ein wenig ehrfürchtig begriff ich, dass die wenigen Wochen, die ich auf Sylt war, so viel in meinem Leben verändert hatten. Hätte man mir vor einigen Monaten gesagt, dass ich hier auf Sylt Weihnachten feiern würde, im Arm eines Mannes, den ich liebte, mit der Aussicht auf eine berufliche Tätigkeit, die so ganz anders war als alles, was ich bisher gemacht hatte, und die sich dennoch so richtig anfühlte, nie hätte ich das für möglich gehalten.

Ich war stolz auf mich. Ich hatte mir nach dem Tod meiner Oma selbst versprochen, dass ich einem inneren Wunsch, einer tiefen Sehnsucht folgen würde. Endlich war mir das gelungen.

Als ich aus der Dusche kam, fühlte ich mich schon viel besser und gestärkt für den Abend. Ich schlüpfte in ein Wollkleid und eine warme, aber elegante Strumpfhose. Meine Haare hatte ich frisch gewaschen, um den Duft nach Waffeln und Weihnachtsmarkt abzulegen. Ich freute mich darauf, gleich Erik und meine Familie zu sehen.

Ich hatte schon eine Idee, wie es für meinen Bruder in Hamburg weitergehen könnte. Wenn er wollte, würde ich ihm meine Wohnung überlassen. Er hatte das Geld und würde sich die lästige und langwierige Suche nach einer Wohnung in Hamburg sparen. Als Architekt hätte er sicher die richtigen Kontakte, um das, was ihm an meiner Wohnung nicht gefiel, zu verändern. Mein Vermieter wäre wahrscheinlich begeistert, wenn ich ihm direkt einen zahlungskräftigen Nachmieter präsentieren würde. So wäre ich eine Sorge los, und mein Bruder fürs Erste ebenso. Ob er dann langfristig woanders unterkommen wollte, war ja ihm überlassen. Ich wollte bei der nächsten Gelegenheit mit ihm darüber reden.

Als ich wieder ins *Friesenstübchen* ging, hatte ich Herzklopfen. Sicher war Erik bereits da. Ein Blick durch das Fenster in den gemütlich erleuchteten Gastraum zeigte mir, dass überall jemand saß, ein Glas vor sich und ein entspanntes Lächeln auf den Lippen.

Erik konnte ich auf den ersten Blick jedoch nicht entdecken. Linnea kam auf mich zu. Mit roten Wangen breitete sie die Arme aus. »Wie schön, dass du da bist!« Sie schloss mich in die Arme. »Dann fehlt eigentlich nur noch Erik. Der kann sich offenbar mal wieder nicht trennen.«

Wir lösten unsere Umarmung. Ich warf einen Blick auf meine

Uhr. Es wunderte mich, dass er noch nicht da war. Er hatte heute fest zugesagt, dass er früh hier sein wollte, weil es ihm wichtig war, auch meine Eltern kennenzulernen. Suchend schaute ich mich um.

»Er wird sicher gleich kommen«, beruhigte ich mehr mich selbst als Linnea.

Diese winkte ab. »Da mache ich mir keine Sorgen.«

Eine einladende Handbewegung deutete mir an, dass ich ihr folgen sollte.

»Hier haben Anne und ich verschiedene Dinge aufgebaut. Da kann sich jeder bedienen.«

»So lieb von dir, danke!«

Als ich vom Buffet aufblickte, sah ich, dass mein Bruder mit Anton tobte. Für einen Moment kam es mir so vor, als dürfte er zum ersten Mal wieder so richtig ausgelassen sein. Wie er da gerade mit Anton spielte, wirkte er so frei wie lange nicht mehr. Er lachte und strahlte wie Anton.

In dem Moment merkte Daniel, dass ich ihn beobachtete. Er winkte und kam zu mir.

»Hey, Josi Schwesterherz!« Er umarmte mich, hob mich hoch und wirbelte mich durch die Luft wie eben noch Anton.

»Nanu!« Ich schrie, halb vor Lachen, halb vor Angst, er habe mein Gewicht unterschätzt.

»Ich freue mich halt, dich zu sehen. Was sagst du zu der Überraschung mit Mama und Papa?«

»Ich kann es nicht fassen! Wo sind sie denn?«

»Komm mit!«

Daniel nahm mich an der Hand und zog mich durch den Raum.

»Liebes!« Meine Eltern nahmen mich in den Arm. »Wir freuen uns so sehr für dich! Als Daniel uns von dem ganzen Drama mit

Felicitas erzählte, haben wir unseren Urlaub sofort abgebrochen. Wir hatten sowieso so ein schlechtes Gewissen die ganze Zeit. Wir sind so stolz auf dich, Daniel hat uns alles erzählt.« Meine Mutter drückte mich fest an sich. »Wie schön, dich so glücklich zu sehen! Wir wünschen dir alles Glück dieser Welt für deinen Neustart!«

»Danke, Mama.« Ich schluckte, und Tränen der Rührung standen mir in den Augenwinkeln. »Wie schön, dass ihr hier seid!«

»Wo hast du denn Erik gelassen?« Daniel schaute sich um.

Unsicher hob ich die Schultern. »Ich habe keine Ahnung, wo er bleibt. Wahrscheinlich arbeitet er noch.«

»Was hältst du davon, wenn wir ihm entgegengehen und ihn abholen?«, schlug Daniel vor.

»Klar, gerne.« Kurz überlegte ich, ob ich vielleicht damit zu aufdringlich wirken würde, wenn ich zum Restaurant gehen würde, aber dann dachte ich, dass man Erik manchmal zur Freizeit zwingen musste.

»Linnea, Daniel und ich gehen noch mal kurz raus und schauen, ob wir Erik loseisen können von der Arbeit«, rief ich meiner Freundin zu.

»Das macht mal.«

Wir zogen unsere Jacken an und gingen los.

»Eigentlich wollte ich auch die ruhige Minute kurz nutzen, um etwas mit dir zu besprechen«, fiel mein Bruder gleich mit der Tür ins Haus. »Du willst jetzt ja erst mal hier auf Sylt bleiben. Linnea deutete so was an, dass du jetzt, wo Anne ausfällt, im Café einspringen willst, und da das mit Erik nun ganz gut aussieht und du deinen Job in Hamburg doch eh hingeworfen hast ...«, fing er an, als ich ihn unterbrach.

»Die Idee mit der Wohnung ist mir auch schon gekommen, darauf willst du doch hinaus, oder?«, fragte ich grinsend.

An seinem dankbaren Lächeln erkannte ich, dass mein Vorschlag genau in die Richtung ging, in die er das Gespräch auch hatte lenken wollen.

»Mich hält nichts mehr in Hamburg. Also nichts gegen dich, aber wir schaffen es auch so, uns zu sehen.« Ich lächelte.

»Vielleicht so lange, bis ich was finde oder feststeht, dass es für dich definitiv hier auf Sylt weitergeht?«

»Ja, das halte ich auch für eine gute Idee. Ich kläre das mit dem Vermieter.«

Ich legte den Arm um meinen Bruder. Es tat mir leid, dass er sich diese Gedanken machen musste, die ihm sicher schwerfielen. Aber er wirkte erstaunlich gefasst.

»Und wenn dir in Hamburg alles zu blöd wird, hast du jetzt eine Schwester auf Sylt. Wie cool ist das?«

»Sehr cool!« Er lachte und drückte mich an sich.

Bei all den schwierigen Umständen in seinem Leben war es doch schön, dass es zwischen uns fast so war wie in der Zeit, bevor er Felicitas geheiratet hatte.

Arm in Arm schlenderten wir auf das Restaurant zu. Von Weitem sah ich, dass ein Auto vor dem Eingang parkte. Jemand saß hinterm Steuer und wartete darauf, dass eine weitere Person einstieg.

Bei näherem Hinsehen erkannte ich, dass es Maria war, die Frau, die gestern bereits für Verwirrung gesorgt hatte, als Eriks Eltern zurückgekommen waren von ihrer Reise.

Ich spürte ein beklemmendes Gefühl im Bauch, obwohl ich die Geschichte ja nun kannte. Zu wissen, dass diese Person Erik einmal viel bedeutet hatte, verunsicherte mich trotzdem.

Ich hielt Daniel am Ärmel fest und blieb wie angewurzelt stehen, als ich sah, dass Erik noch an der Tür stand. Sie unterhielten sich, und es schien, als ginge es sehr emotional zu. Jedenfalls gestikulierte die Frau ziemlich wild, und Erik, der sonst eher einen besonnenen Eindruck machte, ging ihr, als sie Richtung Auto lief, einige Schritte hinterher und hielt sie am Arm zurück. Der Anblick versetzte mir einen Stich, und irgendwas sagte mir, dass wir nicht weitergehen sollten.

Daniel, der nicht so recht verstand, was los war, blieb dennoch regungslos neben mir.

Leise drangen Stimmen zu uns, doch ich konnte nicht verstehen, was sie sagten. Dann wurden sie lauter, ich hörte ein verzweifeltes Weinen und sah, wie Maria sich nun an Erik klammerte, offenbar um ihm etwas zu sagen. Sie versuchte, ihn zu umarmen. Doch er hielt ihrer Berührung distanziert stand und sie auf Entfernung. In meinem Körper war es, als gefror das Blut in meinen Adern zu Eis. Panische Angst kroch in mir hoch, dass sich die Berührung, die ich da sah, zu einem Kuss entwickeln könnte. Wie in einem schlechten Film, den ich überhaupt nicht sehen wollte. Als sei ich auf dem Weg ins Kino, wo ich einen Liebesfilm hatte sehen wollen, versehentlich in den Saal mit dem Thriller gegangen.

Aber dann drehte sie sich weg und stieg ins Auto.

Ich konnte die Szene nicht deuten und blickte Hilfe suchend zu Daniel.

»Willst du weitergehen?«

»Ich weiß es nicht, Daniel«, flüsterte ich mit einem nervösen Vibrieren in der Stimme.

Erik blieb stehen, schaute dem Wagen hinterher, der nun eilig davonfuhr. Er stand im fahlen Schein des Lichts vor dem Restaurant und wirkte ein wenig verloren.

»Geh zu ihm«, sagte Daniel.

»Meinst du? Aber diese Frau. Was war das eben?«

»Du wirst es nicht herausfinden, wenn du jetzt gehst. Also klär es jetzt. Vielleicht braucht er dich?«

»Meinst du?« Ich merkte, wie eintönig meine Fragen klangen. Daniel nickte nur und schob mich sanft in Eriks Richtung.

Auf wackeligen Knien lief ich weiter, drehte mich noch einmal um und war beruhigt, als ich meinen Bruder weiter dort stehen sah.

Es war wirklich sehr kalt und die Nacht windig, aber das störte mich gerade gar nicht. Mein rasender Puls sorgte dafür, dass so viel Hitze durch meinen Körper jagte, dass ich nicht frieren konnte.

Erik drehte sich gerade um, um wieder ins Haus zu gehen, als ich seinen Namen sagte.

Er hielt an und schaute sich verwirrt um.

24. Erik

»Erik?«

»Josi? Wo kommst du denn plötzlich her?«

»Wir haben gedacht, du kannst dich vielleicht mal wieder nicht von der Arbeit trennen, und weil Daniel und ich noch ein wenig gehen wollten, dachten wir uns, wir holen dich ab. Da hab ich dich gesehen und ...« Ihr Blick ging den roten Lichtern des Autos hinterher, das soeben um die Kurve verschwunden war.

»Hey«, unterbrach ich Josi, weil ich sah, dass sich in ihren Augen Tränen gebildet hatten. »Du bist ja ganz aufgelöst?«

»Was ist mit ihr?«

»Es ist nun alles geklärt. Sie hat offenbar erkannt, dass sie viele Fehler gemacht hat.« Ich zuckte die Achseln. »Zu spät.«

Ich strich mit dem Daumen vorsichtig eine Träne von Josis Wange, die sich nicht länger hatte halten können.

»Mein Glück«, sagte sie, und in ihrer Stimme klang Erleichterung mit.

»Unser Glück, ja.« Wir küssten uns, und die Nähe fühlte sich unfassbar gut an, als habe es nie etwas anderes gegeben.

»Wir warten schon alle auf dich«, sagte Josi und deutete in Richtung der dunklen Gasse. »Daniel ist da auch irgendwo.«

Aus dem Dämmerlicht tauchte Daniel auf, was mir ein

Schmunzeln entlockte. »Irgendwie gehört er ja von Anfang an in gewisser Form schon dazu«, raunte ich Josi zu.

Sie kicherte leise.

»Sorry, ich ...«, stammelte er.

»Alles gut! Ich komme jetzt endlich mit. Ich sage kurz drinnen Bescheid und hole meine Jacke, dann bin ich da.«

Im Weggehen sah ich, wie Josi sich an Daniel anlehnte, und ich freute mich, dass ihr Verhältnis in den letzten Tagen offenbar wirklich wieder viel besser geworden war.

• • •

Im *Friesenstübchen* begrüßten uns Josis Eltern, die deutlich zurückhaltender als meine Mutter, aber sehr freundlich waren. Wir unterhielten uns, und ich hatte den Eindruck, sie waren stolz auf ihre Tochter und freuten sich mit ihr.

So schön es bei Linnea war, war ich dennoch nicht gerade enttäuscht, als Josi irgendwann sagte, dass sie müde war, und den Aufbruch anpeilte.

»Morgen ist wieder ein langer Tag«, verabschiedeten wir uns bei Linnea.

»Das verstehe ich gut«, sagte sie. »Wenn Niklas und Anton nicht so viel Power hätten, würde ich wohl auch bald im Bett liegen.« Sie lachte. »Aber das kommt davon, wenn man ein paar Jahre verschenkt. Da muss man viel nachholen.« Dann wirbelte sie schon wieder davon, ging zu Niklas und legte liebevoll die Arme von hinten um seine Hüfte. Er griff nach ihren Händen und streichelte sie sanft.

• • •

Die folgenden Tage vergingen wie im Flug, und Josi und ich hatten eine wunderschöne Routine gefunden, die es uns erlaubte, abends Zeit miteinander zu verbringen, obwohl wir beide platt von der vorweihnachtlichen Aktivität waren.

Am Samstag war sie ein wenig geheimnisvoll, und es amüsierte mich, dass sie mich abends noch mal aus dem Haus zerrte, um eine Runde spazieren zu gehen. Als wir nach einer guten halben Stunde wieder an der Wohnung ankamen, erkannte ich im Halbdunkeln, dass auch Niklas und Linnea da waren.

Sie begrüßten uns und erklärten, dass Anton bei Anne war.

Josi grinste breit. »Niklas war so freundlich, eine Überraschung für dich vorzubereiten. Dafür musste ich dich noch eine kleine Runde durchs Dorf scheuchen.«

Geheimnisvoll trat Josi zur Haustür und deutete mir an, diese aufzuschließen. Als ich in mein Wohnzimmer trat, sah ich an einer bis vorhin noch leeren Wand ein wunderschönes Bild, welches verschiedene Momente gigantischer Aufnahmen von Polarlichtern zeigte. Ich konnte auch die Silhouette eines mir bekannten Leuchtturms erkennen.

»Es gibt sie also wirklich hier auf Sylt«, staunte ich.

»Wie die Liebe!« Josi strahlte. »Und Niklas selbst hat sie aufgenommen«, erklärte sie, woraufhin Niklas in wenigen Sätzen die Hintergrundgeschichte dazu erläuterte.

»Überraschung geglückt, würde ich sagen.« Niklas hob die Handflächen.

»Absolut! Ich bin begeistert«, gestand ich.

»Ich gebe es zu, so richtig romantisch wäre es erst, wenn wir sie live erlebt hätten, aber das gibt's vielleicht wirklich nur im Film«, flüsterte Josi, die mit dem Rücken zu mir stand und auf die faszinierenden Aufnahmen schaute.

Ich legte meine Arme um sie und gab ihr einen Kuss auf die Wange.

»Es ist wunderschön! Genau so«, raunte ich ihr zu und konnte mir kaum vorstellen, dass dieser Moment noch durch irgendetwas getoppt werden könnte.

Doch nur wenige Sekunden später wurde ich eines Besseren belehrt.

»Hier, das würde ich euch gerne zeigen«, sagte Niklas und schaltete den Fernseher an. Ein Video begann, in dem er das seltene Naturschauspiel gefilmt hatte.

»Linnea, dieses Video ist an dem Abend vor meiner Abreise entstanden, an dem ich noch auf euch gewartet hatte. Als Josi mich kürzlich darauf ansprach, habe ich das Video zum allerersten Mal überhaupt angeschaut.«

Linnea legte den Arm um Niklas, und andächtig standen wir da und bewunderten das Naturspektakel.

Der Himmel begann, wie von Zauberhand illuminiert, wie ein rötlich schimmernder Vorhang zu leuchten. Mir stockte der Atem. So etwas Unwirkliches hatte ich nie zuvor gesehen. Es waren nur Bruchteile von Sekunden, in denen wir die Lichter sehen konnten. Manchmal erahnte man sie nur, so schnell veränderten sie sich oder waren wieder ganz verschwunden.

Doch auch wenn sie nur schwach und fast wie eine Illusion wirkten, waren sie da gewesen und gehörten von nun an zu den Erinnerungen in meinem Leben.

»Das war großartig! Danke, Niklas!« Ich klopfte meinem Freund auf den Rücken. Auch Linnea lehnte ihren Kopf an Niklas' Schulter und sah sehr glücklich aus.

»Danke, Josi«, flüsterte ich, und wir küssten uns. Unser Kuss war so leidenschaftlich und so voller tiefer und ehrlicher Liebe, dass ich keine Zweifel daran hatte, in Josephine die Frau fürs Leben gefunden zu haben, die es wert war, jedes Risiko einzugehen, das mit einer echten Liebe einherging.

Sie war es wert, alle Schritte zu gehen, vor denen ich lange zurückgeschreckt war, weil ich Angst davor hatte, verletzt zu werden. Und weil es sich lange nicht richtig angefühlt hatte. Sie hatte mir gezeigt, wie es war, wenn man nicht mehr zweifelte, sondern bereit war, sich ganz auf jemand anderen einzulassen. Mit allem, was dazugehörte.

Epilog

Josi

Anton hatte sich gewünscht, dass wir die Aktion mit den Weihnachtsgeschenken für die Kinder im Sylter Krankenhaus am Vorabend von Heiligabend noch angingen. Seinen Wunsch hatten wir ernst genommen und gemeinsam mit der Stationsleitung eine Liste zusammengestellt, die Niklas und Anton abarbeiten würden. Alle Geschenke waren eingekauft und der Wagen bis unters Dach vollgeladen mit den Präsenten für die Kinder.

Daniel hatte ich darum gebeten, ein Weihnachtsmannkostüm zu besorgen, in das Niklas schlüpfen würde. Ich übernahm die Rolle der guten Zauberfee samt Verkleidung.

Erik meinte, er würde sich bei meinem Anblick direkt noch einmal in mich verlieben, und erntete einen Knuff einer unverhofft schlagfertigen Fee.

Mit Anton an Bord fuhren Niklas und ich vor der Klinik vor. Während Niklas Süßigkeiten, Gebäck und heiße Getränke ausschenkte, verteilten Anton, der als Weihnachtself verkleidet war, und ich die Geschenke an die Kinder, die ihr Glück nicht fassen konnten. Leuchtende Kinderaugen, viel heiße Schokolade und ebenso viele Geschenke zauberten eine magische Stimmung und ein unbeschreibliches Gefühl von Gemeinsamkeit.

Anton platzte beinahe vor Stolz. Man sah ihm an, dass es sich für ihn gut anfühlte, die Geschenke zu verteilen.

»Das wäre im Sinne seiner Mutter. Es kommt denjenigen zugute, die es nicht so schön haben wie er, der wieder glücklich und fröhlich Weihnachten feiern kann.« Niklas lächelte.

»Das hat er nicht zuletzt seinem starken Papa zu verdanken, Niklas«, murmelte ich ihm zu, als Anton noch immer mit leuchtenden Wangen vorm Wagen herumtobte.

»In Momenten wie diesen weiß ich, wofür ich stark geblieben bin, auch wenn ich es damals gerade nicht mehr wusste«, antwortete er.

Ich nickte nur, denn verstehen konnte ich wohl kaum, was er alles hatte meistern müssen. Wenn ich gedacht hatte, Weihnachten in meiner Familie sei in den vergangenen Jahren schwierig gewesen, wie musste es einem Menschen wie ihm ergangen sein, der allein gewesen war mit seinem Neffen, dessen Vater er plötzlich war?

Und er hatte das verdammt gut hinbekommen.

Durchgefroren trat ich auf der Stelle und lächelte bei dem Gedanken daran, mich später mit Erik aufs Sofa zu kuscheln und meinen Einzug in die Wohnung seiner Großeltern zu planen, die er mir mittlerweile vermittelt hatte.

Ich freute mich auf die nächsten Tage. Weihnachten würden wir in großer Runde feiern. Erik und Elisa hatten versprochen, ein Festtagsmenü zu zaubern. Ich würde die nächste Zeit mit Linnea genießen, denn auch wenn sie nach der Reise, die wir ihr alle gemeinsam zu Weihnachten schenken würden, natürlich bald wieder zurückkommen würde, fehlte sie mir schon jetzt.

»Alles verteilt«, freute sich Anton stolz, als er in diesem Moment mit einem glücklichen Lachen zu uns gerannt kam und Niklas stürmisch umarmte. Er kletterte ins Auto, und Niklas und ich lächelten uns an.

Wir gaben uns das Versprechen, positiv in die Zukunft zu schauen, was uns nach dieser großartigen Erfahrung der letzten Zeit gelingen würde. Meine Hand fuhr zum herzförmigen Anhänger der Rosenquarzkette meiner Oma, und ein warmes Gefühl durchströmte mich. Ganz ähnlich wie das, als die Frau vom Heißgetränkewagen mir von der Honigmilch als ihrem Lieblingsgetränk erzählt hatte. Es war mir damals schon wie ein zarter Gruß meiner Oma vorgekommen, die mir sagen wollte, dass ich auf dem richtigen Weg war.

ENDE

Danksagungen

Danke an den Ullstein Verlag, der meinen Geschichten ein Zuhause gibt.

Danke an meine großartige Lektorin. Mit viel Engagement, Fingerspitzengefühl und einem einmaligen Gespür für das geschriebene Wort haben Sie, gemeinsam mit Ihrem Team, aus meinem Manuskript ein Buch gezaubert. Danke für die tolle Arbeit. Das Ergebnis lässt mich staunen und macht mich wahnsinnig stolz, Teil der Ullstein-Familie zu sein. Danke für die wertschätzende und bereichernde Zusammenarbeit und das Vertrauen.

Danke an meine Familie. Ihr seid meine Herzensmenschen.

Danke dafür, dass Ihr immer an mich glaubt.

Danke an meinen lieben Mann für Dein unendliches Verständnis für meine Schreibleidenschaft und Deine Unterstützung in allen meinen Plänen. Deine Art, Dich mit mir zu freuen, tut so gut. Danke, dass es für mich die große Liebe gibt.

Danke an meine wundervollen Kinder. Ihr zeigt mir jeden Tag, dass ein Traum gelebt werden kann, wenn man dem Kurs seines Herzens folgt. So geht Glück. Ihr seid mein Ein und Alles und meine Welt.

Danke an meine Eltern – für das gute Gefühl, dass Ihr mein Heimathafen seid und immer an mich glaubt. Ihr habt mir beigebracht, die Segel zu setzen, egal welcher Wind mir begegnet. Ihr gebt mir Wurzeln und Flügel. Ihr seid die Besten!

Danke für jede Umarmung und dafür, dass Ihr immer da seid.

Danke an meine Schwester. Du gehst mit mir auf jede neue Reise, bist mit grenzenlosem Optimismus an meiner Seite, setzt mit mir die Segel und steuerst immer gen Sonnenschein. Danke für jedes Gespräch und den Spaziergang in einer Schreibpause, die Du immer genau im richtigen Moment vorgeschlagen hast. Danke für Deine Umarmung, unser Lachen und unsere unersetzliche Seelenverwandtschaft. Danke, dass Du mehr als meine beste Freundin bist, dass Du zu jeder Zeit für mich da bist, und dafür, dass Du einen weiteren Sonnenschein in mein Leben gezaubert hast.

Danke an die weltbeste Schwiegermama. Du fehlst so sehr. Ich hätte so gerne noch unendlich viele Bücher von mir mit Dir besprochen und werde es im Herzen weiter tun. Dein Stolz und Deine Freude über meine Bücher waren mit die wertvollsten Komplimente für mich und werden mich für immer begleiten und motivieren.

Ich trage sie in meinem Herzen und bin so dankbar dafür, dass es Dich für mich gab und immer auch weiter geben wird.

Danke an meine liebe Omi, die die Liebe zum Schreiben fest in meinem Herzen verankert hat und die bestimmt stolz wäre, dass ich ihren Traum lebe.

Ihre Kreativität, ihre Fantasie und ihre Liebe zum geschriebenen Wort sind Basis meines Schreibens, und ich bin immer dankbar dafür.

Danke an meine lieben Freunde. Euer Interesse an meinen Geschichten, Eure Freude und unsere gemeinsame Zeit sind tägliche Inspiration für mich. Ich weiß das sehr zu schätzen.

Danke an all die großartigen Menschen hinter den Instagram-Accounts, die mich mit ihren wundervollen Bildern, Storys und Beiträgen täglich mit nach Sylt nehmen – jede kleine Gedankenreise auf meine Herzensinsel tut so gut und ist Inspiration für mich.

Und dann geht mein Dank an Euch, meine lieben Leserinnen und Leser. Danke für das Wertvollste: Eure Zeit, die Ihr Euch für meine Bücher, jedes Wort und jeden Gedanken dazu nehmt. Ihr seid Motivation, Antrieb, meine »Traumverwirklicher« und meine wichtigsten Kritiker. Dass Ihr mir schreibt, wenn Euch meine Bücher gefallen und meine Geschichten Euch berühren, ist ein großes Geschenk für mich.

Eure Julia Rogasch